LA CARTE DES CONFINS

tome 2

L'autrice

Enfant, **Marie Reppelin** passait son temps à lire, ce qui ne dérangeait pas ses parents, même si cela les obligeait à l'appeler quatre fois pour passer à table. Aujourd'hui, elle est libraire et anime des réseaux sociaux dédiés à ses lectures sous le pseudo Muffinsandbooks. Elle habite à Lyon, a la larme facile, surtout quand ses personnages préférés meurent (ça arrive souvent), et ne sort jamais de chez elle sans un livre dans son sac. Au cas où.

MARIE REPPELIN

LA CARTE DES CONFINS

tome 2

POCKET JEUNESSE
PKJ·

Directeur de collection :
Xavier d'Almeida

Contribution :
Marianne Joly

Loi n° 49 956 du 16 juillet 1949 sur les publications
destinées à la jeunesse : avril 2022

ISBN : 978-2-266-32460-1
Dépôt légal : avril 2022

À la petite fille rêveuse que j'étais, qui n'aurait jamais pensé réussir à écrire un roman et à tous les petits rêveurs d'aujourd'hui : ne cessez jamais de croire en vous.

Et à tous mes lecteurs qui m'ont prise à partie après le cliffhanger du tome 1 : encore désolée, mais vous pouvez arrêter de me menacer, la suite est là. Je vous aime.

Les légendes disent que la Carte ouvre un nouveau monde,
une étendue vierge à explorer.
Que les Confins sont la récompense,
le trésor que des générations ont cherché à obtenir.
Mais les légendes sont parfois inexactes.
Et si les Confins n'étaient pas le trésor…
mais une étape de plus vers celui-ci ?

PARTIE I

CHAPITRE 1
BOLD

— Glenn, qu'est-ce que c'est que ce raffut ?

L'homme se tourne vers moi et se compose aussitôt un visage neutre. S'il espère me faire croire qu'il est innocent, c'est raté. J'observe les membres de l'équipage rassemblés en cercle derrière lui. Sur le pont de *L'Avalon*, deux coqs se tournent autour en poussant des cris effrayés. Je ferme les yeux un bref instant.

— Ne me dis pas que vous êtes en train de faire des combats de coqs !

Je suis quelqu'un de patient. L'Océan sait que j'ai eu mon lot de tourments, que j'ai affronté des dangers innommables et que je m'en suis toujours sorti en gardant la tête froide. Pourtant, ces derniers temps, il me faut vraiment beaucoup de sang-froid.

— Vous êtes des pirates, bandes d'abrutis dégénérés ! Pas des paysans qui s'amusent avec leurs volailles ! Alors vous allez débarrasser mon pont sur-le-champ et vous remettre au boulot ! EXÉCUTION !

Je hausse rarement le ton – je n'en ai généralement pas besoin pour me faire respecter, vu ma taille – mais, quand je le fais, ça ne traîne pas. Les hommes s'égaillent précipitamment et reprennent leur poste. Seul Glenn reste là. Il a la décence d'afficher un air penaud.

— Il ne faut pas leur en vouloir…

— C'était ton idée, c'est ça ?

— Peut-être bien.

Je soupire et me pince l'arête du nez alors qu'il reprend déjà :

— Bold, il faut nous comprendre. Ça fait une semaine que *L'Avalon* n'a pas bougé. Rester là à ne rien faire, c'est insupportable.

— Les combats de coqs, c'est pour vous distraire de votre peine ?

— C'est plus sain que la méthode du capitaine.

Je lui lance un regard d'avertissement.

— Tout ce que je veux dire, c'est que tu as raison : nous sommes des pirates. Là, on s'ennuie ferme. Pourquoi est-ce qu'on ne part pas à la recherche de Callie ?

— Blake cherche des informations.

— Blake cherche à noyer son chagrin. Et, ce qui est sûr, c'est qu'elle n'est pas là. Levons l'ancre de cet endroit maudit.

— Ce n'est pas à moi de décider quand mettre les voiles. C'est au capitaine.

— Et où est le capitaine ?

Je pousse un nouveau soupir.

CHAPITRE 2
BLAKE

— Tu comptes payer un jour, ou je continue à allonger ton ardoise ?

Je lève un regard brumeux vers le tavernier qui m'a interpellé. Je hausse les épaules et il soupire avant de poser une nouvelle chope devant moi. Je la descends en quelques gorgées, le regard perdu dans le vague.

— Tu veux quelque chose pour ta main et ta lèvre ? me demande-t-il encore.

Mes yeux se posent sur mes phalanges égratignées, couvertes de sang. Je sors d'une conversation animée avec un gars qui m'a provoqué alors que je marchais vers l'entrée de la taverne. Il m'a bousculé. Peut-être que je lui suis rentré dedans, comme il l'a soutenu, peut-être que c'est lui qui m'est rentré dedans. En tout cas, nous nous sommes battus et j'ai gagné. Je l'ai laissé inconscient entre les tonneaux du port. Quelqu'un le trouvera à l'aube, d'ici à quelques heures. Moi, j'ai décidé de noyer mon chagrin dans l'alcool.

Enfin, j'essaie. Peu importe le nombre de verres que je bois… peu importe l'état dans lequel je me mets… cela fait une semaine, et je ne parviens pas à oublier. Le château, les ombres… Callie.

Une semaine plus tôt...

Je suis en plein cauchemar.

Ce n'est pas possible. Je vais me réveiller dans mon lit, sur mon navire. Je me rendrai compte que cette soirée n'est que le fruit de mon imagination, un avertissement envoyé par l'Océan. Callie et moi sommes toujours à bord de *L'Avalon* et il n'est pas trop tard pour changer de cap, repartir vers le sud, loin du château du Sorcier Noir. Oui, si je ferme les yeux très fort, je peux presque m'en convaincre.

— Blake ?

Sa voix me tire brusquement de mes pensées. Tout cela est bien arrivé. Et devant moi se tient Callie, dont les yeux d'un noir d'encre me fixent toujours.

— Callie !

Je franchis les derniers mètres qui nous séparent en grimaçant. J'esquisse un geste pour la prendre dans mes bras, mais elle se recule d'un bond.

— Ne me touche pas ! Les ombres !

Mon cœur tombe comme une pierre dans ma poitrine.

— Calme-toi.

— Elles sont là, Blake ! Je les sens ! Les ombres sont en moi !

Je la fixe intensément, comme si cela pouvait changer quoi que ce soit. Ainsi l'horrible soupçon qui s'était emparé de moi au moment où Callie avait commencé à réciter la formule était-il fondé. L'incantation donnée par son père permettait de le libérer des ombres, mais pas de les renvoyer d'où elles venaient. Les ombres ont besoin d'un ancrage physique, de quelqu'un sur terre. Rien ne les empêchait de se trouver un nouveau réceptacle, et comme le père de Callie est mort et réduit en cendres, les ombres se sont tournées vers la personne la plus proche.

Callie.

— Elles veulent prendre le contrôle, continue-t-elle de gémir en se prenant la tête entre les mains. Je… Je ne sais pas si je vais pouvoir résister.

— Bien sûr que si ! je rétorque avec vigueur. Callie, regarde-moi. Regarde-moi !

J'essaie de ne pas montrer à quel point ses yeux sombres sont effrayants et je me concentre sur mon seul but : je dois l'aider. Elle sursaute et se retourne, comme si quelqu'un d'autre l'avait appelée. Je répète son nom pour garder son attention.

— Tu es bien plus forte que les ombres, Callie.

Elle commence à secouer la tête, son regard se perd dans le vague. Je tends les paumes vers elle et elle crie.

— Ne me touche pas ! Je pourrais te faire du mal !

— Je sais bien que non.

Je mobilise toute mon énergie pour rester calme et maîtriser l'angoisse qui monte en moi. Tout doucement, je pose les mains de part et d'autre de son visage.

— Tu vas y arriver, Callie. Tu peux maîtriser les ombres. Nous allons trouver une solution, tu verras.

C'est un mensonge et nous le savons tous les deux : personne ne sait comment faire repartir les ombres qui forment le Sorcier Noir. La formule lue par Callie était apparemment la seule option et, de toute évidence, elle ne résout pas tout. Pourtant, nous avons besoin de croire en ce mensonge. J'imagine à quel point elle doit être terrifiée : elle qui a toujours détesté la magie, qui l'a toujours crainte, voilà qu'elle doit l'affronter.

— On va trouver une solution, répète Callie, en chuchotant.

— Oui, je réponds, les yeux toujours plongés dans les siens. Je suis le capitaine Jackson, tu te souviens ? Il n'y a pas un exploit que je ne puisse réaliser !

Un sourire se dessine sur les lèvres de Callie et je remarque qu'un filet de sang coule au coin de sa bouche. J'entreprends de l'essuyer alors qu'elle marmonne quelques mots.

— Toujours aussi modeste.

Sa voix est rauque d'avoir hurlé pendant que je me faisais torturer, mais ses paroles me rassurent. C'est une preuve qu'elle tient bon, que ma Callie est toujours là. Elle cligne plusieurs fois des paupières, et les ombres disparaissent de ses yeux. Ceux-ci redeviennent du vert lumineux que je connais bien et je crois que je pourrais pleurer de soulagement en voyant ça. Je l'attire contre moi et pose le menton sur le haut de son crâne. Je la sens me rendre mon étreinte et je profite de cet instant. C'est lorsque je vois Glenn et Colton se relever avec lenteur derrière nous que je réalise que le pire est passé. Le Sorcier Noir n'est plus. Je vais guérir de mes blessures : ça me prendra sans doute un peu de temps, mais Doc fait des miracles. Quant à Callie… je l'aiderai à dominer les ombres. Et nous trouverons une solution.

Oui, j'ai envie d'être optimiste.

Les larmes commencent à rouler sur les joues de Callie et, d'une main, je relève son menton pour poser mes lèvres sur les siennes. Au début, notre baiser est doux et tendre, mais très vite notre étreinte devient pressée, reflet de l'adrénaline qui coule toujours dans nos veines.

Soudain, une douleur atroce explose dans ma poitrine.

Sous le choc, je romps notre enlacement, recule de quelques pas et lâche un grognement, les mains sur mon torse. Comme si cela pouvait aider mes poumons à se remettre de ce que le Sorcier leur a infligé… Pendant plusieurs minutes, mon corps a été rempli d'eau et j'ai bien cru que j'allais y rester. Ce n'est peut-être pas le moment d'embrasser Callie à en perdre le souffle. Je m'efforce de respirer lentement, prenant de petites inspirations, mais cette pointe de douleur a réveillé toutes mes souffrances. Je tente d'esquisser un geste pour rassurer Callie qui me regarde d'un air horrifié, mais je ne parviens qu'à vaciller et pose un genou à terre pour éviter de m'étaler de tout mon long. Callie s'agenouille à mes côtés.

— Oh, Blake, je suis désolée ! Tu es blessé, on n'aurait pas dû…

— Ça en valait quand même la peine… je grimace, tout en me tenant les côtes.

Malgré mes fanfaronnades, je suis inquiet. J'ai de plus en plus de mal à respirer. Et si je saignais de l'intérieur ? Et si l'un de mes os était en train de perforer mon poumon ? Même Doc ne pourrait soigner ça. Mon trouble doit se lire dans mon regard car Callie se met à trembler.

— Glenn, Colton, allez chercher Doc ! hurle-t-elle à mes hommes qui se sont avancés vers nous, abasourdis.

— *L'Avalon* est loin, ça nous prendrait trop de temps de faire l'aller-retour, lance Glenn. On ferait mieux de le porter jusque là-bas.

— Il n'est pas en état d'être transporté, intervient Colton en jaugeant mes blessures d'un coup d'œil.

— Vous allez discuter encore longtemps ? Allez chercher Doc ! crie Callie.

Les deux hommes partent en courant et je ferme les yeux en prenant une nouvelle inspiration.

— Ça va aller, je dis à Callie.

Seul le silence me répond. J'ouvre brusquement les paupières. Callie est toujours agenouillée devant moi, mais son regard est de nouveau dans le vague et elle tremble de tout son corps. Je n'ai pas le temps de dire ou de faire quoi que ce soit pour la ramener vers moi, loin des ombres, car déjà ses mains se tendent. Une lumière éclatante jaillit du bout de ses doigts dans ma direction. Il fait nuit noire, mais Callie produit une telle luminosité qu'on se croirait en plein jour. Et une étrange chaleur se répand en moi.

Au début, c'est agréable, réconfortant, mais très vite ça devient insupportable. Comme si mon bain de soleil s'était transformé en bûcher funéraire. Je pousse un long gémissement, persuadé que, cette fois, c'est la fin, lorsque la chaleur disparaît subitement. L'obscurité de la nuit a repris ses droits. Après le feu brûlant, je suis parcouru d'un frisson qui secoue tout mon corps. Je me tends, dans l'attente de la douleur qui ne manquera pas de fuser… mais je ne sens rien. À ma grande surprise, je n'ai plus mal, ni à la poitrine, ni à la tête, ni aux côtes. Ébahi, je me palpe, pince l'endroit où je sais que le Sorcier m'a transpercé de sa lame… rien. Pas même une cicatrice. Je laisse échapper un rire étonné, puis relève la tête vers Callie.

Toute mon allégresse s'évapore instantanément.

Ses yeux sont fixés sur moi, écarquillés comme si elle avait vu le diable, et je devine qu'elle lutte. Je ne sais pas comment l'aider.

Quand mes doigts frôlent sa joue, un éclair de lumière parcourt sa peau et je suis projeté en arrière, comme si j'avais été frappé. Je roule au sol et me redresse aussitôt. Avec lenteur et détachement, Callie lève une main devant son visage et agite ses doigts, elle semble tester quelque chose.

— Voilà qui est intéressant, dit-elle.

Sa voix me glace le sang. Elle n'est pas aussi chaude et vivante que d'habitude. Elle est froide, distante, sombre... mauvaise. Je croise son regard et comprends que ce n'est plus Callie qui parle.

— Dire qu'elle nous avait contenues... Mais utiliser la magie pour te sauver... excellente idée, petite Callie. Cela nous a permis de prendre le contrôle.

Mes dents sont tellement serrées que je parviens à peine à marmonner quelques mots.

— Où est Callie ?

— Callie est... absente pour le moment. Mais, si ça peut te rassurer, elle lutte. Oh ! elle lutte de toutes ses forces. Elle se bat bien mieux que son père. Tu as raison : elle est plus courageuse que lui.

— Laissez-la.

— Ça n'est malheureusement pas possible. Vois-tu, nous avons besoin d'un corps pour rester ici. Et, avec Callie, nous allons bien nous amuser.

— Elle vous repoussera !

Callie vacille et une grimace déforme son visage. Un court instant, j'espère qu'elle va reprendre le dessus, comme son père l'a fait à la fin, mais mes espoirs s'évaporent bien vite.

— Peut-être. Ou peut-être pas, disent les ombres. Peut-être qu'entre-temps nous lui aurons fait tuer tous ceux qu'elle aime, brûler des villages, égorger des familles… il y a tant de possibilités !

Je suis comme paralysé, mortifié. Pour la première fois de ma vie, j'envisage de supplier, mais je sais que cela ne servirait à rien. Les ombres ne raisonnent pas comme nous, elles ne connaissent pas la pitié. Elles ne comprennent que le sang, la douleur et l'obscurité.

En un éclair, je me souviens de ce que j'ai éprouvé quand elles ont tenté de me posséder, il y a de cela des années. Je ne supporte pas l'idée que Callie puisse ressentir la même chose ou qu'elle puisse être coincée quelque part dans son propre corps, incapable de bouger, de parler ou d'agir par elle-même.

— Prenez-moi à sa place !

Cela suscite un regard étonné.

— Pardon ?

— Prenez-moi à sa place. Possédez-moi. Et laissez partir Callie.

— Comme c'est noble de ta part, de proposer cela. Totalement inconscient et stupide, mais très noble. Sache que Callie est horrifiée par ta proposition. Elle nous implore de ne pas accepter.

— Mais si vous le faisiez, vous auriez un corps beaucoup plus fort. Pensez à tout ce que vous pourriez accomplir, avec mon équipage, avec *L'Avalon*…

— En effet… Mais nous aimons bien ce corps. Toi, pense à toutes les personnes que nous allons pouvoir piéger avec ce joli minois. Personne ne pourra nous résister. Les enfants nous feront confiance, les hommes nous suivront sans hésiter… Non, nous nous amuserons bien plus avec cette enveloppe.

— Laissez-la !

J'ai hurlé. Les ombres éclatent d'un rire mauvais que je n'ai encore jamais entendu dans la bouche de Callie.

— Sinon quoi ? Tu ne peux rien nous faire sans toucher à ta précieuse bien-aimée. Tu ne voudrais pas l'abîmer, n'est-ce pas ?

— Peut-être que je m'en fiche, désormais, je réponds en tentant un coup de bluff désespéré. Peut-être que je préfère la voir morte que possédée. D'ailleurs, Callie elle-même préférait mourir plutôt que ça.

— Oh, capitaine. Nous te pensions meilleur menteur…

Callie lève alors la main et y fait apparaître un poignard. Il me faut un instant pour reconnaître l'arme : c'est la dague que je lui ai donnée peu après notre rencontre, celle avec la garde incrustée d'une émeraude. Je me fige tandis que Callie dirige la lame vers sa gorge d'un geste délibérément lent. Et je cesse de respirer quand les ombres reprennent la parole.

— Si sa vie t'importe si peu…

Le métal se pose sur le cou de Callie, sur sa peau que je sais si fine et délicate. Malgré la nuit, je crois deviner une veine palpiter là où j'aime tant poser mes lèvres… J'essaie de me dire que les ombres me testent, que, de toute façon, Callie ne mourra pas. J'ai planté mon épée jusqu'à la garde dans la poitrine de son père et il n'a pas émis un cri. Je reste immobile pour ne pas trahir cet instinct qui me pousse à me jeter sur Callie pour l'empêcher de faire ça. Puis un premier filet de sang coule le long de sa gorge et je n'y tiens plus : je pousse un cri déchirant :

— Stop ! Par pitié ! Arrêtez !

La lame s'éloigne de Callie et un rictus se dessine sur ses lèvres.

— C'est bien ce qu'on pensait. Cesse donc de faire comme si sa vie ne t'importait pas, capitaine. Et nous te déconseillons de te mettre en travers de notre chemin.

Je ne réussis pas à dissimuler ma haine contre ces ombres.

— C'est pourtant ce que je compte faire.

— Tu comprendras vite que tu ne fais pas le poids.

Callie incline la tête et sourit de nouveau, presque comme si elle était redevenue elle-même.

— Tu veux qu'on te montre à quel point tu es dépassé par la situation ?

Sans attendre ma réponse, elle se détourne de moi pour faire face au château. Elle demeure figée un moment puis lève les deux bras avec un regain d'énergie. Le sol se met à trembler dans un grondement sonore et Callie fait un nouveau geste, comme si elle poussait en avant quelque chose de très lourd. Sous mes yeux, une onde de choc semble jaillir d'elle et percute l'édifice avec un craquement de fin du monde. La pierre se fend, libérant une poussière épaisse, les poutres s'effritent, les fondations explosent sur elles-mêmes et le château commence à s'effondrer. Je suis obligé de serrer les paupières quelques instants car un nuage noir se répand et, quand je les rouvre, je contemple des ruines.

Je suis ébahi par le pouvoir dont Callie vient de me faire la démonstration. Elle n'a pas bougé devant le carnage qu'elle a provoqué et, lorsqu'elle se tourne vers moi, ses yeux me semblent plus noirs que jamais.

— Tu vois ? Tu ne fais pas le poids face à nous, prononce-t-elle. N'essaie pas de nous stopper.

Puis elle se détourne et s'éloigne, comme si tout était dit. Ma rage et ma tristesse se muent en désespoir et je l'interpelle en criant :

— C'est tout ? Ainsi vous m'épargnez ?

Elle ne daigne même pas se retourner et fait encore quelques pas dans les décombres fumants du château.

— Pourquoi ? Pourquoi me laisser vivre ? Vous dites que je ne fais pas le poids, mais vous savez que je ne baisserai pas les bras pour autant. Je ne cesserai jamais de chercher un moyen de libérer Callie ! Je vous traquerai jusqu'à mon dernier souffle ! Alors pourquoi ne pas me tuer tout de suite ?

Elle s'arrête enfin et tourne légèrement la tête pour me regarder. Le noir de ses iris me transperce autant que la joie morbide contenue dans sa voix.

— Oh, mais c'est très simple, capitaine. Parce que tu as encore de l'espoir. Parce que te tuer maintenant reviendrait à te délivrer de tes souffrances. C'est bien plus drôle de te savoir en vie, privé de celle que tu aimes, cherchant un moyen de la sauver qui n'existe pas.

Sans que je sache comment, en un clin d'œil, elle est de retour devant moi. Sa main se pose sur ma joue et me force à relever les yeux vers celle que j'aime mais que je ne reconnais plus.

— Parce que c'est bien plus drôle de te voir souffrir.

Puis, brusquement, elle disparaît, me laissant seul près des décombres avec le souvenir fantôme de sa dernière caresse.

CHAPITRE 3
BLAKE

Je sors de mes pensées et repousse ces souvenirs.
Cela fait déjà une semaine depuis cette horrible soirée, et il n'a pas fallu attendre longtemps pour entendre parler des premiers exploits des ombres. Moins de vingt-quatre heures après notre séparation, un village avait été incendié et ses habitants massacrés. Sans pitié ni raisons. Deux jours plus tard, c'était un port qui était mis à sac. Cette fois-là, les femmes ont été épargnées, mais tous les hommes ont été tués puis brûlés sur la place principale.

Je deviens fou à imaginer ce que Callie subit. Si je n'avais pas su que son père était encore conscient lorsqu'il était possédé, la situation aurait déjà été difficile. J'aurais souffert d'imaginer Callie disparue, d'imaginer son corps dépouillé de tout ce qui faisait d'elle la femme que j'aime… Mais penser qu'elle comprend, voit, entend et sent tout ce qui se passe… c'est encore pire. Je ne peux même pas y songer sans avoir envie de vomir, beugler et pleurer. Parfois les trois en même temps.

Je suis tenté de retourner sur *L'Avalon*. De me traîner dans ma cabine et de dormir jusqu'à la fin des temps. Mais je suis seul dans cette cabine où tout me rappelle Callie. Les cauchemars hantent mes nuits. Parfois, juste avant de commencer à m'étrangler ou à me poignarder, Callie me hurle que tout est ma faute, qu'elle m'avait prévenu que la magie était mauvaise, qu'elle en avait peur, mais que je ne l'ai pas écoutée et qu'elle en paie désormais le prix. Certains soirs, elle tue des gens à mains nues, d'autres, elle m'embrasse jusqu'à ce que je me réveille hors d'haleine et le cœur en morceaux.

M'ouvrir ainsi à elle était une idée déplorable. Ne rien ressentir, étouffer mes sentiments et prétendre que je maîtrisais la situation… ce n'était peut-être pas très sain, mais c'était beaucoup moins douloureux que de vivre avec cette sensation de vide dans la poitrine.

Je prends une gorgée du verre que le tavernier vient de m'apporter et je grimace. Ce n'est plus de la bière mais du rhum.

— Tu semblais avoir besoin de quelque chose de plus fort.

— Merci, je dis d'une voix rauque.

— Problème de cœur, ou problème d'argent ?

Je lève un sourcil interrogateur et le tavernier me fait un clin d'œil en continuant d'essuyer ses verres.

— D'après mon expérience, il n'y a que ces deux causes qui mettent les types comme toi dans cet état.

Je ne réponds pas, mais il hoche la tête d'un air entendu, comme s'il avait lu en moi.

— Allez, mon gars. Aucune fille ne mérite qu'on se fasse du mouron.

Devant mon silence, il hausse les épaules.

— J'espère au moins qu'elle était jolie, marmonne-t-il avant de tourner les talons pour aller servir quelqu'un plus loin.

Je ne lui accorde déjà plus la moindre attention. J'ai l'impression de vivre dans le brouillard. Depuis que Callie s'est évaporée sans un bruit, depuis que je l'ai attendue des heures durant, d'abord seul, puis avec Glenn, Colton et Doc lorsqu'ils sont revenus. Ensemble, nous avons patienté jusqu'à ce que le soleil pointe. Ils ont dû insister pour que je retourne sur *L'Avalon*. Et, une fois là-bas, j'ai refusé de lever l'ancre.

Depuis une semaine, je tente par tous les moyens de fuir la réalité. Je ne mets presque plus les pieds sur mon bateau. Je traîne en ville et dans les campagnes environnantes. Je bois, je cherche la bagarre, je joue des fortunes aux cartes et à tous les jeux possibles. La plupart du temps, je perds car je suis trop ivre pour jouer correctement ou même pour tricher. Pour autant, je ne parviens pas à oublier l'horreur de la situation. Pas durant cette seconde où je sors du sommeil le matin, pas après avoir bu des litres et des litres, pas même alors que je me bats et que mon instinct bestial prend le dessus.

Les rares fois où j'ai croisé Bold, il m'a dit de me reprendre et de faire quelque chose d'autre que de me soûler. Selon lui, *L'Avalon* doit mettre les voiles. Mais où irais-je ? Je ne sais pas où chercher Callie et, de toute façon, ce n'est pas elle que je trouverais. Mais les ombres. Le Sorcier Noir.

Quant à mon projet d'explorer les Confins… Même si ma priorité n'était pas Callie, je n'ai pas la Carte qui me permettrait de m'y aventurer. Lors de la petite démonstration de pouvoir près du château, je n'ai pas songé une seconde que la Carte se trouvait dans le bâtiment que les ombres détruisaient. Lorsque cette pensée m'a frappé, bien des heures plus tard, je n'avais aucune envie de retourner fouiller les ruines du bâtiment. Par la suite, Bold a refusé que l'équipage s'y rende, de peur qu'il n'y ait des sortilèges de protection encore actifs.

Mais finalement, qu'importent les Confins ? Tout ce que je veux, c'est retrouver Callie.

Je suis pris d'un brusque accès de colère, je commence à me défouler sur tout ce qui me tombe sous la main. Je brise des verres, renverse des bouteilles, j'envoie valdinguer des tabourets. Je suis pris d'une folie destructrice qui me laisse pantelant, le souffle court et le cœur éteint.

C'est tellement injuste.

Callie ne méritait pas ça.

Je ne méritais pas ça.

Le silence s'est fait dans la taverne. Tout le monde me fixe avec de grands yeux et je sens la tension que j'ai provoquée. D'un geste brusque, je sors de ma poche une bourse remplie et la jette sur le comptoir. Il y a largement de quoi payer mes consommations et les dégâts que j'ai causés.

— Désolé, je dis simplement avant de tourner les talons.

Les regards me suivent jusqu'à ce que je passe la porte. Là, je fais encore quelques pas, respire à fond et m'arrête en plein milieu de la rue déserte. J'ai envie de m'arracher les cheveux : est-ce que cela m'aiderait à me sentir mieux ? J'ai l'impression de devenir fou.

CHAPITRE 4
BLAKE

En arrivant vers la crique où nous avons jeté l'ancre, je m'aperçois que *L'Avalon* n'est pas le seul navire à y mouiller. Il me faut un moment pour reconnaître le *Siren Queen*. Je reste un instant à regarder l'homme et la sirène qui ornent la proue. Un sifflement me fait sursauter et me tire de mes pensées désordonnées.

— Bah alors, tu vas contempler mon navire encore longtemps ?

Je me tourne lentement vers Jossy qui marche vers moi d'un pas décidé.

— Ne me dis pas que tu ne m'as pas entendue arriver ? Tu es planté là depuis dix minutes et je n'ai pas été particulièrement discrète en gravissant ce fichu sentier rocailleux.

D'un geste tendre, elle passe sa main sur le cuir de ses bottes.

— Je crois que je les ai rayées. Cochonneries de rochers. C'est pour ça que je déteste la terre ferme. L'océan ne laisse pas ce genre de traces.

Elle se redresse et fronce les sourcils.

— Jackson, tu m'inquiètes. Non seulement tu n'as toujours pas dit un mot, mais en plus de ça, tu as vraiment une sale tête.

Je lâche finalement un salut d'une platitude navrante :

— Bonjour, Jossy.

Ma voix est rauque, sans que je sache si c'est dû au fait que j'aie peu parlé ces derniers jours ou si c'est à cause des cris que j'ai poussés en saccageant la taverne.

Elle s'approche de moi, si près qu'elle peut sans doute sentir les relents d'alcool que je dégage. Elle grimace d'ailleurs avant de continuer à me scruter.

— Par l'Océan, Blake, je ne m'attendais pas à ce que tu aies l'air aussi pathétique, lâche-t-elle dans un soupir.

— Ne me cherche pas, Jossy, ce n'est pas le moment.

Elle éclate de rire.

— Tu crois que tu m'impressionnes ? Dans l'état où tu es, tu ne pourrais même pas m'égratigner.

— Qu'est-ce que tu fais là ?

— J'ai entendu parler des méfaits du Sorcier Noir, figure-toi. Puis j'ai reçu un oiseau de Bold. Il me disait que tu n'étais plus toi-même. Que tu avais besoin d'aide.

— Je n'ai pas besoin de toi.

Je sens que Jossy puise dans ses réserves de patience.

— C'est évident, dit-elle d'un ton calme. On dirait que tu n'as pas dormi depuis des jours, tu as une tête à faire peur et tu empestes l'alcool. Je ne veux même pas savoir à quand remonte ton dernier bain. Mais tu n'as pas besoin d'aide… bien sûr.

Je n'ai pas le temps de répondre que déjà Jossy me lance une bouteille remplie d'un liquide ambré. Vu l'état de mes réflexes, c'est un miracle que je parvienne à la rattraper avant qu'elle n'explose au sol.

— Apparemment, c'est ton nouveau grand amour. Reste donc avec ta bouteille et ton chagrin pour l'instant. Mais il faudra bien que tu reprennes pied avec la réalité.

Le jour où ça arrivera et par égard pour notre amitié, je ferai comme si cette rencontre n'avait pas eu lieu. Si tu décides de finalement te comporter en adulte responsable… tu sais où me trouver.

Elle fait quelques pas, s'immobilise et semble hésiter. Puis, elle me lance un ultime regard.

— Callie aurait honte de ton comportement.

Et elle disparaît sur le petit sentier qui mène à la crique. Je reste là, immobile, avant de prendre une gorgée de la bouteille qu'elle m'a lancée.

CHAPITRE 5
BOLD

J'aimerais dire que je suis soulagé de voir Blake revenir, mais vu sa mine, ce serait mentir.

— Regardez qui voilà ! je dis d'un ton railleur. Le grand capitaine Jackson daigne regagner son navire. Tu as parlé à Jossy ? Elle est arrivée il y a quelques heures.

Blake m'ignore royalement et s'avance, une bouteille à moitié vide à la main, la lèvre fendue et les cheveux ébouriffés. D'un coup, je n'ai plus le cœur à me moquer de lui.

— Qu'est-ce que tu as fait, encore ?

Depuis une semaine, il rentre avec de nouvelles traces de combats.

— Rien.

— Et tu t'es blessé tout seul ?

— Tu sais bien que les gens adorent s'en prendre à moi. J'attire les ennuis.

— Je dirais plutôt que tu les provoques. Que s'est-il passé cette fois-ci ?

Il hausse les épaules. Je me sens partagé entre la compassion pour ce gamin qui a perdu celle qu'il aime et l'agacement de le voir aussi niais et mou. Son regard indifférent achève de me faire basculer du côté de la colère.

— Franchement, Blake ! C'est quoi, la prochaine étape ? Tu vas te faire tatouer son nom sur la poitrine avec un gros cœur ?

Il m'adresse une grimace qui pourrait être comique s'il ne semblait pas si triste. Je commence à m'échauffer.

— Tu es aussi ridicule que pathétique, tu en as conscience ?

Je devine qu'il va me répondre avec un autre haussement d'épaules qui pourrait bien venir à bout de ma légendaire patience. Pour éviter de céder à mon impulsion de le jeter par-dessus bord, je n'attends pas sa réponse et reprends, d'une voix que je veux calme :

— Blake, on ne peut plus rester ici.

— On partira quand je l'aurai décidé.

— Tu es capitaine et tu as des responsabilités. Les hommes doivent bouger. Il faut partir.

Je le vois lever le bras pour prendre une nouvelle gorgée d'alcool, ce qui m'agace prodigieusement. D'un geste bien trop rapide pour qu'il puisse me contrer dans l'état où il est, je m'empare de sa bouteille et la balance à l'eau.

Blake regarde les vagues d'un air stupide pendant quelques instants avant de se tourner vers moi.

— Ce n'était pas très malin de faire ça. Tu sais que j'ai des réserves et ça n'aura servi qu'à m'énerver.

— Oh, tu es énervé ? Eh ben, tant mieux, car moi aussi ! Je suis énervé de voir le garçon que j'ai élevé se comporter comme un imbécile et tourner poivrot ! Je suis énervé de te voir aussi amorphe. Pour l'amour de l'Océan, du Ciel et de la Terre, Blake, remue-toi !

Une partie de moi espère qu'il va se mettre en rogne, qu'il va me hurler dessus ou me frapper. Mais il reste là à me regarder, hagard, avant de lâcher un soupir.

— Je ne peux pas. Ça fait trop mal. Et je n'arrive pas à oublier.

Je le prends par les épaules et le serre fort.

— Alors n'oublie pas. Sers-toi de ta peine et de ta douleur, transforme-les en motivation. Ce seront tes meilleures armes. On doit faire quelque chose.

J'hésite un instant avant de poursuivre :

— Tu n'es pas le seul à tenir à Callie, j'ajoute finalement d'une voix basse.

Il soupire derechef, se dégage et me tourne le dos, s'appuyant contre le bastingage. Au fond de lui, je sais que mes mots l'atteignent. Je tiens à Callie. Comme si elle était ma fille. L'imaginer quelque part, seule, perdue, contrôlée par des ombres maléfiques, obligée de commettre mille horreurs à cause de cette magie qui la terrifie… ça me fend le cœur. Je veux plus que tout la retrouver et l'aider, mais je dois aussi veiller sur Blake. *L'Avalon* doit avancer, et son capitaine avec.

Je tente une nouvelle approche, sachant d'avance que sa réaction risque d'être violente.

— Blake, que dirait Callie ?

Il fait volte-face : j'ai touché juste.

— Je ne le saurai jamais parce qu'elle n'est plus là, Bold ! me crie-t-il en serrant les poings. Et c'est bien le problème !

Je suis tout aussi excédé que lui.

— Elle te dirait de bouger et de faire ce qu'on attend de toi, et tu le sais très bien. Elle te dirait d'arrêter de pleurnicher et de tenir ton rôle de capitaine. Elle te dirait de faire ce qui est le mieux pour *L'Avalon*. Pour ta famille. Pour la sienne.

Il marque un moment de silence. Il sait que j'ai raison.

— J'aimerais tellement oublier… finit-il par dire d'un ton las.

— Vraiment ? Tu voudrais oublier Callie ? Le bon comme le mauvais ? Tu voudrais qu'elle ne soit jamais entrée dans ta vie ? Parce que c'est comme ça que ça marche, gamin. Pour profiter du meilleur, il faut être prêt à endurer le pire.

Blake me regarde avec intensité. Tellement longtemps que je me demande si l'alcool n'a pas atteint gravement son cerveau. Puis il se frotte les yeux.

— Franchement, Bold, ce n'est pas toujours facile, de saisir ce que tu veux dire. Tu devrais essayer d'être plus clair et moins… philosophique.

— Je peux être plus direct, si tu préfères.

— Ça va aller, j'imagine bien ce que ça donnerait, merci.

— Tu t'es assez lamenté. Callie a besoin de nous. Et ce n'est pas ici qu'on trouvera comment faire.

— Qu'est-ce que tu suggères ? me demande Blake en continuant à se frotter les yeux, comme si ça pouvait l'aider à se concentrer.

— D'abord, pour l'amour de l'Océan, va te laver.

Il sursaute, apparemment surpris.

— On doit trouver un moyen de libérer Callie, certes, mais honnêtement, si on y parvient et qu'elle te voit dans cet état, soit elle s'enfuit en courant, soit elle te botte les fesses de t'être autant laissé aller.

Blake lève les yeux au ciel, mais une ombre de sourire se dessine sur ses lèvres.

— Toujours aussi délicat, Bold.

— C'est mon rôle, de te secouer, capitaine.

Il hoche distraitement la tête avant de me sonder du regard.

— Et une fois que j'aurai fait un brin de toilette ?

— Une nuit de sommeil, c'est non négociable. Et tu dois t'excuser auprès de Jossy. Je ne sais pas ce que vous vous êtes dit, mais je suis prêt à parier que tu n'as pas été très aimable.

— Oui, oui, et après ça ?

Je sens que sa patience s'épuise alors je lui expose mon idée.

— Il me semble que tu es en possession d'un compas magique qui t'indique ce que tu veux le plus au monde, non ? Par exemple… un moyen de sauver celle que tu aimes ?

Dire qu'il n'a même pas songé à utiliser le compas ! Ça en serait comique si ça n'était pas aussi triste. Il hoche la tête et fait un signe vers le pont.

— Je veux tous les hommes à leur poste. Qu'on soit prêts à partir dès qu'on aura un cap.

Il sort son compas – le normal, car notre compas magique est bien protégé dans le coffre de sa cabine – et fait semblant de réfléchir à une direction et, même si je sais que c'est du pipeau, je sens mon cœur se gonfler de fierté en le voyant essayer de se ressaisir.

— À vos ordres, capitaine.

Je n'ai fait que quelques pas lorsqu'il me rappelle.

— Bold ?

— Mmh ?

— Merci.

— Je serai toujours là, Blake. Toujours.

Puis je descends les marches qui me mènent au pont et commence à crier, animé d'une nouvelle vigueur.

— Debout, bande de limaces ! Notre capitaine a donné des ordres !

CHAPITRE 6
BLAKE

Bold a toujours raison. C'est agaçant.

Je consens à prendre un bain et je suis surpris par le bien que j'en retire. J'y reste si longtemps que l'eau devient glaciale et que Bold doit tambouriner contre la porte en menaçant d'entrer pour que j'accepte de sortir de ma baignoire.

— Il faut savoir ce que tu veux, je marmonne en lui ouvrant la porte, une serviette nouée autour de la taille. Quand je ne me lave pas, il faut que j'aille prendre un bain, et quand je prends un bain, tu défonces ma porte comme un forcené.

— J'avais peur que tu ne tentes de te noyer, dit-il en entrant dans la cabine sans y avoir été invité.

— Si je voulais tenter de me noyer, Bold, je crois que l'océan suffirait…

— Bien, tu as retrouvé ton humour.

Puis, d'un geste du menton, il me désigne mon lit.

Je soupire.

— C'est non négociable, répète Bold.

Je lui tourne le dos et singe ses mots en marmonnant pour moi-même avant de m'interrompre brusquement. Bold a raison. Je suis ridicule. Peut-être est-ce le bain, peut-être est-ce la discussion avec mon second, en tout cas j'ai l'impression d'y voir plus clair. Et je réalise que je suis vraiment fatigué. Depuis quand n'ai-je pas dormi plusieurs heures d'affilée ?

Je m'allonge sur mon lit, tentant d'ignorer les souvenirs qui me viennent à l'esprit – *Callie, Callie, Callie* – puis je ferme les yeux. J'en ouvre un pour regarder où se trouve Bold : il s'est assis devant la table, sans doute pour m'avoir à l'œil. Sa présence m'apaise. L'entendre tourner les pages du livre de cartes qu'il feuillette, percevoir sa respiration et le bruit de sa chaise quand il bouge… Ça me rappelle toutes les fois où, petit, je me suis réfugié dans sa cabine après m'être fait corriger par mon père. Ça me rappelle que je ne suis pas seul.

Enfin j'en viens à réfléchir à la façon dont j'ai agi. J'ai été violent, arrogant et méprisant. J'ai totalement laissé de côté mes obligations et responsabilités de capitaine. J'ai immobilisé mon navire, lui faisant courir des risques et abandonnant mon équipage. Je n'ai pas dormi depuis des jours et hormis les chopes de bière et les litres de rhum, je n'ai presque rien ingurgité. Je suis dans un état physique et mental lamentable.

J'ai vraiment fait n'importe quoi.

Oui, j'ai mal que Callie soit partie. Oui, je m'inquiète pour elle et je culpabilise de l'avoir mise dans cette situation. Mais au lieu de prendre le problème comme je le fais habituellement, d'une manière froide et rationnelle, je me suis laissé aller. Mon père serait effaré de me voir ainsi. Callie aussi. Mais, pire que tout, je suis effaré de me voir comme ça. Je vaux mieux que ça.

Alors, je me fais une promesse : je ne baisserai plus les bras. Quoi qu'il arrive, je saurai surmonter ce que les dieux décideront de mettre sur mon chemin.

C'est avec cette pensée que je trouve le sommeil et, pour la première fois depuis une semaine, aucun mauvais rêve ne me réveille.

***

Au matin, je suis étrangement revigoré. Je suis seul dans ma cabine que le soleil illumine : il doit être plus de midi et je réalise que j'ai faim quand la porte s'ouvre.

— Ça va mieux, monsieur Bougon ?

J'esquisse un pâle sourire devant le regard circonspect de Jossy.

— Bonjour, Jossy. Ça va un peu mieux. Je me suis fait recadrer par une vieille amie, et mon second a fini d'enfoncer le clou, alors…

— Cette vieille amie a l'air de bon conseil, lance Jossy qui semble accepter mes excuses détournées.

Je la regarde droit dans les yeux pour lui exprimer ma gratitude.

— Elle l'est.

— Je pense que tout le mérite revient au second, intervient Bold alors qu'il passe la porte, une assiette remplie de victuailles dans les mains.

Je me précipite dessus sans attendre.

— Ch'est chouvent le cas, je conclus la bouche pleine.

— Encore en train de flatter Bold ? dit Glenn en levant les yeux au ciel alors qu'il entre à son tour.

Al le talonne, un sourire un peu hésitant sur les lèvres, en attente de ma réaction. Même si ma cabine s'est apparemment transformée en moulin où l'on entre comme on veut, je dois avouer que je suis heureux de les voir tous.

— Parce que oui, Bold est grand, fort et sage, continue Glenn en piquant dans mon assiette, ce qui lui vaut une tape sur la main. Mais il n'a aucun humour et je lui en veux toujours d'avoir interrompu mon combat de coqs hier…

— Pardon ?

Glenn se fige avant de se tourner vers moi, affichant cet air innocent que je l'ai vu utiliser des centaines de fois quand, enfants, nous faisions les quatre cents coups.

— Un combat de coqs ? À bord de *L'Avalon* ?

— Pas du tout, me répond mon ami en prenant un air réprobateur, cette fois. Ça serait totalement ridicule. Et indigne de pirates. Bon, maintenant que Blake est revenu sur terre, on la fait, cette petite réunion ?

***

La situation est aussi simple que désespérante.

— Tu peux essayer de lui parler, dit Bold. C'est bien ce que Callie a fait avec son père, non ? Ça lui a permis de reprendre le contrôle.

— Oui, deux minutes, puis il est mort, je marmonne.

— À ce sujet, tu pensais nous dire un jour que le Sorcier Noir était le père de Callie ? demande Glenn en haussant un sourcil. Parce que c'est le genre d'information qu'on aurait peut-être aimé connaître avant de se lancer dans cette mission insensée…

Je le regarde froidement.

— Bref, ce n'est pas le sujet, dit-il. Enchaînons.

On échange un tas d'idées, et tout ce que j'aurais dû entendre depuis une semaine me parvient enfin : la situation est cauchemardesque.

Mes amis évitent de s'appesantir sur les crimes commis par Callie, mais je n'ai pas besoin d'eux pour savoir ce que les ombres lui font faire : j'ai passé ces derniers jours à la taverne, et les rumeurs vont bon train. À la place, ils me décrivent de long en large l'épouvante des autorités des deux Terres du continent qui clament à qui veut l'entendre que les exactions du Sorcier Noir sont la raison pour laquelle ils prohibent et condamnent la magie. Le regain d'activité du Sorcier Noir est, selon eux, dû à une provocation extérieure. Et, évidemment, les coupables sont tout désignés : les pirates qui n'ont jamais accepté les lois et qui se sont spécialisés dans le lucratif trafic d'objets magiques, mais aussi les habitants de l'Archipel des Lacs. Eux pratiquent la magie, eux sont les ennemis, la raison pour laquelle leurs pays subissent aujourd'hui le courroux de cet être maléfique qui sème la mort et la désolation. Ces nouvelles sont désastreuses car elles ne tarderont pas à avoir des répercussions sur mon activité mais, pour le moment, je les fais passer au second plan.

Jossy me raconte ce qu'elle a ouï dire, les recherches qu'elle a commencé à effectuer quand Bold lui a fait part de la situation, Al, mon expert en magie, me parle de ce qu'il sait des ombres… Mais, en réalité, toutes les discussions du monde n'y changeront rien : nous n'avons aucune piste pour libérer Callie. Enfin, je vais chercher le compas, c'est lui qui nous mettra sur la bonne voie.

Je serre l'objet précieux dans mes paumes et répète, comme un mantra :

— Je veux sauver Callie, je veux sauver Callie, je veux sauver Callie…

Ma demande est vague, mais sa pointe tourne un instant avant de s'arrêter vers le nord. J'ai du mal à cacher ma surprise : nous sommes déjà très au nord. Qu'y a-t-il plus haut qu'ici ? Alors que Glenn, Al et Jossy se jettent sur mes cartes pour tenter de trouver où le compas veut nous mener, Bold et moi échangeons un regard. Un poids tombe sur mes épaules.

— C'est le château, je soupire. La solution se trouve au château du Sorcier Noir. On y va.

— Hors de question, rétorque Bold. Il faut qu'on se prépare.

— Se préparer pour quoi, par l'Océan ? Je te dis que l'édifice est réduit en poussière !

— Ça ne veut pas dire que les protections magiques ne sont plus actives ! intervient Al.

— Dans ce cas, dix ans de préparation ne suffiront pas à nous en prémunir. Jusqu'à preuve du contraire et même si je ne l'ai pas bien montré ces derniers temps, je suis toujours le capitaine de ce navire et de cet équipage. On y va. Maintenant. Si vous ne voulez pas obéir, libre à vous de vous mutiner.

Al sursaute comme si on l'avait brûlé. Je l'entends marmonner quelques mots comme « mutinerie, rien que ça… », puis il se dépêche de suivre Glenn et Jossy qui partent déjà rassembler les troupes. Bientôt, il ne reste plus que mon second et moi dans la pièce.

— Et toi, Bold ? Tu vas nous suivre ou tu vas te mutiner et prendre le contrôle de ce bateau ?

Bold ne me répond qu'une fois devant la porte.

— Tu serais bien embêté si je me mutinais.

J'esquisse un sourire.

— Tu veux plutôt dire que je serais totalement perdu, sans toi.

— N'essaie pas de m'attendrir.

Pourtant lui aussi sourit avant de planter ses yeux dans les miens.

— Blake, ne te laisse plus aller comme ça.

J'aimerais le lui promettre, mais l'absence de Callie soudain me transperce la poitrine. Je ne peux rien promettre dans cet état. Je me contente donc de hocher la tête, et nous quittons ma cabine.

CHAPITRE 7
LES OMBRES

Le hurlement de notre victime s'achève dans un gargouillis lorsque nous lui tranchons la gorge. Le jet de sang qui nous éclabousse le visage ne nous trouble pas et, d'un geste rapide, nous repoussons le cadavre pour qu'il rejoigne les autres au sol. Avec satisfaction, nous regardons les corps qui s'amoncellent dans la petite cabane. Un ricanement nous secoue. Comme les humains sont naïfs !

Il a suffi qu'on se présente à la porte, arborant le visage d'ange de Callie et forçant les trémolos dans notre voix pour qu'ils nous laissent entrer. Ils nous ont nourries, nous ont amusées avec leurs discussions, les pitreries de leurs enfants, puis nous les avons tués. Tous les sept. La mère, le père, les grands-parents, les trois enfants. Cela ne fait que soulager momentanément notre soif de sang. Ces êtres misérables sont la raison de notre errance et nous n'éprouvons aucune pitié pour eux. Avant, nous étions des sorciers puissants, nous avions une famille comme la leur, un toit au-dessus de nos têtes, tout comme eux. Et puis la purge a commencé, et nous avons tout perdu. Nos familles, notre liberté, nos corps. Tout. Il n'est que justice que les méprisables humains incapables de percevoir la magie paient pour cela.

Nous essuyons négligemment le rouge souillant nos doigts sur la robe d'une de nos victimes. Callie est étrangement silencieuse.

Les premiers temps, elle criait, se débattait, luttait de toutes ses forces. Elle n'est pas passée loin de nous reprendre le contrôle. C'est une jeune fille pleine de ressources, très forte et têtue comme une mule. Pourtant, au fur et à mesure que nous nous servons de ses mains pour tuer… elle perd ses forces. L'horreur de ce que nous lui faisons réaliser sape sa détermination. Lorsque nous avons tué notre premier nourrisson, elle a renoncé. Nous en avons été presque déçues. Presque. Oh, elle continue de lutter, de temps en temps, quand elle est prise d'un sursaut d'énergie, mais il semble désormais évident qu'elle ne fera pas le poids. En ce moment même, il nous semble pouvoir l'entendre sangloter en contemplant les corps disséminés sur le sol recouvert de paille. Tant qu'elle se lamente, elle ne représente pas de danger.

Nous n'avons plus rien à faire ici. Cette ferme était isolée du reste de la communauté. Il s'écoulera peut-être des jours avant qu'on ne découvre ce qui s'y est passé. Alors se propageront les rumeurs. Le Sorcier Noir a encore frappé ! De nouveaux morts à compter à son actif. Après les villages incendiés, les hommes pendus, les femmes éventrées… une malheureuse famille n'a pu lui résister. Un rire presque joyeux s'échappe de nos lèvres entrouvertes.

Le Sorcier Noir.

Les humains sont loin du compte en nous appelant ainsi, mais il faut avouer que ça a un certain panache. Aucun d'eux ne peut comprendre que nous ne sommes pas une seule et même personne, mais un amas d'ombres de magie, une entité composée de pouvoirs issus de différents sorciers, rassemblée par une même volonté : faire souffrir les humains autant qu'ils nous ont fait souffrir. Il existe des milliers d'ombres, des milliers de pouvoirs assemblés pour former ce genre d'entité. Ce sont elles qui répondent aux appels des minables qui tentent d'exploiter notre pouvoir. Comme s'ils en étaient dignes, après avoir quasiment exterminé la magie. Mais nous sommes les plus puissantes. Le temps nous l'a prouvé. Nous sommes les plus rapides pour répondre aux appels, nous sommes les plus habiles pour prendre le contrôle de l'hôte, les plus créatives pour faire payer ces chétives créatures qui peuplent notre terre… Nous sommes les ombres les plus puissantes qui foulent le sol de cette planète et, avec Callie comme hôte, rien ne semble pouvoir nous arrêter. Pourtant, nous devons en avoir le cœur net.

Nous levons les bras et laissons la magie faire son œuvre.

Nous disparaissons.

Une fraction de seconde plus tard, nous voilà devant des ruines qui nous sont familières. Notre ancien château se dressait là avant que nous ne le détruisions, sur un coup de tête, avides de montrer à ce pirate impudent de quoi nous étions capables. En repensant à son air ébahi, un rire nous échappe de nouveau. Au même instant, Callie s'agite. Maudit pirate.

Il ne nous faut pas plus de quelques minutes pour trouver ce que nous cherchons : le parchemin repose au sol, coincé sous un gros morceau de pierre. Cette formule ne sert peut-être qu'à nous faire changer d'hôte et non à nous renvoyer dans les Enfers, mais le moment venu, cela pourrait nous servir à semer le trouble.

Pour l'heure, Callie est un hôte parfait. Malgré sa force mentale, elle ne semble pas pouvoir nous résister. Mais le plus amusant, en occupant son corps, c'est d'imaginer la souffrance que cela leur cause, à elle et à son petit pirate. La peine qu'on a lue dans ses beaux yeux bleus quand il a compris ce qui s'était passé.

Blake.

Voilà que Callie s'agite de nouveau. Nous la repoussons facilement et, profitant d'être près du château, décidons d'y faire un tour. Qui sait ? Nous retrouverons peut-être certains de nos objets favoris. Des objets qui, parfois, ont une valeur presque sentimentale.

Pourtant, en marchant au milieu des décombres dans notre chambre forte, nous nous rendons compte que cela n'a plus d'importance à nos yeux. Nous posons la formule sur le grimoire mis en évidence sur l'autel et regardons autour de nous. Des babioles, rien de plus. Amasser cette collection nous a paru important, à une époque. Ce n'est plus le cas.

C'est le problème, avec les hôtes que l'on occupe. Même si nous les dominons, ils parviennent à nous donner un peu de leur personnalité. Le père de Callie était motivé par l'idée de faciliter la vie de sa fille et il nous a transmis son obsession de la protéger, à tel point que, après des années, nous avons fini par tout mélanger et penser qu'elle était notre propre enfant. La retrouver et la garder auprès de nous était devenu notre but, notre raison de parcourir ce monde. Une motivation bien indigne, qui nous a fait oublier les meurtres et autres réjouissances. Pendant quelques années, le monde a oublié ce dont était réellement capable le Sorcier Noir. Oh, quelques massacres par-ci par-là, mais rien de comparable à ce que nous avions fait par le passé et, sûrement rien à côté de ce que nous allons faire à présent.

Nous nous emparons d'une coupe en or massif, sertie de pierres précieuses étincelantes, et l'observons un instant. Le père de Callie n'est plus là désormais ; tous ces trésors ne nous intéressent plus. Nous laissons tomber la coupe au sol et le bruit de sa chute résonne dans le silence étouffant de la pièce. Quelle sera l'influence de Callie ? Que nous apportera-t-elle ? Il ne manquerait plus que nous développions nous aussi une obsession étrange pour cet humain aux yeux bleus…

Blake. Il s'appelle Blake.

Callie se rappelle à nous. Un bref instant, elle tente de nous contrôler et, malgré nous, nous tremblons avant de nous ressaisir. Il faudra bien plus que ça pour que Callie nous renvoie dans les limbes au fond de son esprit. Par expérience, nous savons que ceux qui s'obstinent à nous résister perdent la tête. Mais Callie ne désespère pas encore. Qu'elle est agaçante…

Tout en la repoussant, nous avançons dans la chambre forte qui regorge d'objets précieux, quand quelque chose à terre attire notre attention. Et c'est alors que des bruits de pas se font entendre… Des voix s'approchent. Avant que nous ayons décidé quoi faire, Callie nous pousse à nous emparer de la feuille au sol. D'un geste rapide, nous la fourrons dans notre ceinture : nous ne savons pas pourquoi, mais l'instinct et Callie nous hurlent que ce morceau de parchemin miteux est important. Puis, tandis que la porte de la chambre cachée s'ouvre, Callie hurle dans notre tête, et nous disparaissons.

CHAPITRE 8
BLAKE

Maintenant que je me trouve de nouveau au sommet de ce promontoire rocheux désertique, je me dis qu'un peu de préparation mentale ne nous aurait pas fait de mal.

Je ne m'attendais pas à être frappé de la sorte par l'aura du lieu : j'ai l'impression de revivre les événements qui se sont déroulés ici. Un frisson me parcourt. Je sens que Bold me fixe, je me ressaisis. Mes hommes et l'équipage de Jossy me suivent, un peu plus loin derrière.

Fouiller ce qui reste de la bâtisse n'est pas une mince affaire. Je me souviens parfaitement des explications de Callie au sujet des pièces remplies de trésors, mais tout est enseveli sous des tonnes de gravats et il nous faut des heures pour parvenir à trouver quelque chose. En l'occurrence, une arme. Puis un crâne. Un chandelier en or massif, incrusté de pierres précieuses. Peu à peu, nous dégageons différents objets, tous plus étranges et hétéroclites les uns que les autres. Mais rien qui ne semble pouvoir nous aider à sauver Callie. La seule bonne nouvelle, c'est que nous n'avons apparemment pas déclenché d'alarme magique : notre intrusion à travers les ruines n'a pas réveillé une armée de zombies qui seraient venus nous dévorer. Malgré ce point positif, je finis par m'éloigner légèrement, las et découragé.

Peut-être que j'ai mal interprété ce que désignait le compas. Peut-être que fouiller ces ruines n'est qu'une perte de temps. Car pendant que nous jouons les archéologues amateurs, Callie est quelque part, les mains tachées de sang.

— Blake, j'ai trouvé quelque chose !

Jossy, perchée sur un monticule de débris, m'indique un bout de planche, dissimulé sous une roche. Je ne suis pas sûr que je l'aurais remarqué et encore moins que j'y aurais prêté la moindre attention. Il nous faut quelque temps pour déblayer l'entrée, puis j'insiste pour être le premier à descendre par la trappe que nous venons de révéler. On me tend une torche et je m'aventure sous le Château Noir, dans une expédition qui promet d'être morbide. À quoi d'autre puis-je m'attendre en partant à la découverte de la cachette secrète du sorcier le plus maléfique de tous les temps ?

***

Loués soient Jossy et son sens de l'observation : elle a trouvé le coffre au trésor, la caverne aux merveilles du Sorcier Noir. Une salle souterraine remplie d'objets en tout genre, de livres volumineux et de rouleaux de parchemin plus épais que ma cuisse. Quelques étagères se sont renversées durant l'effondrement du château et il y a un peu de casse, mais tout semble à sa place. Je repère une coupe en or sertie de pierres précieuses qui gît au sol et, presque par réflexe, je la ramasse pour la remettre sur son étagère. Le métal semble chaud sous ma paume, comme si quelqu'un venait tout juste de la lâcher, mais c'est sans doute le fruit de mon imagination. Je regarde ces richesses, ces montagnes d'or et d'argent qui m'auraient comblé de bonheur quelques mois plus tôt.

J'ai soudain une vision de Callie, âgée d'une dizaine d'années, empochant tous les objets qu'elle semblait trouver digne d'intérêt pour les fourrer dans sa sacoche avant de s'enfuir de cet endroit maudit. C'est ici qu'elle a pris le compas.

On m'appelle à l'autre bout de la salle. Je retrouve Al devant ce qui ressemble à un autel de pierre. Des crânes et des ossements le jonchent et, plus important, il y a un énorme grimoire posé au centre d'un cercle tracé sur la roche. Je le feuillette avec empressement. La plupart des pages sont couvertes de caractères étranges que je ne parviens pas à déchiffrer. D'autres exposent des illustrations pour le moins dérangeantes qui décrivent apparemment les effets des sortilèges que renferme ce grimoire. Je les survole sans me soucier des détails sanglants et passe de plus en plus vite, jusqu'à arriver au milieu du livre. Vu l'état des pages et de la reliure, il est resté ouvert à cet endroit un long moment. Un feuillet a été glissé là, plus clair et probablement plus récent que les autres pages jaunies par le temps. Je me penche et déchiffre les premiers mots d'une écriture fine et serrée. Mon cœur se met à battre à tout rompre.

« Pour invoquer les ombres et utiliser leur puissance, il vous faut réunir les ingrédients… »

On a trouvé.

Il s'agit de toute évidence d'une traduction réalisée par le père de Callie quand il cherchait un moyen d'invoquer les ombres pour faire revenir sa femme. Il y a des ratures, des mots barrés, des flèches qui partent dans tous les sens, mais je ne suis pas là pour juger de ses talents de traducteur. Désormais, j'ai le moyen d'invoquer les ombres. Je peux les forcer à venir, peu importe où elles se trouvent. Je peux retrouver Callie.

Alors que mes hommes se passent le message et que les premiers cris de joie retentissent, je feuillette de nouveau le livre, avide d'en savoir plus. Mes yeux glissent sans les voir sur les formules qui permettent de transformer la pierre en or, ignorent celles qui assurent l'immortalité. En revanche, mon cœur rate un battement quand je déchiffre les mots *« potion de contrôle »*.

Je ressens un tel soulagement, une telle bouffée d'espoir que je suis obligé de m'interrompre. Je lâche le grimoire, m'appuie sur l'autel et baisse la tête. Mon cœur bat si fort que je suis surpris que ma cage thoracique n'explose pas.

Ces formules ne sont qu'un début. Qui sait si elles fonctionnent vraiment ?

Rien n'est moins sûr, surtout si on considère que les dieux se sont plutôt acharnés sur moi, ces derniers temps, mais c'est un début de victoire. Je me redresse et observe encore le grimoire : la complexité des formules me fait froncer les sourcils mais je me fige en apercevant le bout de parchemin qui dépasse entre les pages. Je reconnais les premiers mots et, de manière impulsive, je m'empare du papier que je fourre dans ma poche. Je ne sais pas ce que je vais faire de cette formule, mais ces derniers jours m'ont appris qu'on n'est jamais trop prudent et qu'il vaut mieux avoir un plan de réserve.

Mon cœur tambourine, comme si ce regain d'espoir l'animait, lui aussi. Chaque battement résonne à mes oreilles autant qu'un boulet de canon, et je crois entendre un nom à travers son rythme.

Callie…

Callie…

Callie.

CHAPITRE 9
BLAKE

Je me tiens près du bastingage de *L'Avalon* et regarde l'équipage de Jossy nous dire au revoir. Et nous souhaiter bonne chance.

— Vous allez en avoir besoin, dit Tiana, l'une des pirates.

— Pas besoin de chance, rétorque Glenn avec un air suffisant. Tu nous connais… on est des as.

— Je vous connais, en effet. Et je maintiens ce que j'ai dit : bonne chance, assène-t-elle en rejoignant son navire.

Glenn semble un peu vexé et se détourne, lui aussi, me laissant seul avec Jossy.

— Jossy… merci pour tout.

— N'en parlons plus, Jackson. J'espère sincèrement que vous allez la trouver. Et la sauver. Callie et toi, c'est une évidence. Même partie, tu lui appartiens. Il n'y a qu'à voir l'état dans lequel tu te mets pour elle.

Elle laisse passer un silence et je ne sais pas quoi dire. J'ignore ce qu'elle attend. Elle reprend la parole avant que je ne me sois décidé :

— Tu me revaudras ça, Jackson. Et, surtout, nom d'une tempête, ne te laisse plus aller !

Après un dernier regard insistant, elle monte à bord de son navire qui ne tarde pas à s'éloigner. Elle est partie aussi soudainement qu'elle était arrivée.

***

L'Avalon a repris la mer et je regarde l'océan qui m'entoure alors que nous fendons les flots. Nous avons tellement de choses à faire et, à mon grand désespoir, il nous faudra du temps pour nous préparer.

Rien que la formule d'invocation nécessite d'avoir des ingrédients aussi obscurs que rares et, pourtant, c'est la plus facile des deux. J'estime à quelques longues semaines le temps nécessaire pour rassembler tout ce qu'il faut. Quant à la fameuse potion de contrôle, ainsi que l'appelle le grimoire, elle est sans doute la plus difficile de toutes les recettes listées. Certains ingrédients sont tellement singuliers que même Doc ne sait pas où les trouver.

Nous avons décidé de faire les choses dans l'ordre. D'abord, invoquer les ombres et bloquer Callie. Ça l'empêchera de commettre plus d'atrocités et, en l'ayant sous la main, nous aurons le temps de rassembler les autres ingrédients.

Parmi les instructions de l'invocation figure la nécessité de dessiner un pentagramme pour immobiliser les ombres et canaliser leur pouvoir à l'intérieur. En théorie, si le dessin est bien tracé, les ombres invoquées seront incapables de nous faire du mal.

— Hors de question de faire ça à bord de *L'Avalon*, avait dit Bold quand nous avons abordé le sujet. C'est bien trop risqué.

Je suis d'accord avec lui mais nous n'en sommes malheureusement pas là. J'ai de nouveau mis le compas à contribution pour trouver des ingrédients magiques et, cette fois, *L'Avalon* fait voile vers le sud.

Reprendre la mer n'apaise pas tous mes tourments, mais ça me fait quand même un bien fou. Retrouver mon équipage aussi. Personne ne m'a rien dit et je sais qu'ils ne se le permettraient pas, mais mon changement d'attitude a été remarqué. Finalement, après toutes les années que nous avons passées ensemble, ce n'est pas quelques jours d'absence qui allaient nous perturber. J'essaie aussi de passer du temps avec Doug qui est sorti de l'infirmerie et qui s'échine à effectuer quelques petites tâches à bord, bien que tout le monde lui dise de se reposer. Doc estime qu'il est trop tôt pour une jambe de bois, mais le gamin se déplace avec des béquilles, ce qui n'est pas un mince exploit sur le pont instable et mouillé de *L'Avalon*. Mes soirées sont bien occupées par Glenn ; il m'entraîne dans des parties de cartes sans fin, déterminé à me changer les idées.

Ainsi, la vie a repris un cours à peu près normal sur *L'Avalon*, même si Callie hante chaque recoin de ce navire.

J'ai bien conscience que la piste que nous suivons est faible et pleine d'incertitudes, mais j'ai choisi de mettre ça de côté pour l'instant. L'important, c'est d'avoir l'impression d'avancer. Et j'ai un plan de secours. Un plan totalement fou et inconscient, dont je n'ai parlé à personne, pas même à Bold. Un plan qui tient tout entier sur un bout de parchemin que j'ai déchiré au grimoire quand personne ne me regardait.

***

Depuis quelques jours, les paysages qui nous entourent ont changé, signe que nous approchons de l'équateur. Je n'éprouve aucun regret à l'idée de quitter les Terres du Nord pour entrer dans les eaux des Terres du Sud. Déjà, je déteste le mauvais temps, la grisaille et le froid. Ensuite, j'espère bien ne plus jamais mettre les pieds dans ces contrées inhospitalières où j'ai désormais tant de douloureux souvenirs.

— Blake ?

Je me tourne vers Al qui se tient au milieu du gaillard d'arrière en compagnie de Bold et Glenn. Notre sorcier tient un parchemin dans les mains et, alors que je m'approche d'eux, j'aperçois son air inquiet.

— Des nouvelles ? je demande.

Il secoue la tête.

— Pas de Callie. En revanche, c'est officiel : les deux Terres du continent entrent en guerre.

La nouvelle me fait froncer les sourcils.

Ils ont donc déclaré la guerre aux pirates. Tous les pirates, peu importent leur origine, leur histoire et leur activité. Ils semblent convaincus que nous sommes responsables des problèmes qui assaillent ce monde. Ils négligent le fait que nous ne formons pas un peuple uni et qu'on ne peut pas parler de « pirates » pour englober tous les navires qui voguent sous le pavillon noir. Je connais des capitaines qui préféreraient voir leur équipage brûler plutôt que d'approcher un objet magique. Mais de cela les continentaux se moquent. Il leur faut un coupable et nous sommes les parfaits candidats. Je me demande presque si ça n'est pas politique : nous accuser d'être à l'origine du Sorcier Noir, c'est une façon comme une autre de régler le compte de ces navires qui attaquent et pillent sans reconnaître aucune autorité. Une plaie pour le commerce et les dirigeants…

— Les gouverneurs ont aussi envoyé un ultimatum aux habitants de l'Archipel des Lacs, continue Al.

Je hausse les épaules.

— Ça m'étonne qu'ils ne leur déclarent pas purement et simplement la guerre, à eux aussi, comme l'île est entièrement habitée par des sorciers ou des sympathisants de la magie.

— Ils savent très bien qu'ils ne font pas le poids, répond Al. Pourquoi crois-tu qu'ils tolèrent l'existence de cette communauté magique ? Parce que c'est loin de chez eux, certes, mais surtout parce qu'ils ne peuvent rien contre nous. Pour les sorciers des îles, détruire leur armada serait un jeu d'enfant. Ils ont lancé cet ultimatum pour garder la face, pour prétendre qu'ils ont la situation en main et qu'ils mènent le jeu.

De fait, je n'aimerais pas être à la place des gouverneurs du continent si leurs relations avec l'Archipel étaient amenées à se détériorer.

CHAPITRE 10
BLAKE

— Dépêche-toi, je grommelle à Glenn.

— Eh, si c'est trop lent à ton goût, tu n'as qu'à me donner un coup de main ! me répond-il sur le même ton.

— Cesse de répondre à ton capitaine ! Plus vite !

Malgré la nuit, je crois le voir lever les yeux au ciel. Il creuse encore pendant quelques minutes, puis un bruit sourd se fait entendre.

— Je crois que c'est bon, annonce-t-il.

Je me penche en avant : au fond du trou, on devine le cercueil, maculé de terre. Parfait. Glenn se hisse hors de la béance, puis me tape sur l'épaule.

— À ton tour. J'étais d'accord pour creuser, mais j'ai mes limites.

— Quelle petite nature !

J'ai conscience que je suis en train de réaliser un sacrilège aux yeux de tous les dieux. C'est l'un des rares points qui mettent d'accord les continentaux et les insulaires, ceux qui craignent et ceux qui pratiquent la magie : les morts méritent le repos, et rien ne devrait venir les troubler.

Pourtant, je donne un grand coup de pied dans le cercueil, et le bois se craque avec un fracas. Je plonge la main dans l'ouverture que j'ai faite, j'agrippe le premier os que je trouve et tire de toutes mes forces pour le faire venir à moi. Par chance, j'en ressors ce qui ressemble à un os de bras, assez long et blanchâtre dans la lumière de la lune.

— C'est vraiment répugnant, déclare Glenn tandis que je m'extirpe de là. Et dire qu'il y en a des milliers comme ça autour de nous. Je ne comprends pas pourquoi les continentaux enterrent leurs morts. Ça me fait froid dans le dos.

Chez les pirates, on jette les corps à la mer après une brève cérémonie. Certains disent que c'est par pur pragmatisme : où pourrions-nous les enterrer ? En réalité, nous aussi rendons nos pairs à notre dieu. La légende raconte que l'Océan accueille, après la mort, tout marin qui l'a honoré sa vie durant.

La lueur d'une torche interrompt le fil de mes pensées.

— Restez où vous êtes ! Profaner une sépulture est un crime passible de la peine de mort !

La réflexion du garde ne manque pas de sel, mais je ne prends pas le temps d'en rire. Nous filons sur le chemin que nous avions repéré, avec ce dernier ingrédient, si difficile à trouver.

***

Nous atteignons, à bout de souffle, la plage où nous avons laissé la barque. Nous ramons lentement et sans un mot pour nous remettre, jusqu'à ce que Glenn rompe le silence.

— On avance bien.

— Oui, je marmonne en retour. La seule chose dans laquelle nous n'avançons pas, c'est pour trouver ces satanées informations sur ces satanées ombres !

Glenn lâche une rame pour porter une main à son cœur, feignant d'être choqué par la violence de mon ton.

— Holà, capitaine, inutile de s'énerver comme ça !

J'entends la moquerie dans sa voix et lui adresse un geste grossier, par réflexe. Il rit puis s'interrompt brusquement lorsque je reprends la parole :

— Il faut que nous trouvions des informations. Chaque jour qui passe la pousse un peu plus dans les ténèbres.

Glenn hoche la tête. C'est rare de le voir aussi sérieux. Il désigne alors mon manteau et l'os qu'il cache.

— Comme je le disais : on avance bien.

J'aimerais que ça soit aussi simple que ça. Mais il y a tellement d'incertitudes, dans nos plans…

***

Lorsque nous retrouvons *L'Avalon*, l'équipage au complet nous attend. Bold laisse les autres remonter la barque à bord et se plante devant moi.

— Vous l'avez ? fait-il d'un ton pressant.

En guise de réponse, je sors l'os de mon manteau et l'exhibe devant mes hommes, ce qui leur tire des bruits dégoûtés. J'esquisse un sourire devant ces bougres capables de trancher des gorges sans sourciller et qui sont pourtant dérangés par la vue d'un simple os. Bold semble être le seul à ne pas frémir.

Cela nous a pris deux semaines, mais tous les ingrédients ont été réunis, même ceux qu'on disait introuvables. Mes hommes ont marchandé, menacé, menti, pillé, volé, frappé. Il nous a fallu débourser des sommes folles, braver une tempête, escalader une falaise, négocier avec un herboriste dur en affaires et, bien sûr, creuser dans un cimetière.

La plupart des hommes nous félicitent, Glenn et moi, en nous donnant des tapes sur l'épaule, puis regagnent leur poste. Il est impératif que *L'Avalon* mette les voiles : depuis que la guerre contre les pirates est déclarée, mouiller trop longtemps près des côtes est devenu dangereux. Bientôt, il ne reste plus que Glenn et Bold autour de moi.

— Alors, cet os ?

Nous nous tournons comme un seul homme vers Al qui se frotte le visage : je remarque les grands cernes sous ses yeux. Je lui en demande beaucoup, en ce moment : son pouvoir est nécessaire pour faire avancer *L'Avalon* plus vite et nous ne pouvons pas nous permettre d'attendre des vents favorables. Par ailleurs, nous avons déjà croisé deux navires ralliés au continent : si l'affrontement avec le premier était inévitable, le pouvoir d'Al nous a aidés à échapper au second et à un bain de sang inutile. Mais il en est ressorti très affaibli.

Pour autant et malgré sa fatigue apparente, Al ne s'est pas plaint du rythme qui lui était imposé. Vu l'attitude méfiante de Callie à son égard, je ne pensais pas qu'il serait si investi pour la sauver, mais il m'a foudroyé du regard la seule et unique fois où j'ai tenté de le questionner à ce sujet.

— Tu as une bien piètre opinion de moi, si tu penses que je vais la laisser dans ce cauchemar parce qu'elle a été un peu dure au début. Soyons clairs, Blake, comme nous l'avons toujours été. Je n'ai jamais caché ce que j'éprouvais pour toi et tu n'as jamais caché que cela ne mènerait nulle part. Je l'ai accepté depuis bien longtemps. Oui, ça m'a fait mal de voir Callie arriver, de voir comme tu la regardais, comme elle t'attirait. Oui, elle s'est méfiée de moi et de ma magie mais, honnêtement, avec ce qui lui est arrivé et ce qui lui arrive en ce moment, comment lui en vouloir ? Elle n'a eu que des mauvaises expériences avec les sorciers. Alors oui, je suis prêt à tout pour t'aider à la trouver. C'est important pour toi, donc ça l'est pour moi.

J'ai réalisé à quel point j'avais de la chance d'avoir Al à mes côtés depuis tout ce temps.

Le sujet était clos, et *L'Avalon* n'avait jamais avancé aussi vite.

Je repense à ce moment alors qu'Al s'arrête devant moi. Pour répondre à sa question, j'exhibe l'os qui paraît jaunâtre dans la lumière du soleil levant. Il approche son visage pour mieux le voir.

— Tu es sûr qu'il a plus de cent ans ? La formule précise…

— Oui, oui, je sais, je le coupe. Tu crois que Glenn et moi ne savons pas lire des dates inscrites sur une tombe ?

— Pour des sauvages qui enterrent leurs morts, ces continentaux sont incroyablement bien organisés, intervient Glenn. Heureusement pour nous. Si on avait dû se procurer un os chez les pirates… J'aurais dû tuer Al et attendre que son corps se décompose. Ça aurait fait désordre, au milieu du pont supérieur.

Je lève les yeux au ciel tandis qu'Al et Glenn échangent un sourire complice.

— En tout cas, on a tous les ingrédients ! Ça tombe bien, parce que j'ai trouvé l'endroit idéal, lance mon second. Une île au large des Terres du Sud, non loin d'ici. Tellement petite qu'elle n'est même pas sur la plupart des cartes. On y sera tranquilles.

Je hoche la tête.

— Parfait. On s'y rend immédiatement et, une fois qu'on y sera, j'exige que tout l'équipage se repose. Pas de corvées, pas de garde, rien. On prend tous des forces pour demain.

Bold garde le silence un instant puis avance :

— On ne sait toujours pas ce qu'on va faire quand les ombres seront invoquées.

— On avisera.

— Blake, je sais que tes plans reposent généralement sur une bonne dose d'improvisation et de chance, mais cette fois-ci, ça ne suffira pas, insiste mon second.

— On était d'accord : on invoque les ombres, on s'assure que Callie ne peut pas bouger et, *après*, on se penche sur les autres formules et potions.

— Tu veux garder Callie dans un pentacle pendant des semaines ? lance Glenn d'un air incrédule.

— Si ça l'empêche de massacrer des villages entiers pendant ce temps, oui.

Je m'apprête à quitter le pont mais Al me court après et m'attrape le bras.

— Quoi ? dis-je en tâchant de contrôler mon ton pour ne pas laisser transparaître ma lassitude.

— À propos de Callie, enfin des ombres…

— Oui ?

— Blake, quand elles seront dans le pentagramme, il ne faudra pas les écouter. Tu sais aussi bien que moi qu'elles sont maléfiques. Tu croiras que c'est Callie qui te parle mais ce seront les ombres qui essaieront de te duper ou de te faire souffrir.

— Je resterai sur mes gardes.

Al ne semble pas convaincu, mais c'est probablement parce que le doute a percé dans ma voix. Je me connais assez pour savoir que, face à Callie, ma raison prend bien souvent le large.

Moins de deux heures plus tard, *L'Avalon* cingle sous toutes voiles pour rejoindre l'île choisie par Bold. Mes hommes s'activent pour répondre à mes ordres. Je ne leur ai pas encore expliqué la totalité du programme. Peu importe : ils me suivront. Ils le font toujours. Même quand je les précipite au-devant d'un grave danger.

CHAPITRE 11
BLAKE

Force est de constater que la journée de repos obligatoire fait le plus grand bien à chacun. Je les observe alors que nous accostons sur l'îlot et que nous mettons au point les derniers préparatifs.

Nous voilà prêts à invoquer les ombres.

À retrouver Callie.

Réaliser le pentacle nous prend beaucoup de temps. Il ne s'agit pas seulement de le tracer dans la terre poussiéreuse : il faut le graver dans le sol, pour être sûr que les ombres ne pourront pas s'échapper. Je ne donne pas cher de nos peaux si elles y parviennent…

Plus pour me rassurer qu'autre chose, j'ai demandé à ce que presque tout l'équipage quitte le navire, ne laissant que cinq gardes et Doug à bord.

Le gamin m'a supplié de l'autoriser à venir : il voulait voir Callie, il voulait nous aider à la sauver. J'ai refusé. Doug n'a pas eu une enfance facile et, sur notre navire, il a assisté à plus de massacres qu'il n'aurait dû, mais, aujourd'hui, je ne veux pas qu'il soit témoin de cette scène. Je ne suis pas sûr qu'il supporte de voir Callie, qu'il adore, possédée par des ombres, distante, violente et maléfique…

Pour être honnête, je ne sais pas si je vais le supporter moi-même, mais je dois le faire.

Dans un silence pesant, je commence à réciter la formule.

Dès que les premiers mots sortent de ma bouche, le soleil matinal se couvre. L'obscurité nous encercle, le vent se lève et les quelques arbres rachitiques autour de nous ploient dans un grincement inquiétant. Puis vient l'odeur, entêtante, désagréable… Un craquement semblable à un coup de tonnerre retentit, je cligne des yeux une fraction de seconde et, soudain, Callie est là.

Elle se tient au centre du pentacle et regarde autour d'elle, l'air déboussolée.

— Callie ?

Je sais que c'est stupide d'espérer, mais elle a l'air tellement… elle. Alors qu'elle relève la tête vers moi, ses yeux d'une noirceur implacable me frappent le cœur. Pourtant, elle me répond.

— Blake…

J'entends mes hommes murmurer. J'ai envie de faire un pas en avant, de traverser ce fichu pentacle et de la prendre dans mes bras…

— Callie, est-ce que ça va ?

— Je… Je crois. Les ombres…

— Elles sont toujours là ?

— Je ne sais pas. C'est difficile à dire…

— Callie, il ne faut pas que tu abandonnes. Continue à lutter ! On va trouver une solu…

Je suis interrompu par un éclat de rire froid et mauvais. Callie se plie en deux et, lorsqu'elle se redresse, il n'y a plus aucune trace d'elle sur son visage.

— Aaaah, on n'a pas pu résister ! Tu nous excuseras, capitaine, on avait l'intention de jouer la comédie plus longtemps, mais l'espoir sur tes traits était tellement drôle à voir ! Et tu t'apprêtais à dire que vous alliez trouver une solution ! Comme si vous aviez la moindre chance face à nous !

Les ombres continuent de rire et mes hommes s'agitent de plus belle autour de moi. La situation a quelque chose d'angoissant : les ombres n'ont pas l'attitude de quelqu'un qui vient de se faire capturer dans une prison magique, *a priori* infranchissable…

— C'est tout ce que tu as trouvé ? Une invocation ? Un petit pentacle pour nous contenir ? reprennent les ombres d'un ton moqueur. Et tu as amené ton équipe de pirates totalement stupides pour te tenir compagnie, c'est mignon !

— Vous me semblez bien confiantes, je rétorque avec hargne, pourtant vous êtes coincées au milieu de ce « petit » pentacle, à la merci de pirates stupides.

— Vous ne nous impressionnez pas. Tu n'es pas le premier à tenter de libérer de notre emprise un être cher, Jackson. Tu ne seras pas le premier à échouer non plus.

— On doit l'avouer, l'idée du pentacle, c'est bien joué. Mais ça ne suffit pas, et toi comme nous le savons bien. Que comptes-tu faire, désormais ? Nous laisser là ? Certes, nous ne pourrons nuire à personne, mais serais-tu prêt à abandonner Callie ici pour l'éternité ?

Devant mon silence, les ombres éclatent d'un rire démoniaque avant de reprendre :

— Tu sais quoi, capitaine ? Tu as raison. En réalité, on est tellement impressionnées par ton courage et ta détermination qu'on va te confier un petit secret.

Je les regarde, méfiant. Ma discussion avec Al me revient en mémoire. Je ne dois pas croire un seul mot qui sort de leur bouche. Je le sais. Pourtant, je ne peux pas m'empêcher d'attendre la suite avec impatience.

— Il est possible que l'hôte nous résiste.

Elles marquent une pause après cette révélation qui relance de plus belle les murmures derrière moi.

— C'est peu connu, mais l'histoire regorge d'hommes qui se sont approprié le pouvoir des ombres qui tentaient de les posséder.

Le silence est retombé, et mes hommes boivent religieusement les paroles des ombres. Je pense à Al et aux habitants de l'Archipel des Lacs. J'imagine Callie parvenir à maîtriser les ombres et à utiliser la magie comme ils le font. Si d'autres y sont parvenus avant, pourquoi pas elle ?

— Bien sûr, il s'agissait d'ombres bien moins puissantes. Des ombres mineures, ajoutent-elles avec mépris. Nous, nous sommes bien plus fortes. Et, dans tous les cas, ce n'est pas un combat facile. Ce n'est jamais totalement acquis. Il faut se battre en permanence car nous aimons le contrôle et nous ne nous laissons pas endormir facilement. Mais c'est possible, oui.

Je reste un moment silencieux, le temps d'assimiler tout ce que les ombres viennent de dire, puis relève brusquement la tête.

— Son père a réussi.

— Mmmh ? interrogent les ombres d'un air nonchalant.

— Le père de Callie a réussi à vous contenir. Au début, du moins.

— La belle affaire, une poignée de minutes de répit avant de…

— Non. Des années. Callie m'a dit que, les premières années, c'était bien lui. Il utilisait votre pouvoir, mais c'était lui qui contrôlait tout. Il lui a construit un château, lui a offert des trésors. Il a réussi à vous repousser longtemps, pourquoi n'y parviendrait-elle pas ?

Les yeux des ombres brillent, mais le corps de Callie reste immobile quelques secondes qui me paraissent une éternité. Quand, enfin, les ombres reprennent la parole, leur voix me semble hachée, essoufflée.

— Callie n'est peut-être pas assez forte. Tu as pensé à ça, capitaine ?

Elles m'adressent un clin d'œil pour me narguer avec ce visage que j'aime tant.

— De toute façon, personne ne peut nous résister longtemps. Et ceux qui y parviennent perdent l'esprit, au bout d'un moment. La liberté vaut-elle qu'on sombre dans la folie ?

— Laissez donc Callie en décider.

— Non, ça serait trop facile, ricanent de nouveau les ombres.

— Alors, si Callie ne réussit pas à reprendre le contrôle, je trouverai un moyen pour vous renvoyer d'où vous venez.

— Nous n'en attendons pas moins de toi, capitaine. Bon courage pour cette noble et vaine quête que tu es sur le point d'entreprendre.

— J'ai trouvé votre grimoire, je rétorque. J'ai toutes les indications nécessaires là-dedans.

J'ignore Al qui, derrière moi, me chuchote de me taire. Je sais ce qu'il pense : j'en dis trop, je dévoile des informations qui auraient gagné à rester secrètes. Je fais l'inverse de ce qu'il m'a conseillé. Pourtant, je ne peux que savourer ma victoire en voyant le trouble sur le visage des ombres.

— Le grimoire, hein ? disent-elles finalement. Tu veux sans doute parler de cette petite potion ? Bonne chance !

Mon sourire disparaît. Les ombres semblent sincères, même si ce n'est pas facile à juger.

— Mais si tu veux absolument libérer Callie, il existe une autre solution, reprennent-elles, comme si de rien n'était. Celle à laquelle tu penses depuis déjà quelque temps. Tu pourrais réciter la formule à ton tour. Nous accueillir en toi.

— Je croyais que je ne vous intéressais pas. Que c'était bien plus amusant d'occuper le corps de Callie !

— Ne te crois pas plus important que tu ne l'es, capitaine. C'était juste histoire de parler.

La désinvolture de leur ton me fait botter en touche :

— Eh bien, vous pouvez toujours parler, puisque je n'ai pas la formule.

— Capitaine… pas de ça entre nous…

Je ne sais pas comment les ombres peuvent le savoir, mais il me semble que leur regard se pose brièvement sur la poche qui contient la feuille. Je dois me retenir pour ne pas poser les mains dessus afin de la protéger. Les lèvres de Callie se déforment lorsque les ombres y font naître ce qui leur sert de sourire.

— On te donne une porte de sortie, capitaine, disent-elles simplement.

— Ou vous vous en ménagez une, je marmonne.

Si je récite la formule, les ombres seront en moi et, donc, de nouveau libres, hors du pentacle.

Ça n'est pas une solution, je le sais. Cela ne ferait que déplacer le problème. Même si je joue le jeu des ombres, je ne peux m'empêcher d'y penser, et mon poing se serre comme s'il renfermait le morceau de papier. Si petit et pourtant si puissant…

Je sais que c'est une mauvaise idée, mais je serais prêt à le faire, sans hésiter une seconde, si cela voulait dire libérer Callie. Mais je l'imagine aussi, retrouvant ses esprits pour découvrir ce à quoi j'en ai été réduit pour la sauver. Je ne peux pas lui faire ça. Je ne peux pas l'abandonner, je ne peux pas la laisser aussi seule que je le suis. Pas avant d'avoir exploré toutes les autres possibilités.

Comme je reste silencieux, les ombres soupirent et reprennent :

— Non ? Pas de changement de corps en perspective ? Dommage. Tu as une alternative : si tu parviens à faire suffisamment de mal à notre hôte, nous serons obligées de partir… l'instinct de survie, tu comprends ? Bien sûr, il te faudra peut-être aller jusqu'à la tuer. Mais ne disais-tu pas qu'elle préférerait mourir plutôt que de continuer à répandre la mort ? Parce qu'on peut t'assurer qu'elle est horrifiée, capitaine. Elle a vu de ses yeux les massacres, elle a senti le sang couler sur ses mains, les os se broyer sous ses pieds. Elle entend encore les cris, elle peut presque goûter à la douleur et à la peur. On s'est servies de son corps pour attirer les hommes à nous, on les a charmés avant de leur arracher les yeux. On a fait ami-ami avec des femmes avant de les poignarder dans le dos. On a joué avec des enfants qu'elle a pris dans ses bras pour finalement les tuer sans pitié. Nous, on adore ça. Elle, un peu moins.

Les ombres penchent la tête de Callie, et ses longs cheveux roux tombent sur son épaule. Ils sont emmêlés, sales et pleins de nœuds.

— Tu savais que Callie adorait les enfants ? C'est un peu cliché, n'est-ce pas ? On était si déçues en s'en rendant compte. Ça nous a presque facilité la tâche. Arracher les bébés au sein de leur mère, sentir leur petite gorge s'écraser entre nos doigts… Ça l'a anéantie, la pauvre ! Si tu savais comme elle nous déteste ! Mieux encore, si tu savais comme elle se déteste… Elle se déteste de ne pas arriver à reprendre le contrôle, elle se déteste d'être aussi faible et de devoir perpétrer ces atrocités. Elle se déteste de devoir regarder le sang couler, les victimes crier, les hommes supplier en vain. Elle se déteste de…

— TAISEZ-VOUS !

Je m'éloigne à grands pas tandis que les ombres partent d'un rire sardonique, qui me provoque des frissons de dégoût dans tout le corps. Je continue à marcher pour ne plus l'entendre, puis je hurle de toutes mes forces, espérant exorciser ma peine et mon désespoir. Je crie tellement longtemps que ma voix se brise, le souffle me manque et je tombe à genoux. Je ne sais pas combien de temps je reste ainsi, jusqu'à ce qu'une main s'abatte brutalement sur mes épaules et me force à me redresser. Je me laisse faire, absent. La brume noire qui m'entoure ne m'a jamais semblé aussi opaque.

— BLAKE !

Je reçois une gifle magistrale qui me ramène sur terre. Je cligne des paupières tout en plaquant ma paume contre ma joue qui me lance atrocement. Bold me secoue de plus belle.

— Blake, reste avec nous ! Ce n'est pas le moment de flancher !

Je le vois lever la main, sans doute pour me frapper de nouveau, mais je me dégage hâtivement.

— Je suis là, Bold ! Pas la peine de me décrocher la tête du corps !

Alors je m'aperçois que tout l'équipage a suivi mon second : personne n'a voulu rester seul avec les ombres, même prisonnières d'un pentacle. Je ne peux pas leur en vouloir.

— Et maintenant ? demande Glenn d'un air sombre. Qu'est-ce qu'on fait ? Callie ne peut pas rester là indéfiniment.

— Ce n'est plus Callie, marmonne quelqu'un.

— Qu'est-ce que ça change ?

— Ça change qu'on pourrait mettre fin à tout ça et renvoyer les ombres d'où elles viennent. Elles nous ont dit comment faire.

— On ne va pas tuer Callie !

— J'appréciais Callie moi aussi, mais ce n'est plus elle !

— Hors de question, intervient de nouveau Glenn, alors que je m'efforce de me concentrer. De toute façon, on ne sait pas comment tuer les ombres. Blake a enfoncé une épée dans leur ventre et ça n'a pas suffi. Avant de parvenir à les démembrer et à les brûler, on aurait le temps de se faire trucider dix-huit fois…

Tous les regards se tournent vers moi alors que je secoue la tête. Mes hommes continuent de croire que je vais trouver la solution, comme je le fais toujours. Mais cette fois, je suis dépassé. J'ouvre la bouche, sans vraiment savoir ce que je vais dire, quand le murmure de voix lointaines arrive à mes oreilles. Je suis pris d'un affreux pressentiment.

— Qui est resté près des ombres ?

— Personne, Blake, me rassure Glenn. Ça nous fichait la chair de poule.

Pourtant, je suis sûr d'entendre des voix. L'une d'entre elles ressemble à celle de Callie : probablement les ombres qui se lancent dans un petit numéro de séduction comme elles l'ont fait tout à l'heure… mais à qui s'adressent-elles ? Je me précipite vers le pentacle et je comprends avant même de voir la personne qui se tient là.

— DOUG ! ÉLOIGNE-TOI !

Nous sommes trop loin et nos cris ne servent à rien : Doug a les yeux rivés sur Callie. Elle lui sourit, comme elle souriait avant, et les mots coulent de ses lèvres alors qu'elle tend la main vers lui.

— Doug, je t'en prie. Ils se sont trompés, je te promets que je ne suis pas possédée. Je t'en supplie, aide-moi.

Sa voix est si douce… Je sais que Doug ne résistera pas. Malgré ses yeux noirs, c'est Callie qui se tient devant lui. Callie qui lui manque tellement qu'il a déjoué la surveillance des hommes à bord et m'a désobéi pour venir la voir.

— DOUG !

J'ai beau m'époumoner, rien n'y fait et j'assiste à la scène, impuissant. Je ne suis qu'à quelques mètres de lui quand il franchit le tracé au sol. Le visage de Callie change radicalement. Et alors que je m'arrête tout juste au bord du pentacle, la main de Callie se pose sur la gorge de Doug et commence à serrer.

CHAPITRE 12
BLAKE

— Arrêtez ! Ne lui faites pas de mal !

Les iris ténébreux de Callie se posent sur moi et un sourire mauvais défigure ses traits. D'un geste rapide, elle fait tourner le matelot et lui plaque le dos contre sa propre poitrine. Cela pourrait ressembler à une étreinte si elle ne lui serrait pas toujours la gorge. Les yeux du garçon sont écarquillés de surprise et de frayeur. Il se débat comme un beau diable contre la main implacable de Callie.

— Que nous arrêtions ? Que nous l'épargnions ? C'est beaucoup demander… il va falloir négocier un peu mieux, capitaine.

L'envie de me jeter dans le pentacle pour sortir Doug de là, peu importent les conséquences, est plus forte que ma raison. Mais Bold et Glenn me connaissent bien car ils me retiennent. Les ombres esquissent un sourire alors qu'une première larme roule sur les joues de Doug.

— Allez, capitaine. On sait tous que tu vas le sauver, le petit. Inutile de faire traîner les choses. Libère-nous de ce satané pentacle et nous envisagerons, par respect pour Callie, de ne pas tous vous tuer pour ce que vous nous avez fait.

— Par respect ? Où est le respect, dans tout ça ? marmonne Glenn avec rage. Doug n'est qu'un enfant !

— C'est la chair la plus tendre qui est la plus agréable à trancher, rétorquent les ombres avec un clin d'œil qui me donne envie d'arracher leurs globes noirs du visage de Callie.

La mort dans l'âme, je m'agenouille devant le pentacle et gratte le dessin au sol. Il me faut un petit moment pour parvenir à rompre le cercle.

Soudain, un souffle puissant nous renverse, nous laissant un instant étourdis. Je suis parmi les premiers à reprendre mes esprits. Quand je me redresse sur un coude, je découvre les ombres, penchées sur Doug, gisant sur le sol. Elles vont tuer Doug, et Callie ne se le pardonnera jamais. Sans plus réfléchir, je me relève et me jette sur elle en poussant un hurlement.

Nous roulons au sol et commençons un affrontement pour le moins inégal. Les ombres sont fortes, plus fortes que Callie ne devrait l'être, et j'ai du mal à les maintenir à terre. Je reçois ma part de coups de poing, de pied, de genou… J'espère juste retenir suffisamment les ombres pour que le reste de l'équipage reprenne ses esprits et fiche le camp avec Doug.

Un coup sur la tempe me sonne et mon adversaire en profite pour prendre définitivement le dessus. Je roule sur le dos. Les cheveux de Callie forment un rideau autour de nous et un sourire fleurit sur ses lèvres. Ses cuisses clouent mon bassin au sol, une de ses mains maintient mes deux bras au-dessus de ma tête, tandis que l'autre se referme autour de ma gorge. Je me débats un moment mais, très vite, je n'ai plus envie de lutter.

Je devine que mes hommes essaient d'intervenir mais, d'un mouvement de tête, les ombres les repoussent. Ma vision se trouble. Je sais ce que ça signifie : j'ai suffisamment frôlé la mort pour lire les signes.

— C'est parfait, susurrent les ombres. Elle va te tuer de ses propres mains. Ça va la détruire et elle cessera de nous…

Les ombres s'interrompent brusquement alors que je sens quelque chose couler sur mon visage. La pression sur ma gorge s'atténue : j'en profite pour prendre une grande goulée d'air tandis que les ombres froncent les sourcils, surprises. Des larmes ruissellent sur les joues de Callie.

— Maudite gamine !

Contre toute attente, l'imprécation des ombres me tire un sourire. Je comprends que Callie est là. Elle lutte, elle résiste. Et même si elle ne parvient pas à prendre le contrôle, savoir qu'elle est consciente, qu'elle me voit et qu'elle ne veut pas me faire de mal me suffit.

— Ça va aller, Callie, je marmonne, la voix étranglée par ma gorge endolorie. Tu ne me feras pas de mal.

— Tu crois ça ?

— Si… Si Callie vous laisse me faire du mal, alors c'est qu'elle est bel et bien perdue. Et je ne vois pas l'intérêt de continuer à m'accrocher à ce monde si elle n'est plus là. Alors dans… dans tous les cas… ça va aller.

J'ai de plus en plus de mal à parler et à rester conscient. Malgré moi, je ferme les yeux et un nouveau ricanement me parvient. Puis, soudain, plus rien. Je ne sens plus ni la pression des mains sur ma gorge, ni le poids du corps de Callie contre moi, ni son souffle sur mon visage. Mais je ne suis pas mort. C'est décidément une habitude, chez ces ombres, de me faire croire qu'elles vont me tuer avant de changer d'avis. J'ouvre un œil avec difficulté pour constater que les ombres se sont reculées et sont désormais accroupies non loin, le regard dans le vague et un air ébahi sur le visage. Je frotte ma gorge douloureuse et manque de chanceler : tout est encore flou mais je parviens à voir Callie se redresser d'un pas mal assuré. Ou ce sont les ombres ? Comment savoir ?

— Callie ? je tente.

Elle fait volte-face et me regarde droit dans les yeux. Je suis stupéfait de voir une pointe de vert au milieu de tout ce noir. Le cœur battant, je fais un pas vers elle mais elle lève la main dans un geste de confusion pour m'arrêter.

— Non ! Je ne…

Elle vacille et se prend la tête en grimaçant. Un long gémissement s'échappe de ses lèvres puis elle déclare, toujours prostrée :

— Je ne sais pas… C'est… Je ne vais pas tenir.

Je ne peux que la regarder avec horreur alors qu'elle se met brutalement debout et commence à hurler. Ses cheveux volent autour d'elle, comme si elle était prise dans une bourrasque. Je vois ses yeux passer du vert au noir. Je devine le difficile combat qu'elle mène. Je n'ai pas à imaginer la souffrance qu'elle ressent : je la lis sur ses traits qui se tordent et dans les cris qui s'échappent de sa bouche. Elle vacille de nouveau et, cette fois, se plie en deux avec un grognement. Au bout de quelques secondes, elle relève la tête et plonge ses yeux noirs, striés de traînées vertes, dans les miens.

— Blake, je… Elles veulent que… Non, non, non ! Tu…

Ses yeux s'écarquillent alors qu'elle me tend la main. Je me propulse pour la saisir mais, avant que nos peaux ne se touchent, Callie disparaît. Purement et simplement.

Il s'est mis à pleuvoir. Je reste là, avec mon pentacle rompu et mon cœur déchiré.

CHAPITRE 13
CALLIE

Les ombres sont partout. Je ne suis plus maîtresse de mes mouvements. Oh, non ! ça recommence. Je pensais pourtant avoir réussi à les repousser tout à l'heure quand j'étais…

D'ailleurs, où suis-je ? Suis-je encore Callie ? Peut-on encore dire que je suis moi quand j'en suis réduite à observer comme une spectatrice ce que les ombres font faire à mon corps ? Peut-on encore dire que j'ai un corps ?

Oui. Oui, j'ai un corps. J'y sens comme une brûlure. Je sens les ombres qui s'y sont glissées. Je sens la magie qui coule dans mes veines, dans mes organes, dans mon cœur. Je sens leurs forces. Je sens ce qu'elles veulent. Que je fasse du mal. Que je blesse, mutile, pille, tue, brûle, arrache, répande le sang. Et je sais que je dois résister.

Je l'ai déjà fait. Une seule et unique fois, mais dans un moment qui comptait plus que tout. Je ne supportais pas l'idée de lui faire du mal. J'ai résisté. Je peux le refaire. Je peux y arriver. Je peux le retrouver.

Mais les ombres sont partout.

Et elles sont tellement fortes.

Je lutte, pourtant. J'ai l'impression d'essayer de défoncer un mur de pierre avec ma tête nue, mais je tiens bon.

Mais les ombres sont si fortes.

Et j'ai déjà commis tant d'horreurs. Je pourrais lâcher prise pour de bon. Disparaître dans le néant, leur laisser pleinement la place.

Ça serait tellement plus simple.

Après tout, qu'est-ce que je perdrais ? J'ai déjà l'impression d'être morte. Et j'ai déjà fait souffrir tous ceux que j'aimais.

Les ombres sentent ma faiblesse, mon hésitation. Elles renforcent leurs assauts, me murmurent des paroles apaisantes à l'oreille, me poussent à lâcher prise.

Tout sera plus simple ainsi, petite Callie.

Tu verras.

Plus de souffrance, plus de soucis, juste la paix...

Alors que je suis sur le point de capituler, une vision éclate dans mon esprit embrumé.

Un visage.

Des yeux bleu clair.

Un sourire taquin.

Un nom.

Blake.

Les ombres refluent. Pour la première fois depuis cette scène près du pentacle, j'ai l'impression de prendre l'ascendant sur elles. Animée par un regain d'espoir, je repars à l'assaut de ma propre tête tandis que les ombres s'amassent dans un coin de mon esprit, comme pour m'attaquer de nouveau... Ma vision se trouble et, par instinct, je m'accroche à l'image de Blake. Je pense à lui de toutes mes forces, je me répète son nom encore et encore. J'aimerais tant être près de lui. J'ai besoin d'être près de lui. Je sens la magie monter en moi et...

CHAPITRE 14
BLAKE

Il a bien fallu retourner sur *L'Avalon* et mettre les voiles. L'île a beau être reculée, mon navire est imposant et son pavillon noir ne passe pas inaperçu. Aucun de nous n'a la tête à mener une bataille, ce soir.

De toute façon, plus rien ne nous retenait sur l'île.

Nous tentons tous de faire bonne figure. Nous ne sommes pas prêts à admettre que c'était notre dernier espoir et que nous sommes désormais totalement perdus. Moi le premier. Oh, bien sûr, on pourrait recommencer, lire de nouveau l'invocation, coincer encore les ombres dans un pentacle… Mais à quoi bon ? Ce soir, je m'autorise à baisser les bras. C'est trop difficile de faire semblant d'avoir encore de l'espoir.

La pluie tombe toujours dru mais l'océan est calme et lisse. Je m'assure que tout le monde est bien à bord, à son poste ou dans son hamac, à ressasser les horreurs de la journée. Je m'assure que Doug va bien : il est traumatisé, naturellement, mais il n'a pas de blessures physiques. C'est bien la seule bonne nouvelle. Je le laisse aux bons soins de Doc qui, étrangement, a noué des liens avec le garçon depuis qu'il l'a amputé d'un membre.

Personne n'est prêt à avoir la discussion qui, pourtant, semble s'imposer, alors nous nous contentons de faire partir

L'Avalon et d'effectuer machinalement les manœuvres que nous avons réalisées des milliers de fois. Quand le soleil se couche, je descends m'attabler avec mes hommes devant un repas froid et insipide. Je renonce bien vite à manger et quitte le réfectoire sans dire un mot.

Que pourrais-je dire ? « Bonne nuit » ? Je doute que quiconque fasse de beaux rêves, cette nuit. « Désolé de vous avoir entraînés dans cette galère ? Oh, et, au fait, j'ai le cœur brisé, si quelqu'un se demande ! » Voilà qui serait plus approprié.

Comme toutes les nuits, j'entre dans ma cabine sans prendre la peine d'allumer une bougie. Je préfère rester dans l'obscurité. On dit parfois que c'est là que les monstres se cachent, mais je sais bien que ceux qui me hantent sont en réalité tapis dans tous les endroits où Callie a été, derrière tous ces objets qu'elle a touchés. Je ne sursaute même pas quand un éclair s'abat près de *L'Avalon* et, sans quitter mes vêtements ou mes chaussures, je me laisse tomber sur le lit. Je ferme les yeux et, étonnamment, m'endors très vite.

Je suis réveillé par un bruit étrange, comme si quelque chose tapait contre le sol de ma cabine. Un bruit irrégulier qui me tire lentement du sommeil. J'ouvre un œil et, la première chose que je vois, c'est Callie, debout au milieu de la pièce. Un sourire se dessine sur mes lèvres et je m'apprête à refermer les yeux, heureux qu'il s'agisse d'une nuit avec un beau rêve plutôt qu'un cauchemar. Puis je remarque que Callie est trempée : l'eau dégouline de ses vêtements, de ses cheveux. C'est le bruit des gouttes tombant au sol qui m'a réveillé.

Je bondis hors de mon lit, tellement vite que la tête me tourne.

— Callie !

Elle reste immobile, mais elle me fixe avec tellement de force que, pendant un instant, je ne parviens plus à bouger. Puis je me précipite vers elle et la prends dans mes bras. Elle se blottit contre moi et mon pouls s'accélère.

Ce n'est pas un rêve. Elle est vraiment là.

Je ne pense pas une seconde aux ombres, je ne pense pas qu'il puisse s'agir d'un piège, je ne pense à rien d'autre qu'à Callie.

Elle est si trempée qu'on croirait qu'elle a rejoint *L'Avalon* à la nage. Glacée et frissonnante, elle lève vers moi un regard perdu – un regard vert malgré tout –, et je réalise qu'elle pleure. Alors je dis les premières paroles qui me viennent à l'esprit en la voyant ainsi :

— Reste, je t'en supplie. Ne pars pas.

Je l'attire de nouveau contre moi et plaque son visage contre mon torse, m'écartant juste le temps de prendre une couverture sur mon lit et l'enrouler dedans. Elle essuie ses larmes et me fixe de nouveau. Elle n'a toujours pas pris la parole et je commence à avoir vraiment peur de ce qu'elle pourrait dire quand elle se décidera.

Je dois en avoir le cœur net.

— Callie… C'est bien toi ? Je veux dire, les ombres… Elles sont…

— Toujours là.

Sa voix est plus rauque que tout à l'heure, comme si elle avait continué de crier après avoir disparu.

— Mais je les repousse. Je crois que, d'une certaine manière… je les contrôle.

— Comment est-ce possible ?

Je m'en veux de poser la question, d'être sceptique, mais ça me paraît trop beau pour être vrai.

— Je n'en sais rien, renifle-t-elle. Tout à l'heure, quand je t'ai… quand les ombres ont failli te tuer, ça a réveillé quelque chose en moi.

— Tu as repris le contrôle.

— Trop brièvement. Je ne voulais pas te faire de mal, alors j'ai mobilisé toutes mes forces pour leur résister et j'ai réussi. Mais elles m'ont dominée de nouveau et m'ont éloignée. J'ai continué à lutter. Pendant des heures… finalement, j'ai pensé à toi, à *L'Avalon*, à l'équipage et, lentement, j'ai commencé à prendre le dessus. J'ai pensé à toi et au fait que j'aurais aimé être avec toi et… je suis arrivée ici. C'est comme si… comme si j'avais réussi à les endormir un temps. Je sens qu'elles sont là, tapies dans mon esprit, j'entends leurs murmures et je sens aussi qu'il suffirait d'un rien pour qu'elles se réveillent et recommencent à lutter. À prendre le contrôle. Mais pour le moment, le rapport de force s'est inversé.

— Comment as-tu fait ?

— Je n'en sais rien, justement ! répond Callie en s'agitant, l'air un peu fou. Peut-être bien que je vais m'endormir et qu'à mon réveil, elles seront de retour ! Peut-être que je vais trébucher, perdre ma concentration et qu'elles en profiteront ! Je n'en sais rien, Blake, je ne sais pas comment je fais et je ne sais pas combien de temps je vais encore pouvoir le faire, je sais juste que j'avais besoin de te voir et que je suis arrivée ici et…

— Callie, je l'interromps en posant de nouveau mes mains sur son visage. Ça va aller. Calme-toi, respire… Ça va aller.

À mon grand soulagement, elle m'écoute, et le flot de paroles angoissées cesse. Elle prend quelques inspirations tandis que je caresse ses cheveux.

— Comment peux-tu dire ça, après ce qui s'est passé aujourd'hui ?

Sa voix n'est plus qu'un murmure.

— J'ai confiance en toi. Tu vas continuer à les tenir à distance.

En plus de n'être qu'une façade, mon ton calme et mes paroles rassurantes semblent dérisoires, mais c'est tout ce que j'ai à offrir à Callie.

— J'ai essayé de te tuer, Blake, reprend-elle d'une voix grave. J'ai essayé de tuer Doug.

— Mais tu ne l'as pas fait. Tu as résisté, tu as tenu bon et tu as repoussé les ombres.

— À t'entendre, ça paraît si facile…

— Je n'ai jamais prétendu que ça serait facile. Mais Callie, tu es là, tu me parles et c'est déjà tellement plus que ce que j'avais espéré il y a deux heures. Je veux croire que c'est possible.

Elle hésite un instant avant de lâcher, dans un souffle, ce qui lui fait si peur :

— J'ai fait des choses horribles, Blake. Vraiment horribles. Je…

— Ce n'était pas toi, je la coupe d'un ton ferme. Rien de ce qui s'est passé n'est ta faute ou de ton fait. Tu m'entends ?

Callie reste de marbre et je sais très bien qu'elle ne voit pas les choses comme ça.

— Et si je n'y parviens pas ? Et si je perds le contrôle et que je… que je vous fais ce que j'ai fait aux autres ?

— Ça n'arrivera pas. Je t'aiderai.

Je suis prêt à tout pour qu'elle ne parte pas. Prêt à faire des promesses folles et des projets chimériques.

— Mais tu ne peux pas rester seule, ça laisse trop d'emprises aux ombres.

Je ne le dis pas seulement pour la garder auprès de moi : seule, elle est plus vulnérable, plus encline à renoncer.

— Tu as besoin de moi. Tu as dit que c'était ma présence qui t'avait fait revenir, que c'était la limite que tu ne pouvais pas franchir.

— Ne prends pas la grosse tête, Jackson.

Sa voix est faible et son sourire encore plus, mais l'esprit railleur pointe et cela me soulage tant que je pourrais éclater de rire. Si elle plaisante, c'est qu'elle est de nouveau elle-même. Elle ferme les yeux pour apprécier mes caresses sur son visage et je remarque qu'elle a déjà retrouvé un peu de couleur et de chaleur corporelle.

— Callie, dis-moi que tu ne vas pas repartir.

Elle soupire et ouvre les yeux.

— Je suis dangereuse, Blake…

— Je t'aiderai. Je serai là pour te ramener sur terre.

— Je pourrais te blesser.

— C'est ton absence qui me blesse.

Il y a deux mois, je n'aurais jamais envisagé dire quelque chose d'aussi niais à une femme. Aujourd'hui, je n'ai jamais été aussi sincère. Callie peut tous nous tuer si les choses dérapent, pourtant, pour elle comme pour moi, il vaut mieux qu'elle reste à bord. Elle me caresse le visage à son tour. Je sais ce qu'elle voit et je grimace. Si j'ai fait quelques efforts ces derniers jours, je ne peux pas réparer un mois de laisser-aller. Callie semble comprendre tout ça rien qu'en me regardant. Elle s'attarde sur ma lèvre fendue qui cicatrice pourtant bien. La sensation de ses doigts sur ma bouche me donne des frissons.

— Tu t'es battu ?

J'attrape ses doigts et les embrasse délicatement, savourant la façon dont les battements de mon cœur deviennent erratiques par ce simple geste. Ça m'avait terriblement manqué.

— Ce n'est rien, je dis pour la rassurer. Comme je te l'ai dit, j'ai un peu fait n'importe quoi, ces derniers temps.

Elle regarde nos doigts entremêlés alors que je lâche un soupir presque suppliant.

— Reste.

J'ai l'impression d'être en train d'amadouer un animal sauvage. Je sais qu'il y a sans doute des questions plus importantes : est-ce qu'elle va bien, est-ce qu'elle a une idée de la manière dont on peut la sauver pour de bon ? Mais, pour l'instant, mon seul but, c'est de la convaincre de rester.

— Tu seras plus forte ici, avec nous, sur un terrain familier. Chez toi. Même si tu dois passer toute ta vie avec ces ombres, on parviendra à…

— Non, me coupe Callie d'une voix tremblante. Il faut les faire partir. Je ne sais pas combien de temps je tiendrai et… j'ai peur de ce qu'elles peuvent me faire. J'ai peur qu'elles ne me fassent perdre l'esprit si elles m'habitent trop longtemps.

Perdre l'esprit. Rien que ça. Je repense à ce que m'ont dit les ombres ce matin même et j'ajoute « démence potentielle de l'être aimé » à la longue liste de mes problèmes actuels. Je marque un moment d'hésitation. Je n'ai pas envie de la contrarier, mais je lui ai promis il y a longtemps de ne jamais lui mentir.

— Cela fait des années que les gens cherchent partout un moyen de bannir le Sorcier Noir…

— Oui, dit Callie. Ils ont cherché partout…

Elle s'écarte de moi et sort quelque chose de sa poche. Un rouleau de parchemin froissé qui m'a l'air très vieux. Je me fige.

— … dans notre monde.

Après toutes ces années à entendre mon père fantasmer, après toutes ces années de quête, je pensais ressentir quelque chose en voyant la Carte devant moi. Je pensais être heureux, exalté, soulagé, excité, nerveux. En réalité, je me contente de la fixer d'un air absent, sous le choc.

Toutes ces années, je me trompais. La Carte n'est pas le plus important. Le plus important, c'est cette personne qui me la tend.

Callie se méprend sur mon silence.

— C'est la Carte des Confins, précise-t-elle, pensant que je n'ai pas compris. Je l'ai prise pour toi au château. J'ai réussi à imposer aux ombres de la prendre. Je… Je me suis dit que tu voudrais explorer les Confins, capitaine. Et, si tu veux encore de moi à bord, on pourrait essayer de voir s'il n'y a pas une solution pour moi là-bas.

Elle me tend toujours le vieux parchemin, un petit sourire hésitant sur les lèvres. Mes doigts se referment sur la Carte et, d'un même geste, je la laisse tomber au sol pour attirer Callie contre moi et l'embrasser à pleine bouche.

CHAPITRE 15
CALLIE

Je suis debout devant une grande rue qui mène à une place ronde anonyme. Il fait jour mais le soleil peine à illuminer la scène qui prend un air sombre et cauchemardesque. Je suis seule, pourtant j'entends des murmures, des chuchotis et même des pleurs. Toutes les maisons qui bordent la rue ont la porte et les volets clos, comme si les habitants cherchaient à se protéger d'une menace. Je fais quelques pas, étonnée de voir à quel point mes pieds nus claquent bruyamment sur le sol de pierre. J'ai l'intuition étrange que ce que je cherche est sur cette place, mais aussi que je ne veux pas vraiment l'atteindre.

Il me semble qu'on m'observe, alors je tourne la tête et j'aperçois un visage pâle refermer brusquement un rideau. Au même moment, je débouche sur la place et je comprends.

J'avais raison. Les habitants se protègent d'un danger.

Et ce danger, c'est moi.

L'endroit qui me semblait désert quelques instants plus tôt est désormais couvert de cadavres. Des hommes, des femmes, des enfants, des bébés. Je vois même des animaux éventrés dans un coin. Je lève les mains vers mon visage, comme pour refouler ma nausée, mais la vision de mes doigts tachés de sang rouge vif me tire un cri d'horreur. C'est moi. C'est moi qui ai fait ça. J'ai tué tous ces gens.

Sans savoir où je trouve la force, j'avance un peu plus dans le charnier. Je scrute les anonymes que j'ai assassinés. Il y a tellement de corps. Je ravale un sanglot dans cette ville trop silencieuse : les murmures qui m'obsédaient se sont arrêtés.

Alors que je pense que je vais tourner de l'œil, je reconnais un visage dans la masse grouillante de cadavres. Poussant un hurlement de détresse, je me précipite vers lui.

— Bold !

Je le prends par les épaules, doutant de pouvoir le soulever, pourtant j'y parviens sans difficulté. La mort a rendu le colosse beaucoup plus léger et beaucoup moins impressionnant. Ses yeux ouverts contemplent le vide. Il est couvert de sang, à tel point que je ne parviens pas à savoir ce qui a causé sa mort. Est-ce vraiment moi ? Aurais-je pu tuer Bold ?

Des larmes roulent sur mes joues tandis que je repose le géant. Je suis tentée de m'allonger auprès de lui, mais si Bold est là, je crains pour le reste de l'équipage. Alors je me redresse et continue ma route.

Je les vois tous.

Doug, Glenn, Al, Doc, Colton, José, ils sont tous là, à intervalles réguliers, dans une position qui montre la violence de leur trépas. Les yeux ouverts. Ensanglantés. Morts. Je ne sais plus où aller, quoi faire, comment respirer. Ma vision se trouble et la personne que je recherchais avec le plus d'inquiétude apparaît devant moi.

Blake.

Je suis d'abord saisie par une bouffée de soulagement en le voyant debout, me fixant intensément. Une brève seconde, j'admire son visage, je rêve de passer une main dans ses cheveux, de l'attirer à moi... Puis je baisse les yeux et pousse un affreux gémissement.

Un trou béant lui déchire la poitrine, là où devrait se trouver son cœur. Je vois à travers, et un sang épais et carmin s'écoule de la plaie. Je le fixe sans comprendre, sans accepter la réalité de cette image.

— Callie.

Sa voix est la même, douce, légèrement rauque, hypnotisante.

— Pourquoi tu as fait ça, Callie ?

— Je... Je n'ai rien fait.

— Tu nous as tous tués. Tu m'as arraché le cœur.

— Non... Non, je n'aurais jamais...

Je regarde de nouveau le trou béant dans sa poitrine. Soudain, c'en est trop pour moi. Je pousse un long hurlement et tombe à genoux. Sans me soucier du sang qui macule le sol, mes mains, mon corps tout entier, je cache mon visage entre mes doigts pour ne plus voir Blake. Mais il continue à me parler et sa voix me semble plus proche.

— Ça n'a pas à se passer ainsi, tu sais. Tu peux nous sauver.

— Comment ? je demande, toujours à genoux.

— *Il suffit que tu te laisses faire. Ça serait si simple. Plus de douleur, plus de solitude. Juste le pouvoir.*

Je relève la tête pour regarder Blake, mais ce n'est plus lui qui s'adresse à moi. À la place se tient une silhouette sombre. Je crois d'abord qu'elle est enveloppée d'une cape noire avant de réaliser qu'un nuage d'ombre vibrant et exsudant le mal l'entoure et la protège. J'ouvre la bouche pour hurler de peur quand les ombres fondent sur moi, entrent dans ma bouche, se fraient un chemin à travers mon corps, brisent mes défenses…

J'ouvre brusquement les yeux et prends une grande inspiration. Je m'efforce de ne pas bouger, et tente de sonder mon corps. Puis-je lui faire confiance ? Est-ce encore moi qui le contrôle ? Je respire à fond, et les battements de mon cœur se calment peu à peu.

Je suis toujours moi.

Les ombres sont toujours tapies au fond de mon esprit, je sens leur présence, j'entends leurs voix…

Bien joué, tu as encore grappillé quelques instants, petite Callie… Tiens-toi prête, nous ne baisserons pas les bras…

Je les ignore. La barrière que j'ai érigée les maintient à distance. Mais je ne peux pas baisser la garde. Jamais. Ma vie est devenue un combat permanent.

Je reste immobile encore quelques instants avant de me rappeler où je suis. Doucement, je me tourne vers Blake, profondément endormi. Les quelques rayons de soleil qui percent les nuages n'éclairent que faiblement la cabine, mais c'est suffisant pour que je puisse distinguer les traits de son visage.

Comment ai-je fait pour reprendre le contrôle ?

La vérité, la triste vérité, c'est que je n'en ai aucune idée.

Depuis le début, je lutte contre les ombres, je tente de les repousser, de me réapproprier mon corps. Je me souviens encore avec des frissons d'horreur de cette soirée, il y a presque un mois de cela, devant le château de mon père.

Je venais tout juste de dire les derniers mots de la formule quand un éclair m'a forcée à fermer les yeux. Peut-être que, si je les avais gardés ouverts malgré tout, j'aurais pu voir les ombres s'élever de ce qui restait de lui pour s'enfoncer en moi. Cela ne m'aurait de toute façon pas aidée à me préparer pour ce qui m'attendait. J'ai d'abord eu l'impression que mes organes étaient plongés dans un bain de glace et qu'ils se recroquevillaient tous pour échapper à cette agression. Puis ce froid s'est dissipé, remplacé par une sorte de langueur. J'étais comme engluée dans une substance qui me ralentissait et m'empêchait même de penser aussi vite que d'habitude. Mis à part ça, je me sentais normale… sauf que je n'étais plus seule.

C'était comme si nous étions plusieurs dans ma tête, j'entendais des voix qui murmuraient des propos incompréhensibles, j'entendais des cris et des pleurs, des incantations dans des langues obscures.

Je sentais aussi le pouvoir. Du bout de mes doigts jusqu'à la pointe de mes cheveux, je sentais la magie qui courait dans mes veines. Mais, surtout, je sentais la pression. Les voix voulaient plus, elles forçaient la barrière mentale qui me séparait d'elles.

C'est quand nous avions compris à quel point Blake était blessé que tout avait basculé. Je n'avais pas réfléchi. Je ne comprenais pas comment la magie agissait, mais ce n'était pas nécessaire : elle était en moi, connectée à mon corps et à mon esprit, elle savait ce que je voulais et comment y parvenir. Blake avait été guéri en un clin d'œil.

Et moi, je m'étais perdue.

Si j'avais pu réfléchir aux conséquences, si j'avais su ce qu'utiliser la magie signifiait… Non : si je l'avais su, j'aurais agi de la même manière : laisser mourir Blake était inconcevable. Peu importait le prix, il devait vivre.

Pour moi, le cauchemar ne faisait que commencer.

Je donnerai tout pour oublier, pourtant tout est cruellement clair dans mon esprit. Les cris. Les pleurs. La peur.

L'odeur. Mes mains tuant et mutilant, le rire des ombres qui sortait de ma bouche. J'ai cru que j'allais devenir folle. Chaque massacre auquel j'assistais, non, chaque massacre auquel je participais sapait un peu plus mes forces, mon moral, ma volonté. Plus les jours passaient, plus je perdais espoir. J'avais l'impression que je ne parviendrais jamais à reprendre le contrôle, que je ne retrouverais jamais Blake. D'ailleurs, comment allait-il ? Que faisait-il ? Est-ce qu'il me cherchait ? Allait-il se mettre en danger à cause de moi ? Ces questions me hantaient et je n'avais aucun moyen d'obtenir des réponses. Les ombres détestaient ça. Elles faisaient toujours en sorte de noyer le visage de Blake sous des litres de sang.

Et puis, hier... Entendre les mots de Blake m'a fait l'effet d'un électrochoc. Comme si je me réveillais d'une très longue sieste, comme les princesses dans les contes, lorsque le prince vient les sauver. Sauf que, dans ce cas, c'était le prince qui avait besoin d'être sauvé.

À présent, les ombres sont de nouveau enfermées derrière le mur. Elles crient, tempêtent et me font souffrir, mais elles ne sont plus aux commandes. Et malgré tout ça, je me sens bien. J'ai déjà l'impression qu'en présence de Blake, il m'est plus facile d'ignorer leurs voix, leur pression dans mon esprit. Il avait sans doute raison quand il disait que je ne devais pas rester seule.

Dans toutes ces ténèbres, Blake est mon soleil. Dans cette tempête d'ombre, il est mon ancre.

C'est lui faire courir beaucoup de risques, mais maintenant que je l'ai retrouvé, je n'ai pas la force de le quitter. Est-ce que cela fait de moi une égoïste ?

Je me tourne très lentement et pose les pieds sur le sol, silencieusement. Je ne veux pas réveiller Blake dont la respiration est calme et régulière. J'ai vu ses traits tirés : il a besoin de dormir.

Je fais quelques pas dans la cabine, savourant la familiarité du lieu. En tendant l'oreille, je peux entendre les hommes s'activer sur le pont et j'éprouve une bouffée d'affection pour ceux qui sont devenus ma famille. Je suis enfin chez moi.

Soudain, quelque chose au sol attire mon attention.

La Carte.

Je ne peux m'empêcher de penser que, s'il existe une solution, elle se trouve dans les Confins. Il n'y a que là-bas que nous découvrirons comment me débarrasser des ombres qui me hantent. De la magie qui m'entoure désormais.

Je réprime un frisson. Moi qui ai toujours craint, voire haï la magie, me voilà forcée de cohabiter avec elle. Je discerne des choses que je n'avais jamais perçues avant. Je vois la magie, partout autour de moi, comme des fils de lumière. Et je sais que je peux en user, agir sur ces fils pour plier la réalité comme bon me semble. Après avoir vu faire les ombres, je sais de quoi je suis capable. D'un geste de la main, je pourrais faire exploser *L'Avalon*, d'un autre, le reconstruire entièrement. Je pourrais faire brûler l'océan et renverser des montagnes. Je suis toute-puissante. Et pourtant, je n'ai jamais été aussi effrayée. Je n'ai pas demandé ce pouvoir.

Et je sens l'angoisse monter rien qu'à l'idée d'utiliser cette magie qui pourrait réveiller mes hôtes. C'est alors que je sens à la fois les ombres murmurer et Blake remuer. Je pose la Carte sur la table et vais m'asseoir près de lui au moment même où il ouvre les yeux. Un doux sourire se dessine sur son visage quand nos regards se rencontrent.

— Tu es là, dit-il simplement.

— Oui.

— J'avais peur que ça ne soit qu'un rêve de plus.

— Tu as rêvé de moi ? je dis, taquine.

— Presque toutes les nuits. Dois-je en comprendre que je n'ai pas hanté tes nuits tout le temps qu'a duré notre horrible séparation ?

Son ton faussement outré me tire un rire et je suis soulagée de voir que rien n'a changé entre nous. Malgré tout ce qui s'est passé, je suis toujours la Callie qui rougit quand il me regarde avec autant d'intensité. Il est toujours le Blake qui me fait frissonner de la tête aux pieds. Mon rire s'éteint lorsque je reprends la parole.

— Blake… Qu'est-ce je vais leur dire ?

Il comprend tout de suite de quoi je parle et se redresse sur les coudes pour me faire face.

— La vérité. Ils la méritent et ils comprendront.

— J'ai peur que… J'ai peur qu'ils ne m'acceptent pas, j'avoue en baissant les yeux.

— Callie… Ils sont inquiets pour toi. Ils ont remué tous les océans pour te retrouver. Glenn a même profané une tombe. Crois-moi, ils seraient tous prêts à braver les dieux pour t'aider. Ils t'accepteront quoi qu'il arrive et…

Il s'interrompt quand on frappe à la porte de la cabine : celle-ci s'ouvre à la volée sans qu'il y ait eu de réponse.

— Blake, est-ce que tout va bien ? Il est presque 8 heures et tu…

Bold s'arrête brusquement en me voyant. Il reste immobile un instant puis porte la main à son arme. Blake le rassure d'un mouvement de tête. Son expression change alors du tout au tout et il se précipite vers moi avec un rugissement qui semble faire trembler *L'Avalon* jusqu'à la cale. Les ombres s'agitent mais je ris aux éclats alors que le géant me soulève dans les airs et me serre contre lui. Je noue mes bras autour de son cou et ris encore alors qu'il me fait tournoyer.

— Tu es revenue, fillette !

— Tu me manquais trop, Bold, je réponds alors qu'il me pose au sol et me caresse les cheveux d'un geste paternel.

— Ce n'est pas étonnant. J'ai toujours su que c'était pour moi que tu restais à bord.

— Si je vous dérange, dites-le, marmonne Blake en levant les yeux au ciel.

Pourtant il sourit en nous rejoignant.

— Je suis contente d'être de retour, je dis sans cesser de fixer Bold.

Je suis sincère : il m'a manqué. Le calme dont il fait preuve habituellement semble reprendre le dessus après cette effusion d'affection, et sa présence m'apaise déjà.

— Heureusement que tu es revenue. J'en connais un qui a failli perdre la tête.

— Bold, geint Blake comme un enfant se plaindrait de ses parents.

— Quoi ? Je compte bien tout lui raconter par le menu, les bagarres, les insomnies, les beuveries et l'absence totale de réflexion au quotidien.

— À part me faire passer pour un gamin, tu avais une raison de faire irruption ici ? demande Blake.

— On s'inquiétait. Habituellement, tu es déjà réveillé depuis des heures et tu trimes sur le pont. Je comprends maintenant ce qui t'a poussé à traîner au lit.

C'est plus fort que moi, je me sens rougir. Blake m'enlace par-derrière et pose le menton sur le haut de mon crâne.

— On faisait le point, dit-il.

— Ah, c'est comme ça qu'on appelle ça, maintenant ? ricane quelqu'un derrière Bold.

Celui-ci se décale de quelques pas et je m'aperçois qu'il n'était pas seul. Al se tient dans l'encadrement de la porte, un peu gêné mais avec un immense sourire aux lèvres. Je lui souris en retour, heureuse de le revoir.

— Tu es là depuis tout à l'heure ? s'amuse Blake. Tu n'aurais pas pu te manifester plus tôt au lieu de tout observer dans ton coin ?

— J'attendais le bon moment pour faire mon entrée.

— C'est réussi.

— Je sais. C'est parce que j'ai appris avec les meilleurs, rétorque Al.

Puis il se tourne vers moi.

— Je suis content de te voir, Callie.

— Moi aussi, Al. Ça fait du bien d'être de retour.

— Oui, alors… euh… Tu es vraiment de retour ? hasarde Al, retrouvant cet air maladroit qu'on lui connaît bien.

Ils doivent tous voir mon sourire vaciller et je m'assois sur le bord du lit pour cacher le fait que mes jambes tremblent un peu.

— Toujours aussi subtil, marmonne Blake.

— Ça aussi, c'est toi qui me l'as appris, répond Al en le fusillant du regard.

Mais Bold intervient en fronçant les sourcils.

— Sa question est légitime, étant donné ce qu'il s'est passé hier… j'aimerais comprendre moi aussi. Et… être sûr.

Fini, les retrouvailles, désormais la tension est à son comble. Al referme la porte de la cabine. Prenant une grande inspiration, consciente que je vais devoir les convaincre, je leur raconte tout. Je passe juste sous silence les meurtres et les boucheries, et ils ont la délicatesse de ne pas les évoquer. Leur attention est par ailleurs très vite attirée par autre chose lorsque je mentionne la Carte. À la fin de mes explications, je vois Bold jeter un coup d'œil vers l'endroit où j'ai posé le parchemin. Je sais qu'il meurt d'envie d'aller l'observer. Et vu comme Blake s'est tendu derrière moi, il partage cette envie. Je souris malgré moi. Ces pirates ne changeront jamais.

— Et si on allait étudier cette Carte ? Puisque, apparemment, elle représente mon seul espoir…

Les derniers mots sont à peine sortis de ma bouche que les trois hommes se précipitent vers la table qui bouge sous l'impact.

Je les rejoins plus calmement, forcée d'admettre que je suis moi aussi excitée. La Carte est un objet magique très puissant et vieux comme le monde. Elle recèle forcément des informations incroyables… Blake s'empare du rouleau et, lentement, l'étale sur la table. Il hésite un quart de seconde avant de placer un chandelier sur le haut de la Carte afin de la maintenir ouverte. Je ne l'ai jamais vu aussi délicat. Tous les quatre, nous nous penchons sur le document en retenant notre souffle.

Il s'agit d'une carte tout ce qu'il y a de plus normal, avec les points cardinaux et l'échelle en bas à droite, des îles dessinées à l'encre noire, des vagues en bleu et ce qui ressemble à des tracés de courants maritimes. À mes yeux, rien ne la différencie des centaines que Blake possède déjà.

Mais en voyant son regard briller, je comprends que je me trompe.

— Est-ce que…

— C'est bien la Carte des Confins, répond-il sans même attendre la fin de ma question. En tout cas, elle présente des océans que je n'ai jamais vus de ma vie. Et ces îles ne me disent absolument rien.

Il se penche un peu plus avant de s'emparer d'une loupe qu'il colle sur la Carte pour faire apparaître des dessins minuscules au milieu de l'océan. Je pousse un cri de surprise en apercevant des poissons multicolores qui étaient trop petits pour être vus à l'œil nu. Mais le plus incroyable, c'est que ces poissons bougent. Je les vois glisser sur la Carte, comme s'il s'agissait d'un aquarium et non d'un morceau de parchemin.

Blake, Bold et Al sont aussi ébahis que moi ; nous observons les dessins avec attention, traquant le moindre détail. Nous comprenons vite que, sur la Carte, tout bouge. Les poissons, les étranges créatures marines qui les côtoient, les courants, même les plus grandes îles semblent se mouvoir doucement. Je ne sais pas ce que ça signifie. Est-ce qu'il en sera de même dans les Confins ? Ou est-ce une façon de nous avertir que rien ne sera facile, là-bas ? Comment savoir ce qui nous y attend ?

Étrangement, ces interrogations sans réponse et ces zones d'ombre ne me désespèrent pas. Au contraire, je suis saisie d'une bouffée d'espoir. Une carte magique dont les éléments semblent bouger m'ouvre un passage vers un autre monde… peut-être celui où je trouverai comment me débarrasser des créatures ?

CHAPITRE 16
BLAKE

— Elle est définitivement magique, dit Al. Je vois presque son aura à l'œil nu.

Je ne l'écoute que d'une oreille, mon attention étant focalisée sur la Carte. Je pourrais la regarder pendant des heures.

L'avoir sous les yeux me donne encore plus envie de foncer vers les Confins, mais pas pour me couvrir de gloire et entrer dans la légende. Le principal, c'est de sauver Callie. De plus, j'ai récemment appris que ma propension à foncer dans le tas ne m'apportait que des ennuis : je décide donc de prendre mon temps, d'analyser les choses et de me préparer.

— Bien, je dis en me reculant.

Mes doigts lâchent la Carte à regret.

— Chaque chose en son temps. Il faut informer les autres de ton retour, Callie. Ensuite, nous nous préparerons pour partir à l'assaut des Confins.

— Non, me reprend Bold, avant les Confins, nous devons fabriquer la potion et trouver une solution pour que Callie soit plus sûre d'elle dans son combat contre les ombres.

— Nous allons nous pencher sérieusement sur la réalisation de la potion, appuie Al. En attendant, si tu l'acceptes, je peux aussi t'aider. Sur l'Archipel, dès leur plus jeune âge, les enfants apprennent des techniques de méditation, de visualisation et des tas d'autres choses pour rester maître de soi-même. C'est un élément clé dans l'apprentissage de la magie.

— Je ne veux pas utiliser la magie, rétorque Callie d'un ton dur qui contraste avec la lueur d'effroi dans ses yeux.

— D'accord, répond Al, même s'il semble trouver que c'est du gâchis de ne pas exploiter le potentiel des ombres. Mais ces techniques pourraient aussi te servir à repousser les ombres. Enfin, t'aider à garder le contrôle, en somme.

— Si c'était aussi simple… marmonne Callie.

— De l'optimisme, s'il vous plaît, je dis. On aura le temps de reprendre cette conversation plus tard. Pour le moment, que dirais-tu d'aller saluer le reste de l'équipage ?

***

— Si tu as besoin de quoi que ce soit…

— Je ferai comme d'habitude.

— Autrement dit, tu voleras mes affaires.

— Tout à fait, dit Callie avec un grand sourire.

Je lève les yeux au ciel.

— Bold, Al et moi allons prévenir les hommes. Tu nous rejoins dès que tu as fini. À moins…

— Oui ?

— À moins que tu n'aies besoin de quelqu'un pour te frictionner le dos ? Auquel cas, je me porte volontaire.

Le sous-entendu grivois est tout sauf subtil, dans le même genre que ceux qui ont pimenté ma relation avec Callie depuis ses débuts. Le genre qui la faisait rougir d'une manière adorable les premiers temps, puis lui dessinait un sourire à se damner, comme celui qui s'étale aujourd'hui sur ses lèvres.

— Quel sacrifice... dit-elle, faussement admirative.

— J'y consens de bonne grâce.

— C'est très noble de ta part. Mais je sais encore me laver seule, merci. Alors arrête de rêver et va préparer le terrain auprès de tes hommes.

— Dommage, je soupire en prenant un air de martyr. Je suis un excellent frotteur de dos, sache-le. Le meilleur qui soit.

— Toujours aussi modeste...

J'esquisse un geste pour sortir de ma cabine avant de me raviser. Callie a les mains sur son corset et me regarde d'un air interrogateur. Je rêve de l'aider à se déshabiller mais ce n'est pas pour ça que je me suis attardé.

— Callie, j'ai bien compris qu'il fallait être prudent avec toi. Te ménager, faire attention, ne pas te mettre dans des situations stressantes ou provoquer des émotions fortes.

— Mais ?

— Mais je refuse d'agir différemment avec toi. Te protéger, c'est important, et je ferai tout pour t'assurer un environnement stable. Cependant, je pense que le meilleur service qu'on puisse te rendre, c'est d'agir normalement avec toi. Te rappeler sans relâche qui tu es, pourquoi tu es là et faire comprendre aux ombres que ta place est ici, avec nous.

Elle garde un moment le silence, se contentant de me regarder calmement. Puis elle fronce les sourcils.

— C'est ta manière de me dire que tu vas continuer à te moquer, à me provoquer et à me mettre mal à l'aise avec tes arrière-pensées ?

Je souris.

— Content de voir que le message est passé.

Elle soupire et lève les yeux au ciel. En un clin d'œil, je suis près d'elle et je passe ma main derrière sa nuque.

— C'est aussi ma manière de te dire que je ne vais pas renoncer à toi et que les ombres ne pourront pas m'empêcher de faire ça.

— Faire quoi ?

Je l'attire à moi et l'embrasse passionnément, comme si nos vies à tous les deux en dépendaient. Le temps semble se figer et je ne saurai dire s'il se passe une minute, dix ou cent avant que nous nous séparions. Nous sommes tous les deux à bout de souffle et je colle mon front contre le sien.

— Je ne renonce pas à toi, je murmure d'une voix rauque.

— Pourquoi ? demande Callie de la même façon.

Elle a fermé les yeux et un sourire se dessine sur ses lèvres.

— Tu sais pourquoi.

***

Lorsque je débouche sur le pont, Al et Bold ont déjà rassemblé mes hommes et ceux-ci s'agitent, inquiets de cette réunion improvisée au milieu de *L'Avalon*. En me voyant m'approcher, ils me bombardent de questions et je lève la main pour leur intimer le silence. Pour une fois, je ne fais pas durer le suspense.

— Callie est revenue.

Des cris éclatent. Mes hommes poussent des exclamations de joie, regardent de tous les côtés, comme s'ils s'attendaient à ce que Callie soit cachée derrière un mât et surgisse en criant : « SURPRISE ! »

Je leur raconte tout et suis soulagé de voir que personne ne remet en question la présence de la jeune fille. Aucun ne semble vraiment inquiet, à vrai dire : ils connaissent bien Callie et savent qu'elle préférerait mourir plutôt que de leur faire du mal. Si elle dit avoir repris le contrôle, ils la croient sans hésiter, et peu importe que celui-ci soit précaire. Une partie de moi réalise que c'est imprudent de la garder à bord, mais le fait est que je suis prêt à tout pour qu'elle reste à mes côtés.

De toute façon, je ne peux pas m'offrir le luxe de douter. Celle-ci nous rejoint justement. Ses cheveux encore humides tombent autour de son visage qui me paraît très pâle à la lumière du jour. Elle avance lentement, comme si elle n'était pas sûre d'être à sa place, clignant des yeux face au soleil éclatant.

Au début, personne ne dit rien tandis qu'elle s'arrête à mes côtés, les yeux baissés. Puis Glenn fait un pas en avant, et un immense sourire se dessine sur son visage.

— Callie !

Il se précipite sur elle et la prend dans ses bras. Lorsqu'il la relâche, j'ai le temps d'apercevoir l'émotion sur ses traits avant que Callie ne soit ensevelie sous les accolades amicales de tous mes hommes. Tous crient son nom, courent vers elle, appellent ceux qui ne l'ont pas encore vue. C'est très émouvant, mais je doute que ce soit ce dont elle a besoin. Je m'approche donc et repousse les bras tendus vers elle.

— Bon, bon, assez.

— Holà, capitaine, elle n'est pas en sucre, dit Glenn avec malice.

— Callie ?

Le silence retombe brusquement, et mes hommes s'écartent pour laisser passer Doug. Celui-ci avance lentement, en s'appuyant sur ses béquilles, en arborant une expression étrange. Callie se tourne pour le regarder approcher et je sens toute la culpabilité qu'elle éprouve. Pourtant, le garçon l'observe un instant, semble la jauger, puis il franchit les derniers mètres en criant de joie.

— C'est bien toi !

Il se jette dans ses bras et Callie lui rend son étreinte en lui caressant les cheveux.

— Doug, je suis tellement, tellement désolée…

Sa voix n'est qu'un murmure et la réponse de Doug est lâchée sur le même ton, mais je l'entends malgré tout.

— Tu n'as pas à t'excuser. Ce n'était pas toi.

Les dieux bénissent cet enfant. Il s'écarte très vite et adresse à Callie un sourire radieux.

— Regarde ! reprend le gamin en désignant ses béquilles. Je peux de nouveau me déplacer ! Doc dit qu'il faut attendre encore un peu mais que j'aurai le droit d'avoir une jambe de bois un jour !

Callie passe une main affectueuse sur le visage du garçon, et celui-ci s'illumine.

— Le plus important, c'est que tu sois revenue ! continue-t-il, plein d'entrain. Tu m'as manqué et on s'est vraiment inquiétés pour toi. Où tu étais ? Qu'est-ce que tu as fait ? Qu'est-ce qui s'est passé hier ? Est-ce que les ombres sont toujours en toi ? Comment tu fais pour les contrôler ? Tu peux faire de la magie, maintenant ?

Le sourire de Callie vacille face à cette avalanche de questions.

— Je n'ai pas vraiment envie d'en parler, Doug, dit-elle simplement, d'un ton un peu moins détendu que tout à l'heure.

— Tu sais, quand j'étais à l'infirmerie, j'ai beaucoup lu. Je suis sûr qu'on peut trouver une solution pour t'aider. Il faudrait juste que tu nous dises comment…

— J'ai dit que je ne voulais pas en parler !

La voix de Callie claque, sèche et dure. *L'Avalon* est plongé dans un silence pesant qui nous immobilise tous. Doug ouvre de grands yeux mais toute mon attention est concentrée sur ceux de Callie. J'ai l'impression d'y voir une ombre, mais peut-être que ce n'est que mon imagination. La situation me rend paranoïaque. D'ailleurs, Callie marmonne quelque chose, secoue la tête et reprend tout de suite la parole.

— Je suis désolée, Doug. C'est assez difficile pour moi de l'évoquer… Je… J'espère que tu comprends. Je ne voulais pas te faire peur.

— Je comprends, la rassure le garçon, à mon grand soulagement. Tu le feras quand tu seras prête. Un jour.

— Oui, un jour, répète Callie d'un ton qui, si on la connaît bien, signifie en réalité « jamais, au grand jamais ».

Sur un dernier sourire éclatant – je ne louerais jamais assez l'innocence et la pureté de Doug –, le garçon recule et Callie affronte tous les regards fixés sur elle.

— Je suis désolée, dit-elle encore à l'assemblée.

— Il n'y a pas de quoi, répond Glenn qui semble impossible à faire taire, aujourd'hui. Tu as eu une saute d'humeur. Ça arrive à toutes les femmes.

— On sait tous que c'est plus complexe que ça, dit Callie en le foudroyant du regard à cause de sa blague misogyne.

Elle semble pourtant contrite. Je fais un pas vers elle pour la réconforter mais, une fois n'est pas coutume, Glenn me prend de vitesse. Il passe un bras autour de ses épaules.

— Allez, Callie ! Blake va trouver une solution ! Tu le connais. Il a réponse à tout.

— Pas étonnant qu'il ait les chevilles qui enflent, avec tous les compliments que vous lui faites, marmonne Callie.

Et je lui adresse une grimace tout à fait puérile.

— Il faut garder le moral, continue Glenn en s'agitant. Pense à tout ce que tu as accompli ! Tu as réussi à intégrer le plus grand équipage de pirates au monde ! Tu as fait exploser le navire de Thull ! Et, récemment, tu as tué le Sorcier Noir !

Callie ouvre la bouche puis marque une pause, avant de lâcher :

— C'était mon père.

— Quoi ?

— Le Sorcier Noir. C'était mon père. Enfin, mon père possédé par les ombres. De fait, en les libérant, j'ai tué mon père.

Un silence fait suite à sa déclaration et j'ai envie de me frapper pour ne pas y avoir pensé plus tôt. Je n'ai vu que les ombres et les problèmes qui en découlaient. À aucun moment je n'ai pensé à ce que Callie a pu ressentir en réalisant que son père était mort, parti en fumée une fois que les ombres avaient quitté son corps. Callie, elle, vit avec cette pensée depuis un mois. Elle a beau savoir qu'elle l'a avant tout libéré, sa culpabilité doit être terrible.

— Oh-oh, il y a comme un malaise...

Glenn étant Glenn, il continue de parler, s'enfonçant un peu plus.

— J'avais oublié, ajoute-t-il d'un air gêné. Et je crois que j'ai gâché l'ambiance.

Je ne peux m'empêcher de sourire et, à ma grande surprise, Callie fait de même. Glenn semble d'ailleurs soulagé de sa réaction et se détend un peu.

— C'est une chose avec laquelle je vais devoir apprendre à vivre, dit Callie d'une voix basse en tournant son regard vers l'océan.

— Et maintenant, alors, quel est le plan ? lance Colton. On était prêts à te chercher dans tous les recoins de cette terre, mais ce n'est plus nécessaire. Maintenant que l'équipage est au complet, qu'est-ce qu'on fait, capitaine ?

Je souris de plus belle. En cet instant précis, Callie à mes côtés, l'équipage autour de moi, *L'Avalon* sous mes pieds et l'océan devant moi, je suis persuadé que tout ira bien. Les choses ne pourront que s'arranger.

— Nous n'avons pas fini d'exploiter les informations trouvées dans le grimoire. On a encore du pain sur la planche.

CHAPITRE 17
BLAKE

Pour la seconde fois en l'espace de quelques semaines, *L'Avalon* est de nouveau parti à la chasse aux ingrédients pour réaliser une potion magique. Callie et moi avons lu et relu le grimoire une bonne dizaine de fois pour être sûrs de ne rien manquer. Les instructions sont claires, mais dénicher les ingrédients nous donne du fil à retordre.

En attendant, la vie semble avoir repris son cours à bord. Mes hommes s'attellent à leurs tâches dans la mécanique bien huilée qui fait notre efficacité. Nous gardons tous un œil sur Callie. Elle semble aller plutôt bien même si je l'ai surprise plus d'une fois s'arrêter en plein geste et jeter un regard derrière elle, comme si quelqu'un lui parlait. Dans ces moments-là, elle ferme brièvement les yeux, secoue la tête et se remet au travail, comme si de rien n'était. Je sais que les ombres lui mènent la vie dure, mais elle n'en parle pas.

Sa simple présence m'apaise et j'ai repris des forces. Mes nuits sont plus calmes maintenant que je peux me réveiller en sursaut et vérifier qu'elle est bel et bien à mes côtés. En revanche, j'ai remarqué que Callie, elle, ne dort pas beaucoup.

— Je fais d'affreux cauchemars où je tue tout le monde, où je laisse les ombres me dominer… Je ne sais pas s'il s'agit vraiment de rêves ou si c'est une ruse de plus pour me faire basculer… Je préfère ne pas dormir trop longtemps, finalement. Au moins je sais qui je suis quand je me réveille.

Quand j'ai insisté, elle m'a raconté en détail un de ses horribles rêves et je me suis trouvé tout à fait impuissant à la réconforter.

Toujours dans mes pensées, je l'observe monter le long du grand mât pour s'occuper des voiles. Elle a repris sa place à bord de l'équipage sans difficulté. À la regarder ainsi, on pourrait penser que rien ne cloche, qu'elle va parfaitement bien. Mais je sais que les apparences peuvent être trompeuses. Il n'y a qu'à voir la scène qui s'est déroulée hier soir…

***

Nous avions passé une longue journée. Le vent soufflait fort, trop fort pour que *L'Avalon* puisse avancer sereinement, et nous avions dû manœuvrer pendant des heures pour garder le cap. J'avais les membres endoloris à force de tenir le gouvernail et Callie était épuisée d'avoir couru sur les ponts, grimpé dans les voiles pour les rabattre ou d'avoir porté des cordages aussi épais qu'elle. J'étais toujours inquiet de la voir se dépenser autant mais, selon elle, travailler dur l'aidait. Cela lui occupait l'esprit et maintenait les ombres derrière la barrière. Néanmoins, ce fut un soulagement pour nous deux quand notre quart prit fin. Je n'avais jamais été aussi heureux de me laisser tomber sur mon lit.

— La dernière fois que j'ai été aussi épuisée, c'était après ma première tempête à bord de *L'Avalon*, dit Callie d'une voix lasse.

— Aaah, tu veux parler de la fois où j'ai dû te porter et te border… Tu ne faisais donc pas semblant pour obtenir mon attention et mon affection ?

— Je n'ai même plus la force de te répondre, et pourtant l'Océan sait que j'aurais envie de t'envoyer paître, marmonne-t-elle, ce qui m'arrache un sourire.

Deux secondes plus tard, nous dormons tous les deux.

Je suis tiré du sommeil par les gémissements de Callie. J'y suis presque habitué alors je tends les bras vers elle et, encore à moitié endormi, l'attire vers moi pour l'apaiser. Sauf que, contrairement aux autres nuits, sa main s'abat sur mon visage et me repousse brutalement, ce qui achève de me réveiller. J'ouvre les yeux quand elle se met à crier :

— Ne me touche pas !

Malgré sa mise en garde, il est hors de question que je reste sans rien faire, alors je me penche de nouveau vers elle. En un clin d'œil, Callie est debout devant le lit et me foudroie du regard.

— Je t'ai dit de ne pas me toucher ! À moins que tu ne veuilles souffrir ? Tu n'as pas idée de la douleur que je pourrais t'infliger !

Je me retiens de lui rétorquer que, après tout ce qui s'est passé, j'en ai, au contraire, une idée très précise. Au lieu de cela, je me redresse dans le lit et lève les mains, comme pour lui faire comprendre que je serai sage.

— D'accord, d'accord, je garde mes distances. Callie, reste calme.

— Ne me dis pas de me calmer !

Sa voix me semble froide et distante, révélatrice du combat éreintant qu'elle mène. Même dans la nuit, je vois les trous noirs que sont devenus ses yeux. J'ai l'impression qu'on a versé un liquide froid dans mon dos mais je continue à parler.

— Ça va aller, Callie. Reste avec moi, résiste aux ombres.

— Je fais ce que je peux, Blake…

Elle pousse un nouveau cri, et les meubles de ma cabine en tremblent. D'un coup, toutes les bougies et lanternes s'allument, puis s'éteignent. L'eau de la baignoire se met à couler toute seule. Les draps du lit glissent au sol et commencent à ramper vers elle… Callie marmonne quelque chose que je ne comprends pas à l'intention de je ne sais qui. Je suis à deux doigts de hurler face à cette scène d'horreur quand, soudain, tout s'arrête. Callie pousse un dernier gémissement puis se laisse tomber par terre et enfouit son visage entre ses mains. Cette fois, lorsque je me précipite vers elle, elle ne me repousse pas. Au contraire, elle se blottit contre moi.

— C'était… intéressant, je finis par dire en lui caressant les cheveux.

Elle relève la tête.

— Intéressant ?

— J'ai dit intéressant ? Je voulais dire terrifiant.

J'espérais lui tirer un sourire mais elle ne fait que renifler avant de soupirer.

— On a frôlé la catastrophe.

— Mais non. Tu as repris le contrôle, c'est le principal.

— Comment peux-tu être aussi optimiste ? Je dormais, Blake, et les ombres en ont profité. Elles ont failli gagner.

— Mais tu les as contenues. Encore. Tu vois, c'est ça, être optimiste : voir le positif dans chaque situation.

Elle lève les yeux au ciel. Je ne pense pas qu'elle soit dupe. J'essaie de faire comme si de rien n'était, comme si je n'étais pas effrayé par sa puissance ni par la facilité avec laquelle elle peut perdre le contrôle. Mais je le suis vraiment. Peu importe le soin qu'on apporte tous à faire attention à elle, Callie n'est jamais à l'abri de rien.

Le lendemain matin, à la première heure, nous dessinons un pentacle sur le sol de ma cabine.

***

— Ce n'est pas une si mauvaise idée, dit Glenn en me regardant en tracer un autre près du gouvernail.

— Si, c'est une très mauvaise idée, rétorque Al.

Leurs remarques me sortent de mes pensées. Peu importe qu'elle soit bonne ou mauvaise, puisque c'est l'idée de Callie et qu'elle ne m'a pas vraiment laissé le choix.

— Vois ça comme une sécurité, m'a-t-elle dit en me tendant un seau rempli de cette pâte épaisse qu'on utilise pour calfater *L'Avalon*. Si jamais un jour tu vois que je suis sur le point de céder aux ombres, tu n'auras qu'à me pousser au milieu d'un des pentacles. Et voilà ! Je ne pourrais plus vous faire de mal.

Ça semblait si simple, dit comme ça. Sauf que ça m'obligeait à défigurer les ponts de *L'Avalon* en traçant ces horribles pentacles, une manœuvre aussi longue que fastidieuse sans garantie de résultat. Mais Callie était persuadée que ça allait fonctionner. Et elle en voulait partout : dans notre cabine, dans la cale où elle dormait au début (« au cas où vous devriez m'enfermer longtemps »), dans le réfectoire, sur les différents ponts... Le pire, dans tout ça, c'est que j'aurais aimé lui dire qu'elle se montrait excessive, mais après la scène à laquelle j'avais assisté... je n'étais pas sûr de le penser.

Voilà pourquoi je me retrouve, à quatre pattes, à tracer un énième pentacle sur mon pont.

— Pourquoi est-ce que ça ne serait pas une bonne idée, ô monsieur le grand sorcier des vents ? demande Glenn.

— Parce que, ô petit pirate stupide, rétorque Al, ça ne résoudra rien de la pousser dans un pentacle.

— On sera à l'abri, au moins ! Les ombres en elle ne pourront pas nous faire de mal.

— Et que se passera-t-il si nous ne sommes pas assez rapides ? Si elle n'a pas le temps de rejoindre un pentacle ? Il vaudrait mieux qu'elle apprenne à renforcer son contrôle sur les ombres.

— Tu dis ça comme si c'était facile, je lance alors. Aucun de nous ne peut comprendre le combat qu'elle mène et, quand on ne maîtrise pas un sujet, on se tait. Alors taisons-nous, et faisons ce qu'elle demande.

— Comme toujours, hein, capitaine ? conclut Glenn avec un clin d'œil.

J'aimerais lui clouer le bec mais le fait est qu'il a raison. Al marmonne dans sa barbe.

— Je ne parle pas de sujets que je ne connais pas, moi. Je sais ce qu'est la magie, le contrôle, la pression… mais comme toujours, personne ne m'écoute à bord de ce rafiot…

— Pardon ?

— Je disais que personne ne m'écoutait jamais à bord de ce vénérable navire, répond froidement Al.

— Ah, je préfère ça.

Je finis de tracer le pentacle, me relève et m'essuie les mains sur le manteau de Glenn qui a fait l'erreur de rester près de moi. Ignorant ses insultes, je fais face à Al.

— Je n'ignore pas tes conseils, Al, crois-moi. Même si ces pentacles ne sont pas l'idéal, ça rassure Callie et c'est toujours ça de pris…

Il ne répond pas et je me tourne vers la côte, de plus en plus proche. Vivement que nous puissions tester la potion…

***

— Et c'est là que j'ai sorti mon pistolet et que je lui ai dit : « Mon coco, pour moi c'est dix pièces d'or le brin de ton herbe magique, ou je te troue le bide. » Après ça, il n'a plus essayé de négocier !

Des rires résonnent dans la salle bondée et Glenn se rengorge de l'attention qu'il attire. Heureux d'avoir encore avancé en trouvant un nouvel ingrédient pour la potion de Callie, mes hommes passent une bonne soirée et je les laisse s'amuser. Comme toujours, je compte sur Bold pour s'assurer que les choses ne dérapent pas et tends ma chope pour trinquer avec Glenn qui entreprend ensuite d'empiler l'argent qu'il a gagné aux cartes ce soir. Je sais que je ne devrais pas autoriser les jeux d'argent à bord, c'est proscrit chez la plupart des pirates… mais l'équipage de *L'Avalon* n'est pas un équipage ordinaire. Nous ne sommes pas des pirates ivrognes et braillards qui peuvent se battre pour des broutilles. Nous sommes une famille, unie, et aucune partie de dés ne pourrait mettre ça en péril.

Presque par réflexe, je cherche Callie qui se démarque toujours dans la foule. Pourtant, cette fois, mes yeux ne sont pas attirés par l'éclat de ses cheveux cuivrés. Je me redresse un peu, subitement inquiet.

— Respire, capitaine, me lance Glenn. Elle est allée prendre l'air.

Après l'atmosphère bruyante et étouffante du réfectoire, les embruns me font un bien fou. Je prends une grande inspiration tandis que mon regard parcourt les ponts à la recherche de Callie. Un de mes hommes de faction me désigne les voiles du doigt et, un peu surpris, j'entreprends de monter jusqu'au nid-de-pie, en haut du grand mât. J'y trouve effectivement Callie, adossée contre la balustrade en bois qui délimite le poste de la vigie. D'un geste souple, je bascule sur la plate-forme et Callie, qui a observé ma montée, se tourne vers moi.

— Quelle rapidité !

Je plisse les yeux.

— On se moque ?

— Pour une fois, non. Je suis sincèrement impressionnée.

— Ce navire n'a pas de secrets pour moi. J'ai passé tellement de temps dans ces voiles et sur ses mâts…

Callie laisse échapper un sourire.

— Toujours pas de moquerie ?

— Non, là, c'est de l'attendrissement, décrypte Callie. Je t'imaginais haut comme trois pommes courant dans tous les sens avec Bold te hurlant dessus, fou d'inquiétude que tu ailles te percher dans les voiles !

Je souris à mon tour et ne prends pas la peine de rectifier cette vision idyllique. J'ai peut-être causé quelques inquiétudes à Bold mais celui qui hurlait, c'était surtout mon père. Je ne me souviens même plus pourquoi : il avait toujours une bonne raison.

— Pendant longtemps, ça a été mon endroit préféré du navire. Mon père ne montait jamais, j'étais tranquille et j'avais l'impression de lui échapper un peu… et puis, la vue y est magnifique.

— Je n'arrive pas à croire que c'est la première fois que je viens, dit Callie. Depuis le temps que je suis à bord…

— Ça n'est pas si étonnant que ça. Nous avons été plutôt occupés jusqu'à présent, non ?

— C'est vrai. Entre les compas magiques, les tempêtes, les attaques surprises, les sorciers maléfiques et les ombres démoniaques, j'ai finalement eu peu de temps pour explorer ce navire.

— Tu oublies le plus important. Ce qui t'a pris le plus de temps et sans doute ce que tu as préféré…

Je me tourne vers elle avec un sourire qui se veut arrogant et m'appuie sur le bord, étendant les bras dans une posture conquérante. Elle se frappe le front du plat de la main en faisant mine de se souvenir de quelque chose.

— Ah oui, nettoyer le pont ! C'est vrai que ça m'a beaucoup occupée depuis que j'ai mis un pied sur ce rafiot !

Je roule des yeux et abandonne ma pose pour pousser un long soupir. Mon regard se perd dans l'immensité du ciel au-dessus de nous.

— Pourquoi tu es montée là ?

— J'avais juste besoin d'un peu d'air. De changer de point de vue. C'est vrai que c'est magnifique, ici, murmure Callie.

Les étoiles brillent avec force et le ciel sur lequel elles s'incrustent est d'un bleu nuit impressionnant. On se sent minuscule face à ça, autant qu'on l'est face à l'Océan, mais ce n'est pas forcément une mauvaise chose. Ça aide à relativiser.

— Tu n'es pas heureuse qu'on ait trouvé un nouvel ingrédient ?

— Si, bien sûr, répond-elle. Mais… on avance si lentement. Et j'ai surtout peur que la potion ne fonctionne pas. Que ferons-nous, si c'est le cas ?

— Tu oublies notre meilleur espoir : les Confins.

— Comment pourrais-je l'oublier alors que tu dors presque avec la Carte ? rétorque Callie, moqueuse.

— Ne sois pas jalouse, je lâche avec un sourire. C'est toujours toi que je préfère.

Elle secoue la tête, faussement navrée. Je prends une inspiration.

— Callie… On n'a pas trop eu l'occasion d'en parler et je sais que tu n'en as pas forcément envie mais… je t'ai observée, ces derniers temps. Je sais que tout ça te pèse et te travaille.

— Tout ça quoi ?

— Les ombres, la magie… ton père… ce que tu as fait quand tu étais possédée.

Elle sursaute et se détourne un peu de moi.

— Je n'ai pas envie d'aborder le sujet.

— Tu es sûre ? Ça te ferait peut-être du bien, plutôt que de tout garder…

Le regard qu'elle me lance est à la fois railleur et sombre.

— C'est toi qui me dis ça ?

— Justement, crois-en un expert… je chuchote.

Pendant un bref instant, je pense qu'elle ne va pas me répondre, qu'elle va continuer à faire comme si de rien n'était. Puis elle lâche un soupir et repousse les cheveux que le vent fait voler devant son visage.

— Que veux-tu que je te dise ? lance-t-elle avec lassitude. J'ai tué mon père. Je sais que c'était la seule chose à faire, que c'était ce qu'il demandait, même, mais ça n'aide pas. La vérité, c'est que je m'étais faite à l'idée qu'il avait disparu au profit des ombres. Savoir que c'est faux, qu'il était là tout du long, le retrouver pour finalement le perdre aussitôt… oui, ça fait mal. C'est un poids que je porterai toute ma vie, tout comme la culpabilité de sa mort.

J'aimerais lui dire que, la culpabilité, c'est quelque chose que je comprends mieux qu'elle ne le pense, mais je n'ai pas le droit de l'interrompre alors que parler de tout cela est si difficile pour elle.

— J'imagine que tu aimerais aussi que je te dise ce que j'ai fait pendant que j'étais sous le contrôle des ombres ? Tu vas me dire que ça me ferait du bien, que rien n'est ma faute, que le sang qui tache mes mains n'est pas de mon fait…

Son ton hésitant a évolué et, désormais, il y a autant de colère que de douleur dans sa voix.

— J'ai commis des choses atroces. Je n'ai… Je n'ai même pas de mots à mettre sur les charniers que j'ai laissés, les souffrances que j'ai infligées. Ça aussi, c'est quelque chose que je vais devoir porter pour le reste de ma vie, mais ce n'est pas le pire. Le pire, c'est que ça peut recommencer. J'ai vécu l'horreur quand elles me possédaient. Ça a failli me détruire. Je ne pourrai pas le supporter de nouveau. En ce moment, je les sens, je les entends, elles me susurrent de céder. C'est pour ça que la potion doit marcher, et qu'on doit trouver une solution car, sinon… mon cauchemar ne fait que commencer. Toute ma vie je devrai lutter contre les ombres… et contre la magie. Et ça… ça me terrifie.

Elle s'interrompt, le souffle court, en proie à l'angoisse. Je m'empare de sa main pour lui témoigner mon soutien, même s'il peut paraître bien dérisoire. Un soupir s'échappe de ses lèvres et, lorsque je l'attire à moi, elle pose sa tête contre ma poitrine. Elle n'a plus l'air en colère, juste triste.

Ses mains se fraient un passage sous mon manteau pour enlacer ma taille et j'appuie mon front sur le haut de son crâne, respirant son odeur, appréciant les chatouillis de ses cheveux que le vent agite. Je me penche pour placer mon visage au niveau du sien. D'un doigt, je suis ses taches de rousseur, probablement ma constellation préférée. Je souris de la voir fermer les yeux sous mes caresses, je souris de la sentir frissonner, je souris lorsque ses lèvres frémissent au contact des miennes…

— Tu crois qu'on va voir des sirènes, dans les Confins ? me chuchote-t-elle alors.

Je ne peux pas m'empêcher de rire.

— J'espère bien. Sinon, ça ne serait pas une aventure digne de pirates…

CHAPITRE 18
CALLIE

Doc, notre expert en herbes et décoctions en tout genre, est sur une piste pour les derniers ingrédients de la potion.

— Si quelqu'un les possède, ça sera le duc de Borrows, nous assure-t-il.

Ledit duc de Borrows est un riche noble des Terres du Sud qui s'est découvert une passion pour l'alchimie. Certains prétendent qu'il aurait réussi à changer du plomb en or, ce qui expliquerait sa richesse. Quoi qu'il en soit, son laboratoire est réputé et, s'il y a une chance d'y trouver ce que nous cherchons, nous devons essayer.

Le problème, c'est justement qu'il est riche et, comme tous les riches, il est assez inaccessible. D'après les informations que Blake a déjà pu récupérer, son manoir est une vraie forteresse, gardée plus sûrement qu'une prison continentale. Ce genre de sécurité est plutôt encourageant : ça signifie que le duc a bel et bien des choses précieuses, mais ça signifie aussi qu'il nous faut un plan solide. Pour l'heure, nous avons mis les voiles vers le duché de Borrows et Blake estime qu'il ne nous faudra pas longtemps pour l'atteindre.

Je ne sais pas bien quoi penser de ce qui nous attend, mais j'ai d'autres soucis en tête. Mis à part leurs voix qui me donnent envie de m'arracher les cheveux, les ombres se tiennent calmes, pour le moment, mais je sens qu'il suffirait d'un rien pour les bousculer et réveiller le monstre. Plusieurs fois, je me suis sentie au bord du gouffre et j'ai dû m'isoler pour tenir. C'est pour ça que j'ai fini par accepter l'aide d'Al.

— Bon, par où commencer… dit justement celui-ci.

La situation est presque irréelle et je garde les yeux fixés sur ce professeur improvisé qui semble aussi mal à l'aise que moi. Et pas beaucoup mieux informé.

Je le regarde tourner en rond, se grattant sans arrêt le crâne, ce qui achève de donner une allure dérangée à ses boucles déjà peu disciplinées.

Nous sommes dans la cale, dans cette petite cellule où j'ai passé mes premiers jours à bord de *L'Avalon*. Par l'Océan, j'ai l'impression que c'était il y a des siècles, tant il s'est passé de choses depuis. Pourtant, ça ne fait même pas un an. Nerveuse, je me frotte les mains et contemple le motif tracé au sol. Je n'ai pas à m'inquiéter. En dépit des apparences et son flagrant manque de confiance en lui, Al sait ce qu'il fait. Si les choses dérapent, il me suffit de faire un pas pour être dans le pentacle.

Je me rends compte que je le fixe toujours quand Al claque des doigts devant mon nez et que je sursaute.

— Tu sais que ce dessin est illusoire, n'est-ce pas ?

Prise d'un réflexe tout à fait puéril, je lui tire la langue dans une grimace qui le fait rire. Malgré tout, je sais qu'il a raison. En théorie, je pourrais passer mon temps dans un pentacle comme celui-ci, au fond du navire. Ils m'apporteraient de quoi manger et boire pendant que *L'Avalon* ferait cap vers les Confins, à la recherche d'une solution. Je m'ennuierais à mourir, mais au moins, il n'y aurait aucun risque. Personne pour me surprendre, personne que je pourrais blesser si je suis contrôlée par les ombres ou si la magie m'échappe. Seulement, ça reviendrait ni plus ni moins à fuir. Une belle fuite pleine de lâcheté, comme celle dans laquelle je me suis lancée il y a des années en quittant le Château Noir. Ça ne m'a pas vraiment réussi. Choisir la fuite empêche d'avancer.

Et j'ai fini de fuir, même si cela veut dire saisir mes démons à bras-le-corps.

Je le dois à Blake, à mes amis à bord et, plus important encore, je le dois à moi-même.

Je prends une grande inspiration et me tourne vers Al.

— Alors, maître, qu'est-ce qu'on fait ?

***

Pendant tout un après-midi, Al me parle de la magie, m'enseigne les leçons de base, m'apprend les tuyaux les plus faciles, ceux qu'on inculque aux enfants qui se destinent à pratiquer. Il m'apprend à voir la magie les yeux fermés, à la trouver n'importe où et à la ressentir. Il m'apprend surtout à respirer, à me calmer et à me concentrer. C'est essentiel pour qui veut exercer la magie et ça l'est encore plus pour moi qui doit composer avec les ombres et toute la pression que cela implique.

Au début, nous sommes tous les deux tendus. Nous n'avons pas l'habitude de passer du temps tous les deux, sans Blake, Glenn ou Bold, ce qui, je le reconnais, est entièrement ma faute.

J'ai écarté Al dès que j'ai mis un pied sur *L'Avalon*, terrifiée par l'aura de magie qu'il dégageait, trop empêtrée dans mes préjugés et mes traumatismes d'enfance pour m'apercevoir que c'était une personne qui méritait d'être connue. Les étranges regards qu'il me lançait souvent et ses réflexions sur ma relation avec Blake n'avaient pas aidé : je m'étais mise en tête qu'il ne m'aimait pas. Ça m'a pris du temps, mais j'ai fini par réaliser qu'Al n'avait absolument rien contre moi. C'est quelqu'un de drôle, d'attachant, un peu étrange certes, mais quelqu'un sur qui on peut compter. Il irait au bout du monde pour Blake et il a déjà fait beaucoup pour moi. Son aide m'est précieuse sur bien des points.

Alors que les heures défilent, notre gêne mutuelle s'efface. À ma grande surprise, Al se révèle être un professeur compétent et semble aussi étonné que moi de le constater. Grâce à lui, je parviens à saisir comment repousser les ombres et comment renforcer le mur dans ma tête. Mieux encore, ses exercices de respiration, de concentration et de visualisation me font un bien fou et je m'aperçois que les ombres semblent plus apaisées que jamais.

J'ai toujours les jambes qui tremblent, j'ai toujours une peur bleue de ce que pourraient faire les ombres et de la magie qui coule dans mes veines, mais j'ai l'impression d'avoir plus de maîtrise. Je me sens un peu plus confiante, assez pour me lancer dans notre nouvelle mission…

CHAPITRE 19
CALLIE

Il ne nous faut que quelques jours pour arriver en vue du duché de Borrows. Celui-ci n'est pas très loin des terres de Lady Brigid chez qui j'ai travaillé. Même si de nombreux ports pouvaient nous accueillir, Blake a décidé de mouiller loin des villes, dans une crique difficile d'accès qui lui a demandé des heures de manœuvre avant de pouvoir jeter l'ancre. C'est plus sûr ainsi : inutile de nous faire remarquer.

Nous sommes d'ailleurs en train de préciser le plan, rassemblés pour une réunion au sommet. Une fois n'est pas coutume, elle n'a pas lieu dans le réfectoire mais sur le gaillard d'arrière, près du gouvernail, en plein soleil. La plupart des hommes sont occupés sur le pont et seuls Bold, Glenn, Al et moi sommes présents aux côtés de Blake.

— Encore un château à prendre d'assaut, dit Glenn en faisant semblant de se lamenter.

— C'est un manoir, cette fois, le corrige Blake.

— Oh, pardon. Ça change tout. Je ne sais pas si vous vous souvenez, mais la dernière fois qu'on a tenté de s'introduire dans une grosse bâtisse, ça s'est plutôt mal fini.

— Ça me dit vaguement quelque chose, oui, je marmonne.

— On ne va pas s'introduire en douce, aujourd'hui, rectifie Blake comme si je n'avais rien dit.

— Ah bon ? On va juste toquer et demander poliment si on peut leur emprunter quelques ingrédients ?

Je vois Blake esquisser un sourire, preuve que l'attitude décontractée de Glenn ne l'énerve pas tant que ça, contrairement à ce qu'on pourrait penser.

— Non, on va les voler. Tu m'as bien parlé d'une fête ?

Glenn hoche la tête et entreprend de nous raconter ce qu'il a appris. Pendant que nous manœuvrions pour que *L'Avalon* puisse se cacher dans la crique, Glenn partait en reconnaissance au village proche du manoir. Lorsqu'il est revenu, bien des heures plus tard, il sentait fort le rhum, mais il avait des informations très intéressantes à transmettre à Blake.

— Les circonstances sont parfaites. Dans une semaine, il y a une grosse fête pour célébrer le mariage du fils du duc. La moitié du pays est invitée et il y aura tout le gratin ! Alors forcément, la sécurité sera renforcée, mais s'il y a un moment où les gardes seront débordés, c'est le soir de la cérémonie. Ils ne pourront pas être partout et, pour des gars fins comme nous, ça sera l'occasion idéale d'entrer, ni vu ni connu.

— C'est l'idée, dit Blake. On va s'inviter à cette petite sauterie et voler ce qu'il nous manque.

— Une fête chez les nantis et le vol d'ingrédients entrant dans la composition d'une potion magique ? J'en suis !

Nous éclatons de rire et Blake frappe son poing contre celui de Glenn. Leur complicité fait plaisir à voir, mais elle me semble aussi assez dangereuse : il n'y en a pas un pour tempérer l'autre.

Nous établissons rapidement le plan d'attaque. Glenn est chargé de continuer à récolter des informations, aidé par Colton. Il s'agit d'avoir des détails sur le déroulement de la soirée, si possible de nous procurer une invitation ou au moins une façon d'en contrefaire une. Et puisque nous ne devons pas attirer l'attention, il nous faut aussi des tenues adéquates. J'aurais préféré qu'on évite la partie bal, mais Blake a raison : parfois, le meilleur moyen de passer inaperçu, c'est de se fondre dans la masse.

— Hors de question que je mette un jabot pour aller faire la fête chez des nobles, dit Bold d'un ton catégorique. De toute façon, j'attirerais beaucoup trop les regards.

— Je suis d'accord, dit Blake en jetant un coup d'œil à la carrure de géant de son second. J'irai avec Glenn. Vous couvrirez nos arrières et vous assurerez que *L'Avalon* est prêt à partir dès qu'on aura mis la main sur ces fichues herbes.

— Je vais devoir mettre une tenue de soirée ? dit Glenn avec enthousiasme. J'espère que je ne serai pas ridicule !

— Sans doute pas plus que d'habitude, le tance Al.

Glenn lui adresse un geste vulgaire avec le naturel que confère l'habitude.

— Et moi ? Tu ne m'invites pas à ce bal ? fais-je pour taquiner Blake.

— Non, c'est ma soirée, Callie, répond Glenn minaudant d'un air faussement énamouré. Ne m'enlève pas ce moment privilégié avec mon capitaine, s'il te plaît !

— En réalité, je pense qu'il serait préférable que Callie aille avec Blake, nous interrompt Bold. Glenn, tu es un très bon combattant mais, en société, tu es un vrai rustre.

— Je suis un pirate, rectifie le jeune homme, apparemment vexé.

— C'est pareil. Or il s'agit d'une soirée entre gens distingués. Je te connais : tu agirais n'importe comment et te ferais remarquer. Vous laisser seuls pour mener notre mission à bien, Blake et toi, c'est s'assurer que tout va capoter. Il n'y en a pas un pour rattraper l'autre, ajoute-t-il à mon intention.

Je lui fais un petit sourire de connivence.

— Callie serait beaucoup plus dans le ton, elle, reprend Bold en se tournant de nouveau vers Glenn.

— Eh ! Je peux me tenir ! Je peux boire et manger comme les gentilshommes ! Et je peux même inviter leurs épouses à danser, elles seront ravies…

— Si ta seule motivation est d'aller boire, fricoter et piller le banquet, je crois que Bold a raison, dit Blake dans un éclat de rire.

***

Glenn semble s'être remis de son éviction. Il a passé les trois dernières nuits à la taverne dont il revient toujours le visage froissé, les cheveux en bataille, les poches pleines de pièces et avec des tas d'informations pour nous. Ce matin, il nous annonce qu'il a trouvé un moyen d'entrer dans le manoir.

— Il y a un petit comte, sans envergure, qui a été convié. Je le sais parce qu'il n'arrête pas de s'en vanter. Tu lui offres un verre, et hop, il est parti pendant des heures ! Une vraie mine. Bref, je propose qu'on lui vole son invitation et que tu prennes sa place, Blake.

— Est-ce que tu as une idée de la façon dont on va la lui prendre ?

— Rien de plus facile. Il est très proche du peuple, continue Glenn sur le ton de l'ironie. Il passe beaucoup de soirées à la taverne avec les poivrots du coin…

— Dont tu ne devrais pas tarder à faire partie, je glisse au passage.

— Eh ! Je me dévoue corps et âme à ma mission, moi ! Même si ça veut dire boire comme un trou tous les soirs, oui, madame !

Je souris et il continue, l'air de rien :

— Donc, le soir du mariage, on lui tombe dessus à la sortie de la taverne, on vole son invitation et on prend sa place. Simple, efficace.

— Moui.

Je ne suis pas convaincue par la simplicité de ce plan : et s'il n'a pas le papier sur lui ? Et s'il se rend compte qu'il a disparu et qu'il le signale au duc ? Blake et Bold semblent partager mes inquiétudes, mais Glenn les rassure d'un large geste de la main.

— Tout marchera comme sur des roulettes, je vous le promets. Ça fait des jours que je les observe, lui et son domaine. C'est le pigeon parfait. Assez important pour être invité, mais pas assez pour être reconnu en arrivant au manoir.

Blake finit par hocher la tête et nous tourne le dos pour se concentrer sur les réparations du gouvernail qui, apparemment, vire trop à tribord, ce qui peut pousser à donner trop de gîte. Ces mots n'ont aucun sens pour moi, mais le problème semble important car Blake est focalisé là-dessus depuis des heures. Glenn reprend la parole :

— En plus, sa femme a presque le même tour de hanches que toi, Callie.

— Comment est-ce que tu connais le tour de hanches de sa femme ? demande Al, soupçonneux.

Pour toute réponse, Glenn lui adresse un regard entendu.

— La vraie question, j'interviens, c'est plutôt : comment tu connais le mien ?

Cette fois, Glenn m'observe avec malice.

— J'ai toujours eu le compas dans l'œil, ajoute-t-il d'un air crâneur.

— Et si tu ne veux pas prendre le gouvernail dans la tête, je te suggère d'arrêter de la reluquer, lance Blake derrière Glenn, toujours à la barre.

Notre ami juge plus prudent de changer de sujet. À son grand déplaisir, Glenn est chargé de faire des emplettes et de nous trouver des tenues à peu près correctes pour la soirée. Puis, demain soir, nous irons récupérer l'invitation avant de nous rendre à la noce. Et si tout se passe bien – ce qui serait une première pour un de nos plans –, nous trouverons les ingrédients, les volerons et mettrons les voiles.

Il ne me reste plus qu'à espérer que cette potion fonctionne. J'essaie de ne pas trop y penser car l'espoir me fait peur. Si la potion n'était pas le remède miracle… je ne pourrai pas le supporter. Comme si elles le sentaient, les ombres s'agitent en moi et je me concentre sur l'océan qui m'entoure pour m'apaiser. Et voilà que mes jambes se mettent à trembler et ma tête à tourner. Je respire profondément pour faire passer cette sensation désagréable qui me saisit de plus en plus souvent.

Lorsque l'épisode est terminé, je reprends part à la conversation, sans que personne ait rien remarqué.

CHAPITRE 20
BLAKE

— Callie ? Est-ce que ça va ?

Elle sursaute et se tourne vers moi, tout en portant sa main à la tête.

— Oui, oui, tout va bien…

Je la regarde en plissant les yeux.

— Tu sais, tu crois que tu me protèges en me mentant, mais c'est tout l'inverse… surtout ce soir.

Elle soupire et fait quelques pas pour s'asseoir au bord du lit.

Nous sommes prêts pour notre grand cambriolage et je suis impatient de passer à l'action. Pourtant, en voyant Callie s'éloigner puis disparaître dans notre cabine, j'ai eu un mauvais pressentiment. Et voilà qu'en faisant irruption dans la pièce, je la trouve en train de grimacer de douleur. Je m'installe doucement à ses côtés.

— Dis-moi ce qu'il se passe. Ce sont les ombres ?

— Non. Enfin, un peu. Leurs voix ne sont pas très agréables… Mais tout va bien, je te le promets. Je tiens bon. Je suis juste… J'ai eu un moment de faiblesse. La tête qui tourne, ce genre de chose. Ça arrive. Je ne voulais pas vous affoler. C'est probablement la fatigue.

— Si tu as toujours des problèmes pour trouver le sommeil, on peut demander quelque chose à Doc. Je suis sûr qu'il a des potions et des plantes très efficaces pour ça.

— Surtout pas !

La virulence de sa réponse semble affaiblir Callie, qui se frotte de nouveau le front. Je lève les mains en signe d'apaisement.

— Endormie, c'est plus facile de perdre le contrôle. Et ça va déjà beaucoup mieux. Ça ne dure jamais longtemps.

— Comment ça, « jamais longtemps » ? Ça t'arrive souvent ?

Je lis sur son visage qu'elle s'en veut de s'être trahie.

— Pas souvent, mais ça m'arrive, oui. On n'a pas tous un organisme à toute épreuve, monsieur le capitaine, ajoute-t-elle en me donnant un petit coup de coude dans les côtes.

— Callie…

— Blake, ça va, d'accord ? La migraine s'éloigne déjà. Tu ne penses pas qu'on a d'autres choses auxquelles penser ce soir ?

Je l'étudie : son regard est vif et elle paraît effectivement plus en forme. Elle se redresse puis tend la main pour m'inviter à me lever, à la rejoindre, à monter sur le pont et à partir pour la soirée d'infiltration qui nous attend.

Les pensées défilent à toute vitesse dans mon esprit alors que je saisis sa main et la suis.

Je m'inquiète pour elle, bien sûr, mais je ne peux rien faire dans l'immédiat. Nous préparons cette mission depuis une semaine, je ne peux pas tout annuler sous prétexte que Callie a mal à la tête, même si j'ai l'intuition que c'est plus complexe que cela. Être capitaine exige aussi des sacrifices et, dans le cas présent, mon inquiétude passe au second plan. J'aurais tout le temps d'y repenser quand nous aurons récupéré les ingrédients et fabriqué cette potion.

***

— Non merci, je ne tiens pas particulièrement à l'essayer, dit Callie en tenant la robe à bout de bras.

— Mais comment on peut être sûr qu'elle te va, alors ?

— Je croyais que tu avais le compas dans l'œil ? rétorque-t-elle à Glenn qui se contente de hausser les épaules.

Nous sommes de retour sur le pont. Je ne sais pas si la crise est passée ou si elle est très bonne actrice, mais l'attitude de Callie me rassure. Elle fourre dans une sacoche la tenue que Glenn a volée pour elle et je fais de même avec la mienne.

Bold et Al nous font un signe d'encouragement et Callie, Glenn et Colton me suivent jusqu'aux chaloupes que nous empruntons pour rejoindre la terre ferme. En silence, nous gagnons le village et, bien évidemment, la taverne. Nous nous asseyons autour d'une table, dans un recoin sombre, et observons les alentours.

— C'est lui, dit Glenn en me désignant un homme accoudé au comptoir.

Plutôt grand, mince et bien bâti, ses cheveux blonds et sales lui tombent autour du visage et il ne respire pas la noblesse. Plusieurs verres s'alignent déjà devant lui et j'ai une pensée compatissante pour sa femme qui doit sagement attendre qu'il rentre à la maison pour se rendre au mariage. La pauvre n'est pas près de danser et de profiter des amuse-bouche…

— Bon, il ne nous reste plus qu'à espérer qu'il ait l'invitation sur lui, sinon…

Mes mots se coincent dans ma gorge alors que le comte sort un parchemin plié et se met à rugir, d'une voix un peu hésitante.

— Là ! La voilà, la preuve que j'ai… que je suis… que je suis quelqu'un d'important ! Je suis invité au mariage du duc, moi ! Eh oui ! Beau… beau festin en perst… perspet… perspective !

Je souris et me tourne vers Glenn qui m'adresse un regard entendu, comme pour me dire : « Alors ? »

— Je le reconnais, tu as déniché la cible parfaite.

Nous nous rapprochons les uns des autres, avec un air de conspirateurs. Heureusement, personne ne nous regarde.

— Comment on fait ? demande Callie.

Elle a mis sa capuche pour cacher ses cheveux et son visage et la mémoire de notre première rencontre me revient tout à coup en tête. Je ne pouvais pas imaginer alors à quel point ma vie allait basculer… Le groupe attend ma réponse et je me force à échapper à mes souvenirs nostalgiques.

— J'ai un plan, je dis. On ne peut pas le détrousser ici, il y a trop de gens et, vu comme il est discret, trop de risques qu'on se fasse repérer. On va la jouer fine. Glenn, tu l'abordes par la gauche et tu t'assures d'avoir son attention pendant que je me mets à sa droite et que je glisse les herbes que Doc m'a données dans son verre.

— Ça marche, dit Glenn d'un ton enthousiasme. Et ensuite ?

— Ensuite, on attend que la tête lui tourne, qu'il sorte de la taverne et on le…

— Oh, par les dieux, marmonne Callie en levant les yeux au ciel.

Elle rejette sa capuche en arrière et redresse les épaules. Sous nos regards ébahis, elle remet ses cheveux en place, puis, d'un geste rapide, délace un peu son corsage, faisant ainsi ressortir sa poitrine. Il faut que je me mobilise pour rester concentré sur notre affaire.

— Je peux savoir ce que tu fais ? je demande, conscient que ma voix vient de baisser d'une octave.

— Si quelqu'un doit faire diversion et l'attirer ailleurs, c'est moi. Je ne cherche pas à te vexer, Glenn, mais je pense être plus efficace.

— Je ne suis pas vexé du tout. Difficile de trouver des contre-arguments, de toute façon, répond-il, les yeux rivés sur la poitrine de Callie.

Je lui colle une claque sur l'arrière du crâne, si rapidement qu'il ne peut pas l'esquiver. Il devrait pourtant avoir l'habitude, ces derniers temps.

— Blake, ton plan est nul, reprend Callie comme si de rien n'était. On ne va pas attendre des heures qu'il daigne finir son verre et se mettre gentiment dans une ruelle où on pourra le détrousser. J'y vais.

Elle se lève et fait quelques pas pour s'éloigner quand je la rattrape par le poignet.

— Tu sais ce que tu fais ?

— Évidemment. On m'a récemment fait comprendre que je pouvais avoir beaucoup de pouvoir sur les hommes…

Je sens les regards se fixer sur moi, mais Callie est déjà repartie. Un petit silence s'installe alors que je la regarde s'approcher de notre homme. Elle s'accoude au comptoir à côté de lui et commande une boisson. Puis, agissant comme si leur rencontre relevait du plus grand des hasards, elle se tourne vers lui avec un sourire aguicheur. Sa posture met en avant son anatomie et au moment où elle rejette ses cheveux derrière son épaule, je sais que notre homme est fichu.

La conversation s'engage. C'est étrange de voir Callie agir ainsi. Son attitude est tellement différente de celle que je lui connais. De celle qui me plaît. La Callie forte et courageuse, la Callie qui peut me tenir tête et me rabrouer d'une remarque bien sentie. Là, elle acquiesce à tout ce qu'il lui dit en hochant la tête avec un air soumis, proche de l'adoration. Ils continuent de parler, mais l'homme, déjà bien éméché et désinhibé, pose une main sur la hanche de Callie. Le sourire qu'il lui adresse est plus lubrique que jamais.

Je respire un bon coup avant de me tourner vers mes hommes, peu enclin à assister à la suite de cette scène. Je m'aperçois qu'ils me regardent toujours avec un petit sourire aux lèvres.

— Quoi ?

— « Beaucoup de pouvoir sur les hommes », hein, capitaine ? répète Glenn, narquois.

— Oh, la ferme, je dis.

CHAPITRE 21
CALLIE

J'ai croisé pas mal d'hommes dégoûtants au cours de ma vie, mais celui-ci atteint des sommets.

Il m'a suffi d'un sourire et de quelques mots pour qu'il se permette de poser ses sales pattes sur moi. Il me regarde avec un air hautain, comme si je devais être honorée de l'intérêt qu'il me porte plutôt que révulsée par ses regards graveleux. Je me retiens de lui exploser le nez. *Pense à la mission, Callie, pense aux enjeux.*

— Qu'est-ce que tu caches sous cette cape, ma belle ? me demande l'homme.

J'ai bloqué ma cape de manière à cacher mes jambes et mon pantalon. Son sous-entendu ne m'échappe pas, mais je joue l'idiote silencieuse, alors il reprend :

— Alors, qu'est-ce que tu as prévu pour ce soir ?

— Oh, rien du tout. Je comptais passer la soirée ici. Mais j'ai entendu dire qu'il y avait une grande fête au manoir ! Ça doit être quelque chose à voir !

— Ah, le mariage ! Oui, j'ai été invité.

Je lui donne la réaction qu'il espérait :

— C'est pas vrai ? Par le Ciel, tu dois être quelqu'un de très important !

— En effet, ma jolie. Je ne devrais d'ailleurs pas trop traîner, le duc m'attend. Nous sommes très proches, vois-tu…

Si les informations de Glenn sont exactes – ce dont je ne doute pas –, le duc ne connaît même pas le nom de cet individu. Je prends un air faussement désolé.

— Oh, déjà ? C'est si rare de rencontrer un homme aussi intéressant que toi. J'espérais qu'on puisse passer un peu plus de temps ensemble…

Je minaude en battant des cils. Comment puis-je être crédible dans cette attitude ? Pourtant, cela semble fonctionner car le goujat se rapproche encore un peu pour me glisser quelques mots à l'oreille :

— J'ai bien cinq minutes. On se trouve un coin plus tranquille ?

Un coin tranquille et cinq minutes ! En voilà, un homme ambitieux, un vrai gentilhomme, par-dessus le marché.

J'essaie de ne pas me laisser distraire par l'écœurement que me procurent mon attitude soumise et celle, dégoûtante, de mon interlocuteur. Je tâche de feindre l'excitation et hoche la tête d'un air empressé. L'homme se lève précipitamment, manquant de trébucher sur son propre tabouret. Il me prend la main et m'entraîne à sa suite plus rapidement que je ne l'avais prévu. Je me laisse faire en gloussant comme une fille de joie.

Contrairement à ce que je pensais, nous ne nous dirigeons pas vers la sortie, mais vers une chambre. Avant que j'aie le temps de faire quoi que ce soit, l'individu me pousse à l'intérieur et me fait face. Je n'aime pas beaucoup la tournure que prennent les choses, mais j'ai atteint mon objectif : il est isolé, loin des regards indiscrets et prêt à être détroussé.

J'esquisse un geste pour m'emparer de mon poignard, soigneusement caché sous ma cape, lorsqu'il fait un pas vers moi, m'agrippe par les épaules et colle sa bouche sur la mienne. Je suis prise de court. Je retiens un haut-le-cœur. Son baiser a un goût d'alcool. Quand je retrouve enfin mes esprits, je le mords en le repoussant de toutes mes forces, puis je m'essuie la bouche, comme si cela pouvait effacer son geste. J'entends un bruit sourd et, sous mes yeux, l'homme s'effondre au sol. Derrière lui se tient Blake, l'épée dégainée, le pommeau avec lequel il a apparemment frappé l'homme à la tête toujours brandi. Je le dévisage, les yeux écarquillés.

— Eh bien, dit-il, j'étais venu voir si tu avais besoin d'aide, mais apparemment tu passais un bon moment.

Je lève un doigt pour lui faire signe de patienter et, alors qu'il fronce les sourcils, je me précipite vers une bassine en pierre posée près de la fenêtre. Comme je m'y attendais, elle contient de l'eau et je me rince urgemment la bouche, me gargarisant sans relâche et m'aspergeant le visage. Lorsque je n'ai plus l'impression de sentir le goût de la langue de l'homme sur la mienne, je me redresse et m'essuie avec ma manche.

— Beurk beurk beurk, je marmonne en me tournant vers Blake.

— Je prie les dieux pour que tu ne fasses jamais ça après m'avoir embrassé, dit-il avec un sourire.

— Je dois avouer que tu n'es pas aussi dégoûtant que lui…

— Me voilà rassuré. Prenons cette invitation et allons-nous-en.

Nous nous agenouillons près de l'homme et Blake fouille son veston pour trouver un parchemin roulé, marqué du sceau du duc. Parfait. Nous nous relevons et, à ma grande surprise, Blake prend l'homme par les bras pour le traîner jusqu'au lit.

— Comme c'est gentil de ta part, de te soucier de son bien-être ! Tu veux peut-être le border ? j'ajoute avec ironie.

— Mais s'il est confortablement installé et vu la quantité d'alcool qu'il a bu, il mettra plus de temps à se réveiller, marmonne Blake. Normalement, d'ici là, nous serons loin. Tu t'es assez rincé la bouche ? reprend-il après un bref instant de silence.

— Je crois, oui, pourquoi ?

Pour la deuxième fois en quelques minutes, un homme m'attire à lui et m'embrasse à pleine bouche. Sauf que, cette fois-ci, je réponds au délicieux baiser avec force. Je noue mes bras autour de la nuque de Blake et me dresse sur la pointe des pieds pour être au plus proche de son visage. Lorsqu'il s'écarte enfin, après ce qui m'a semblé être une éternité, j'ai le souffle court et les jambes tremblantes.

— Oooh, je murmure. Et c'était en quel honneur ?

Il m'adresse son fameux sourire en coin, celui qui fait perdre la tête aux femmes. Je ne fais pas exception, d'ailleurs : des dizaines de papillons s'agitent dans mon ventre, battant des ailes à l'unisson.

— C'est sûr, tu n'auras pas de mal à trouver des hommes volontaires pour t'embrasser, mais c'est moi qui le fais le mieux.

— Je n'en ai jamais douté.

— Tant mieux. Prête pour le bal, chérie ?

CHAPITRE 22
BLAKE

Nous profitons de la chambre pour nous changer. J'enfile la tenue sombre et élégante que Glenn m'a trouvée et, même si elle ne m'a rien demandé, je détourne sagement les yeux pendant que Callie enfile sa robe. Les yeux fixés sur le comte, toujours sonné, je l'entends grommeler, soupirer et froisser le tissu.

— Tu as besoin d'aide ?

— Oh, rigole, rigole, lance-t-elle avec humeur. J'aimerais te voir enfiler une robe avec toutes ces couches, ces lacets et ces jupons !

— Je suis sûr que ça m'irait à merveille.

— Bon, j'ai besoin d'aide, finit par admettre Callie.

Je me tourne et l'observe un moment sans rien dire.

La robe est bordeaux foncé, avec de longues manches, des jupes bouffantes et un corset lacé de fils dorés. Il y a des nœuds ici et là, ainsi que quelques frous-frous. Je n'y connais rien en tendances vestimentaires et je ne saurais dire si la tenue est bien mise ou à la mode. Tout ce que je peux dire, c'est que Callie est éblouissante. Je n'ai pas l'habitude de la voir porter des tenues aussi tape-à-l'œil, mais ça lui va très bien. Elle est en train de nouer ses longs cheveux en chignon sur sa nuque et, lorsqu'elle m'adresse un regard, j'ai l'impression d'être face à une grande dame.

Une princesse, peut-être. Non, Callie serait une reine, le genre de reine avec du caractère, le genre de reine qui dirige un pays et impressionne ses ennemis.

— Ce… Je ne suis pas sûr que c'était une bonne idée, cette tenue, je marmonne.

— Pourquoi ? Elle ne me va pas ? s'inquiète Callie.

— Si, justement. Elle te va tellement bien qu'on va avoir du mal à passer inaperçus.

Elle lève les yeux au ciel, mais je sens dans son ton qu'elle est amusée.

— Rappelle-toi que c'était le plan, capitaine. Si tu ne peux pas être transparent au milieu d'une foule colorée, soit aussi coloré qu'eux et tu deviendras transparent.

— Ça ne veut rien dire.

— Ça veut dire qu'il y aura tant de belles femmes et de toilettes luxueuses qu'on me remarquera à peine. Maintenant, viens m'aider.

Je m'approche docilement : des lacets dorés, plus épais que ceux du devant, ferment la robe dans le dos. Enfin, pour le moment, ils traînent jusqu'au sol.

En soupirant, je me mets au travail, même si je trouve désespérant de l'aider à s'habiller… Callie me demande parfois de serrer plus fort et je m'exécute. Je n'ai jamais compris comment les femmes pouvaient se laisser enfermer dans un carcan étouffant. Tout ça dans l'espoir de paraître un peu plus fines ? Peut-être faudrait-il que les hommes leur fassent comprendre qu'elles n'ont pas besoin d'avoir un minuscule tour de taille pour être séduisantes.

— Par l'Océan, tu en mets, du temps, geint Callie.

— Excuse-moi, mais ce n'est pas mon domaine de prédilection, je rétorque, tirant la langue sous la concentration.

— Les corsets féminins ? Étonnant… réplique-t-elle.

— Figure-toi que j'ai l'habitude de les délacer et non l'inverse…

Je remonte jusque dans son cou et ne résiste pas à l'envie d'y déposer un baiser lorsque j'ai fini.

— Tu es superbe, lui dis-je enfin, lorsqu'elle se tourne vers moi.

— Tu n'es pas mal non plus.

Ma tenue est beaucoup plus sobre que la sienne, mais on sent tout de suite qu'il s'agit d'un costume de belle facture.

— Je t'embrasserais bien un petit moment avant d'y aller, reprend Callie, mais j'ai déjà du mal à respirer à cause du corset, alors…

Je m'empare de mes armes et de l'invitation que je glisse à ma ceinture. Callie rassemble ses jupes et nous vérifions que le couloir est libre avant de sortir. Tâchant d'être les plus discrets possible, nous sortons dans le village où la nuit est déjà bien installée. Comme je l'ai ordonné, Glenn et Colton nous attendent non loin. En nous voyant arriver, ils se figent et écarquillent les yeux. Je sais bien que ce n'est pas moi qui provoque cette réaction.

— Callie, tu es sublime, lâche Glenn après un moment.

Malgré l'obscurité, je devine qu'elle rougit. Je ne sais pas si c'est la lumière des lanternes ou si c'est la couleur de sa robe qui fait ça, mais ses taches de rousseur ressortent encore plus vivement. Sur ses joues, dans son décolleté, plus plongeant que d'habitude… Je relève les yeux, donne mes derniers ordres et, après un signe de la tête, nous partons.

***

Le manoir du duc n'est qu'à quelques minutes à pied de la taverne et, ce soir, le chemin pour s'y rendre est illuminé et encadré par des dizaines de gardes armés jusqu'aux dents. Heureusement que nous avons notre sésame. Nous avançons lentement, feignant de discuter et d'être à notre place parmi les nobles qui marchent à nos côtés. Callie a posé son bras sur le mien et affiche un air calme, mais je sais que nous sommes tous les deux prêts à bondir à tout instant.

Toutefois, nous arrivons à la porte d'entrée sans encombre et, lorsque je présente le parchemin, les gardes s'écartent en s'inclinant pour nous laisser passer. Des domestiques nous proposent de prendre un verre et nous invitent à nous rendre dans le temple, pour la célébration de l'union. J'avais espéré m'esquiver dès le début, mais il y a beaucoup trop de monde et je me résigne à assister à une heure et demie de litanies, assis sur des bancs en pierre inconfortables. Malgré les braseros allumés ici et là, il fait un froid de canard et je vois Callie frissonner dans sa tenue légère. Je passe un bras autour de sa taille pour l'attirer à moi et la réchauffer un peu. Elle me remercie d'un sourire puis suit de nouveau avec attention le déroulement de la cérémonie.

Les deux mariés sont devant l'autel et les prêtres honorant les différents dieux les bénissent tour à tour. Un mariage, comme tout événement important dans la vie, est toujours placé sous la protection de tous les dieux.

Eau, Terre, Feu, Air, Esprit.

C'est le nom primitif des dieux, à l'image de ce qu'ils ont créé. Souvent, pourtant, on leur donne des surnoms, on précise leur rôle afin de mieux savoir ce qu'on invoque. C'est pourquoi je jure sur l'Océan et non sur l'Eau. Parfois, encore, le pouvoir des dieux s'est ramifié. On vénère l'Air, mais aussi le Ciel. On vénère l'Esprit qui, selon les légendes, serait le dieu qui aurait créé la vie, mais on vénère aussi le Courage et la Sagesse. Lors des mariages célébrés sur le continent, tous les dieux sont invoqués, mais l'Esprit et la Terre sont particulièrement mis en avant. Ils représentent la vie et la stabilité, l'union et la force des sentiments. J'observe les différents prêtres faire leur discours, puis les mariés échangent leurs vœux.

Ils se regardent avec des yeux énamourés. Ils sont tous les deux assez jeunes, et l'homme est grand et bien bâti. La femme, elle, est plus petite et sa robe volumineuse ne parvient pas à cacher ses courbes voluptueuses. Elle est jolie et, un bref instant, je me dépars de mon indifférence pour souhaiter qu'ils soient heureux. Callie semble subjuguée par les paroles prononcées. Je crois que c'est le premier mariage auquel elle assiste.

Mon esprit se met alors à vagabonder. Je commence par scruter Callie un long moment, puis tous ceux qui m'entourent : des nobles, de tous âges, de toutes tailles et vêtus de toutes les couleurs. Des couples, des gens seuls, des tenues somptueuses, d'autres plus modestes. Je remarque que les femmes comme les hommes sont couverts de bijoux, comme s'ils avaient quelque chose à prouver.

Des applaudissements et des cris résonnent, sonnant la fin de la cérémonie.

— Enfin ! je marmonne, alors que nous nous levons pour voir passer les mariés.

Le vieil homme assis à côté de moi m'a entendu et m'adresse un regard sévère. Je le lui rends bien et il détourne vite les yeux.

Nous suivons la foule et pénétrons dans une immense salle de marbre blanc, ornée de statues et de dorures qui doivent coûter une fortune. Si nous ne cherchions pas quelque chose de précis, je ne résisterais sans doute pas à l'envie de voler quelques objets au passage. J'examine d'ailleurs la coupe qu'on nous a donnée à l'entrée avec intérêt. Ça m'a l'air d'être du cristal. Je surprends le regard de Callie et me compose un air innocent qui ne la dupe pas. Elle m'arrache la coupe des mains et la pose sur une table toute proche.

— Ne vole rien. Invite-moi plutôt à danser.

Je souris et m'exécute, l'attirant sur la piste de danse ou plusieurs couples virevoltent déjà. Une main sur sa hanche, l'autre dans la sienne, nous commençons à tourner.

— Je suis étonnée que tu saches danser, me dit Callie. Et que tu le fasses aussi bien.

— Quand comprendras-tu qu'il n'y a pas un domaine où je n'excelle pas ?

Elle ne se donne même pas la peine de lever les yeux au ciel. Au lieu de ça, elle regarde le couple de jeunes mariés qui passe en dansant à côté de nous.

— Regarde-les, dit-elle en un soupir. Ils sont si mignons. Pleins d'espoir. Comme si rien ne pouvait leur arriver.

— Ils se marient. Ils s'aiment. Ils sont heureux.

— Ils sont aveugles. Rien ne dure, dans la vie, surtout pas le bonheur, affirme-t-elle, soudain sombre.

— Eh bien, dis-moi, on respire la joie de vivre, ce soir !

Elle soupire et rougit.

— Désolée. J'ai dû mal à rester optimiste alors que je me bats en permanence contre des ombres surpuissantes qui essaient de me contrôler et de me pousser à tuer tout le monde.

J'accuse le coup et elle jauge ma réaction d'un air étrange.

— Pourquoi tu me regardes comme ça ?

— Je… Rien, c'est stupide, dit-elle en rougissant. En fait, même après tout ce qu'on a vécu, même si tu me le prouves au quotidien, une part de moi ne croit toujours pas à ce qui m'arrive. À ce qui nous arrive. Une partie de moi est persuadée que tu vas te réveiller un matin, me regarder et me dire : « C'était sympa, mais ça devient trop compliqué, maintenant va-t'en. »

— Je ne ferai jamais ça.

— Tu l'as fait avec d'autres filles.

— J'ai toujours demandé à Bold de leur offrir une petite chope avant. Tu auras droit aux mêmes égards. Tiens, puisque c'est toi, je pourrais même envisager de t'annoncer la nouvelle en personne et d'amener *L'Avalon* à un port, j'ajoute en faisant mine d'incliner la tête, comme si c'était un grand honneur.

Elle lève les yeux au ciel et je redeviens sérieux.

— Callie, pourquoi est-ce que je te demanderais de partir ? Tu fais partie de ma vie, tu…

J'inspire à fond et je regarde autour de moi, comme pour vérifier que personne ne nous écoute, bien conscient de la théâtralité de mon comportement.

— Écoute bien, car je ne vais pas le répéter trop souvent, c'est mauvais pour ma réputation, je dis en chuchotant.

— Je suis tout ouïe, capitaine.

— Tu *es* ma vie.

Elle ne dit rien mais son sourire et la lueur dans ses yeux me font comprendre que j'ai visé juste. Ma remarque l'a attendrie.

Nous dansons un moment en silence avant que je ne reprenne la parole, traversé par une idée un peu folle.

— Et si je t'épousais ?

Sa réaction est stupéfiante. Elle écarquille les yeux et manque un pas de la danse, ce qui la fait trébucher. Je la redresse d'un geste et l'attire à moi.

— Pardon ? dit-elle d'une voix basse.

— Est-ce que tu serais plus sereine si je t'épousais ? Si je faisais de toi Mme Capitaine Jackson ?

— Tu es sérieux ? Même là, ton titre est trop important pour être laissé de côté ? Et en quoi, par l'Océan, est-ce que cela résoudrait le problème ? s'emporte-t-elle.

Apparemment, mon idée la met dans tous ses états.

— Eh bien, justement, dans les vœux traditionnels pirates, on jure sur l'Océan. De s'aimer, de ne jamais se quitter, de se soutenir. Ce n'est pas un mariage sans valeur qu'on peut briser quand on se lasse. C'est pour ça que la plupart des pirates sont célibataires, d'ailleurs.

— Je croyais que c'était parce qu'ils aimaient tellement l'Océan qu'aucune femme ne pouvait tenir la comparaison. Ou à cause de leur hygiène douteuse.

— Ça joue peut-être, mais c'est avant tout à cause du serment. C'est le plus grand engagement qu'un pirate puisse faire. Donc, si tu veux être sûre que je ne t'abandonnerai pas, il faut m'épouser.

— Blake, est-ce que tu es réellement en train de me demander en mariage ?

— Disons que je jauge ta réaction. Si tu n'es pas contre le principe… Alors, oui, je considère l'idée. Je pourrais te demander en mariage. Un jour.

— Mais pas aujourd'hui ? demande-t-elle avec un sourire.

Rompant un instant notre étreinte, je fais un geste vague de la main, comme pour dire que ce n'est pas important.

— Non. On a trop de soucis et de choses à faire pour ça. Il faut te débarrasser de ces ombres avant. Je veux que mon mariage soit parfait, et si la mariée perd le contrôle au moment de dire oui, ça va faire désordre. Et puis, qui fait sa demande en mariage au milieu d'un autre mariage ? Je suis un romantique, moi, madame. Je ferai ma demande dans les règles de l'art, quand tu t'y attendras le moins. Tu verras.

— C'est drôle, dit-elle, songeuse, ça sonne plus comme une dangereuse menace que comme une promesse amoureuse.

— Tu sais bien que le danger et le romantisme sont toujours liés, chez moi. C'est là qu'on s'amuse le plus. Et c'est une des nombreuses raisons pour lesquelles tu es dingue de moi.

Callie pousse un soupir à fendre l'âme et prend un air faussement désolé.

— Le pire, c'est que tu as sans doute raison.

C'est à mon tour d'éclater de rire et elle m'imite bien vite. Les regards des autres n'ont aucune importance. Je sais que nous devons détonner dans cette salle où tout le monde veille à ne pas faire d'effusions de sentiments. Mais je n'en ai rien à faire. Je suis heureux d'être là avec Callie, heureux d'avoir réussi à la distraire de ses sombres pensées.

— J'espère que tu es prête, parce que, même si j'adore danser et parler de notre avenir ensemble, je pense que c'est le moment idéal pour aller chercher ce qui nous intéresse…

Personne ne fait attention à nous alors que nous nous éloignons, et les quelques convives que nous croisons dans le premier couloir baissent les yeux, comme s'ils ne voulaient pas nous déranger. Après tout, deux jeunes gens qui quittent un bal pour se diriger vers un couloir plus tranquille… cela peut prêter à confusion.

Alors que nous nous apprêtons à franchir une porte, un garde se dresse devant nous.

— Je suis désolé, monseigneur, mais vous ne pouvez pas aller par ici.

J'ouvre la bouche pour répondre lorsque Callie me prend de vitesse. Elle bat des cils et fait mine de s'éventer avec la main.

— Je ne me sens pas très bien, dit-elle d'une voix plus aiguë que d'habitude. Il y a beaucoup de monde dans la salle et le duc a dit que je pouvais me reposer dans un endroit plus calme…

— Je ne peux pas vous laisser passer, c'est…

— Oh !

Je dois me retenir de rire en voyant Callie lever les bras au ciel et se laisser tomber gracieusement vers moi. Heureusement que j'ai eu le réflexe de la rattraper. J'admire son jeu d'actrice et décide d'en rajouter une couche.

— Ma chère ? Ma chère ? Vous m'entendez ? Par tous les dieux, elle a perdu connaissance.

Je foudroie du regard le garde, qui a l'air bien embêté.

— Ne restez pas planté là, ouvrez-nous la porte ! Je l'emmène se reposer dans les appartements des invités.

Il hésite toujours.

— Je n'aimerais pas à avoir à me plaindre de son service au duc. Savez-vous seulement qui je suis ? je reprends.

Le garde me lance un regard désormais craintif. Il n'a pas la moindre idée de qui je suis – et pour cause –, mais j'ai prononcé la phrase magique. Seules les personnes avec assez de pouvoir peuvent se le permettre. Ou celles qui ont assez de culot pour faire semblant. Or, Bold m'a toujours dit que l'assurance était la clé de tout. « Fais semblant », me disait-il quand je doutais. « Fais semblant d'y croire. » Je bénis Bold et sa sagesse en voyant le garde s'effacer devant nous.

Il nous ouvre la porte et je lui adresse un hochement de tête très sec en soutenant Callie. Lorsque la porte se referme derrière moi, elle ouvre les yeux, un immense sourire aux lèvres.

— C'est moi, ou on est doués à ce jeu ?

— On est très doués, je confirme.

Nous observons un moment les environs. Le couloir est semblable à celui que nous venons de quitter : une longue enfilade de portes en bois avec quelques tables ici et là.

— Comment allons-nous trouver le laboratoire ? C'est immense !

Au bout de dix minutes, nous trouvons enfin un escalier dont nous montons les marches à toute vitesse. Callie marmonne que ses jupons la gênent mais nous parvenons vite sur un nouveau palier. Devant nous, une porte ouverte nous laisse apercevoir des étagères débordant de livres et des paillasses en bois. Nous échangeons un regard triomphant, tous les deux un peu surpris par notre chance inouïe. Alors que nous faisons un premier pas vers l'entrée du laboratoire, un homme sort d'un couloir sur notre droite, dont l'entrée est cachée derrière des boiseries. Probablement un accès aux quartiers des domestiques. Je me fige un bref instant, avant de reprendre le bras de Callie et d'avancer avec assurance.

Nous croisons l'homme qui baisse la tête en signe de respect, mais semble surpris de nous voir ici malgré tout. Je le vois se figer et, alors que nous lui tournons le dos, le bruit de ses pas s'arrête.

— Excusez-moi…

Je me tends et, d'un mouvement fluide, dégaine mon épée et pivote sur moi-même. J'ai maîtrisé mon geste à la perfection et ma lame s'arrête à quelques millimètres de la gorge de l'homme. Il semble aussi jeune que moi, même si sa tenue bouffante et pleine de fanfreluches le vieillit un peu. Il a les cheveux blond cendré, les yeux marron écarquillés et son visage rond pourrait m'être sympathique dans une tout autre situation.

— Pas un mot, je lui intime. Si tu esquisses le moindre geste pour avertir qui que ce soit, je t'égorge.

À ma grande surprise, l'homme ne semble pas m'écouter. Pire, il nous ignore complètement, ma menace et moi, les yeux fixés sur Callie. Il lance finalement d'une voix chevrotante :

— Callie ? C'est toi ?

CHAPITRE 23
CALLIE

— Callie ? C'est toi ?

Je regarde l'homme en face de moi. Blake m'adresse un regard que je déchiffre sans peine. « Tu le connais, celui-là ? » Je secoue la tête : ce visage m'est familier mais je ne parviens pas à le replacer. Au même moment, il reprend la parole et c'est à mon tour d'écarquiller les yeux.

— Callie, c'est moi ! Miles !

Ce n'est pas possible. Quelles étaient les probabilités pour que je tombe sur Miles, ici, ce soir ? Je fais un pas en avant et repousse la lame que Blake baisse de mauvaise grâce.

— Miles ! je dis, toujours un peu sous le choc. C'est… fou de te rencontrer ici ! Comment… ?

— Je travaille pour le duc, désormais. Lady Brigid est morte il y a un an.

J'ai une petite pensée pour la dame intransigeante chez qui j'ai passé quelques années étonnamment heureuses.

— Mais j'ai gagné au change. Le duc est beaucoup plus agréable et je ne suis pas un simple laquais, ici. J'ai des responsabilités, ajoute-t-il fièrement.

Je suis sidérée par la situation incongrue dans laquelle je me trouve. Je suis sur le point de commettre un vol au manoir, et Miles, que je n'ai pas vu depuis des années, me raconte sa vie et son avancement. C'est irréel. Miles, lui, sourit de toutes ses dents en faisant un pas vers moi.

— C'est formidable, de te revoir, Callie ! Tu n'as pas changé… Tu sais, j'ai beaucoup pensé à toi…

Il s'approche encore un peu et tend les bras, comme s'il voulait me donner une accolade. Blake s'interpose en tendant son épée entre nous deux. Miles s'immobilise immédiatement et louche sur la lame devant lui. Blake prend la parole, de cette voix pleine de moquerie et d'une pointe de mépris, cette voix que j'ai détestée au moment de notre rencontre et que j'ai fini par adorer, bien malgré moi.

— C'est très touchant, ces petites retrouvailles, dit-il. Mais on a des choses à faire, alors si tu veux retourner à tes responsabilités… on ne te retient pas.

Pour la première fois, Miles semble s'apercevoir que je ne suis pas seule. Il dévisage Blake de haut en bas puis fronce les sourcils.

— Qu'est-ce que vous faites là ? Si vous êtes invités au mariage, la fête est en bas. Vous n'avez pas le droit de monter…

— On avait besoin d'un moment de tranquillité, rétorque Blake en me prenant par les hanches.

Miles regarde son bras, et je me dégage aussitôt. Il faut vraiment que je calme la situation : si Miles s'énerve à cause du ton condescendant de Blake, il va appeler la garde et nous faire repérer.

— Miles, laisse-moi t'expliquer, je dis posément.

— Ne te fatigue pas, intervient de nouveau Blake, apparemment à bout de patience. Je l'assomme et on y va ? Je suis pressé de retourner sur *L'Avalon* et d'enlever cette tenue ridicule.

— Blake…

— Attendez une minute, dit Miles. *L'Avalon* ? Blake ?

Il nous regarde à tour de rôle puis son visage s'illumine.

— Vous êtes Blake Jackson, le capitaine du célèbre équipage de pirates de *L'Avalon* ?

Il y a une admiration certaine dans sa voix. Je devine sans mal que Blake est partagé : il s'en veut d'avoir laissé échapper autant d'indices sur sa véritable identité mais il est aussi fier d'avoir été reconnu.

— Oui, c'est lui, je lâche hâtivement. Et on a vraiment besoin d'être discrets, alors…

Miles me coupe la parole et s'exclame d'une voix que j'aurais voulue un peu moins forte :

— Des pirates ! C'est génial ! Et Callie, tu fais partie de l'équipage ? Moi qui pensais que tu ne voulais pas de problèmes…

— Oui, comme quoi, il suffit de trouver la bonne personne, marmonne Blake.

Je lui donne un coup de coude que Miles ne remarque pas. Il n'a pas beaucoup changé, depuis toutes ces années. Son visage a gardé ces rondeurs qui lui confèrent un air doux et il parle toujours beaucoup trop, avec un enthousiasme quasi enfantin. À l'époque, je trouvais ça charmant et ça me faisait sourire. À présent, la situation commence à devenir un peu trop pesante. Alors qu'il ouvre la bouche pour parler de nouveau, je le prends de vitesse et mets les choses à plat :

— Bon, d'accord. Blake et moi sommes ici pour des choses que vous devez avoir dans le laboratoire. Je ne te demande pas de nous aider, juste de ne pas donner l'alarme. Retourne d'où tu viens et oublie que tu nous as vus.

— Tu voles encore ? demande-t-il avec un regard de reproche.

Je n'apprécie pas vraiment son ton inquisiteur.

— Je sais que c'est toi qui as volé les bijoux de Lady Brigid. Ils ont disparu juste après ton départ précipité. Tu ne nous as même pas dit au revoir, à Sharon et à moi.

Son air se fait peiné et je soupire :

— Je suis désolée. Mais la situation est plus compliquée qu'il n'y paraît. J'ai besoin de trois ingrédients en particulier. C'est une question de vie ou de mort.

Miles a l'air sceptique et Blake s'impatiente, je le sais. Alors j'en rajoute une couche en jouant sur l'affectif. Je regarde Miles droit dans les yeux.

— J'ai de gros problèmes, Miles. Et ces ingrédients peuvent m'aider.

Il m'observe un moment sans rien dire puis hoche la tête.

— De quoi as-tu besoin ?

***

— Bon, Machin, tu fais le guet, et Callie et moi, on cherche les ingrédients.

Nous voilà dans le laboratoire. Il est vraiment gigantesque et je comprends désormais la réputation du duc : entre les étagères qui débordent d'ouvrages et les armoires remplies de flacons, d'herbes ou de pierres, il y a un petit côté alchimiste qui imprègne cette pièce.

Sortant de ma contemplation des lieux, je jette un coup d'œil à Miles pour voir comment il réagit aux provocations de Blake. À ma grande surprise, il ne se laisse pas démonter.

— Je m'appelle Miles. Et je connais bien le laboratoire, je trouverai les ingrédients plus vite que toi.

Si les yeux pouvaient tuer, nul doute que Miles serait mort et enterré. Blake le toise un instant puis se range à contrecœur à l'avis de mon ami. Il marmonne quelques paroles incompréhensibles avant de tourner les talons.

— Callie, si tu as besoin d'aide, crie. Machin, si tu as besoin d'aide… eh bien, débrouille-toi.

Il se place devant la porte et la referme, laissant juste assez de jour pour pouvoir surveiller le couloir. Je lève le chandelier que j'ai pris soin de récupérer dans un couloir. L'obscurité du laboratoire pourrait être effrayante si je n'étais pas aussi familière de ce genre d'endroit. Je ne compte plus les heures passées entre les rayonnages de la bibliothèque du château de mon père, plongée dans mes livres pour échapper à l'horreur de la réalité. Sans attendre, je me mets à la recherche des herbes qu'il nous faut. Vu la quantité d'ingrédients qu'il y a ici, ça pourrait prendre toute la nuit. Heureusement, tout est bien étiqueté. J'observe les armoires et les bocaux qu'elles contiennent à la lueur de mes bougies quand Miles me demande :

— Vous êtes vraiment ensemble ?

Je lui jette un regard en coin.

— Oui. Pourquoi, ça pose un problème ?

— Tu sembles très attachée à lui, c'est tout.

Cette conversation est aussi irréelle que la situation.

— Pourquoi ?

Cette fois, je m'interromps pour le regarder longuement. Il en a d'autres, des questions stupides dans ce genre ?

Miles voit ma réaction et précise sa pensée :

— C'est que… j'ai toujours entendu dire que Blake Jackson était un pirate hors pair, mais là… il m'apparaît surtout comme quelqu'un de violent, grossier, cruel et mal poli.

— Ça fait partie de son charme.

— Vraiment ?

Je soupire.

— Tu veux la vérité ? Il m'a sauvée.

— Je croyais que tu avais de gros problèmes.

— C'est le cas. Et malgré ce qu'il pense, malgré les apparences, ce n'est pas sa faute.

— Je ne comprends rien.

— C'est compliqué.

— Essaie quand même. Tu me dois bien ça, Callie.

Je soupire de nouveau mais je sais qu'il a raison. Je les ai abandonnés en partant comme une sauvage il y a des années et pourtant, ce soir, il m'aide sans hésiter.

— Blake m'a plongée dans un monde de magie et de danger mais il m'a aussi sauvée. J'étais perdue avant de le rencontrer. Je fuyais sans arrêt et, contrairement à ce que j'aime à penser, je n'avais aucun courage. Je ne m'étais jamais battue pour quoi que ce soit et encore moins pour quelque chose qui me tenait à cœur. Je ne savais pas ce que c'était que de poursuivre une cause, un but, un rêve. Blake m'a offert un foyer, une famille et une raison de vivre. Il l'a fait avec beaucoup de réticence au début et je pense qu'aucun de nous deux n'aurait deviné où ça nous mènerait. Mais il l'a fait. Et il m'a tellement appris.

Je reprends mon souffle, épuisée par ma tirade que je juge un brin mélodramatique.

— Blake m'a permis de grandir, je conclus. De devenir quelqu'un de bien.

— Tu as toujours été quelqu'un de bien, me dit doucement Miles en me prenant la main.

Je lui souris.

— Peut-être mais j'étais endormie, je me contentais de survivre au jour le jour. Blake m'a réveillée et j'ai pu devenir pleinement moi-même, celle qui se cachait sous toute cette peur et cette rancune. J'ai arrêté de survivre et j'ai commencé à vivre.

Miles me regarde un moment en silence avant de se tourner et de recommencer à chercher. Ses mots chuchotés me parviennent tout de même.

— J'en suis heureux. J'aurais juste aimé être cet homme pour toi.

Je ne sais que lui répondre. Que pourrais-je dire ? Le silence s'éternise, puis Miles se racle la gorge et me désigne le fond de la pièce.

— Les choses les plus précieuses sont rangées ici. Si ce que tu m'as dit est exact, c'est là qu'on trouvera les ingrédients qu'il te manque.

En effet, trois immenses armoires se dressent contre le mur. Elles ont de gros cadenas qui maintiennent leurs portes vitrées fermées mais je m'empresse de coller mon nez aux carreaux pour déchiffrer les noms inscrits sur les bocaux de verre et les pots en terre.

— Tu vois quelque chose qui t'intéresse ? demande Miles, en chuchotant, comme si la présence de ces herbes rares nécessitait une attitude respectueuse.

— Oui, je réponds sur le même ton quand un mot me saute aux yeux.

La belladone ou herbe des sorcières… et, là, la plante des marécages !

Je recule mon visage pour toiser la serrure qui me sépare de ces ingrédients convoités puis j'esquisse un geste pour retirer une épingle de mon chignon.

— Ne t'embête pas, dit Miles en m'interrompant d'un geste.

D'une de ses poches il sort un trousseau de clés et ouvre le cadenas.

— Tu auras des problèmes s'ils découvrent que tu nous as aidés.

— Alors assurons-nous qu'ils ne l'apprennent pas.

Je tends le chandelier à Miles puis m'empare des herbes, de la plante et d'autres petites choses qui figurent sur ma liste. Je fourre le tout dans une pochette que j'accroche à ma hanche, même si cela jure un peu avec ma tenue. Puis, aussi vite que ma robe me le permet, je rejoins Blake. Celui-ci m'attend, toujours aux aguets, devant la porte.

— Tu as trouvé tout ce qu'il fallait ?

— Oui.

— Parfait. Filons.

Il me tend une main que j'ignore, me tournant vers Miles à la place. Le jeune homme, qui m'a suivie, m'observe, un sourire triste sur les lèvres.

— Miles… merci.

— Vous devriez y aller, dit-il. Si quelqu'un passe par ici, vous pourriez avoir des ennuis.

Je hoche la tête, pleine de reconnaissance.

— Qui sait ? On se reverra peut-être.

— Peut-être, souffle Miles, qui semble pourtant peu convaincu. En attendant, sois prudente.

Le regard de Miles s'attarde un peu sur moi avant de se poser sur Blake, bien silencieux depuis quelques minutes.

— Et toi, prends soin d'elle, lui dit-il.

Je m'attends presque à ce que Blake l'envoie balader. Au lieu de ça, il acquiesce.

— Toujours, répond-il d'un air presque solennel.

Sur un dernier hochement de tête, il se détourne et s'empare de ma main. J'ai juste le temps d'adresser un dernier sourire à Miles avant qu'on ne descende les marches à la volée et que mon ami ne disparaisse de mon champ de vision.

CHAPITRE 24
BLAKE

En bas de l'escalier, nous nous arrêtons un instant pour retrouver nos marques. Tenant toujours Callie par la main, je pousse un soupir de soulagement. Bien sûr, nous ne sommes pas encore en sécurité sur *L'Avalon*, mais le plus dur est fait. Mis à part cette petite rencontre dont je me serais bien passé, nous nous en sommes tenus au plan et, fait assez exceptionnel, celui-ci a fonctionné sans accroc. Je me tourne vers Callie, satisfait.

— Je ne veux pas nous porter la poisse, mais je trouve qu'on s'en sort plutôt bien !

— Eh, vous ! Arrêtez-vous !

J'ai parlé trop vite.

Je me tourne lentement et avise trois gardes, ridicules avec leurs armures et leurs casques ornés d'immenses plumes colorées. Mon premier instinct est de tirer mon arme pour leur régler leur compte, mais je me reprends au dernier moment. On peut peut-être s'en tirer avec la même ruse que tout à l'heure. Callie, qui semble penser comme moi, fait mine de s'éventer avec la main.

— Je ne me sentais pas très bien, minaude-t-elle d'une voix que je ne lui ai jamais entendue. Nous nous étions éloignés de la foule le temps que je reprenne mes esprits…

Le tout est ponctué d'un sourire si charmeur que je ne comprends pas que l'homme ne se mette pas à plat ventre pour la laisser passer. Il se contente de froncer les sourcils et ne baisse pas sa garde.

— Vous êtes bien loin des quartiers des invités, et vous n'avez pas le droit d'être là, madame…

— Jackson, répond Callie. Callie Jackson, comtesse des Terres du Nord.

Le garde arbore un air suspicieux. Je décide d'en rajouter :

— Nous regagnions justement la salle de bal. Mon épouse se sent mieux et nous ne voudrions pas manquer le repas.

J'esquisse un pas dans la direction voulue, mais le garde lève son épée pour m'interrompre. Il est plus coriace et plus observateur que le petit jeune qui nous a laissés passer tout à l'heure.

— On aurait pourtant dit que vous descendiez de cet escalier, monsieur. Or, le duc garde des choses très précieuses à l'étage. Je vais devoir vous fouiller. Si vous n'avez rien à vous reprocher, ça ne devrait pas poser de problème…

— Pour l'amour des dieux ! Est-ce que vous savez au moins qui je suis ?

Le garde jette un coup d'œil à ses acolytes, mais aucun d'eux ne semble disposé à nous laisser passer, malgré ma phrase magique. Bon. Changement de tactique. En quelques secondes, j'analyse la situation. Le couloir est étroit, ça nous désavantagera en cas de combat rapproché. Leur armure fera du bruit en tombant et risque d'attirer l'attention des autres patrouilles du secteur. Il faut que je sois rapide et discret.

Le garde ne détecte pas la variation dans mon attitude et continue à étaler son autorité :

— Cela ne change rien aux règles, monsieur, et je...

— En fait, c'est capitaine, je dis en l'interrompant.

— Je... Quoi ? dit bêtement le garde que j'ai déstabilisé.

— Oh, par l'Océan... marmonne Callie derrière moi.

Ce faisant, elle attire l'attention du garde et il ne m'en faut pas plus. Je profite de cet infime moment de diversion pour lui envoyer mon coude dans le visage. Son nez explose avec un bruit écœurant et il tombe en arrière. Je le retiens par le haut de sa cuirasse et en profite pour appuyer puissamment sur les nerfs à la base de son cou. En quelques secondes, il perd connaissance. Presque délicatement, je le pose sur le lourd tapis qui recouvre le sol. Et d'un.

Comme je l'avais prévu, la configuration du couloir a empêché les autres gardes d'attaquer dès qu'ils ont vu ce qu'il se passait. À mes côtés, Callie s'occupe du deuxième garde qui a eu le malheur d'hésiter face à la frêle jeune femme. Malgré le volume de sa robe, elle se glisse derrière lui avec souplesse, lui assène un coup de genou dans les jambes qui le fait tomber au sol et achève le travail avec un coup au crâne qui l'envoie dans les vapes pour un moment. Lorsqu'elle fait volte-face pour affronter le dernier homme, un déclic retentit et j'ai presque l'impression que le temps ralentit.

Le dernier garde, bien campé sur ses jambes, nous tient en joue avec son pistolet.

La main du garde ne tremble pas et, un bref instant, j'espère qu'il va nous sommer de nous rendre. Au lieu de ça, il vise Callie qui est la plus proche de lui et appuie sur la détente. Je n'ai même pas le temps de crier ou de me jeter devant elle. Callie lève les mains pour se protéger et une onde de choc miroite autour d'elle, déviant la balle qui va se perdre dans le plafond. Le garde est touché de plein fouet avec une telle violence qu'il s'envole et se retrouve projeté à plus de dix mètres de nous, au fond du couloir, où il retombe avec un fracas sonore.

Un silence suit cette scène. Lentement, je me tourne vers Callie, yeux écarquillés et mains plaquées sur la bouche. Elle semble aussi surprise que moi.

— Euh… très bien, je finis par dire. C'était quoi, ça, précisément ?

— Je… Je n'ai pas fait exprès. C'était un réflexe. La magie est sortie toute seule.

— Il ne manquait plus que ça. Les ombres ?

Elle baisse lentement les mains et paraît analyser la situation.

— Elles n'ont pas bronché, dit-elle avec soulagement.

— Tant mieux. Maintenant, fichons le camp d'ici avant de tomber sur une autre patrouille.

Callie peine à se ressaisir. Entre les ombres qui pourraient s'éveiller à tout instant et la magie qui commence à sortir instinctivement, il y a de quoi. Mais nous n'avons pas le temps de tergiverser : d'autres gardes arriveront bientôt. Je reprends donc la main de Callie qui se laisse entraîner vers la salle de bal. Nous nous noyons dans la foule, tâchant d'afficher un air le plus naturel possible. Je bouscule deux hommes qui se murmurent des mots doux à l'oreille et m'excuse d'un geste. La plupart des convives se dirigent vers une autre salle pour passer à table, mais il n'est pas question de nous attarder davantage. Nous tournons donc le dos au banquet pour regagner le hall d'entrée, louvoyant parmi la foule compacte. Si compacte que je suis pressé contre des inconnus et c'est plus fort que moi, je laisse traîner ma main et parvient à m'emparer de quelques bijoux par-ci par-là avant que nous n'arrivions à atteindre le hall.

— Vous partez déjà ? me demande un valet, apparemment désolé.

— Ma femme ne se sent pas très bien, je mens avec une moue qui peut aussi bien vouloir dire « je suis sûr que vous comprenez » que « ah, les femmes ! ».

Il me croit immédiatement : Callie, plutôt pâle, a toujours l'air hébétée après son éclat de magie. Le valet nous ouvre la porte, nous souhaite une bonne soirée et nous remercie de notre venue.

— Oh, non, je ne peux m'empêcher de dire. C'est nous qui vous remercions.

Nous passons le portail d'entrée du domaine et que les lumières du manoir diminuent enfin derrière nous. Quel soulagement ! Au bout de quelques minutes de marche, nous vérifions que nous sommes hors de vue et sortons du chemin pour couper à travers champs et rejoindre plus vite la crique et la barque qui nous ramèneront sur *L'Avalon*.

J'ai presque envie d'esquisser quelques pas de danse pour célébrer notre vol réussi, malgré cette petite altercation. Plus tard, je me repasserai la scène et tremblerai en imaginant ce qui aurait pu se passer si Callie n'avait pas utilisé la magie ou si les ombres avaient sauté sur l'occasion de reprendre le contrôle. Pour l'heure, je suis tout à ma joie de la savoir entière. Nous nous mettons à courir pour rejoindre *L'Avalon*. Je suis en pleine forme : même si le vol de ces ingrédients n'était qu'un minuscule détail sur l'échiquier géant et complexe que représente notre plan, ça reste une victoire. Et toute victoire est bonne à prendre.

Ce n'est que lorsque nous dépassons le village que je me rends compte que Callie s'est laissé distancer, ce qui ne lui ressemble pas. Je ralentis et me tourne vers elle.

— Ça va ? On est bientôt arrivés, je l'encourage. Je peux presque voir les voiles de *L'Avalon*.

— Je...

Elle semble haleter et je fronce les sourcils avant de m'arrêter.

— J'ai du mal à... respirer, dit-elle laborieusement.

Je m'approche d'elle et pose une main sur son dos alors qu'elle se plie en deux, tentant vainement de reprendre son souffle. Un gémissement sifflant lui échappe.

— C'est ce corset, il est trop serré, je dis avec un regard mauvais sur l'objet en question.

Avant qu'elle ait pu faire un geste, je dégaine un poignard caché dans les poches intérieures de ma veste et tranche net les rubans dorés que j'ai mis si longtemps à nouer. Le corset tombe au sol avec un bruit mat, mais cela ne semble pas soulager Callie.

— Je ne... pense pas que ça...

Elle se redresse d'un coup et pousse un petit cri en portant la main à sa tête. Mon inquiétude augmente quand je vois un filet de sang couler de son nez.

— Blake, je ne... me sens vraiment pas...

Ses yeux se révulsent et j'ai à peine le temps de tendre les bras qu'elle s'y effondre.

CHAPITRE 25
BLAKE

— Doc, fais quelque chose !

— Il n'y a rien à faire. Elle a perdu connaissance un instant mais, à part ça, tout va bien.

— Je vais bien, Blake.

— Il y a moins de dix minutes, tu étais inconsciente dans mes bras. Excuse-moi de ne pas te croire sur parole.

— Elle a juste besoin de repos, me dit Doc, empêchant Callie de me répondre.

Mécaniquement, je hoche la tête et me penche pour passer un bras sous les jambes de Callie et la soulever.

— Je peux marcher, hein… Ou pas, ajoute-t-elle en voyant mon regard noir.

Mes hommes s'écartent pour nous laisser passer, certains chuchotent quelques mots à Callie, d'autres esquissent des signes d'encouragement. Seul Al semble inquiet. J'aimerais lui demander ce qui le préoccupe, mais il détourne le regard quand il croise le mien. Callie, docile, se laisse porter jusqu'à notre cabine.

Elle n'est restée inconsciente qu'une petite dizaine de minutes mais celles-ci m'ont paru des heures. Après l'avoir rattrapée de justesse, je l'ai hissée sur mes épaules et j'ai couru jusqu'à la crique ou m'attendaient Glenn, Colton et la chaloupe. Les dieux bénissent mes hommes, ils ne se sont pas affolés en voyant son état. Une fois sur le pont, j'ai hurlé à Doc de venir tandis que je la déposais délicatement au sol.

— Blake, pour l'amour de l'Océan, qu'est-ce qu'elle a ? m'avait demandé Glenn pour la cinquième fois.

En voyant Doc se pencher sur Callie, j'avais poussé un long soupir et avait enfin consenti à répondre à sa question.

— Je n'en sais rien. Elle m'a dit qu'elle avait du mal à respirer, je crois qu'elle a eu des maux de tête, elle s'est mise à saigner du nez et puis… elle a perdu connaissance, d'un coup.

Brusquement, Callie avait alors pris une longue inspiration et s'était redressée, comme si de rien n'était. S'étaient ensuivie cinq bonnes minutes de chaos durant lesquelles elle nous avait assuré qu'elle se sentait parfaitement bien pendant que j'exigeais que Doc l'ausculte.

— Blake, soupire Callie, me ramenant au moment présent. Je vais bien.

Force m'est de constater que son visage a repris des couleurs, qu'elle sourit doucement et que ses yeux brillent autant que d'habitude.

— Alors, qu'est-ce que c'était ? Les ombres ?

— Je ne sais pas, Blake, je ne sais pas quoi te dire. Je me sens bien, comme je me sentais bien quand on est sortis du manoir. Et puis, d'un coup, je me suis sentie faible et… je ne comprends pas ce qu'il s'est passé.

— Je crois qu'Al a une idée sur le sujet. Il avait sa tête des mauvais jours…

— Al fait toujours cette tête. Et il a toujours une idée sur n'importe quel sujet…

Elle change brutalement de sujet :

— Mais on a réussi : on a tous les ingrédients ! On va pouvoir réaliser la potion !

Callie mime un geste de victoire avec les mains et je souris.

— Oui, mais chaque chose en son temps. Alors... repose-toi, c'est tout ce qui compte pour le moment. Ne t'en fais pas, je lui susurre, je serai là pour te réveiller. Tu sais, pour que tu commences à vivre, tout ça tout ça.

Sa réaction est instantanée et hilarante : elle se fige puis pousse un long soupir tout en fermant les yeux.

— Tu as tout entendu, quand j'étais avec Miles dans le laboratoire, c'est ça ?

Elle garde les yeux fermés, mais nul doute qu'elle décèle la satisfaction qui perce dans ma voix lorsque je lui réponds :

— Possible.

— Et tu ne me laisseras jamais oublier que j'ai dit ça ?

— Il y a peu de chances.

— Je te hais, dit-elle simplement.

— Je sais que c'est faux. Après tout, je t'ai donné tellement de choses... Un foyer... une famille.., une raison de vivre !

— Ferme-la, Jackson !

CHAPITRE 26
BLAKE

Callie dort le reste de la nuit, d'un sommeil lourd et sans cauchemar. Quant à moi, j'ai trop de questions en tête pour parvenir à vraiment me reposer. Lorsque le jour se lève, nous avons largué les amarres, mais nous n'avons pas de cap précis.

Je me penche vers Callie qui, assise dans le lit, arbore l'air ensommeillé de ceux qui ont bien dormi.

— Je serai sur le pont, si tu me cherches, je dis en déposant un baiser sur sa joue toute chaude.

— Je n'aurai pas besoin de te chercher, je viens avec toi.

D'un geste rapide, elle rejette les couvertures et passe une main dans le fouillis de ses cheveux. Sa coiffure n'a plus grand-chose à voir avec l'élégant chignon de la veille.

— Laisse-moi juste le temps de me changer.

Elle porte toujours sa robe qui, une fois qu'on a enlevé le corset, semble assez confortable pour servir de chemise de nuit. Je la regarde se diriger vers une bassine d'eau et s'asperger le visage d'un geste vif.

— Tu n'es pas obligée de venir, je lui dis. Tu peux… te reposer.

Vive comme l'éclair, elle se tourne vers moi, les yeux plissés.

— J'en étais sûre, soupire-t-elle. Blake, je ne suis pas une petite chose fragile, et je n'ai pas besoin de me reposer toute la journée.

— Je n'ai pas dit ça.

— Alors pourquoi est-ce que tu sous-entends que je devrais me prélasser dans cette cabine pendant que vous travaillez là-haut ?

— C'était une idée comme ça...

— C'était une idée nulle. C'est toi qui m'as dit que la normalité me ferait du bien. Quoi de plus normal que de travailler sur ton rafiot ?

Je sais reconnaître une bataille perdue d'avance et attendre de Callie qu'elle se ménage après la scène d'hier, c'est un combat que je ne peux remporter. Je ne relève même pas l'insulte faite à *L'Avalon*. Nous nous dirigeons vers le pont supérieur, en silence. Je ne peux m'empêcher de penser à ce qu'elle a dit, reprenant mes propres paroles. Ces derniers temps, j'ai l'impression qu'il se passe quelque chose qui nous échappe et je n'aime pas ça. J'ai comme le sentiment que la normalité et le côté rassurant des tâches routinières ne résoudront pas tous nos problèmes.

***

Nous rejoignons Bold, Glenn et Al au réfectoire. Doug nous sert une assiette copieuse en adressant un grand sourire à Callie. Celle-ci lui ébouriffe les cheveux et dévore son repas dans le silence de plomb. Elle finit par relever les yeux pour découvrir nos quatre regards braqués sur elle.

— Vous êtes assez effrayants, tous les quatre, vous en avez conscience ?

— Oui, répond Glenn sans cesser de la fixer.

— Comment vas-tu, Callie ? demande Bold au même moment.

— Je vais bien.

— Tu n'as pas de vertiges ? Les jambes qui tremblent ? Une migraine qui s'annonce ? Une sensation de fatigue ? interroge Al.

— Je vais bien, répète Callie d'un air buté.

— Est-ce que…

— Si je dois répéter une fois de plus que je vais bien, je vous jure que je saute par-dessus bord. Non, mieux, je vous fais passer par-dessus bord.

Le silence se fait et mes hommes se tournent vers moi, comme s'ils attendaient que j'intervienne. Je laisse échapper un petit rire et écarte les mains.

— Pourquoi vous me regardez comme ça ? Vous pensez que j'ai la moindre autorité sur elle ?

— Callie, on s'inquiète pour toi, c'est tout, dit Bold de ce ton apaisant qui me faisait tant de bien quand j'étais enfant.

— Oui, moi aussi je m'inquiète pour moi, figurez-vous. Alors si on pouvait éviter de remuer le couteau dans la plaie en parlant en permanence d'un sujet dont on ne sait pas grand-chose…

Elle s'interrompt et toise chacun de nous avec sérieux. C'est Glenn qui allège enfin les tensions :

— Alors, me dit-il, c'était comment, cette petite sauterie ?

— Long et ennuyant pour la cérémonie. Dansant et peu alcoolisé pour la réception.

— Oh, fait-il, visiblement déçu, avant de reprendre avec un sourire. Et la nourriture ?

— On est partis avant qu'ils ne servent le repas.

— Oh non ! Mais…

— On n'était pas là-bas pour se remplir la panse, Glenn.

— Je sais, mais quand même… Refuser un repas à l'œil, un repas princier, en plus… Je vais te dire, c'est ça qui est criminel ! Pas de voler quelques herbes magiques !

— En parlant de nos herbes, où sont-elles ? demande Callie quand nous reprenons notre sérieux.

Je lance un coup d'œil vers Bold et suis soulagé de le voir agiter la pochette dans laquelle Callie les a transportées. Hier soir, déboussolé, j'avais arraché la pochette de sa robe et l'avait jetée sur le pont dès que j'y avais posé un pied. Je ne m'en étais plus soucié jusqu'à maintenant.

— Nous avons tout donné à Doc hier, dit Bold. Aidé par Al, il a passé la nuit à fabriquer la potion. Ça devrait bientôt être prêt.

— Cela n'a pas été trop difficile ?

— Non, répond Al, en réalité, le plus compliqué dans cette recette, c'était d'obtenir les ingrédients. Le reste est un jeu d'enfant ! Nous avons fini à l'aube, mais il faut que le breuvage repose tout un jour avant que tu ne puisses l'essayer…

Elle hoche la tête, l'esprit déjà un peu ailleurs.

— On devrait s'éloigner d'ici, suggère Bold. Outre le fait que le duc va sans doute faire le rapprochement entre le vol et notre présence, la situation est de plus en plus tendue entre les continentaux et les pirates. On a reçu des nouvelles de Jossy : elle a essuyé trois attaques en un mois.

Je pousse un sifflement entre mes dents serrées.

— Ils deviennent audacieux, je marmonne. Elle va bien ?

— Évidemment, répond Bold en haussant les épaules. Il n'empêche que les continentaux n'ont plus peur de nous. Au lieu de nous éviter, ils nous cherchent et on n'a pas forcément besoin de se lancer dans une bataille en ce moment.

— Ce n'est pas faux, dit Glenn en finissant son assiette.

— Elle a demandé de tes nouvelles, aussi, poursuit Bold à l'intention de Callie. J'ai pris la liberté de la rassurer et de lui dire qu'on allait trouver une solution pour toi.

La jeune femme hoche la tête et je peux presque deviner toutes les questions qui se pressent dans son esprit. Mais cela ne sert à rien de nous torturer l'esprit maintenant. Demain matin, nous pourrons tester la potion et, alors, nous aviserons.

CHAPITRE 27
CALLIE

Doc me tend une fiole remplie d'un liquide noir d'où s'échappent encore quelques volutes de fumée. Heureusement qu'aucune odeur ne s'en dégage : son aspect n'est déjà pas très ragoûtant…

— Bon, dit notre médecin. Ça fait vingt-quatre heures qu'elle repose. Tu peux y aller.

Vingt-quatre heures que l'inquiétude et l'attente me paralysent, que je ne parviens plus à penser de manière rationnelle. Tout ce que je peux faire, c'est me répéter : « Et si ? » Et si la potion ne fonctionne pas ? Et si les ombres ne sont pas du tout maîtrisées ? Et si ça procure l'effet inverse ? Et même si ça fonctionnait ? Serais-je condamnée à passer ma vie à me droguer avec cette potion noire ? Et si ses effets s'amenuisaient avec le temps ? Je dois respirer à fond pour ne pas tourner de l'œil.

— Pourquoi ça a cette tête ? grimace Glenn. Ça n'inspire pas vraiment confiance…

— Parce que c'est une potion pour lutter contre des ombres maléfiques, pas une citronnade, rétorque Al. Et si tu n'es pas content du résultat, tu n'avais qu'à t'en charger toi-même !

— Oh, ça va, ça va ! C'était juste histoire de parler, rétorque Glenn en levant les mains devant la réaction d'Al.

— Parfois, tu peux aussi te taire, Glenn. Ça ferait du bien à tout le monde.

Le pirate fait mine de s'offusquer de cette remarque et croise les bras sur sa poitrine. J'entends leurs chamailleries, je vois leurs regards sur moi, je sens la main de Blake se poser sur mon épaule comme pour m'encourager, mais en réalité, je suis ailleurs. J'inspecte la marmite à côté de moi. Doc le remarque et tente de me rassurer :

— On en a fait une grande quantité, mais on n'a pas utilisé tous les ingrédients. On en refera au besoin.

— Je ne pense pas que ça soit une bonne idée de la boire ici, je dis d'une voix blanche, malgré moi. On ne sait pas comment les ombres peuvent réagir.

— Mais on ne peut pas faire escale. Près de ces rivages, c'est trop dangereux, dit Blake.

— On pourrait très bien aller…

— Et perdre encore un temps précieux ?

— Hors de question.

— Sinon, il faudrait…

Leurs voix se mélangent autour de moi sans que je saisisse vraiment ce qu'ils disent. Ma peur et ma confusion agitent les ombres dont les murmures se font plus pressants.

Que se passe-t-il, petite Callie ? Tu tentes quelque chose ? Tu ne baisses pas les bras, à ce qu'on voit… Mais nous allons rester ensemble un long moment. Un très looong moment… tu n'échapperas ni au sang, ni aux cris, ni aux massacres, ni aux…

Habituellement, je suis assez forte pour les ignorer, mais là, je craque. Je ferme les paupières, porte les mains à ma tête et ne peux retenir un cri.

— Taisez-vous !

Mes amis sursautent et interrompent leur conversation, pensant sans doute que je m'adresse à eux. Je ne prends pas la peine de les détromper.

— C'est trop risqué de faire ça à bord ! Imaginez que je fasse sauter *L'Avalon* !

Ils sont ébahis, comme si l'idée ne les avait pas effleurés, alors qu'elle me hante depuis des semaines. Je vois Blake ouvrir la bouche, prêt à argumenter, prêt à tout pour me garder près de lui, même si cela les met en danger. Mais je le prends de vitesse. Je plonge mes yeux dans les siens, raffermis ma prise autour de la fiole et laisse la magie m'envahir.

En un clin d'œil, le décor et mes amis autour de moi disparaissent. Je me retrouve debout dans la brume fraîche du matin, devant l'endroit où j'aurais aimé ne jamais remettre les pieds : les ruines du château de mon père. J'ai agi instinctivement et la magie m'a transportée ici. C'est presque effrayant de voir avec quelle facilité je peux faire appel à elle. Malgré le décor lugubre, je suis certaine d'avoir choisi le bon endroit. Personne n'ose s'approcher du château, je ne ferai donc pas de blessés si les choses dégénèrent. En admettant, bien sûr, que les ombres ne reprennent pas le contrôle. Dans ce cas-là, la distance ne sera pas gage de protection.

Mon souffle erratique dessine des nuages de condensation devant mon visage. Je pense à Blake pour me donner du courage et esquisse une grimace en pensant à la tête qu'il doit faire actuellement.

L'angoisse m'étreint de nouveau tandis que je lève la fiole devant mes yeux. Je suis ridicule. Attendre ne sert à rien, tout comme hésiter ou laisser la peur me paralyser.

Prenant une dernière grande inspiration, je verse la potion dans ma bouche et avale sans plus réfléchir.

Au début, il ne se passe rien. La potion a un goût amer et désagréable mais elle est tiède et elle me réchauffe presque tandis qu'elle coule dans ma gorge. J'imagine le contenu se répandre en moi… J'attends une réaction des ombres, une lutte, un signe… Pourtant, lorsque celui-ci arrive, je suis presque surprise.

Qu'est-ce tu fais, pauvre humaine ?

Les ombres s'agitent, leurs voix que j'ai appris à canaliser se font plus fortes. Je ne m'habitue pas à cette sensation d'avoir d'autres personnes dans ma tête, pas plus que je ne m'habitue à la douleur physique qu'elles me causent. Je porte une main à ma tempe tout en grimaçant.

Pourquoi tu… Qu'est-ce que c'est que cette potion ?

C'est alors que le miracle se produit.

Non, ce n'est pas possible… ce n'est pas fini… nous… ne te laisserons pas…

En quelques secondes seulement, leurs voix passent du hurlement à un ton plus calme, plus hésitant, avant de décliner encore, devenant des sons vagues, formant comme un bruit sourd au fond de mon esprit. J'ai comme l'impression que les ombres sont… endormies. Assoupies, affaiblies derrière mon mur. Leurs chuchotis se font plus discrets encore tandis que la potion continue d'agir et, très vite, ce ne sont que des bruits faibles que je peux ignorer sans difficulté. Je suis d'abord saisie d'une bouffée d'espoir et de joie avant de me reprendre. *Ne crie pas victoire trop vite, Callie.*

Durant l'heure qui suit, je fais des tests. J'utilise la magie, je tente d'invoquer des souvenirs tristes, je cherche à me faire peur, j'essaie même de me blesser pour voir si les ombres réagissent. En vain. Peu importe ce que je fais, peu importe dans quel état d'esprit je me trouve, les ombres restent silencieuses. Tout au plus y a-t-il un murmure par-ci, par-là, mais rien de semblable à ce que je vivais avant. La douleur a cessé, comme si les ombres avaient retiré leurs griffes acérées de mon crâne. Auparavant, j'avais l'impression d'être sans cesse au bord du gouffre, prête à tomber au milieu des ombres. Désormais, peu importe si je tombe à cause d'un sentiment trop fort. Les ombres ne me guettent plus en bas de la falaise. Elles dorment.

Je ne peux m'empêcher d'éclater de rire en réalisant que, cette fois, c'est bon. Ce n'est pas la solution idéale, bien sûr, puisque les ombres sont toujours en moi. De plus, beaucoup de questions se posent encore. Combien de temps fait effet la potion ? À quelle fréquence dois-je la prendre ? Va-t-elle perdre son efficacité sur le long terme ? Les ombres ne deviendront-elles pas accoutumées à l'effet de la mixture, n'apprendront-elles pas à lutter contre elle ? Pourtant, je relègue ces craintes dans un coin de mon esprit. Pour le moment, tout ce que j'ai besoin de savoir, c'est que la potion fonctionne et que les ombres sont, temporairement, neutralisées. C'est déjà plus que ce que je pouvais espérer il y a quelques semaines. Je laisse échapper un nouveau cri de joie qui résonne dans le silence angoissant des ruines.

Je réalise qu'une part de moi, par peur de la déception, ne croyait pas vraiment que la potion fonctionnerait. Elle cède maintenant la place à un optimisme brillant. Finalement, je peux peut-être m'en sortir. Je commence à imaginer la suite avec plus de clarté. J'en viens même à me demander si je ne pourrais pas vaincre ma peur de la magie pour la pratiquer plus facilement. Qui sait, cela pourrait peut-être nous servir ? Je ne suis pas assez égoïste pour ne pas utiliser ce don s'il peut nous aider dans les Confins.

Les Confins.

C'est la prochaine étape. Je ne sais pas si j'ai passé trop de temps avec Blake ou si mon côté aventurier se réveille enfin, mais l'idée de bientôt les arpenter me réjouit. Il est temps de rejoindre mes pirates. J'agite une main et, de nouveau, disparaît.

***

Je me matérialise sur le gaillard d'arrière, sachant d'instinct que c'est là qu'on m'attend. Et, en effet, Blake y fait les cent pas en marmonnant des paroles incompréhensibles dans sa barbe. Bold, Glenn, Al et Doc sont là aussi, à bonne distance de leur capitaine. Plus bas, sur le pont, des hommes s'activent pour faire avancer le navire.

Je suis arrivée pile devant Blake et celui-ci relève la tête, portant la main à son épée par réflexe. Lorsqu'il comprend que c'est moi, toutes sortes d'expressions passent sur son visage. Le soulagement d'abord, la colère ensuite, puis l'inquiétude. De même, sa main commence par s'éloigner de son arme, avant de s'en saisir, sans pour autant la sortir de son fourreau. Je lis les interrogations dans son regard et, lorsque je souris, il plisse un peu plus les yeux.

— J'ai très envie de te passer un savon pour être partie comme ça, commence Blake d'une voix prudente, mais avant je préfère être sûr que c'est bien toi que je sermonne…

— C'est bien moi. La potion fonctionne : les ombres sont endormies.

— Comment peut-on en être certains ?

— Tu ne me fais pas confiance ?

Je n'en veux pas à Blake de poser la question. D'ailleurs, tous mes amis présents ont l'air un peu sceptiques.

— Tu n'aurais pas dû partir, marmonne Blake. On aurait dû faire ça ensemble, ou pas du tout.

— Je sais et je suis désolée. C'était plus sûr, mais maintenant on n'aura plus besoin de se séparer.

Mes mots semblent l'adoucir mais les autres ne sont pas convaincus par ma jolie déclaration. Il me faut des minutes de négociations, d'explications, un serment sur l'Océan et une nouvelle rasade de potion pour qu'ils acceptent de lâcher leurs armes et que les visages se détendent.

— D'accord, finit par dire Bold, mais ne nous refais plus jamais un coup comme ça. On n'a pas idée, de faire des choses aussi risquées sans nous en informer !

— J'ai appris auprès du meilleur que si ce n'est pas dangereux, ce n'est pas drôle, je rétorque.

— Moui, grogne Blake.

— Ah ! dit Bold d'un air satisfait. Depuis des années, tu me sors cette excuse chaque fois que tu fais des choses irréfléchies et dangereuses, autrement dit toutes les cinq minutes ! Maintenant, tu vois comme c'est épuisant pour les nerfs !

J'éclate de rire. Mauvaise idée car Bold change de cible et se tourne vers moi.

— Et toi ! Tu crois que tu ne ferais pas blanchir mes cheveux si j'en avais ? Qu'est-ce que c'est que cette idée de disparaître comme ça ? Tu as pensé à tout ce qui aurait pu mal tourner ?

— Je suis désolée de vous avoir causé du souci.

— Tu veux dire aujourd'hui en particulier, ou depuis que tu as posé un pied sur ce navire ? dit Blake d'une voix pleine de sarcasme.

Pourtant, je sais qu'il ne m'en veut déjà plus. Et, l'espace d'une seconde, je suis frappée par le sentiment que tout est *juste*. Je suis là, avec Blake et mes amis, *L'Avalon* sous nos pieds et l'océan devant nous. Pour la première fois depuis des semaines, j'ai hâte de voir ce que nous réserve l'avenir.

***

Plus tard, j'essaie de mettre des mots sur ce que je ressens. Cette sensation étrange d'avoir une entité endormie dans ma tête et le soulagement que cela m'apporte. Mes amis m'écoutent avec attention et seul Doc qui nous a rejoints se permet de me poser des questions plus précises. Je lui réponds au mieux et il me rassure quant à la quantité de potion disponible. Les ingrédients volés au duc ne sont utilisés qu'à petite dose et Doc assure pouvoir tenir des années avec.

— Ça ne sera pas nécessaire, dit alors Blake.

Je me tourne vers lui. Il sourit comme si lui aussi sentait que le vent nous est favorable, que les éléments s'alignent enfin pour nous accorder un peu de répit.

— C'est très bien que la potion fonctionne, mais ça a toujours été une solution temporaire. On cherche quelque chose de plus efficace et de plus durable.

On sait tous de quoi il parle, et le visage de Glenn devient radieux.

— Alors, capitaine, dit-il d'une voix excitée. Qu'est-ce qu'on fait, maintenant ?

— Maintenant… Que pensez-vous d'aller explorer les Confins ?

PARTIE II

CHAPITRE 28
CALLIE

J'ai toujours eu peur d'être quelqu'un d'égoïste. J'ai fui mon père en le laissant perpétrer les plus horribles massacres, car je ne pouvais plus supporter de vivre à ses côtés. J'ai passé le reste de ma vie seule, à ne me soucier que de moi et de ma survie. J'ai volé et arnaqué sans scrupules. Pendant des années, je n'ai laissé personne entrer dans mon cœur. Jusqu'à ce que je rencontre Blake.

J'ai dû faire des efforts. Apprendre où était ma place – que j'ai toujours du mal à respecter, je l'avoue. Apprendre à faire confiance et à me livrer en retour. Apprendre à baisser ma garde, à aimer de nouveau… Et, là encore, j'ai peur de n'avoir été qu'une égoïste. Certes, je les ai aidés dans leur folle entreprise. Certes, je considère l'équipage comme ma famille et je mourrais pour eux. Mais je les ai mis en danger. En restant à bord alors que les ombres pouvaient reprendre le contrôle, j'aurais pu tous les tuer, tout ça parce que je ne supportais pas l'idée de quitter Blake. Alors aujourd'hui, j'essaie de me racheter. Notamment en m'entraînant à pratiquer la magie, alors que l'idée même me fait frissonner.

— Ça va aller, m'a dit Al, lors de notre première vraie leçon. Je comprends ce que tu ressens. Mais en t'entraînant, tu auras un meilleur contrôle sur la magie. C'est toujours mieux de contrôler ce qui nous effraie, non ?

Plus facile à dire qu'à faire…

J'ai bien conscience que ma peur – ma haine – de la magie est irrationnelle. La magie n'est pas toujours mauvaise et l'utiliser ne fera pas de moi le monstre que les ombres ont fait de mon père. Mais les habitudes ont la dent dure et la peur plus encore.

Pourtant, je prends sur moi. La magie pourrait nous être utile dans les Confins, alors je m'entraîne avec Al qui a repris son rôle de professeur très au sérieux. J'éprouve toujours le besoin de gesticuler et de faire de grands gestes pour utiliser la magie : ça m'aide à visualiser les fils dorés qui m'entourent, cette magie qui fourmille autour de nous et ainsi à canaliser mon énergie et ma volonté. Mais je progresse, c'est indéniable.

Aujourd'hui, nous nous sommes de nouveau rejoints dans la cale, là où on ne risque pas de déranger l'équipage. Pour le moment, les cellules sont inutilisées mais j'imagine que, avec notre départ pour les Confins, chaque espace devra être rentabilisé pour stocker des réserves ou des armes.

Al me rappelle à l'ordre :

— Concentre-toi !

J'obtempère.

Sous les yeux attentifs de mon professeur improvisé, j'écarte un peu les jambes pour m'assurer une bonne stabilité, je ferme les yeux et tends les bras, paumes ouvertes.

Je n'ai pas besoin de beaucoup chercher. La magie est là, elle répond à mon appel avec une facilité déconcertante. Elle veut que je l'utilise, elle n'attend que ça. Elle me murmure de douces paroles à l'oreille et je me sens presque rassurée.

Les frissons caractéristiques débutent dans mes mains puis remontent le long de mes bras, et je sens la puissance qu'ils apportent. Au même instant, je prends conscience de ce que je fais, de ce que je pense, et je tremble. La magie n'est pas mon amie. Elle ne devrait même pas couler en moi et se presser autour de moi comme elle le fait.

— Ah d'accord, donc on part sur du feu...

La voix d'Al me fait prendre conscience de la chaleur qui s'échappe de mes mains. J'imagine que c'est une manifestation de ma colère, malgré moi. La chaleur commence d'ailleurs à être assez désagréable et un début d'angoisse monte rapidement en moi. Quelle idée d'invoquer du feu au fond d'un navire en bois ! *Bravo, Callie, c'est du génie !*

D'un geste du bras, j'éteins les flammes qui commençaient à m'attaquer les doigts. Puis, pour apaiser la sensation de chaleur, j'imagine de l'eau couler sur mes mains. Il ne se passe d'abord rien, mais je persévère : je me force à ressentir l'eau qui coule, la sensation de fraîcheur qu'elle m'apporte, le bruit qu'elle ferait en glissant le long de ma peau pour tomber au sol... et ça fonctionne. Aussi facilement que j'ai invoqué ou éteint le feu, des torrents d'eau s'échappent de mes mains, frappant Al qui, surpris, est projeté contre le mur.

Il se relève immédiatement et éclate de rire en avisant l'eau qui s'écoule toujours de mes paumes ouvertes.

— Bravo ! Tu fais ça avec beaucoup de naturel !

Puis il fronce les sourcils.

— Par contre, ça serait peut-être bien de fermer les vannes, maintenant, qu'est-ce que tu en penses ?

Effectivement, l'eau m'arrive à mi-mollet et le débit ne semble pas faiblir. Je dois avoir l'air totalement stupide, plantée là avec de l'eau qui jaillit de mes paumes tendues.

Sans compter que ce n'est pas bon pour *L'Avalon* : Blake m'en voudrait à vie si je coulais son navire aussi bêtement.

Cette fois, c'est encore plus facile. J'ordonne à la magie de cesser en imaginant l'eau se tarir puis carrément disparaître de la pièce. Al et moi nous retrouvons trempés jusqu'aux genoux dans une cale parfaitement sèche – peut-être même plus sèche que quand nous y sommes entrés.

Il y a un moment de silence qu'Al brise soudain :

— C'était incroyable ! Je ne m'attendais pas à ce que tu maîtrises aussi bien et aussi vite les choses ! Et les ombres… ?

— Elles sont toujours endormies. Ne t'en fais pas, j'ajoute en le voyant ouvrir la bouche. Je ne risque pas d'oublier de prendre la potion.

Le souvenir des ombres déclenche un grand frisson en moi. Puis une chape de fatigue me tombe brutalement dessus. Je respire mal, mes jambes tremblent et ma vision se brouille un peu. Je soupire.

— Comment te sens-tu ? me demande Al.

Selon lui, la pratique de la magie est similaire à l'exercice physique : on ne commence pas par courir une heure sans s'arrêter, notre corps n'y est pas préparé. Il lui faut s'habituer, s'endurcir. Et notre sorcier a beau dire que mon état de fatigue avancé est un contrecoup normal après avoir utilisé la magie, je ne m'y fais pas. Je ressors vidée de chacune de nos séances. Pourtant, en apparence, je vais bien : je n'ai aucune brûlure sur les mains.

Lors de notre première leçon, Al avait pris la peine de m'expliquer quelques bases.

— En général, on se spécialise dans un seul élément, m'avait-il dit. Eau, feu, air, terre, esprit… et chacun a ses ramifications, évidemment. C'est un choix personnel certes, mais bien souvent dicté par nos capacités. S'entraîner à la maîtrise du feu est bien plus difficile que de s'entraîner à faire souffler le vent, et le potentiel de destruction est plus élevé. Il faut être doué, il faut posséder beaucoup de magie pour y arriver. Dans ton cas…

J'avais lâché un gros soupir qui l'avait fait sourire.

— Je ne suis pas un cas d'école classique, j'imagine.

— Eh non. Je pense ne pas me tromper en disant que le pouvoir que tu abrites est largement supérieur à tout ce que j'ai pu croiser dans ma vie sur l'Archipel, avait-il repris. Avec un peu d'entraînement, je pense que tu n'aurais aucun problème à maîtriser tous les éléments, mais ce n'est pas ce que nous voulons. Il faut juste que tu puisses réaliser sans peine des petites choses faciles. Allumer une chandelle. Remplir une bassine d'eau, ce genre de choses.

— J'ai comme l'impression que tu es en train de me dire que je vais devenir le mousse le plus doué que *L'Avalon* ait jamais eu !

Mais cette conversation avait eu lieu avant que lui et moi ne réalisions ce dont j'étais capable. Avec la puissance qui sommeillait en moi, nettoyer le pont d'un geste du bras aurait été du gâchis. Il est désormais évident que je peux maîtriser les cinq éléments sans difficulté.

Une douleur me poignarde la poitrine, comme si j'avais un poumon transpercé. Je grimace en me tenant les côtes. Al vient m'aider à m'asseoir sur un seau renversé, l'air à la fois troublé et inquiet.

— C'est quand même étrange… ça ne fait qu'une semaine qu'on s'entraîne, et la magie te répond si facilement, tu la maîtrises… Je suis surpris que ton corps réagisse toujours aussi violemment.

— Je dors peu, en ce moment, alors je ne récupère peut-être pas totalement… qu'est-ce que tu en penses ?

— Oh… euh, c'est possible mais… ce que tu fais de tes nuits te regarde, je ne me permettrais pas de vous dire ce que… enfin… tu vois.

Al rougit furieusement et il me faut une seconde pour comprendre à quoi il fait allusion. Je pourrais être gênée du quiproquo mais c'est plus fort que moi, j'éclate de rire.

— Non, Al, ce n'est pas ce que je voulais dire ! Je dors mal à cause de toutes ces questions sans réponses, mais aussi parce que je suis excitée d'aller explorer les Confins. Et puis, j'avoue que j'ai toujours un peu peur que les ombres ne soient elles aussi réveillées le matin.

Le sorcier, toujours écarlate, finit par marmonner :

— Excuse-moi. Je me demandais juste ce que ça faisait.

Sa remarque et son ton me troublent.

— De quoi ?

Al hésite, regarde la porte de la cale comme s'il ne voulait pas qu'on soit surpris, ou comme s'il envisageait de prendre la fuite. Puis, sans croiser mon regard, il précise sa pensée, d'une voix basse et d'un seul souffle.

— Ce que ça faisait d'être avec Blake. De te savoir aimée par lui.

Je reste interdite. Je me repasse toutes nos discussions depuis le début, j'analyse différemment les regards et les remarques. Mon cœur se serre et je ne sais pas quoi dire. Al semble captivé par ses pieds.

— Ça doit être une sensation formidable, lâche-t-il du bout des lèvres, comme s'il continuait la conversation malgré lui.

— Ça l'est, je réponds d'une voix douce. Et, pour être honnête, la plupart du temps, j'ai l'impression que c'est trop beau pour être vrai. Surtout avec tout ce qui m'arrive.

Le silence est ma seule réponse. Il dure quelques secondes, puis quelques minutes. Je ne veux pas pousser Al à parler et je ne veux pas moi-même changer de sujet, au risque qu'il pense que je dénigre l'importance de sa déclaration et la confiance dont il me fait preuve. Au bout d'un moment, n'y tenant plus, je me relève et pose une main sur l'épaule du sorcier, le faisant sursauter.

— Après, tu sais, c'est loin d'être un cadeau, cet homme.

Ébahi, il me regarde enfin. Je poursuis :

— Il est arrogant, persuadé d'avoir toujours une solution à tout, il se croit irrésistible et plus malin que tout le monde… et le pire…

— … c'est qu'il a raison, finit Al.

Alors que je ris, il pose sa main sur la mienne, la serre brièvement, puis se détourne.

— Bon, ça suffit pour aujourd'hui, dit-il d'une voix tout à fait normale, comme si de rien n'était. Je pense que, si tu essaies de faire plus, tu vas tomber dans les pommes. Encore.

— Je n'ai jamais été aussi proche de passer pour une demoiselle en détresse que ces derniers jours, je reconnais en grimaçant tandis que nous remontons sur le pont.

Comme toujours, je me sens déjà mieux, mais je dois avouer que l'air frais me fait du bien. Une bourrasque vient fouetter mon visage et fait voler des mèches de cheveux échappées de ma tresse. J'emplis mes poumons de l'air pur et salé avant de me tourner vers Al.

— On se retrouve demain pour une nouvelle leçon ?

Il m'adresse un sourire étincelant.

— Bien sûr. Tu es loin d'être une demoiselle en détresse, mais je fais quand même partie de ces hommes sans qui tu serais perdue. Avoue-le…

CHAPITRE 29
CALLIE

J'ai beau être perchée dans les voiles, je dois attendre le cri de la vigie pour réaliser ce qui se passe.

— Navire à bâbord, capitaine !

Même si Blake essaie de l'éviter, il sera sur nous d'ici quelques minutes : les vents poussent nos assaillants vers nous.

Immédiatement, c'est le branle-bas de combat sur le pont. Je me laisse glisser jusqu'au sol et rejoins les hommes qui se préparent pour l'attaque. D'un pas vif, je monte sur le gaillard d'arrière où se trouvent déjà Blake, Bold et Glenn. Al arrive en même temps que moi et pose une question muette à Blake.

— Pas la peine, lui répond celui-ci. Ils ont aussi des courants favorables, ça ne servirait à rien. Ces navires font partie de la flotte des continentaux, des Terres du Nord, si je ne m'abuse. Je vous rappelle qu'ils ont déclaré la guerre aux pirates. Ils nous prendront en chasse quoi qu'il arrive. Et puis, une petite attaque, ça nous fera du bien ! Il ne faudrait pas qu'on se ramollisse.

Glenn pousse un cri enthousiaste et les yeux de Blake se fichent dans les miens. Il ne dit rien mais j'y lis tout ce qu'il voulait me transmettre. D'être prudente, de ne pas chercher les ennuis plus que nécessaire – un comble, venant de sa part. Je me sens parfaitement bien mais Blake se montre très protecteur depuis… En vérité, Blake s'est toujours montré protecteur. Disons juste que, ces derniers temps, on a passé un nouveau cap. Pourtant, il ne dit rien et se contente de hocher la tête avant de se détourner.

Le temps qu'on se mette en place sur le pont et que tout le monde dégaine ses armes, nos assaillants sont là. Leur attaque est bien différente de celles auxquelles j'ai déjà pu assister. J'ai l'impression qu'ils sont plus organisés, mais peu habitués à des combats en mer, ce qui ne me surprend guère. Et peu importe que les continentaux viennent des Terres du Sud ou du Nord : ils s'aventurent très rarement sur les océans. À part quelques hommes assez courageux pour faire du commerce maritime, braver les vagues est l'apanage des pirates. Mais la guerre qu'ils ont déclarée ne leur laisse pas le choix, et les voilà en train de monter à l'assaut de *L'Avalon*.

Les pirates sont bien moins organisés : ça crie et ça court dans tous les sens, mais ils savent ce qu'ils font. Ils n'ont pas besoin des ordres de Blake pour se défendre ou pour entreprendre quoi que ce soit. Et, même si cela ne les empêche pas d'être unis et soudés, chaque homme est indépendant. Il n'y a pas de hiérarchie qui tienne, je me dis en voyant Blake intercepter un homme qui se précipitait vers un membre de son équipage. Les gens disent que les pirates sont frustes et stupides, que leur mode de vie est barbare. Mais, en les voyant charger, je ne vois que liberté, courage et fraternité. Je me joins à eux.

Malgré les leçons de Bold et son insistance, je n'ai pas d'épée. Je n'en ai pas besoin : la dague que Blake m'a donnée il y a des mois fait parfaitement l'affaire. Long d'une quinzaine de centimètres, elle est tout aussi redoutable que les lames plus grandes et bien plus maniable.

Je feinte, je tourne et virevolte, je me glisse sous les armes et j'abats la mienne si vite que les hommes n'ont pas le temps de se défendre. Quelques-uns marquent un temps d'arrêt en apercevant mes cheveux longs et mes courbes féminines, mais leur hésitation ne dure jamais. Aucun ne parvient toutefois à m'atteindre ou à faire plus que m'égratigner, et ma lame est bientôt couverte de sang.

Ma dague s'enfonce dans un flanc alors qu'un homme se rue sur moi et, par réflexe, je tends le bras dans l'intention de lui donner un coup dans le plexus solaire. Je n'avais pas prévu que la magie se manifesterait. L'homme se plie en deux, comme s'il avait été frappé par un boulet de canon en plein ventre. Ses pieds quittent le sol et il décolle au-dessus des autres pour s'effondrer contre le bastingage avec un grognement étouffé.

Je reste interdite une petite seconde, mais je n'ai pas le temps de m'interroger. Déjà un adversaire essaie de m'atteindre en lançant un poignard vers mon visage. Je me décale et l'arme vient se planter dans le mât derrière moi, au moment même où je lance à mon tour mon arme. L'homme tombe en portant sa main à son cou, d'où jaillit une fontaine de sang. J'arrache sa lame du mât, plonge par terre pour éviter une épée et me redresse près du corps de celui que je viens de tuer. Dans le même geste, je retire ma dague. Me voilà armée de deux lames alors que je continue mon avancée.

Je tourne toujours plus vite, j'esquive avec souplesse et je saute par-dessus les corps qui commencent à joncher le plancher.

Les affrontements se clairsèment : au lieu d'une masse grouillante d'hommes aux prises les uns avec les autres, il y a désormais des zones de vide où seuls les corps occupent encore l'espace. Pourtant, c'est loin d'être fini. Il y a encore des soldats qui attendent sur le bateau des continentaux et des officiers qui crient des ordres. Je commence à fatiguer. Je ne suis pas une combattante aguerrie. La lame d'un ennemi trace un trait sanglant sur mon bras et je grimace. Je feinte pour parer sa nouvelle attaque, je tourne sur moi-même en brandissant mes lames et vérifie d'un coup d'œil que l'homme ne se relèvera pas.

Profitant d'une accalmie, je regarde autour de moi. Nous sommes en train de gagner, mais nos adversaires ne baissent pas les bras pour autant. Je vois deux de nos hommes à terre et tente d'imaginer combien d'autres iront les rejoindre, quand, soudain, un bruit inquiétant me parvient du navire ennemi. Je reconnais le bruit caractéristique des canons qu'on charge. Un cri tout près attire mon attention et je pivote pour regarder Glenn, non loin, qui fixe la même chose que moi.

— Blake, les canons ! crie-t-il. Ils vont tirer !

Blake se tourne vers Glenn en dégainant son pistolet. Il vise un officier resté sur le bateau et tire. Un grand cri vient récompenser son tir.

— Ils sont complètement fous ! crie Blake en se frayant un passage vers son ami.

— Je pense qu'ils sont juste stupides, rétorque Glenn.

Ils se mettent dos à dos pour continuer à se battre. Ils semblent infatigables. Invincibles. Ce n'est pas mon cas et ce n'est certainement pas le cas de *L'Avalon*.

J'ai beau ne pas être une pirate-née comme Blake, j'ai bien compris le problème : si les continentaux mettent le feu à la poudre de leur canon, leurs boulets détruiront *L'Avalon*, certes. Ce à quoi ils n'ont peut-être pas bien réfléchi, c'est que la force de l'explosion et les éclats provoqués feront aussi des dommages importants sur leur propre navire. Ils vont couler en même temps que nous. Le fait qu'ils ne soient pas habitués à mener des attaques en mer n'excuse rien : un peu de bon sens suffit pour se rendre compte des risques. Cependant, le bruit retentit de nouveau et je comprends qu'ils ont bel et bien l'intention de tirer. On est tombés sur de vrais génies.

Une idée me vient. Je sais que je peux terminer cette bataille et éviter tout dommage à *L'Avalon*.

Je me glisse sous la garde d'un nouvel adversaire pour courir vers Blake. Je m'arrête dans un dérapage et, hors d'haleine, lui désigne le bateau à côté de nous.

— Je m'en occupe. Couvre-moi !

Il n'hésite pas une seule seconde avant de hocher la tête.

— Glenn, toi et moi on reste là et, quoi qu'il arrive, on protège Callie !

— Entendu, capitaine !

J'ai juste le temps d'apercevoir Glenn me sourire d'un air mutin avant de se détourner pour faire face au navire ennemi.

— Elle va nous faire un petit tour de magie ?

Je me retiens de répliquer : ce n'est pas vraiment le moment. Au lieu de ça, je la cherche, cette magie. Comme toujours, elle répond aussitôt et c'est avec une facilité déconcertante que je la mobilise.

Autour de moi, les combats font rage. Blake et Glenn affrontent chacun trois hommes, les empêchant de m'atteindre. Une lame fuse vers moi mais l'épée de Blake s'interpose. Mon corps et mon instinct me hurlent de me défendre, mais je respire à fond pour garder mes esprits.

Comme j'ai vu Al le faire des dizaines de fois, je plante mes pieds sur le pont, les jambes un peu écartées, et je lève les bras. Répondant à mon injonction, je sens la magie se concentrer autour de moi, les filaments dorés tourbillonner plus fort. De mes mains, je fais un mouvement ample et une bourrasque vient frapper nos adversaires avec tellement de violence qu'ils reculent de plusieurs pas. Sans attendre, je recommence. Des craquements et des cris nous parviennent du navire ennemi, mais je ne me laisse pas déconcentrer. D'un même geste, je serre les poings et les rapproche de mon corps. Aussitôt, les canons de nos adversaires s'arrachent de leurs socles et jaillissent vers moi, déchirant le bois de la coque comme s'il ne s'agissait que d'une feuille de papier. Ils lévitent entre les deux bateaux pendant quelques secondes, puis j'ouvre mes poings et ils tombent dans l'eau en provoquant de grands remous.

Des cris de joie et de colère retentissent, mais je me demande pourquoi m'arrêter en si bon chemin. Je suis consciente d'avoir désormais tous les regards fixés sur moi. Mon équipage m'observe avec admiration, mes ennemis avec haine et peut-être crainte. Certains reprennent bien vite leurs esprits et me foncent dessus. De nouveau, Blake s'interpose, bientôt suivi par Glenn et Colton.

— Blake, tu veux t'emparer de leur bateau ?

Mon capitaine n'est jamais très loin de moi et me répond aussitôt, tout en parant un coup d'épée qui aurait pu me trancher la tête.

— Je doute qu'ils aient quoi que ce soit qui m'intéresse !

— Parfait.

De nouveau, je lève les bras. Je comprends très vite que ce que j'ai en tête est autrement plus compliqué que de faire léviter quelques canons. J'ai besoin de toute mon énergie et de ma concentration pour y arriver. J'ai peur d'être un peu ridicule à gesticuler au milieu du pont, avec mes grands gestes, mais l'important, c'est que cela fonctionne.

Quelques secondes me suffisent pour créer une nouvelle bourrasque qui vient éloigner le navire ennemi du nôtre. Les continentaux crient quand ils voient leur bateau repoussé de la sorte. J'attends qu'ils soient suffisamment loin pour lancer ma vraie offensive. Je fronce les sourcils, fais un mouvement souple des poignets puis, brusquement, lève les bras vers le ciel. Deux vagues gigantesques se dressent alors à la proue et à la poupe du navire adverse. Hautes de plus de dix mètres, elles surplombent largement le plus grand des mâts. Après un moment de stupeur silencieuse, c'est la panique à bord. Les officiers hurlent des ordres qui ne sont pas suivis, tandis que des hommes abandonnent leur poste en sautant à l'eau. Sur mon impulsion et un geste des mains, les deux vagues s'abattent sur le pont ennemi. Vu la quantité, la hauteur et la force de l'eau, je ne me faisais guère d'illusions quant au destin du bâtiment. Je ne m'attendais toutefois pas à ce qu'il se fende en deux comme si j'avais donné un coup de hache géant en son centre.

Dans un craquement de fin du monde, le pont et la coque se fissurent avant de se dissocier complètement. Malgré la distance, *L'Avalon* n'est pas totalement épargné par les remous et il tangue violemment. Son équipage est néanmoins intact et, ensemble, nous regardons le bateau sombrer. Je titube de fatigue et sens qu'on me rattrape par le coude.

Un premier cri vient rompre la stupeur, puis un deuxième tandis que mes camarades éclatent de rire et m'acclament. Je me tourne alors vers Blake qui tient toujours mon bras. Le capitaine est couvert de sang, son visage est égratigné, mais il n'a pas l'air gravement blessé. Il m'observe, incrédule.

— Rappelle-moi de ne plus jamais t'embêter, dit-il dans un souffle.

Je ris. Contre toute attente, utiliser la magie ne m'a pas effrayée. Au contraire, mon succès et la puissance que j'ai ressentie me rendent euphorique.

— Tu serais bien incapable de t'en empêcher, je rétorque d'un air taquin.

***

— Bien joué, Callie !

— Ils y réfléchiront à deux fois avant de nous chercher des noises, désormais !

— Leurs têtes, quand les vagues se sont levées !...

Nous sommes en train de nettoyer le pont et de jeter les corps de nos ennemis à l'eau et, de tous les côtés, je reçois des félicitations.

— Alors ça, c'était quelque chose !

Al me regarde avec stupéfaction.

— Tu es fier de moi, maître ? je lui dis en me redressant, essuyant la sueur qui me coule dans les yeux.

Ils n'étaient peut-être pas très futés, mais, par l'Océan, ce que ces soldats sont lourds à faire passer par-dessus bord !

— Je crois que c'était la chose la plus impressionnante que j'aie jamais vue, me répond Al. Même sur l'Archipel, les plus puissants sorciers n'auraient jamais réussi à faire ça. Comment tu te sens ?

— Bien. Je ne me sens même pas fatiguée. Il faut croire que nos entraînements portent leurs fruits !

Et je le crois vraiment. Pendant quelques heures, je parviens à me convaincre que tout va bien et qu'utiliser la magie n'est pas si difficile que ça, que ma peur est irrationnelle, que je ne risque rien. Et qu'avec le pouvoir que je peux mobiliser, rien ne pourra nous arrêter.

Pourtant, alors que je vide à la mer un seau ayant servi à nettoyer le pont, je suis brusquement prise de faiblesse. Mes jambes et mes mains se mettent à trembler. Je lâche le seau qui heurte le pont avec fracas. Les regards se tournent vers moi et je parviens à faire un geste de la main pour signifier que tout va bien. D'un pas hésitant, je me réfugie sous l'escalier qui mène au gaillard d'arrière, à l'abri des regards. Je ne veux pas que les autres voient ce qui m'arrive. Surtout Blake, qui s'inquiète déjà trop pour moi.

— Callie ? Est-ce que ça va ?

La voix d'Al résonne à mes oreilles tandis qu'il me rejoint dans ma piètre cachette. Je n'ai pas le temps de lui répondre. Ma poitrine se serre. Ma respiration se fait rauque et haletante. L'air que j'inhale n'est pas suffisant, il me semble qu'il ne remplit pas mes poumons. Incapable de prendre une nouvelle inspiration, je me laisse glisser au sol, une main serrée contre mon torse.

— Callie !

L'inquiétude me gagne. La réaction n'a jamais été aussi violente. Je sens un filet de sang couler de mon nez jusqu'au coin de mes lèvres alors que ma vision se trouble…

Puis, aussi subitement que ça a commencé, c'est fini. La grande inspiration que je prends m'étouffe à moitié. Je tousse et crache, à quatre pattes, tandis qu'Al me tapote le dos. Je ferme les yeux, j'attends que mon rythme cardiaque retrouve un peu de normalité, je vérifie que mes poumons refonctionnent correctement puis relève la tête.

Le regard d'Al reflète tant de trouble que je ne peux m'empêcher de le rassurer, faisant preuve d'une confiance que je suis loin de ressentir.

— Ça va. C'est passé.

— Par les dieux, qu'est-ce que c'était que ça ? J'ai cru que tu allais t'étouffer !

— Je ne sais pas. Je ne pouvais plus respirer…

Les yeux d'Al s'agrandissent. Il m'aide à me remettre sur mes pieds.

— C'était violent.

— C'est peut-être parce que j'ai fait quelque chose d'assez puissant ?

— Peut-être, répond Al d'un ton pensif. Je croyais qu'on avait dépassé ce stade, pourtant. L'entraînement doit t'aider à te familiariser et limiter ce genre de réactions, pas les accentuer.

Sa remarque plane un instant entre nous deux avant qu'une voix ne nous fasse sursauter.

— Qu'est-ce que vous faites planqués ici ?

Glenn passe la tête sous l'escalier, un grand sourire aux lèvres.

— On joue à cache-cache ? plaisante-t-il, un peu soupçonneux.

— On cherchait un coin tranquille pour se bécoter, je rétorque avec une grimace.

— Je n'y crois pas une seule seconde ! Je vous connais trop bien, tous les deux.

Il nous adresse un clin d'œil avant de pointer le pouce par-dessus son épaule.

— Blake a besoin de toi, Al.

— J'arrive.

Le sorcier fait quelques pas pour s'éloigner et, tandis que son ami se décale pour le laisser passer, il me lance un regard alarmé. J'ai envie de lui dire de ne pas s'inquiéter, mais n'est-ce pas précisément ce genre de phrases qui poussent les gens à s'inquiéter ? Je m'aperçois que Glenn n'a pas bougé et que sa tête, toujours tendue vers moi, arbore un sourire que j'ai appris à connaître. De ceux qui annoncent une bêtise.

— Alors, comme ça, c'est ici qu'il faut faire la queue pour espérer un baiser ?

Il mime une embrassade exagérée et je ne peux m'empêcher d'éclater de rire.

— Je croyais que tu me connaissais bien. Assez sans doute pour savoir que la seule chose que je distribue réellement, ce sont des claques aux séducteurs lourds !

Il bat vite en retraite, après un grand éclat de rire, ce qui me remonte un peu le moral. Mais cela ne suffit pas à effacer la peur et l'angoisse qu'à fait naître en moi le regard d'Al…

CHAPITRE 30
BLAKE

Dire que mes hommes sont enthousiastes relève de l'euphémisme.

Après leur avoir annoncé que la potion fonctionnait et que Callie était provisoirement à l'abri des ombres, j'ai cru qu'ils allaient m'obliger à hisser les voiles immédiatement et à naviguer vers le bout du monde. J'ai réussi à leur faire comprendre qu'il nous fallait des forces, de la préparation et des vivres. C'est ce dernier point qui a fini de les convaincre. Je crois qu'ils ont peur de manquer de rhum en cours de route.

Finalement, je suis heureux que nous ayons croisé les continentaux. Je ne cherchais pas spécialement la bagarre, mais il faut avouer qu'un peu d'action a canalisé mes hommes et les a mis dans de très bonnes dispositions. Je crois même que les prouesses de Callie les ont motivés comme jamais.

Je suis, moi aussi, d'excellente humeur, ces derniers jours. Je parviens enfin à avoir des nuits de sommeil complètes et Callie n'est pas en reste. Le grimoire ne donnait pas d'indication précise sur la posologie de la potion et, après réflexion, elle a décidé d'en prendre deux fois par jour, et ça semble fonctionner : depuis une semaine, elle ne sursaute plus au moindre bruit, elle ne se fige plus brusquement, grimaçant et tendant l'oreille pour écouter des voix qu'elle seule entend. Elle dort mieux, elle sourit plus et, bien sûr, elle continue de me faire vivre un enfer en discutant mes ordres et en se moquant ouvertement de moi. Mais quel doux enfer…

Comme si penser à elle l'avait fait apparaître, je vois Callie en grande discussion avec Al remonter sur le pont. Ils ont l'air plutôt complices, ce qui me fait plaisir car ce n'était pas gagné, entre ces deux-là. Ils se sourient et j'en déduis que leur petite leçon s'est bien passée. Je sais que Callie n'a pas envie d'utiliser la magie, mais sa puissance pourrait être un atout majeur dans les Confins… Ses entraînements avec Al semblent être bénéfiques. Au-delà même de ce qu'elle a fait durant la bataille, elle paraît de plus en plus à l'aise avec son pouvoir. Je la vois utiliser la magie pour des choses diverses, parfois aussi insignifiantes qu'attirer une assiette vers elle, parfois plus impressionnantes, comme la fois où, d'un ample geste du bras, elle a ramené toutes les voiles contre le mât.

Chaque fois qu'elle fait usage de la magie, elle grimace et je sais qu'elle n'aime pas ça. Elle n'aimera probablement jamais ça. Mais il faut reconnaître qu'elle est efficace.

Et c'est tant mieux car, demain, on fait escale et, après ça… direction la barrière de corail et, juste derrière elle, les Confins.

***

Cette escale est très différente des précédentes. Pour commencer, je n'ai aucune envie de me battre ou de me soûler. Ensuite, Callie est à mes côtés et me tient la main. Je remarque que nous attirons pas mal de regards alors que nous avançons dans la taverne. À croire que les gens n'ont jamais vu de capitaine pirate amoureux.

L'Avalon est arrivé à quai ce matin et nous avons passé une partie de la journée à dresser la liste de tout ce dont nous avions besoin. Des vivres, des armes, de la poudre, des remèdes pour Doc et autres fournitures indispensables telles que des cordes, du bois, des couvertures et des bougies. En fin d'après-midi, une partie de l'équipage est parti acheter tout ce que nous avions listé. Il a fallu du temps mais, comme je m'y attendais, presque tout le monde est de retour à la taverne à la tombée de la nuit.

J'ai bien ordonné à l'équipage de ne pas parler de notre quête. Personne ne doit savoir que nous avons la Carte et que nous partons pour les Confins. Du moins pas tant que nous n'en sommes pas revenus sains et saufs. Il sera alors temps de se vanter et de récolter les lauriers de la gloire. En attendant, je préfère être discret. Ce qui ne nous empêche pas de passer une bonne soirée à la taverne du village.

Je ris et bois avec mes hommes et, de temps en temps, je lance un regard à Callie. Elle est assise près de moi et joue aux cartes avec Glenn, ce qui semble être devenu une habitude entre eux. Il fait chaud, il y a du bruit et, entre le feu et les fumeurs dans la salle, l'air est presque irrespirable. Une serveuse s'avance pour récupérer les verres et chopes vides posés devant nous. Je sens sa main frôler mon bras et nos regards se croisent. Elle me sourit et, par réflexe, je fais de même. Elle s'éloigne en ondulant des hanches et je la fixe, l'esprit totalement ailleurs.

— Je crois que tu plais à la serveuse, me signale Callie sans lever les yeux de son jeu.

— C'est probable. Je plais à beaucoup de femmes.

— Si ça te fait plaisir de le penser, répond-elle. Ce qui serait bien, c'est que tu arrêtes de les encourager.

— Oh. Et pourquoi ?

— Tu sais pourquoi.

J'esquisse un sourire.

— Parce que tu m'aimes ?

— Parce que sinon je leur explose la tête et, ensuite, je viens t'arracher les…

Elle fait mine de réfléchir, portant un doigt à ses lèvres et les tapotant doucement.

— Les yeux. Je t'arrache les yeux.

— Pfiouu, j'ai eu peur.

— C'est ça, marmonne Glenn dans sa barbe. Continue de la déconcentrer en papotant, Blake. J'aurais peut-être une chance de gagner, comme ça…

— Ce n'est pas encore pour ce soir, Glenn, désolée, dit Callie.

Elle pose ses cartes sur la table d'une main sûre. Glenn pousse un juron et balance son jeu à son tour, dans un geste d'agacement. D'un air victorieux, Callie attire à elle les pièces qu'ils avaient mises en jeu. Je la regarde faire des petites piles pour narguer Glenn qui décide d'aller se chercher à boire.

— Allez, Glenn, dit Callie en se levant à son tour. Ne fais pas la tête. Je vais te payer une chope !

— Évite de lui rappeler que tu la lui paies avec l'argent que tu viens de lui soutirer, je glisse.

— Merci du conseil, dit-elle en m'adressant une grimace.

Je me tourne vers Bold qui, à ma grande surprise, sourit avec ce qui me paraît être un air attendri.

— Quoi ?

— Rien, capitaine. Rien.

— Oh, allez, c'est quoi cet air niais sur ton visage ? Dis-moi !

— Ce n'est pas un air niais, je suis heureux pour toi.

— Donc tu as l'air niais quand tu es heureux. C'est bon à savoir.

— C'est juste que c'est agréable de te voir comme ça. Détendu. Amoureux. Heureux. Je n'ai pas l'habitude.

— Oui, c'est assez nouveau pour moi aussi.

— Je ne t'aurais jamais imaginé ainsi. En fait, je n'aurais jamais pensé qu'une femme pourrait te rendre aussi attentionné. Je découvre un nouveau Blake. On est loin du coureur qui avait une fille dans chaque port.

— Aaaah, la belle époque, je dis pour l'agacer.

Il n'est pas dupe et je lève mon verre pour que nous trinquions ensemble. Alors que je porte ma boisson à mes lèvres, Colton fait irruption près de moi avec tellement de brusquerie qu'il manque de renverser la table, s'attirant des grognements de la part de ses amis qui se protègent de leurs bras.

— Capitaine ! fait-il, à bout de souffle.

Il n'est pas difficile de comprendre qu'il a une information importante pour moi. Je prends toutefois le temps de boire une gorgée car nous venons de trinquer, avec Bold, et cela porte malheur de reposer son verre sans y avoir bu tout de suite après. L'arrivée de Colton n'est pas passée inaperçue : Callie et Glenn sont de retour près de nous, une chope dans chaque main et inquiets.

— Que se passe-t-il ?

— Je finissais de tout charger à bord de *L'Avalon* quand je l'ai vu rôder autour du navire.

— Qui ?

— Thull, capitaine. C'était Thull.

CHAPITRE 31
BLAKE

Mon sang ne fait qu'un tour dans mes veines. Je me lève brusquement et tous mes hommes m'imitent. Certains ont entendu les paroles de Colton, d'autres ont lu sur mon visage. Ils sont tous prêts à en découdre.

— Les gars sont bien en place pour garder *L'Avalon* ?

— Oui, capitaine.

— Et Thull était seul ?

— Oui.

Ce n'est pas si étonnant que ça. Après la débâcle de notre dernière rencontre, peu de ses hommes ont dû survivre et ceux qui ont survécu n'avaient sans doute pas envie de rester auprès de lui. En un éclair, je repense aux miens dont Thull a pris la vie. Je repense à Doug qui compte les jours avant d'avoir une pauvre jambe de bois. Je repense à toutes ces années où Thull m'a suivi, a tenté de me doubler, m'a attaqué et agacé. J'aurais aimé le tuer lors de l'attaque du *Black Gold*, mais le temps nous était compté. Mais ce soir… S'il est vraiment là, s'il rôde autour de mon navire…

Je me lève et mon équipage m'emboîte le pas. Sans me retourner, je tends la main derrière moi et Callie la saisit, accélérant pour se mettre à ma hauteur.

— Tu n'as plus à avoir peur de lui, je lui dis. Il est seul contre nous tous. Et aujourd'hui, tu as la magie pour te défendre.

— C'est justement ce qui me fait peur, rétorque-t-elle.

— Quand j'étais plus jeune, je reprends, Bold me disait que c'était impossible d'être courageux en permanence, mais que, dans ces moments-là, il suffisait de faire semblant. Les gens ne voient pas toujours la différence. Alors, fais semblant, je lui chuchote alors que nous arrivons près du quai où *L'Avalon* est amarré.

De nouveau, elle hoche la tête puis, sur une dernière pression, me lâche la main et rejoint les autres. Je fais quelques gestes pour indiquer à l'équipage de s'éloigner en silence sur les traces de Thull. Je reste seul sur le quai et jette un regard à mon navire : tout semble normal à bord et un de mes hommes me salue. Il fait nuit et la jetée est vide, mais les endroits pour se cacher sont nombreux : derrière les caisses, les cordages... J'ai le sentiment que Thull est encore dans les parages. Je dégaine mon épée et ferme les yeux, comme pour mieux écouter autour de moi. C'est peut-être ce qui me permet d'entendre le sifflement... Instinctivement, je relève ma lame et tranche la flèche en deux alors qu'elle n'est qu'à quelques centimètres de mon visage.

Au bout de la jetée se tient Thull, une arbalète dans la main, qui se prépare à tirer de nouveau. Malheureusement pour le bougre, en quelques pas, je suis devant lui et lui arrache l'arme des mains. Il pousse un cri de rage et tente de dégainer l'épée qu'il porte à la ceinture, mais ses anciennes blessures le ralentissent et je n'ai aucun mal à le désarmer de nouveau et à balancer l'épée dans l'eau du port. Je pose ma lame sur sa gorge, histoire de lui faire comprendre qu'il ferait mieux de ne pas bouger.

— Eh bien, c'était pathétique, comme attaque, même pour toi, Jenkins. Tu es venu te venger ? Parce que je t'ai blessé, poussé à la mer et que j'ai détruit ton navire ?

Il me toise avec haine.

— Oui ! crache-t-il.

— Quel succès ! Tu peux être fier de toi.

Tandis que je continue de me gausser, j'entends mes hommes revenir : ils s'arrêtent derrière moi et certains laissent échapper des gloussements.

— On dirait bien que tu es seul, Jenkins. Ton équipage de bras cassés t'a laissé tomber. Ils ont enfin ouvert les yeux. Enfin, ceux qui ont survécu…

Je le dévisage. Seuls quelques chuchotements et moqueries de mes gars rompent le silence. C'est alors que je recule et rengaine ma lame. Thull semble surpris.

— Bien, je dis en croisant les bras sur ma poitrine. Ton attaque a échoué, quel est le plan, désormais ?

— Je vais te tuer.

— D'accord. Seul, avec un bras hors d'usage et alors que je t'ai désarmé aussi facilement que si tu étais un enfant ? Ça s'annonce bien !

Mes hommes éclatent de rire. Thull s'agite.

— Je peux aussi m'enfuir. Et revenir quand tu ne t'y attendras pas. Et, à ce moment-là, je te trancherai la gorge et prendrai la tête de ton navire. Et si ta petite protégée est toujours à bord… disons simplement qu'elle et moi, on va bien s'amuser.

Respire, Blake, ne lui donne pas la satisfaction de perdre pied. Il ne cherche qu'à me provoquer et, par ailleurs, je sais pertinemment que Callie le castrerait avant même qu'il ne pose la main sur elle. Elle n'a pas besoin d'être protégée.

Pas de Thull en tout cas. Je me force à sourire quand je lui réponds.

— Oh, je ne doute pas que tu t'enfuirais si tu le pouvais. Tu as toujours été un lâche, Thull. Mais il est temps que tu paies pour toutes les horreurs que tu as commises. Il n'y a pas un endroit où tu pourras nous échapper. Je jure sur l'Océan que je laisserai des ombres te dévorer avant que tu ne m'échappes encore une fois.

— Tu n'as pas le pouvoir de proférer de telles menaces.

— Lui, non. Mais moi, si. Tu sais, sa « petite protégée ».

Le regard de Thull passe derrière moi et je n'ai pas besoin de me retourner pour savoir que Callie s'est avancée. Mes hommes doivent s'écarter sur son passage, lui ménageant une entrée théâtrale et, si j'en crois la tête de Thull, elle est réussie. Son visage se décompose, ses yeux s'écarquillent et il commence à secouer la tête, d'abord doucement, comme s'il n'y croyait pas, puis plus rapidement, espérant sans doute se convaincre que tout cela n'est qu'un mauvais rêve. Sa réaction me semble démesurée mais, quand Callie vient se placer à côté de moi, je dois retenir un mouvement de recul tant je suis surpris.

Callie a les bras légèrement écartés, les mains grandes ouvertes, et des ombres filamenteuses lui glissent entre les doigts. Elle s'amuse apparemment beaucoup : ses phalanges s'agitent doucement tandis que les ombres grandissent autour d'eux. Les yeux fixés sur Thull, elle arbore un sourire narquois. Je comprends pourquoi il n'a pas l'air rassuré. Si je ne connaissais pas Callie, j'aurais sans doute moi aussi quelque appréhension en la voyant débarquer ainsi.

— Ce n'est pas possible… murmure mon vieil ennemi.

— Nous avons affronté le Sorcier Noir et nous l'avons vaincu, j'ajoute tranquillement. Tu crois vraiment que tu vas nous faire peur ?

— Comment ? Comment avez-vous tué le Sorcier Noir ?

— Comme si on allait te révéler nos petits secrets !

Thull ne m'écoute plus : il a les yeux rivés sur Callie qui, d'un mouvement du poignet, fait disparaître les filaments noirs qui dansaient autour de ses mains. Il semble fasciné par la jeune femme et, en même temps, il a l'air ailleurs. Il marmonne pour lui-même avant de se reprendre.

— Tu as chassé les ombres du corps de l'hôte du Sorcier Noir. Comment ? Elles sont… Oui, je les perçois. Les ombres sont en toi…

Il s'agite de nouveau, avec une expression de démence.

— Et tu les contrôles ? Toi, toute seule, petite chose fragile, tu contrôles les ombres ?

Ses yeux sont braqués sur Callie qui lui répond, en mentant sans vergogne :

— Oui.

Un horrible rictus se dessine sur les lèvres de l'homme qui secoue la tête.

— Oh, non, tu mens, sale gamine. Tu mens : tu ne contrôles pas les ombres, c'est elles qui tentent de te contrôler à chaque instant !

Il éclate d'un rire fou.

— Tu ne sais pas de quoi tu parles, crache Callie d'un ton hargneux.

— Bien sûr que si, rétorque Thull. Je me bats contre des ombres depuis des années. Parfois je perds, parfois je gagne. Dans tous les cas, je connais leur force. Je sais que tu ne tiendras pas longtemps. Et tu deviendras aussi horrible que le Sorcier Noir !

Cette idée semble le revigorer, tandis que Callie et moi sommes figés par l'horreur de ses propos. Je comprends enfin le comportement de Thull depuis toutes ses années. On le pensait instable à cause de son expérience avec les ombres. La vérité, c'est qu'il se bat depuis des années pour les contrôler. Elles sont sûrement bien moins puissantes que celles qui hantent Callie, mais quand même… J'aimerais remonter le temps pour l'empêcher de parler, pour effacer ses paroles de mon esprit et de celui de Callie.

Thull s'agite toujours, semblant pris de spasmes incontrôlables et, malgré la nuit, mon regard est attiré par son bras. Sa manche a glissé et révèle une parcelle de peau sèche et noircie, pleine de croûtes, comme si quelqu'un s'était amusé à la passer dans un four. Je fronce les sourcils alors que Thull continue son monologue en marmonnant, comme si nous n'étions pas là.

— Les humains comme nous ne sont pas faits pour recevoir la magie. Parfois nos corps la rejettent immédiatement. Parfois… ça prend plus de temps, mais le résultat est le même. Avec la magie, il y a toujours un prix. Toujours.

Sa voix n'est plus qu'un murmure sur son dernier mot. Son air fou commence à inquiéter mes hommes, je le sens dans les chuchotements qui frémissent autour de moi. De nouveau, je dégaine mon épée.

— Bien, je crois que ça suffit.

Les yeux de Thull s'agrandissent, alors que je m'avance pour me placer devant lui.

— Oh, ne fais pas cette tête, Jenkins. Tu sais très bien que tu mérites mille fois pire que la mort rapide que je vais me faire un plaisir de te donner.

Il me regarde avec des yeux écarquillés et j'y lis une peur terrible. Il semble prêt à se battre, à m'attaquer, avec ou sans épée. Mais cette impression est fugace et disparaît, et seule la colère s'inscrit sur son visage. La colère et une pointe de folie, qui se confirment lorsqu'il reprend la parole. Ce n'est plus à moi qu'il s'adresse mais à Callie :

— Sale petite garce !

À mes côtés, je sens Callie tressaillir sous la violence des mots de Thull.

— Tu n'es qu'une gamine insignifiante, alors pourquoi est-ce toi qui disposes de la puissance des ombres ? Pourquoi est-ce toi qui es destinée à faire de grandes choses ? POURQUOI ?

Son dernier cri résonne encore autour nous quand il tombe brusquement à genoux, grimaçant et se tenant la poitrine comme si son cœur allait s'en échapper. En une fraction de seconde, ses yeux roulent dans ses orbites, un filet de bave se met à lui couler des lèvres et un gémissement rauque lui échappe. Je ne comprends pas ce qui lui arrive quand, à côté de moi, Callie fait un pas en avant. Puis un autre. Elle s'approche de lui, doucement, d'un pas souple, comme un chat jouant avec une souris qu'il est sûr de dévorer. À mon tour, je fais un pas en avant, animé d'un mauvais pressentiment.

— Callie.

Je me place à ses côtés et pose la main sur son bras, celui qui est toujours tendu vers Thull. Elle sursaute et me regarde comme si elle avait oublié qui j'étais.

— Arrête. Il n'en vaut pas la peine.

Pendant un court instant, j'ai peur qu'elle ne m'écoute pas. Je ne veux pas qu'elle s'abaisse à ça. Tuer un adversaire qui veut votre peau dans le feu d'une bataille, ce n'est pas pareil que tuer un homme qui se tient à genoux devant vous. Ça se rapproche bien plus de ce que les ombres l'ont forcée à perpétrer. Malgré tout ce qu'elle a pu faire ces derniers mois, elle n'est pas une meurtrière ni une tueuse de sang-froid.

Elle finit par hocher la tête et lâche Thull qui cesse de hurler, pantelant. Le silence nous entoure, seulement rompu par les halètements de Thull. Celui-ci a réussi à relever la tête et la foudroie du regard avec tellement de haine qu'à la place de Callie, n'importe qui reculerait. Au lieu de quoi elle redresse le menton et le toise comme si elle était une reine et lui un moins que rien.

— C'est juste que tu n'en étais pas digne, Thull. Voilà tout.

Je sais que la phrase de Callie a fait mouche car il blêmit et se remet à crier :

— Va en enfer !

Elle lui tourne le dos, me laissant seul face à lui, et j'entends distinctement ses mots alors qu'elle s'éloigne :

— Oh, j'y ai déjà fait un tour…

— Tout est ta faute ! hurle-t-il comme un dément, en pointant Callie du doigt. C'est à cause de toi ! Si tu n'avais pas donné le compas à Jackson… C'était à moi seul d'entrer dans la légende !

Il continue à vociférer des paroles absconses et, peut-être pour la première fois, je réalise vraiment à quel point il est atteint par la noirceur des ombres qu'il a invoquées. Je fais un nouveau pas en avant et agrippe Thull par les cheveux, pour lui redresser la tête. Ma lame se pose sur son cou dénudé mais il ne me regarde toujours pas. Ses yeux sont fixés sur un point derrière mon épaule, probablement sur Callie. C'est d'ailleurs à elle qu'il adresse ses derniers mots :

— Ma seule consolation, c'est que, quel que soit le stratagème que tu as trouvé pour les repousser, les ombres ne seront pas dociles longtemps. Elles te domineront bientôt, sale garce, ou la magie te dévorera et tu mourras, abandonnée par tous ceux que tu aim…

Un hoquet le secoue tandis qu'une gerbe de sang jaillit de sa bouche encore ouverte. Agilement, je m'écarte pour ne pas être souillé, retirant par la même occasion mon épée que j'ai plongée jusqu'à la garde dans sa poitrine. Les ombres en lui ne sont de toute évidence pas assez puissantes pour le protéger : Thull tombe au sol dans un bruit mat et, alors que son sang commence à former une flaque à mes pieds, je me détourne sans un regard. Que ses démons retournent en enfer, là où est leur place. Et qu'ils y emmènent Thull.

CHAPITRE 32
CALLIE

Ma seule consolation, c'est que les ombres te domineront bientôt, sale garce, ou la magie te dévorera et tu mourras, abandonnée par tous ceux que tu aimes…

Malgré tous mes efforts, les mots de Thull tournent encore dans mon esprit. En boucle. Ils font écho aux pires de mes cauchemars et j'ai envie de me frapper la tête contre les murs pour que ces pensées me quittent. À la place, je me penche sur le récipient rempli d'eau que Doug vient de m'apporter et je m'asperge le visage. Je me frotte sans douceur, comme si cela pouvait effacer le souvenir des dernières heures, puis, d'un geste rapide, je bois une fiole de potion qui maintient les ombres endormies. J'ai déjà pris mes deux doses aujourd'hui et elles ne se sont pas manifestées, ce qui me rassure.

Nous sommes de retour sur *L'Avalon* et nous avons levé l'ancre. Personne n'a beaucoup parlé depuis la mort de Thull et je n'ai pas demandé la permission avant de me retrancher dans ma cabine. Pas celle de Blake, mais la mienne. Celle que Bold m'a laissée. Il me semble que cela remonte à des années et, pourtant, c'était il y a à peine quelques mois.

Je jette un regard autour de moi. Apparemment, même pendant mon absence, Bold n'a pas dormi ici. Tout est exactement comme je l'avais laissé avant de partir pour le château de mon père.

Je pousse un long soupir.

J'ai failli tuer Thull. J'ai failli l'écarteler. Je m'étais promis de ne pas utiliser la magie sans raison valable et encore moins pour faire le mal, de ne pas céder à son appel, malgré cette sensation qui devient de plus en plus prégnante. Et je n'ai pas résisté. J'aurais pu le tuer dans d'atroces souffrances, sous les yeux de Blake et de tout l'équipage, alors même qu'ils pensaient que j'avais la situation sous contrôle.

On frappe à la porte derrière moi et, sans attendre ma réponse, Blake entre.

— Je te cherchais. Doug m'a dit qu'il t'avait apporté de l'eau ici.

Je ne dis rien. Un mètre nous sépare, et c'est à la fois trop et pas assez.

— J'avais besoin d'être seule un moment pour…

Il m'attire à lui, me coupant la parole. J'enfouis mon visage contre sa poitrine alors qu'il caresse mes cheveux.

— Avant que tu ne dises quoi que ce soit, Callie : tu n'as rien à te reprocher. Thull méritait bien pire que ce qu'il a subi.

— Je… J'ai peur que la potion ne fasse pas tout, je glisse. Oui, les ombres sont endormies, oui, elles ne font que murmurer de temps en temps au lieu de hurler en permanence, oui, je les contrôle. Mais… ces accès de rage, cette envie de violence, ce besoin de m'isoler… ça n'est pas moi. Ce sont elles. J'ai peur qu'elles ne finissent par m'aspirer, par me transformer en quelque chose d'aussi maléfique qu'elles…

— Ça n'arrivera pas, répète Blake. On sera là pour te ramener sur le droit chemin, comme toujours. C'est à ça que sert une famille, non ? Je serai toujours là. C'est aussi pour ça qu'il ne faut pas que tu t'enfermes dans cette cabine dès que tu te sens mal. Au lieu de ça, tu devrais exprimer ce que tu ressens, ajoute-t-il d'un ton qui se veut sérieux.

— C'est toi qui dis ça ? Tu es passé maître dans l'art du « faites ce que je dis, pas ce que je fais ».

Blake prend un air offusqué et, brusquement, c'est comme si quelqu'un avait ouvert les vannes. Je me mets à rire à en perdre haleine et Blake m'imite. Je ne sais même pas ce qui nous met dans cet état-là, mais ça fait un bien fou. La pression retombe d'un coup, toutes mes peurs, mes craintes, mes angoisses et l'horreur s'envolent. Il ne reste plus que Blake et moi, et notre incontrôlable fou rire. Je me sens tellement bien que je pourrais pleurer de soulagement. Au lieu de ça, je finis par me calmer et je me redresse en tentant de reprendre mon souffle.

— Ça va mieux ? me demande Blake.

— Oui. Beaucoup mieux.

— Et c'est exactement pour ça qu'il ne faut pas que tu restes seule, reprend Blake, satisfait.

Je déteste le laisser avoir le dernier mot alors, pour ne pas perdre la face, je me dresse sur la pointe des pieds, noue mes bras autour de son cou et l'embrasse à pleine bouche. Nous sommes interrompus par un nouveau coup sur la porte. Bold n'attend pas non plus de réponse avant d'entrer et lève les yeux au ciel en nous voyant enlacés.

— J'en étais sûr ! Tu me dis : « Je m'en occupe, attends-moi ici. » Alors j'attends. Dix minutes plus tard, toujours rien, alors je viens voir et je vous retrouve en train de vous embrasser ! Allez, contrôlez-vous un peu, les jeunes, et suivez-moi.

***

Nous sommes à peine arrivés sur le pont que mes jambes se mettent à trembler. Je ne suis pas vraiment surprise : une partie de moi s'y attendait, c'est le fameux contrecoup après chaque utilisation de la magie. Ma respiration devient laborieuse et je m'arrête pour m'adosser contre le bastingage. Je veux dissimuler ce moment de faiblesse, mais je n'ai soudain plus de force et m'effondre au sol. Ma vision se trouble, pourtant, au milieu de ce flou, je distingue tout l'équipage qui s'agite et les lèvres de Blake qui remuent.

Puis, aussi brusquement que ça a commencé, ça s'arrête. Je prends une grande inspiration, me redresse et contemple le cercle qui s'est formé autour de moi.

— Sacredieu, c'était quoi, ça ?

Blake semble partagé entre la colère et l'inquiétude. Il m'aide à me relever en m'interrogeant du regard. Je hoche la tête pour le rassurer : je vais bien. Je vais même très bien, comme s'il ne s'était rien passé. Il ne me lâche pas pour autant et, tandis que Bold renvoie tout le monde à son poste, il continue à me scruter.

Le regard d'Al est empli d'effroi.

— Je sais que j'étais le premier à te dire que ce n'était pas grave, que c'était fréquent après la magie, qu'il fallait que ton corps s'endurcisse et se fasse à l'effort… mais, Callie, ce n'est pas normal. Tu n'as pas utilisé beaucoup de magie, ce soir. Tu n'aurais pas dû réagir ainsi.

— Je sais, Al. Ce que je ressens, c'est… c'est violent. J'ai l'impression que toute mon énergie s'évapore d'un coup, toute ma force vitale me quitte un bref instant et mon corps peine à fonctionner normalement. On dirait presque que la magie sape… mon…

Mes yeux accrochent ceux d'Al. Il devient blême et secoue la tête, horrifié.

Et en un éclair, je comprends moi aussi. Je me repasse chacun de ces petits malaises. Je rassemble les indices, les informations, les signes…

— Oh, non, marmonne Blake. Vu vos têtes, je sens que je ne vais pas aimer.

Je suis trop sous le choc pour répondre. Je me laisse entraîner au réfectoire d'où Blake fait signe à deux de ses hommes de partir.

Les dieux soient remerciés, Al prend les choses en main. Je n'en aurais pas la force pour l'instant, j'ai besoin de rassembler mes idées.

— Au début, on pensait que ces malaises que faisait Callie étaient une réaction banale, un manque d'entraînement. Mais… par l'Océan, que je suis bête ! J'aurais dû le comprendre. Ton corps n'est pas assez fort pour alimenter la magie. Les ombres, la magie, la pression, le stress… ça commence à faire beaucoup…

— Mon corps est en train de perdre le combat.

Ma voix n'est qu'un murmure mais, dans le silence pesant qui nous entoure, je sais que mes amis n'ont pas pu louper ma confession.

— Et chaque fois que j'utilise la magie des ombres… ça m'affaiblit un peu plus.

Je voulais tellement que tout rentre dans l'ordre que j'ai fait bonne figure. J'ai pris sur moi. Mais le fait est que mes crises sont de plus en plus violentes et que le contrecoup dure de plus en plus longtemps. Je me sens fatiguée. Le genre de fatigue du corps que même une bonne nuit de sommeil ne parvient pas tout à fait à effacer. Je ne pense pas que mon organisme récupère totalement. Je pense qu'il ne peut pas fournir assez d'énergie pour alimenter la magie et que j'en paierai le prix un peu plus chaque fois.

Blake est debout devant moi, totalement immobile et silencieux. Son regard me transperce. Bold lui jette un œil inquiet avant de prendre la parole.

— Qu'est-ce que ça signifie concrètement ?

Je ne peux m'empêcher d'avoir un rire mauvais.

— Ça signifie que ma vie est une vaste plaisanterie ! Que maintenant que les ombres sont provisoirement neutralisées, quelque chose d'autre essaie de me tuer de l'intérieur !

Mes amis sursautent devant la violence de mon propos et je respire profondément pour me calmer.

— Al, est-ce que… est-ce tu crois qu'il y a une solution pour freiner le processus ?

— Tu pourrais arrêter d'utiliser la magie mais… ça risque d'être difficile. Elle est en toi, elle puise déjà ton énergie. Et elle risque de te venir de manière très instinctive.

— J'en ai déjà fait l'expérience, oui…

— Il faut quand même que tu essaies, Callie. On doit gagner chaque seconde possible avant…

Al bute sur les mots et c'est peut-être ce qui tire enfin Blake de son silence. Il a un mouvement d'humeur.

— Avant quoi ? Vous allez cesser de tourner autour du pot, à la fin ?

— Avant que… eh bien, à un moment, Callie n'aura plus assez d'énergie à fournir pour alimenter à la fois la magie et… son corps. Donc elle va… euh, s'affaiblir et…

Je sais que c'est à moi de le dire alors je respire à fond et achève sa phrase :

— Je pense que je vais finir par m'épuiser et… mourir.

CHAPITRE 33
BLAKE

— Je pense que je vais finir par m'épuiser et… mourir.

J'ai l'impression d'être le spectateur d'une mauvaise farce. Je ne parviens d'ailleurs pas à réagir depuis tout à l'heure et j'assiste à la conversation sans intervenir, sans même parvenir à tout appréhender. Mais cette dernière phrase me fait l'effet d'une gifle. Mon cœur rate un battement, puis un deuxième, un troisième… il me semble qu'il lui faut une éternité pour redémarrer et, quand il le fait, j'ai l'impression qu'il va jaillir de ma poitrine pour s'écraser par terre, aux pieds de Callie.

Qu'est-ce que j'ai bien pu faire aux dieux pour qu'ils me haïssent à ce point ? Je ne suis pas un saint, mais de là à ce que le sort s'acharne contre moi ainsi ? Contre nous ? Callie n'a-t-elle pas assez souffert, elle aussi ? Non, aux ombres maléfiques, il faut ajouter une magie qui, à plus ou moins long terme, va la tuer.

Je respire rapidement pour essayer de contenir ma fureur et d'effacer ce brouillard noir qui m'entoure soudain. J'ai envie de casser quelque chose, de hurler, d'enlacer Callie et de fuir loin, très loin, là où tous nos problèmes s'évanouiront… Mais ce n'est pas possible. Il n'y a pas d'endroit où nos problèmes disparaîtraient comme par magie. Notre problème, c'est justement la magie.

Le silence s'éternise, Callie refuse de croiser mon regard et, alors que je suis sur le point de craquer et de me mettre à crier, Bold prend la parole d'un ton calme et posé qui me fait immédiatement du bien.

— Ne vous méprenez pas : j'apprécie la tension dramatique que cette annonce a jetée, mais ça n'a pas de sens. Les insulaires utilisent la magie toute leur vie, Al, tu l'utilises depuis des années ! Et tu vas très bien !

— C'est un cas différent, répond notre sorcier. La magie que nous utilisons est autour de nous. Elle est naturelle. Celle de Callie est en elle. Elle vient d'anciens sorciers morts et elle… est tout sauf naturelle.

— Vous êtes sûrs de vous ? demande Glenn, tremblant.

— On n'a aucune certitude. Mais c'est… plausible. C'est même fort probable.

Callie semble presque résignée, je perçois néanmoins le tremblement de sa voix et je devine qu'il n'en est rien. Pendant quelques minutes, ils se relaient avec Al pour nous expliquer la situation. Ils nous parlent de la manière dont elle utilise la magie, de la facilité avec laquelle ça lui vient. J'apprends qu'elle a fait une crise particulièrement violente l'autre jour après la bataille et cela me met brièvement en colère. J'aurais dû être au courant. Pourtant, c'est du Callie tout craché : forte, indépendante et prête à tout pour protéger ceux auxquels elle tient.

Peu à peu, leurs explications prennent sens et je suis bien obligé de reconnaître que tout ça est cohérent. Quelque chose se bloque dans ma poitrine et se tord dans mon ventre, mais je dois me rendre à l'évidence : la magie en Callie est en train d'aspirer son énergie, de la dévorer de l'intérieur. Et moi qui croyais que la potion contre les ombres signait la fin de la guerre ! Comme je me trompais !

Ce n'était qu'une bataille de gagnée dans une guerre sans fin.

C'est assez ironique, quand on y pense. J'ai passé ma vie à chercher comment accéder aux Confins et, quand j'obtiens enfin la Carte, je réalise qu'elle n'a aucun intérêt sans Callie. Et pile quand la jeune fille parvient à endormir les ombres qui la menaçaient, voilà qu'un autre danger lui tombe dessus. Je crois que le destin a un drôle de sens de l'humour... Je n'ai toutefois pas le cœur à en rire.

— Mais ton père... il a bien survécu des années avec les ombres en lui ? avance Glenn d'une voix incertaine.

— On ne réagit pas tous de la même manière à la magie, répond Al. Et il avait accepté les ombres. Même avec l'aide de la potion, le corps de Callie lutte contre elles.

Ce n'est pas encourageant, mais ça n'est pas non plus dans mon caractère de baisser les bras, peu importe les obstacles qu'on s'amuse à dresser sur mon chemin. Leurs regards se fixent sur moi mais je n'ai d'yeux que pour Callie.

— Ça ne sera peut-être pas facile, mais il faut que tu arrêtes d'utiliser la magie.

— Ça ne réglera pas tout, Blake, soupire Al. Et même si Callie fait tout ce qu'elle peut pour éviter de pratiquer la magie, ça peut lui échapper, d'autant plus qu'elle se trouve très souvent en situation d'urgence... On ne sait pas à quelle vitesse la magie peut te... t'affaiblir. Évidemment, ne pas l'utiliser doit aider, mais je doute que cela suffise.

Le silence retombe. Je vais devenir fou, si cela dure : ça me laisse trop de temps pour penser à tout ce qui se passe alors qu'on se regarde tous d'un air maussade. Car, pendant que nous parlons pour ne rien dire, la magie agit. Et tue Callie à petit feu. Je ne peux pas en supporter l'idée.

Brutalement, je pose mes deux mains à plat sur la table, renversant tout ce qui s'y trouvait. Je baisse la tête, serre les poings jusqu'à m'en faire mal et me mets à trembler malgré moi. Je commence à voir trouble. J'ai besoin de me dépenser. J'éprouve de nouveau ce besoin de crier, de casser quelque chose, de frapper quelqu'un peut-être... Je fais volte-face, pas très sûr de ce que j'ai choisi de faire.

Une main douce se pose sur mon bras et je m'arrête net.

Les yeux de Callie sont deux puits verts, clairs et lumineux, et ils repoussent les ténèbres qui menaçaient de m'engloutir. Elle ne dit rien, ne sourit même pas. Elle se contente de me regarder, sa main posée sur mon bras, comme si c'était tout ce qui comptait. Peu à peu, ma respiration s'apaise et ma vision s'éclaircit. Mon cœur bat plus calmement. Je lâche un soupir et desserre les poings.

À ce moment seulement je me rends compte que tout le monde me dévisage. J'achève de me reprendre et, sans lâcher sa main, poursuit notre conversation comme si de rien n'était :

— La situation n'est pas brillante et c'est l'euphémisme du siècle. Mais tout n'est pas perdu.

Cette fois, Callie sourit.

— Je savais que tu dirais ça.

— Parce que je suis prévisible ?

— Parce que tu es le capitaine Blake Jackson, que tu trouves toujours une solution et qu'on a tous besoin de ton optimisme pour s'en sortir.

Mes amis approuvent bruyamment et je hoche la tête, un peu amusé.

— Je croyais que je devais travailler ma modestie ? je glisse à Callie. Ce n'est pas ce que tu m'avais dit ?

Elle hausse les épaules.

— Je crois que je vais plus avoir besoin de ta confiance en toi que de ta modestie.

— Possible, je marmonne.

Puis je relève les yeux vers mes amis.

— De toute façon, on a toujours su que la potion n'était qu'une solution temporaire. Donc, on va entrer dans les Confins comme prévu et trouver comment libérer Callie de l'emprise des ombres. C'était le plan depuis le début et il n'y a pas de raison que ça change. Disons qu'on devra juste… être un peu plus rapides.

Tout le monde acquiesce, comme si c'était simple. Je sais qu'il n'en est rien et que les choses peuvent nous exploser au visage bien plus vite prévu. Nous sommes toutefois devenus experts dans l'art de pousser les sujets difficiles dans un coin pour feindre que tout va bien. C'est presque devenu notre activité préférée. Je ne sais pas ce que ça dit sur nous, mais je doute que ça soit très bon…

CHAPITRE 34
CALLIE

La vie de pirate n'est pas toujours ce qu'on imagine. Contrairement aux clichés des continentaux, aucun des pirates que je fréquente ne sent particulièrement mauvais, ils ont toutes leurs dents, ils ne sont pas aussi superstitieux qu'on pourrait le penser et ils ne passent pas leur temps à se battre entre eux. Autre exemple : je fais partie intégrante de l'équipage et, pourtant, je suis actuellement appuyée contre la balustrade et, à part prendre le soleil, je ne fais absolument rien. De quoi casser bien des mythes.

Depuis quelques jours, *L'Avalon* fait voile vers l'est et Blake estime qu'il nous faudra une petite semaine pour rejoindre la barrière de corail qui marquera une première étape. Pendant que tout le monde s'agite pour que le navire puisse avancer le plus vite possible, je me contente de regarder les autres travailler et je cultive ce sentiment d'inutilité qui croît en moi. J'en ai profité pour me renseigner sur cette fameuse barrière vers laquelle nous voguons en consultant certains ouvrages que j'ai trouvés dans la cabine de Blake ainsi qu'une ou deux de ses précieuses cartes.

La barrière de corail se trouve à l'extrême est de notre monde et, sur toutes les cartes, elle en marque la fin. Nous nous en sommes pas mal approchés quand nous sommes allés sur l'île de la Sorcière, mais nous étions alors plus au sud : l'étude des cartes m'a appris que, cette fois-ci, nous sommes bien plus au nord, plus près de l'Archipel des Lacs. Même si je sais que Blake ne compte pas l'utiliser et préfère emprunter une route de son choix, j'ai aussi repéré ce qu'on appelle le Détroit des Morts, un nom très engageant pour désigner l'un des seuls passages connus pour franchir la barrière en évitant le naufrage.

Pas étonnant. Peu de marins s'aventurent aussi près de la barrière car elle est réputée pour être dangereusement traître. Composée d'une multitude de récifs flottants, il est fréquent d'y faire naufrage. Et même ceux qui parviennent à surmonter les obstacles ne sont pas tirés d'affaire.

Les eaux sont différentes après la barrière. Plus agitées, plus changeantes et beaucoup plus dangereuses. Seuls les pirates s'y risquent de bon cœur : c'est derrière la barrière que beaucoup d'entre eux, à l'instar de Blake, ont leurs repères. On parle même d'une île qui, jadis, a abrité la Confrérie des Pirates, du temps où ceux-ci formaient une flotte soudée. Cela fait bien longtemps que cet ordre utopique s'est dissout de lui-même et je ne sais pas si l'île existe vraiment ou s'il reste des bâtiments jadis construits. Quoi qu'il en soit, rares sont ceux qui désirent franchir la barrière… et rares sont ceux qui y parviennent. Je ne m'inquiète toutefois pas. Blake sait ce qu'il fait et, le connaissant, il peut probablement éviter les écueils et passer cet obstacle les yeux fermés.

Du coin de l'œil, je l'aperçois justement et me jette sur lui pour le supplier sans préambule :

— Je t'en prie, donne-moi quelque chose à faire !

— On en a déjà parlé, me dit-il en croisant les bras. Il est hors de question que tu remettes un pied là-haut. C'est beaucoup trop dangereux.

— Je vais bien !

J'agrémente mon cri d'un grand geste vers le ciel pour montrer à quel point je suis désespérée de devoir le répéter, mais mon talent de comédienne ne semble pas impressionner Blake.

— Je n'ai pas utilisé la magie depuis que nous avons affronté Thull. Je ne me sens pas faible, je n'ai pas de migraine et je vois clair.

— Doc dit que, le mieux, c'est que tu te reposes pour essayer de contrer les effets de la magie. Et même si tu te sens bien maintenant, tu ne sais pas quand ça peut te prendre. Tu te souviens quand tu es sortie du manoir du duc ? Une seconde tu allais bien, l'autre tu perdais connaissance. Imagine qu'il t'arrive la même chose quand tu es tout en haut du grand mât ? Hein ? Je ne serais pas toujours là pour te rattraper, ma vieille !

Je marque un temps de surprise.

— « Ma vieille » ? je répète, amusée.

— Oui, ça sonne bizarrement, reconnaît Blake en fronçant les sourcils, mais j'essaie de gagner la dispute et je trouve que ça fait son petit effet.

J'abdique avec un soupir :

— D'accord, je ne remonte pas. Mais tu dois bien avoir autre chose à me faire faire ! Je serais même prête à nettoyer le pont, c'est dire !

— Effectivement, si tu en es là…

***

Il me charge d'aider Doug dans ses tâches quotidiennes. Le garçon est en pleine forme grâce aux soins que Doc continue de lui prodiguer, mais il assure qu'il est encore trop tôt pour lui greffer une jambe de bois qui lui apporterait un peu de stabilité et plus de mobilité.

— La plupart des pirates qui perdent un membre se jettent sur une prothèse comme si c'était la solution à tous leurs problèmes, mais c'est faux. Si la plaie n'est pas saine, la blessure peut se rouvrir et les conséquences peuvent être terribles, m'a dit le médecin quand je l'ai interrogé à ce sujet, il y a de cela quelques jours.

Comme il ne viendrait à l'idée d'aucun d'entre nous d'aller contre l'avis expert de Doc, Doug continue à clopiner sur le pont et le long des coursives.

Je me rends vite compte qu'il se débrouille très bien tout seul. Peut-être est-ce parce qu'il est jeune et qu'il a une capacité d'adaptation plus importante, en tout cas ses gestes ne sont jamais ralentis par l'absence de son membre. C'est impressionnant de le voir s'agiter entre les plats et les étagères remplies de vivres. C'est sans doute le plus jeune maître coq qu'on ait jamais vu et il est diablement efficace !

Tandis que je l'aide à préparer le repas du soir, nous parlons de tout et de rien. Je n'ai jamais été assignée aux tâches ménagères à bord de *L'Avalon*, à moins qu'on ne considère que laver le pont en fasse partie. Je suis donc totalement ignorante de bien des choses, ce qui me fait un peu honte. Doug se fait un plaisir de combler mes lacunes et je bois chacune de ses paroles.

Il me montre où se trouvent les réserves, dans une pièce immense à côté des cales.

— Elle est fermée à clé la plupart du temps. Il n'y a que le capitaine, Bold et moi qui y avons accès, ajoute-t-il fièrement.

Il sort une clé de sa poche et commence à m'expliquer comment tout est rangé. Les denrées fraîches, à consommer tout de suite, sont près de la porte et, plus on s'enfonce dans la pièce sombre, plus on trouve des aliments à conserver sur la durée. Je remarque une porte au fond et interroge Doug.

— C'est la pompe de *L'Avalon*, celle qui dessale l'eau de mer.

Blake a effectivement eu l'occasion de m'expliquer que, du temps de son arrière-grand-père, *L'Avalon* avait accueilli à son bord un inventeur particulièrement doué. Celui-ci avait mis au point des innovations incroyables qui contribuaient à faire du navire une merveille de technologie. Un système de canalisation à bord qui permettait, entre autres, à la baignoire du capitaine de se remplir toute seule ; des canons légers, faciles à manœuvrer, efficaces et rapides à tirer et, bien sûr, le plus grand avantage fourni au navire : sa pompe qui permettait d'avoir toujours de l'eau douce pour hydrater ses marins. Une invention des plus précieuses.

Doug et moi passons le reste de l'après-midi à faire le tri sur les étagères, parmi les bocaux et les tonneaux et à organiser les réserves. Notant ce que Doug me dit, j'établis une liste de nos vivres. D'autres hommes nous rejoignent et s'occupent de saler la viande puis, plus haut sur les ponts, de faire de la place aux animaux qu'on a embarqués lors de notre dernière escale. Leur présence m'a d'abord surprise, mais Doug m'explique que c'est de coutume lorsqu'un navire part pour une longue période. Des chèvres et des poules demandent peu de travail et permettent d'avoir des produits frais plus longtemps. Les premiers jours, j'ai trouvé ça très étrange de voir des poules déambuler le long des coursives et s'aventurer sur le pont, mais l'idée n'est somme toute pas mauvaise. Du moment qu'on ne me demande pas de traire les chèvres…

CHAPITRE 35
CALLIE

Il faut cinq heures de concentration et de manœuvres à Blake pour nous faire franchir la barrière de corail, et je n'ai aucun mal à croire que c'est un exercice où la plupart des marins se cassent les dents. Entre les courants et les récifs, j'ai bien cru que *L'Avalon* allait faire naufrage à plusieurs reprises. C'était compter sans le talent de notre capitaine.

S'apercevant que j'ai les yeux fixés sur lui, il hausse un sourcil à mon intention. D'un geste du bras, il essuie la sueur qui macule son front et m'adresse un sourire.

— Impressionnée ? dit-il simplement.

— Pas tant que ça, je mens.

Bold donne une tape sur le bras de Blake et lui ordonne d'aller prendre du repos.

— Colton peut tout à fait assurer le reste du chemin jusqu'à l'île. Toi, tu vas aller dormir pour être en forme quand on accostera.

— Bold, pour la millième fois, tu n'es pas censé me donner d'ordres, soupire Blake. Je suis le capitaine…

Pourtant, il s'exécute, preuve qu'il est bel et bien fatigué. Il fait quelques pas pour descendre du gaillard d'arrière et je le suis. Brusquement, il se tourne vers moi.

— Tu viens avec moi ? me demande-t-il d'un air innocent.

— Si je viens, je doute que tu trouves le sommeil.

— C'est tout l'intérêt…

— Bold n'a pas tort, il faut que tu te reposes.

— Vous êtes si raisonnables, tous les deux, c'en est presque rabat-joie, soupire Blake.

— Il faut bien compenser ton manque flagrant de conséquence, je lui rétorque.

Quelques heures plus tard, nous arrivons en vue de l'île. Aussitôt, je lâche les voiles que je m'évertuais à recoudre pour grimper dans les cordages.

L'île est de taille moyenne, avec des montagnes escarpées dont les flancs sont couverts de forêts denses. De minuscules îlots l'entourent, formant une couronne autour d'elle. Malgré cette particularité, rien ne la distingue des autres îles que nous avons croisées jusque-là. Colton navigue avec adresse à travers les îlots et, très vite, nous nous enfonçons dans une baie abritée des regards, cachée par la végétation luxuriante. Il faut vraiment savoir qu'elle est là pour s'y engager et c'est sans doute le but. Lorsqu'un ponton se dessine devant nous, je redescends et me trouve face à Bold qui donne des ordres à l'équipage :

— Une fois que vos tâches sont accomplies, vous avez quartier libre. Soûlez-vous, jouez vos gains aux cartes, peu importe. Mais je vous veux frais et dispos demain matin. On a beaucoup de travail à faire avant de pouvoir voguer vers les Confins.

Les hommes crient leur assentiment et commencent à s'agiter. Bold se tourne vers moi et me fait signe d'approcher.

— Tu veux que j'aille réveiller Blake ? je lui demande.

— Non, Glenn s'en charge. Si c'est toi qui y vas, ça risque de prendre deux heures, le temps que vous roucouliez.

Je rougis et il reprend avant que je n'aie le temps de protester :

— C'est la première fois que tu mets un pied sur l'île et, te connaissant, je suis sûr que tu as des milliers de questions.

— Tu me fais faire le tour du propriétaire ? je réponds, oubliant aussitôt sa pique.

— Blake me tuerait si je lui ôte ce plaisir, mais je peux t'en donner un avant-goût.

Comme je l'ai appris, cet espace après la barrière a toujours plus ou moins été le territoire des pirates. Et, logiquement, les plus grandes familles y ont établi leur repaire, l'endroit où ils entreposent leur butin et se réfugient s'ils ont besoin d'un temps de répit. Pour un pirate, après son navire, c'est ce qui s'approche le plus d'une maison. La famille Jackson dispose d'une île entière, et ce depuis des générations.

Quand je demande à Bold s'il n'est pas un peu risqué de faire escale ici, au milieu des territoires pirates, il me répond qu'on ne risque rien. Tous les pirates ont juré sur l'Océan que ce lieu serait neutre. On peut affronter les navires qu'on y croise, mais attaquer une île qui appartient à un autre équipage est strictement interdit par le code d'honneur. Cette île appartient à Blake et personne ne se risquerait à l'attaquer ou à s'y introduire pour voler son butin, ce qui explique qu'il puisse la quitter en y laissant ses trésors sans surveillance. Cela paraît aberrant, mais je connais assez les pirates et leur sens de l'honneur pour y croire.

Bold m'explique ensuite que l'île dispose d'un atelier pour effectuer toutes les réparations dont *L'Avalon* pourrait avoir besoin mais aussi d'un fort, habilement caché sur un côté de la montagne. Ce fort héberge les pirates lors de leurs escales et recèle de nombreux trésors : une armurerie bien fournie, des lits moelleux et, naturellement, les salles souterraines où se trouve le trésor de Jackson. Comme tout bon fort de pirate, il est facilement défendable et truffé de passages secrets pour s'en échapper ou prendre d'éventuels assaillants à revers.

— Je croyais que ça ne pouvait pas arriver, je fais remarquer. Puisque aucun pirate ne doit attaquer le repaire d'un autre...

— Que veux-tu que je te dise ? Les architectes étaient méfiants ? Ils ont décidé de se faire plaisir malgré tout ?

Il hausse les épaules puis m'explique comment les choses s'organisent : nous allons d'abord préparer ce qui doit être descendu à terre. Les jours suivants seront consacrés à la remise en état de *L'Avalon*.

— Il n'a pas subi de gros dommages récemment, ça ne devrait donc pas être trop long. Il faudra lui remettre un petit coup de frais et s'occuper en profondeur de ce qu'on fait de manière bien trop superficielle quand on est en mer.

Je hoche la tête, tout en emmagasinant les informations. Bold me parle sécurité, coordination et détails techniques pendant de longues minutes. C'est très instructif et j'adore en apprendre autant sur mes pirates, mais je ne peux m'empêcher de me demander pourquoi il est aussi précis. J'ai l'impression que beaucoup des informations qu'il me donne sont des choses que seul le second est censé savoir. Je suis toutefois bien trop curieuse pour lui faire remarquer qu'il ne suit pas tout à fait la hiérarchie à bord, et je bois ses paroles.

Lorsqu'il a fini de me révéler les secrets de l'île, il me demande d'aider les hommes à préparer la descente. Je m'exécute de bonne grâce, ravie qu'on me laisse participer. Il fait chaud et humide, comme dans une jungle, et je ne tarde pas à être en nage. Je songe avec plaisir au bain que je prendrais ce soir, quand Blake se plante devant moi, un sourire mutin aux lèvres. Méfiante, je lui demande :

— C'est ta petite sieste qui te fait sourire comme ça ?

— Non. Je me demandais juste…

Il marque une pause pour ménager son effet avant de reprendre :

— Êtes-vous prête à découvrir notre butin, moussaillon ?

Je comprends mieux la lueur dans ses yeux et je suis aussitôt aux aguets. Je n'ai jamais été cupide et j'ai très vite appris que tout l'argent du monde ne garantit pas le bonheur. Merci papa pour cette leçon. Néanmoins… qui ne serait pas curieux de voir le trésor d'un pirate ?

— Ça fait presque deux ans qu'on n'est pas repassés par ici. Il va nous falloir un peu de temps pour transférer le butin qu'on a amassé, et on aura besoin d'aide.

— Ah bon ?

Blake me toise, suspicieux, et je me compose rapidement un air innocent qui ne le trompe pas une seule seconde.

— Tu as trouvé les cachettes, soupire-t-il. Allez, dis-moi laquelle ? Et quand ?

— Environ deux semaines après mon arrivée à bord, j'avoue. Quand je dormais au pont inférieur avec les hommes. Enfin, quand ils m'empêchaient de dormir avec leurs ronflements…

— J'en étais sûr. Du coup, tu fouinais dans le navire…

— Oui, capitaine. J'ai trouvé la cachette qui est sous l'escalier, celle de la trappe près de la poupe et celle sous le gouvernail. Cette dernière m'a donné du fil à retordre, il y a toujours quelqu'un à la barre.

— C'est pour ça que c'est l'endroit idéal marmonne Blake. Enfin, en théorie.

— Ah, et bien sûr, il y a celle de ta cabine. Je n'ai pas pu la vérifier avant un moment mais c'est la plus évidente. Et la moins fournie.

— Je savais que c'était une mauvaise idée d'intégrer une voleuse à l'équipage. Et l'inviter dans mon lit… la pire de toutes !

Je lui adresse un sourire lumineux.

— Je n'ai rien volé, promis ! De toute façon, il n'y avait pas grand-chose d'intéressant.

Contre toute attente, Blake sourit et je plisse les yeux.

— Tu n'as pas l'air vexé par mes remarques, ô grand pirate cupide… Tu me caches quelque chose.

— Il se peut que, malgré tes talents certains, ô petite voleuse pleine de ressources, tu n'aies pas trouvé la dernière de mes cachettes, fanfaronne-t-il en me faisant signe de le suivre.

— Je suis touchée de voir que j'ai enfin mérité ta confiance !

— Ne prends pas cet air satisfait, sans quoi je pourrais changer d'avis… me prévient Blake.

— Je pense l'avoir mérité ! Je ne t'ai jamais rien volé !

— Oh, Callie, comment peux-tu dire ça ? dit Glenn qui passe à côté de nous. Évidemment, que tu nous as volé quelque chose… Le cœur de notre capitaine !

Blake lève les yeux au ciel et encourage Glenn à poursuivre son chemin, et je commence à avoir des soupçons lorsque nous descendons encore d'un pont. Mais lorsque Blake passe par la trappe qui mène aux cellules dans les cales, je sais que j'ai visé juste.

— C'est une blague, n'est-ce pas ?

Il s'arrête devant la cellule qui m'a accueillie à mon arrivée. Il ouvre la grille et, sur une révérence sarcastique, m'invite à entrer.

— C'était là, depuis le début ? Tu m'as enfermée au-dessus de ta plus grande cache ?

— Parfois, les choses les plus évidentes sont juste sous notre nez et on ne les voit pas, répond-il avec ce sourire arrogant dont je raffole.

— Tu en sais quelque chose, je marmonne en regardant alentour.

Le plafond de la cale est si bas que Blake doit courber la tête pour passer, mais sa position inconfortable ne l'empêche pas de m'adresser un clin d'œil avant de désigner une trace au sol. Sous le pentacle que nous avons tracé, il y a comme une encoche. Je soupire et m'accroupis pour soulever la trappe. J'ai besoin de l'aide de Blake qui soulève le bois épais comme s'il s'agissait d'une brindille puis je me penche en avant et écarquille les yeux.

Des monceaux d'or et de pierres précieuses scintillent, reflétant le peu de lumière qui parvient jusqu'ici. Il y a aussi des malles, des statues, des sacs de riches tissus, des tonneaux contenant probablement des épices, des armes dorées, des parchemins soigneusement enroulés… Et je ne vois qu'une infime partie de la pièce que Blake vient de me révéler. Je me tourne vers lui, ébahie.

— Il y a une double cale, me dit-il, toujours souriant et apparemment ravi de son effet. Et elle est bien remplie. Alors oui, ça va nous prendre un petit moment pour décharger tout ça.

***

Une journée complète et la moitié de la nuit. Voilà le temps qu'il faut pour vider la cale, et tout l'équipage est mobilisé. Je ne peux même pas estimer la fortune qui me passe entre les mains durant ces heures, combien de lingots je touche, combien de pierres précieuses j'effleure. Tout est sorti de *L'Avalon* et transporté sur l'île, dans une nouvelle cachette.

— Il va falloir remplir une troisième salle, dit Bold à Blake, en revenant vers nous tandis que je regarde les hommes transporter les derniers trésors.

Je me tourne vers eux.

— Mais qu'est-ce que vous allez bien pouvoir faire avec tout cet or ?

— On va déjà partager le butin le plus récent en parts égales pour tout le monde. Ensuite, on va le stocker là, au cas où on en aurait besoin.

Ça me dépasse. Je sais que les pirates aiment l'or et tout ce qui brille, mais, naïvement, j'ai toujours pensé qu'ils en avaient l'utilité. Une partie doit servir à l'entretien du navire et aux ravitaillements, mais le reste… ? Un peu sonnée par cette prise de conscience, je me contente de suivre le mouvement en silence, tandis que Blake remonte un chemin de terre d'un pas dansant, aussi excité et impatient qu'un gamin.

— Tu vas voir, c'est énorme. Je suis sûr que ça va te plaire.

Nous marchons environ cinq minutes avant d'arriver devant le fort. Pour être honnête, l'extérieur ne paie pas de mine. Creusé à même la montagne, on distingue à peine quelques ouvertures dans la roche et on voit clairement qu'il a été construit pour être pratique, sans aucune considération esthétique. Nous passons une porte plus épaisse que moi et débouchons dans un hall rond, surmonté d'une coursive qu'un escalier en bois permet de rejoindre.

— Au rez-de-chaussée, il y a une salle commune, une cuisine, un dortoir pour les hommes et une armurerie, me dit Blake avec un geste en direction des pièces qu'il mentionne. Au premier, ce sont les quartiers du capitaine et de son second. Le plus intéressant est au sous-sol.

Nous nous avançons vers l'escalier et Blake me désigne une porte dérobée. Pour l'heure, elle est ouverte mais, fermée, sur le mur de pierre, je doute qu'on la remarque aussi facilement. Nous la franchissons puis marchons pendant de longues minutes. Nous passons plusieurs couloirs, tournons tant de fois que je perds totalement mon sens de l'orientation. Tout ce dont je suis sûre, c'est que nous descendons car le sol est en pente douce. J'imagine que le côté tortueux et labyrinthique est voulu pour tromper l'ennemi, mais Blake n'hésite pas une seule seconde. Tandis que nous nous enfonçons toujours plus profondément dans la montagne, des bruits caractéristiques me parviennent. Nous finissons par déboucher sur une grande salle que des membres de l'équipage sont en train de remplir des trésors qui étaient encore à bord quelques heures plus tôt.

Blake me prend par la main et me fait avancer jusqu'à une paroi de pierre que rien ne distingue des autres. Alors qu'il appuie à un endroit précis, une porte s'ouvre. S'emparant d'une torche, Blake la franchit, m'entraînant à sa suite. Nous laissons les hommes dans la pièce derrière nous et, très vite, le silence retombe. La pièce est plongée dans le noir et je ne vois absolument rien, jusqu'à ce que Blake allume d'autres torches, fixées aux murs. Alors qu'il embrase la dernière et pose celle qu'il portait sur le sol de terre battue, mon cerveau accepte enfin de traiter les informations qu'il a sous les yeux.

Je me tiens devant le butin des Jackson.

Des générations de pirates ont écumé les océans, volé et pillé pour remplir cette salle, si grande qu'on n'en voit pas le bout. De tous les côtés, ce ne sont que pierres précieuses, lingots d'or, malles regorgeant de richesses. Et, partout, des pièces. Des montagnes et des montagnes de pièces, plus de pièces que je n'en avais jamais vu ou que je n'aurais pensé en voir un jour.

Je reste un temps silencieuse, tournant sur moi-même pour mieux appréhender ce qui se trouve là. Puis je lâche un sifflement qui résonne étrangement dans l'immensité des lieux.

— C'est… Je n'ai même pas les mots.

— Je sais, dit Blake, pas peu fier.

J'observe encore les montagnes d'or pendant un moment avant de me tourner vers lui, les mains tendues devant moi.

— Je vais faire de mon mieux, mais la tentation est grande. Tu ferais mieux de me surveiller cette nuit, des fois que je fasse une crise de somnambulisme et ne résiste pas à l'idée de te voler une partie de ton trésor juste sous ton nez, même si c'est un piètre défi.

C'est toujours ce que j'ai préféré dans le fait de voler. Pas la valeur des objets, mais le défi que ça représentait. Voler quelque chose à Blake alors qu'il m'a lui-même introduite dans son repaire n'aurait aucune valeur, mais je dois avouer que ces montagnes d'or me font un peu tourner la tête.

— Oh, tu peux prendre ce que tu veux, répond Blake avec un geste de la main.

— Pardon ?

— Callie, en ce qui me concerne, tout ce qui est à moi est à toi… donc, sers-toi, si ça te fait plaisir.

Il dit ça d'un ton tout à fait naturel mais je le regarde, bouche bée.

— Je ne t'ai jamais imaginée aimant les bijoux précieux et les parures clinquantes, mais si ça t'intéresse, il y a tout…

Je l'interromps en me jetant à son cou avec tant de force qu'il recule de quelques pas. Ses bras se nouent autour de ma taille et il sourit.

— C'est de savoir que ce trésor est aussi le tien qui te met dans cet état ? Tu es donc aussi cupide qu'un pirate…

— Non, idiot. C'est de savoir qu'un capitaine pirate, avide d'or et de gloire, peut renoncer à une partie de son butin. Pour moi.

— Je croyais avoir été clair, pourtant, dit-il en promenant sa bouche près de mon oreille, provoquant des frissons dans tout mon corps. Il y a beaucoup de choses auxquelles je renoncerais pour toi.

Je relève les yeux et incline la tête vers lui.

— Tout est à toi, Callie. Depuis le début et jusqu'au bout.

Je sais qu'il ne parle pas que de biens matériels et, un court instant, je crains de fondre en larmes. Ce sont les mots que j'ai toujours rêvé d'entendre, les mots qui comblent le gouffre en moi, ce gouffre creusé par l'abandon et la solitude. Mais les larmes ne sortent pas. À la place, je m'empare de lèvres de Blake et l'embrasse, encore et encore.

— Et *L'Avalon*, alors ?

Un grognement rauque lui échappe.

— N'exagère pas, tout de même…

CHAPITRE 36
BLAKE

J'aurais bien regardé Callie déambuler au milieu des salles remplies d'or, mais d'autres tâches m'attendent. Mes hommes finissent de débarquer notre trésor tandis que je regagne la surface. Je laisse Bold s'occuper de la répartition du butin et dresse une liste mentale de toutes les choses à accomplir. Mes hommes s'activent déjà à placer *L'Avalon* sur la cale sèche qui permettra de nettoyer et vérifier l'état de la coque. Une autre équipe vérifie chaque mât, voile, cordage et poutre du pont ou du bastingage. Ils savent ce qu'ils font et je leur fais confiance. Nos réserves sont déjà bien pleines et nous trouverons sur l'île de quoi renflouer tout ça. Doc a ses propres stocks dans le fort et l'armurerie dispose de tellement d'épées que nous n'aurions pas assez de bras pour toutes les brandir. Il en va de même pour la poudre. Tout cela ne devrait pas poser problème. Nous serons prêts pour les Confins, c'est sûr.

***

Après des heures à travailler à bord, je rejoins le fort. Callie, très concentrée, aide Bold à tenir les comptes et à distribuer leur part du butin aux hommes. Je souris en voyant mon second la chaperonner, comme si elle était une apprentie en formation. Je n'ose les déranger, alors je monte l'escalier et passe la porte des quartiers du capitaine.

Cela fait bien longtemps que je n'y ai pas mis les pieds, pourtant tout est semblable à mes souvenirs. Une pièce de taille moyenne, rendue chaleureuse par les tentures aux murs et l'immense cheminée dans un coin. Une table imposante qui prend toute la place, des chaises et des livres partout. Deux portes donnent sur une salle d'eau avec une baignoire creusée que Callie va adorer et sur une chambre seulement meublée d'un lit que je sais être presque aussi confortable que celui de ma cabine à bord de *L'Avalon*. Je devine que Doug est passé par là car les draps ont été tirés et la poussière a été faite.

Le soir même, après avoir partagé un repas avec mes hommes dans la grande salle, je me retire dans mes appartements en compagnie de ce que Callie appelle « mon petit cercle d'intimes ». Bold, Glenn et Al sont assis autour de la table et boivent un dernier coup avant d'entamer une nuit de repos bien méritée. Évidemment, Callie est là, elle aussi. Sans surprise, elle n'a pas été tentée par les bijoux de mon trésor, en revanche, elle s'est trouvé une nouvelle arme. Un long poignard a rejoint la dague sertie d'une émeraude que je lui ai donnée il y a bien longtemps.

Callie détaille les livres avec attention. La voir évoluer dans un cadre si différent de celui de *L'Avalon* me procure une sensation étrange. Un bref instant, je m'imagine ce que ce serait de vivre avec elle, loin de la mer. Dans d'autres circonstances, nous pourrions avoir une vie normale, tous les deux, où nous… Par l'Océan, que font les gens qui mènent une vie normale ?

Callie me tire de mes rêveries insensées :

— Alors, quel est le programme, maintenant ?

Il y a une pointe d'excitation dans sa voix et je souris. Je ne pourrais pas vivre ailleurs que sur la mer, même pour Callie, et mon petit doigt me dit qu'elle n'en aurait pas très envie non plus.

— J'estime qu'il nous faudra deux jours pour venir à bout de toutes les tâches qu'on a à effectuer, répond Bold.

Nous partirons le plus vite possible, car je ne risque pas d'oublier que le temps nous est compté : j'ai presque l'impression d'avoir une horloge qui égrène les secondes dans ma tête.

— Nous nous lançons dans l'inconnu...

— Ah oui, justement ! coupe Al en se levant brusquement.

Avant qu'on ne puisse ajouter quoi que ce soit, il tourne les talons et disparaît. Glenn le suit du regard avant de se retourner vers nous.

— J'ai toujours dit qu'il était un peu frappé, mais là, je crois qu'on l'a définitivement perdu.

Je lui donne un coup de coude au moment même où Al revient, un peu essoufflé, un gros livre à la couverture usée dans les bras. Je reconnais immédiatement le grimoire arraché des ruines du château du Sorcier Noir.

— Tu m'avais demandé de rechercher toutes les informations qui pourraient nous être utiles, me rappelle mon sorcier.

Le lourd ouvrage produit un bruit sourd quand Al le pose sur la table.

— Ça... c'est un gros livre, dit Glenn en le toisant.

— C'est bien pour ça qu'on ne t'a pas demandé de le lire, persifle Al. Ça t'aurait pris bien trop de temps et on est plutôt pressés.

Je laisse Glenn et Al se chamailler sous le regard désolé de Bold et me tourne vers Callie qui a déjà les mains sur le grimoire.

— J'ai corné la page aux endroits qui mentionnent les Confins, dit Al, cessant un instant de se disputer avec Glenn.

— Tu as corné les pages ? s'insurge Callie en relevant brusquement la tête. Tu es fou ou quoi ? On n'abîme pas un livre aussi rare et précieux que celui-ci !

Al semble surpris par sa réaction, tandis que Glenn et moi réprimons un sourire.

Retenant à grand-peine une grimace, Callie ouvre le grimoire à la première page cornée par notre sorcier. Je me cale contre le dossier de ma chaise, les mains sur la nuque, prêt à en apprendre plus sur ces mystérieux Confins qui me fascinent depuis mon enfance.

— C'est assez flou et très mystérieux, prévient Al.

Callie commence à lire des passages à voix haute et nous sommes tous très attentifs, même Glenn.

— *Mentionnés dans la plupart des légendes... un espace rempli de magie et de dangers...* blablabla, *l'hypothétique existence d'une Carte pour guider les aventuriers prêts à se lancer dans son exploration*, oui, ça me dit vaguement quelque chose...

Je souris sans qu'elle le remarque.

— *Par-delà les barrières de corail du grand Océan...* Rien qu'on ne sache déjà, en fait, marmonne-t-elle en tournant les pages à toute vitesse, avant de s'interrompre brusquement. Ah !

Elle se penche en avant et fronce les sourcils.

— Il y a des gribouillages, des taches et même des trous dans la page ! Franchement, à quoi pensaient les ombres en laissant ce grimoire dans un endroit aussi humide ? Être maléfique ou non, quand on possède un livre comme celui-ci, la moindre des choses, c'est d'en prendre soin.

— Continue, intervient Al, on parvient quand même à déchiffrer quelques parties, tu verras.

— *Les Confins, contrairement à l'idée reçue largement répandue, ne sont pas vides. Ils contiennent de la...* Oui, je crois que c'est marqué magie. *Ils contiennent de la magie, des dangers et des ennemis qu'il vous faudra affronter si vous souhaitez obtenir la récompense promise. Seuls les plus valeureux pourront surmonter les épreuves dans cet espace hors du temps où, selon la légende...*

Je la vois se pencher un peu plus et pousser un long soupir.

— Impossible de savoir ce qui est écrit après. Mais un rat a dû se régaler avec ces informations. Ça redevient lisible quelques lignes plus bas. *Pour beaucoup, la Carte des Confins marque la fin d'une quête longue et harassante. L'obtenir n'est pourtant que le début et un élément indispensable pour poursuivre le voyage. Les Confins ne sont pas la récompense mais une étape de plus vers celle-ci, une récompense vers laquelle la Carte vous guidera et à laquelle seuls ceux ayant prouvé leur valeur pourront...*

Elle lève les yeux vers nous.

— Nouveau trou mais j'imagine que le dernier mot est « accéder ».

Il y a un petit silence.

— Qu'est-ce que ça veut dire ? demande finalement Glenn. Les Confins sont la récompense. C'est ce qu'on a toujours entendu. Un espace vierge où nous pourrions vivre nos vies comme on l'entend, un monde rempli d'aventures. C'est ça, le rêve, le trésor qu'on convoite tous.

— Pas d'après le grimoire, fait Callie avec une moue. Si on en croit ce qui est écrit, les Confins, c'est juste une étape. Le vrai trésor se trouve quelque part là-bas.

— Mais… alors, qu'est-ce que c'est, comme récompense ?

Seul le silence lui répond.

— C'est peut-être n'importe quoi, hasarde Al. Peut-être que celui qui a écrit ce grimoire n'a aucune idée de ce qui se trouve dans les Confins ou de ce qu'ils représentent.

— Les autres informations étaient exactes, je lui rappelle en secouant la tête. L'invocation, la potion…

Je ne peux m'empêcher de penser qu'une récompense, c'est tout à fait différent d'un remède, mais après tout… Tant qu'on ne saura pas réellement ce qui nous y attend, je garderai espoir. Un nouveau silence s'installe et, cette fois-ci, c'est Callie qui le brise :

— Ce n'est vraiment pas clair, cette histoire…

— Peu importe, je dis en faisant un geste de la main. C'est vrai, j'ajoute quand je les vois tous me regarder d'un drôle d'air. Peu importe que les Confins soient juste une étape de plus. Nous, on sait ce qu'on y cherche et on ne compte pas se laisser distraire par une mystérieuse chasse au trésor. Nous serons bientôt prêts à mettre les voiles.

Je frémis rien que d'y penser.

Peu de marins se risquent déjà au-delà de la barrière de corail.

Alors continuer…

Nul ne sait réellement quand finit notre monde ni quand commencent les Confins. Tout ce qu'on sait, c'est que les navires ayant tenté de poursuivre à l'est après la barrière ne sont jamais revenus. Pourtant, je ne suis pas inquiet, juste excité. Impatient. Un peu pressé, même, quand je pense aux enjeux.

Nous avons la Carte.

Nous serons les premiers.

Je l'ai toujours su.

Et il le faut.

***

Le délai annoncé par Bold est respecté à la lettre. L'équipage a mis les bouchées doubles pour terminer tout ce qu'il y avait à faire et, à la fin du deuxième jour, je me trouve à bord pour superviser les hommes tandis que les derniers tonneaux sont montés sur le pont. Nous avons fait le plus de réserves possible, remplissant *L'Avalon* autant que faire se peut. La ligne de flottaison est un peu basse, mais cela ne devrait pas trop nous ralentir. Oui, nous sommes prêts.

La nuit tombe progressivement alors qu'on continue de s'activer. Nous allumons les torches et, bientôt, il ne reste plus que les barils de poudre à charger. C'est la tâche que nous effectuons en dernier, au cas où il se produirait un accident, par exemple une bougie oubliée qui mettrait le feu aux poudres ou un éclair qui viendrait enflammer tout ça alors que personne n'est à bord pour contrôler les dommages... Oui, les pirates sont un peu superstitieux sur certains points, mais je préfère ne pas tenter les dieux.

Au moment même où cette pensée me traverse l'esprit, un cri attire mon attention.

La corde enroulée autour du baril craque d'un côté dans un bruit sec. Le baril vient frapper la coque du navire puis s'écrase sur le ponton en y renversant son contenu. Je vois des volutes de poudre s'envoler, les hommes détourner la tête par réflexe en toussotant, puis les torches qu'ils tiennent à la main…

C'est à mon tour de crier un avertissement. Mais c'est trop tard. La flamme d'une torche tenue un peu trop bas entre en contact avec la poudre, et le contenu du baril prend immédiatement feu, avec un crépitement de mauvais augure.

— Dégagez du ponton ! je hurle, me précipitant pour m'emparer d'un seau d'eau qui traîne dans un coin.

Je le jette sur le feu qui prend de l'ampleur, mais mon intervention est inutile. Les flammes se rapprochent dangereusement des autres barils de poudre et les cris de mes hommes redoublent alors qu'ils cherchent de quoi éteindre l'incendie. Callie, Glenn et Al arrivent en courant en compagnie du reste de l'équipage. Ils prennent vite conscience du risque. Un baril, on peut s'en sortir. Mais si le feu atteint les autres, l'explosion creusera un énorme trou dans la coque de *L'Avalon*, si ce n'est pire.

Je saute par-dessus le bastingage et atterris brutalement sur mes pieds, sentant mes jambes craquer sous mon poids. Je grimace et me précipite vers le brasier. Nous nous activons pour l'éteindre, mais la tâche est rendue difficile par les étincelles et les petites déflagrations qui, régulièrement, nous forcent à reculer. Et, soudain, une flamme lèche un nouveau baril. Puis un autre. Je hurle à tout le monde de reculer, comprenant que nous sommes désormais impuissants.

Je vois la scène comme au ralenti. L'intensité du feu redouble, un craquement m'apprend que les tonneaux rompent sous le coup de l'explosion de la poudre, et je me raidis dans l'attente d'un choc car je me tiens bien trop près pour espérer m'en sortir indemne. Pourtant, rien ne vient.

Une sorte d'écran brillant s'est formé autour de l'explosion, une sphère qui entoure les barils. Sous mes yeux médusés, ceux-ci sont arrachés du sol et projetés en l'air, bien plus haut que le grand mât de *L'Avalon*. Là-haut, ils éclatent et retombent dans une pluie de cendre sur un public pétrifié. Il ne me faut qu'une seconde pour comprendre ce qui s'est passé. Je fais volte-face juste à temps pour voir Callie baisser les bras.

Aussitôt, elle plaque les mains sur son visage.

Ses jambes tremblent déjà et elle titube en arrière. Seule la présence d'esprit de Glenn l'empêche de s'effondrer : il l'attrape par le coude et la tire jusqu'à un rocher où elle peut s'asseoir. Al s'agenouille devant elle au moment où je les rejoins. Elle me regarde, affolée, et malgré l'obscurité, je crois déceler des larmes dans ses yeux.

— Je n'ai pas… C'est sorti tout seul, chuchote-t-elle avant même que j'aie eu le temps de demander quoi que ce soit.

— Ne dis rien, la presse Al. Garde tes forces si jamais…

Il n'a pas le temps de finir que Callie se crispe. Son visage se déforme dans une grimace de douleur tandis que sa respiration se fait haletante.

— C'est… instinctif… je ne peux… pas… lutter.

Sa voix est si ténue que ça me brise le cœur. Je l'ai vue affaiblie par la magie, mais pas à ce point. Je n'avais jamais été témoin de ses crises les plus violentes et je me mets à genoux devant elle pour prendre sa tête dans mes mains.

— Respire lentement, Callie. Ça va aller…

Elle plonge ses yeux dans les miens et prend de grandes et laborieuses inspirations. À mon grand soulagement, elle se calme très vite. Sa respiration s'apaise et elle cesse de trembler. Elle se laisse aller contre moi avec un soupir. D'un seul et même geste, je glisse un bras sous ses jambes, l'autre autour de sa taille, et je me relève en la portant.

— Ça a été moins dur que la dernière fois, chuchote Al.

— Peu importe, je rétorque, c'était déjà suffisamment violent à mon goût. Continuez à superviser le chargement. On part dès que le dernier baril est à bord. Ne perdez pas de temps, j'ordonne à Al et Glenn.

Ils hochent la tête et s'exécutent, tandis que je fais quelques pas pour rejoindre le navire. J'emprunte la passerelle, ignorant les regards inquiets que mes hommes posent sur Callie. Elle est toujours silencieuse dans mes bras et ne relève la tête que lorsque je l'allonge délicatement dans notre lit. Je me place face à elle et repousse les cheveux qui cachent encore son visage.

— Callie…

Elle frissonne.

— Dis-moi que ça va…

CHAPITRE 37
CALLIE

— Dis-moi que ça va…

Sa voix réussit à être douce et pressante à la fois et son murmure est autant une supplique qu'un ordre. Je hoche la tête et me racle la gorge.

— Ça…

J'aimerais le dire. Mais je n'y arrive pas.

— Blake, comment je vais faire ? La magie s'exprime instinctivement, je ne peux pas la réprimer ! Les crises sont de plus en plus fréquentes, je…

Je sens l'angoisse monter en moi. J'ai de nouveau du mal à respirer mais je doute que ça ait un rapport avec la magie. Je réprime un sanglot. Blake me serre contre lui sans rien dire. Car il n'y a rien à dire. Pas de solution à portée de main avant que nous n'ayons résolu le mystère des Confins. La seule chose qu'il peut m'apporter, c'est un peu de réconfort et la promesse de sa présence à mes côtés, quoi qu'il arrive.

Soudain, je me sens lasse. Lasse d'avoir peur, d'alterner entre moments de puissance et de faiblesse extrême.

Les doigts de Blake se placent sous mon menton pour me forcer à le regarder. Il m'enlace et je respire son odeur, je caresse ses cheveux, je dépose ma bouche sur sa peau. Notre baiser commence lentement mais, d'un coup, nous sommes l'un sur l'autre dans le lit et je ne sais pas comment nous en sommes arrivés là. Nos caresses ont un goût d'urgence, de détresse et de peur. Nos bouches se rencontrent pour exorciser tout ça mais ça ne semble jamais suffisant. Les lèvres de Blake glissent dans mon cou et je ferme les yeux de plaisir. Un frisson me parcourt quand il cesse ses baisers et, privée de la chaleur qu'ils me procuraient, je me sens mal. J'ouvre les yeux pour voir le visage de Blake en face du mien, me scrutant avec autant d'attention que d'amour. Ses lèvres retrouvent le chemin de ma peau pour se poser successivement sur mes deux paupières et je me rends compte que je pleure. Il interrompt de nouveau ses baisers pour me regarder, l'air grave, le souffle court. En temps normal, il aurait fait une blague sur le fait que ses baisers étaient certes incroyables mais pas au point de verser une larme. Aujourd'hui, il se contente de me regarder longuement, intensément.

— Ça va aller, Callie. Ça va aller.

Je me blottis contre lui et continue de pleurer, mon cœur battant à tout rompre.

Je le crois.

Je le crois.

Je voudrais tellement le croire.

CHAPITRE 38
BLAKE

Je jette un dernier regard à la barrière de corail qui disparaît déjà et me tourne, déterminé, vers l'espace vierge devant moi.

Nous avons quitté l'île depuis quelques heures et l'océan lui-même est plus agité, comme s'il sentait qu'une page de l'histoire se jouait lentement.

Les Confins me tendent les bras.

Après la scène d'hier soir, je suis plus pressé que jamais. Callie a fini par s'endormir dans mes bras, visiblement épuisée et à bout de forces. Ce matin, elle allait bien et m'a assuré que son moment de faiblesse était passé. Je l'observe à la dérobée et, effectivement, elle semble être en forme. Elle effectue de petites tâches à bord et sourit à tous ceux qu'elle croise. Je l'ai même entendue siffloter, toujours un peu étonné de la voir passer d'un extrême à l'autre en si peu de temps.

Une vague plus forte que les autres vient heurter *L'Avalon* et je me concentre sur mon navire. Je ne m'attends pas à ce qu'il y ait un changement de température, un mouvement dans l'eau ou un panneau m'indiquant qu'on entre dans les Confins, pourtant je ne peux pas décrocher mon regard de l'océan devant moi. Je ne réalise pas bien. Après toutes ces années… je vais entrer dans les Confins.

Bold se tient juste derrière moi et, comme souvent, il semble lire dans mes pensées. En silence, il pose une main sur mon épaule et, même s'il ne peut pas me voir, je souris.

— J'étais sûr que tu y arriverais, Blake, dit-il de sa voix grave et calme.

— Nous pénétrons à peine sur les eaux inconnues, je nuance.

— Peu importe. Nous sommes arrivés jusque-là et c'est déjà énorme. Quoi qu'il arrive par la suite, tu peux être fier de toi. Moi je le suis.

En cet instant, j'aimerais redevenir le petit garçon qui pouvait encore se jeter dans les bras de Bold, celui qui pouvait exiger de monter sur ses épaules pour être plus grand que tout le monde, celui qui rougissait bêtement en laissant échapper un « papa » quand il s'adressait au géant. J'aimerais aussi que mon père puisse assister à cette scène, juste un instant. J'aimerais lui hurler : « Alors, tu vois ! J'y suis arrivé, malgré tes remarques, ton indifférence et tes mauvais traitements ! J'y suis arrivé alors que tu pourris au fond de l'océan ! Et Bold dit les mots que tu aurais dû prononcer, parce que lui sait ce que c'est, de soutenir quelqu'un, de lui faire confiance et de l'aimer ! »

Au lieu de tout ça, je ferme les yeux et inspire profondément.

— On pique un somme, capitaine ? Vous n'avez pas peur de louper notre grande entrée dans les Confins ?

Je souris tout en ouvrant les yeux. Callie est plantée devant moi, les mains sur les hanches et un air moqueur sur le visage.

— D'ailleurs… c'est ça, les Confins ? Je m'attendais à quelque chose de plus… spectaculaire, marmonne-t-elle.

Remarque, on n'y est peut-être pas encore. Que dit ta merveilleuse Carte, ô capitaine ?

— Elle te dit d'y aller tout doux avec les « capitaine ».

— Je pensais que tu adorais ça.

— Quand ils sont respectueux et admiratifs. Les tiens sont pleins de sarcasme et d'un fond de mépris, j'apprécie beaucoup moins.

Callie laisse échapper un rire clair qui fait lever la tête de certains de mes hommes sur le pont. S'en apercevant, elle plaque ses mains sur sa bouche.

— Pardon, je brise la solennité du moment, peut-être ?

En réalité, les hommes sont tendus. Excités, mais tendus. Personne ne sait vraiment dans quoi on se lance ni quels dangers nous attendent. Par les dieux, on ne sait même pas ce qu'on va chercher. Et si l'impatience à l'idée d'explorer un espace vierge fait frissonner les pirates, nous sommes suffisamment aguerris pour savoir qu'il ne faut pas se reposer sur ses lauriers. Nous sommes tous sur nos gardes. Si c'était aussi facile d'entrer dans les Confins, tout le monde y aurait déjà fait un tour.

Pendant près de cinq heures, nous ne rencontrons rien d'autre qu'une eau agitée mais facilement navigable. Tout le monde semble attendre quelque chose d'un peu « spectaculaire », comme l'a dit Callie, et cela nous rend nerveux. Certains hommes ont choisi d'aller se reposer au pont inférieur, d'autres astiquent leurs armes, d'autres enfin sont positionnés sur le pont et font mine de vérifier pour la millième fois des nœuds que je sais être parfaits. Debout sur le gaillard d'arrière, je fixe la Carte avec attention. Je ne me lasse pas de l'observer, pourtant, en cet instant, elle ne m'est pas d'une grande aide.

Je tends l'oreille et je crois discerner un grondement lointain, presque inaudible, au milieu des bruits habituels de l'océan ou de ceux produits par mon équipage et mon navire. J'ai le sentiment que quelque chose se prépare. Je tends la Carte à Callie pour sortir le compas, espérant obtenir des indications un peu plus précises. À ma grande surprise, l'aiguille de celui-ci refuse de bouger, même quand je la secoue dans tous les sens. Je commence par pester contre la piètre qualité de ces artefacts magiques quand je prends conscience de ce que ça signifie réellement.

— Bon. Je crois qu'on y est, dis-je simplement.

— Blake…

Je me tourne vers Callie qui me désigne un point sur la Carte. Je remarque aussitôt qu'un nouveau pictogramme a fait son apparition sur le parchemin. Un petit navire qui ressemble comme deux gouttes d'eau à *L'Avalon* avance tout doucement sur l'étendue lisse de l'océan représenté. J'esquisse un sourire qui s'efface aussitôt quand je comprends que ce n'est pas ce que Callie voulait me montrer.

Sur la Carte, devant *L'Avalon*, il y a désormais… un trait. Un trait agrémenté de gouttes stylisées et de tourbillons qui m'évoquent aussitôt les maelstroms. Les informations se recoupent dans mon esprit et je pousse un cri.

— Colton, on vire de bord !

— Quelle direction, capitaine ?

— Peu importe, fais-nous changer de cap !

Un peu perdu, il s'exécute néanmoins tandis que je tends l'oreille. Il me semble que le grondement que j'ai perçu tout à l'heure s'est intensifié ; difficile d'en être sûr avec le bruit que font mes hommes.

Je sens *L'Avalon* changer lentement mais sûrement de cap, rechignant un peu contre le vent qui voudrait l'entraîner tout droit et le courant qui semble s'accélérer, ce qui n'est pas pour me rassurer.

— Bold, assure-toi que tout le monde est à son poste, sur le pont. Il ne faut personne dans les niveaux inférieurs.

— Blake, qu'est-ce qu'il se passe ?

— Je n'en suis pas sûr.

J'ai conscience d'être insupportablement mystérieux, mais Bold obtempère sans rien ajouter. Callie observe toujours la Carte. Elle relève les yeux, observe la position du soleil et pousse un cri lorsque son regard se pose de nouveau sur le parchemin.

— Blake, ça ne fonctionne pas !

Je me penche par-dessus son épaule pour constater qu'elle dit vrai. *L'Avalon* a changé de cap et s'est bien déplacé sur la Carte, mais la barrière a bougé. Elle continue à nous barrer le chemin, se déplaçant en même temps que nous. Comme par magie. Comme si elle ne voulait pas qu'on puisse l'éviter.

— Tu crois que c'est une épreuve ? Pour pouvoir entrer dans les Confins ? questionne Callie.

— J'en ai bien peur…

Cette fois, j'en suis sûr, le grondement s'est amplifié. Pour en avoir le cœur net, je pousse un grand cri qui surprend tout le monde.

— BOUCLEZ-LA !

Mes hommes obéissent et le doute n'est alors plus permis. Je vois le regard de Callie changer, la compréhension illumine son regard puis elle écarquille aussitôt les yeux d'effroi.

Le grondement, le courant, les vents, l'obstacle sur la Carte.

Nous fonçons droit vers des chutes et, vu les pictogrammes, elles ne sont pas insignifiantes.

***

Tout s'accélère d'un coup. *L'Avalon* avance de plus en plus vite. J'ordonne à mes hommes de garder leur position, même si c'est inutile. L'ennemi auquel nous allons faire face ne peut pas être vaincu par un combat. J'ai le cerveau en ébullition, je cherche une solution qui n'arrive pas. Je charge Bold de prévenir l'équipage et ils se mettent tous en mouvement pour sécuriser la cargaison du navire. Je les regarde nouer des cordes autour des canons, des tonneaux, et replier du mieux possible les voiles. Trop tard.

La force des vents fait claquer les cordages et une voile se déchire dans un grand bruit. Callie me regarde et me serre la main avant de tourner les talons pour aller prêter main-forte aux autres. J'ai envie de la retenir mais j'ai conscience que cet instinct primaire est stupide. Vu ce qui s'annonce, qu'elle soit à mes côtés ou non ne changera rien.

Je regarde devant nous, me creusant toujours la tête pour trouver une idée. C'est là que je distingue le début des chutes. En réalité, la force du courant et les mouvements de l'eau provoquent une brume épaisse qui m'empêche de voir clairement ce qui se passe, mais j'ai connu suffisamment de cascades dans ma vie pour savoir que celles-ci sont gigantesques.

Le grondement s'intensifie alors que l'équipage court dans tous les sens. Aucun de mes hommes ne veut admettre ce qui semble pourtant évident : nous n'éviterons pas la chute. Bold hurle des ordres que personne n'entend à cause du bruit de l'eau. Colton tourne le gouvernail dans tous les sens sans parvenir à infléchir la course de *L'Avalon*. Al, les bras levés, tente de nous freiner, mobilisant tout son pouvoir. Glenn scrute l'horizon en vain : l'écume qui se dégage est bien trop épaisse pour que nous parvenions à voir ce qui nous attend. De toute manière, il est impossible que *L'Avalon* résiste à une telle chute. Au milieu de ce chaos, je me sens étrangement calme. Comme si une partie de moi avait déjà accepté ce qui allait arriver. Je suis totalement impuissant. Nous sommes tous impuissants.

Un cri parvient enfin à mes oreilles. Je reconnais la voix d'Al et, me tournant vers lui, je vois qu'il a les yeux fixés sur moi, un air épouvanté sur le visage.

— Call… ! Ne la… pas faire…

Je saisis tout de suite ce qu'il veut dire. Oui, nous sommes tous impuissants. Sauf Callie.

Évidemment, qu'elle va essayer de nous sauver ! Mais cela implique d'utiliser un pouvoir énorme, qui la dépasse et qui l'affaiblit. Et si soulever des barils en feu la fait tourner de l'œil, que pourrait-elle faire ici qui ne la tue pas sur le coup ? Je fixe Callie, debout au milieu du pont. Nos regards se croisent et je lis le dilemme et la terreur dans ses yeux.

Je devine ce qu'elle décide peut-être même avant elle et je hurle son nom en dévalant les marches du gaillard d'arrière pour la rejoindre.

Elle n'a pas bougé et me regarde toujours avec un sourire tendre et triste à la fois. Elle prononce des mots que je n'entends pas au milieu du tumulte. Je lis toutefois sur ses lèvres cette phrase qu'on a, elle et moi, prononcée des centaines de fois.

« Tu sais pourquoi. »

Puis elle se détourne et s'accroupit, posant les mains à plat sur le pont de *L'Avalon*. Mon cœur se serre et je tente de m'approcher, mais une bourrasque me fait reculer de plusieurs mètres. Je garde les yeux rivés sur elle et je crois même percevoir le moment précis où la magie répond à son appel.

Le temps semble ralentir, pourtant *L'Avalon* avance toujours vers les chutes et notre mort inéluctable. Au moment où je parviens à rejoindre Callie, l'avant du navire bascule dans un grincement de fin du monde. Plusieurs choses se produisent alors simultanément.

Tout d'abord, le pont s'incline sous nos pieds et je glisse loin de Callie. Ma chute est heureusement freinée par le bastingage auquel je m'accroche avec fébrilité. La plupart d'entre nous ont le réflexe de s'agripper à quelque chose pour éviter de tomber. Un réflexe aussi stupide que vain puisque tout le navire s'apprête à plonger dans le vide. Ensuite, je remarque que Callie ne se raccroche à rien mais qu'elle ne semble pas en avoir besoin. Si ses cheveux volent dans tous les sens, ses mains restent collées au pont, comme si elles étaient clouées au bois. Enfin, alors que je la regarde avec appréhension, toujours collé à la rambarde en bois, elle rejette la tête en arrière et pousse un grand cri.

Au début, il ne semble rien se passer. *L'Avalon* ploie de plus en plus, attiré par la gravité et, dans un dernier craquement sinistre, c'est l'ensemble du navire qui tombe. Nous sommes désormais à la verticale et j'empoigne de toutes mes forces le bastingage. Pourtant, avec les cris, le hurlement du vent et le vacarme de l'eau, je réalise que nous ne tombons pas aussi vite que nous ne le devrions. *L'Avalon* glisse rapidement, et le sommet de la cascade n'est déjà plus visible, mais on dirait que quelqu'un a tendu des voiles derrière nous pour amortir notre chute.

Callie.

Ses yeux sont fermés, son visage tendu, et une grimace déforme ses lèvres. C'est elle qui fait ça. C'est elle qui nous sauve. Cependant, malgré ses efforts, *L'Avalon* tombe et il me semble que le grondement de l'eau s'intensifie. C'est dur à estimer à cause du brouillard que forment la vapeur d'eau et l'écume mais nous devons nous rapprocher du bas. Même avec la magie, nous allons nous écraser contre la surface. Et vu la hauteur et la vitesse… nous allons tous mourir.

Je ne suis pas le seul à faire le calcul. Bold me crie quelque chose mais je n'entends rien. De loin, je distingue Glenn qui se cramponne aux cordes enroulées autour d'un mât, et tente de me faire des signes. Là encore, je ne comprends pas ce qu'il veut me dire. Je reporte mon regard sur Callie. Si on s'écrase et qu'on meurt tous, que lui arrivera-t-il ? Avec les ombres en elle, elle s'en sortira sûrement. En admettant que l'effort magique qu'elle est en train de déployer ne la tue pas sur le coup, bien sûr. Ça pourrait être une bonne nouvelle, mais alors, que fera-t-elle, seule, devant nos cadavres, en proie à leur puissance ? Alors que cette pensée me traverse l'esprit, Callie ouvre brusquement les yeux. Elle pousse un nouveau cri et je sens presque l'onde d'énergie qui part d'elle me traverser.

L'Avalon craque et grince avec force puis, lentement, il commence à se redresser.

Callie crie toujours, nous tombons toujours mais, grâce à son intervention, quand nous heurtons la surface, nous sommes presque à l'horizontale. Cela n'empêche pas le choc d'être d'une violence incroyable, et une vague nous submerge. La proue de *L'Avalon* et la moitié du pont plongent sous l'eau avant d'en ressortir aussitôt, ruisselant et frémissant, comme si le navire lui-même tremblait après ce qui venait de lui arriver. Il grince de tous les côtés, n'ayant apparemment apprécié ni la chute, ni sa vitesse, ni d'avoir été tiraillé entre la gravité et le pouvoir des ombres.

Après le choc de l'impact, tout le monde reste silencieux un instant. Puis les premiers cris éclatent et, très vite, un brouhaha incroyable vient célébrer le fait que nous sommes toujours en vie.

— Callie !

Même si ma voix est un peu faible, elle résonne étrangement au milieu du bruit des vagues autour de nous. La jeune fille, toujours accroupie au sol, relève la tête. La première chose que je vois, ce sont ses yeux qui sont d'un vert pur, ce qui me rassure un peu. J'essaie de lâcher le bastingage pour la rejoindre, mais je suis tellement crispé que je n'y parviens pas du premier coup. Quand je réussis enfin à m'en détacher, mes jambes tremblent tellement que je dois m'appuyer encore un moment sous peine de m'affaler sur le pont. Dans un silence de plomb et sous tous les regards de l'équipage, Callie se redresse lentement : elle a l'air épuisée et totalement ailleurs, comme si son esprit ne comprenait pas bien ce qui se passait. Ce n'est que quand elle me fait face que je remarque le filet de sang qui coule de son nez. Je fais un nouveau pas vers elle.

— Callie, est-ce que ça va ?

Elle fronce les sourcils, touche son visage et regarde ses doigts ensanglantés, perdue. Puis elle s'effondre sur le pont.

CHAPITRE 39
BLAKE

— Je te jure que si tu me dis qu'elle va bien, je…

— Non, elle ne va pas bien, rétorque Al qui semble exténué par la magie qu'il a déployée avant la chute. Tu te rends compte qu'elle a soulevé un navire de plusieurs tonnes ?

— Oui, j'avais remarqué ce détail, merci, je réponds, cinglant.

— Eh bien, même avec la magie, c'est quelque chose d'énorme. Surtout pour quelqu'un qui n'est pas censé l'utiliser ! Je n'ose même pas imaginer la quantité d'énergie que cela lui a pris…

Al pousse un soupir avant de reprendre :

— Pourtant, vu les circonstances, elle s'en sort plutôt bien.

— Tu trouves ?

Callie est étendue sur notre lit, le visage pâle, inconsciente. Doc s'affaire autour d'elle pour l'ausculter, même si elle ne semble pas avoir de blessures physiques.

— Elle n'est pas morte, lâche Al du bout des lèvres. C'est déjà plus que ce que je n'espérais en la voyant commencer son miracle, tout à l'heure.

Mon cœur tombe comme une pierre dans ma poitrine. La tension redescend doucement et je prends conscience de ce qui s'est vraiment passé. Elle aurait pu mourir. Heureusement, Doc m'empêche de ressasser en prenant la parole :

— Surmenage, dit-il simplement. Il lui faut du repos. Beaucoup de repos.

Je lève les yeux au ciel et marmonne, rageur :

— Vous ne servez à rien, vous le savez, n'est-ce pas ? Un docteur qui passe son temps à dire que ses patients ont besoin de repos et un sorcier qui ne connaît pas le moindre sortilège pour l'aider…

Ils me connaissent assez pour savoir que ce n'est pas un reproche mais une manière très maladroite de leur témoigner mon affection. Ils se contentent donc de sourire et de sortir de la cabine au moment où Bold y entre.

— Comment va-t-elle ?

— Apparemment, bien. Elle a juste besoin de…

— Repos. Oui, j'ai l'impression que c'est tout ce qu'on peut lui conseiller, ces derniers temps.

— Comment vont les hommes ? Des pertes ? je demande, d'une voix qui se veut assurée.

— Andréi et Tyler sont passés par-dessus bord au moment de la chute… Nous avons retrouvé leurs corps à l'instant.

Je ferme brièvement les yeux.

— Puisse l'Océan les accueillir.

— Les autres sont secoués, mais il n'y a pas de blessures graves. J'ai pris la liberté de nous éloigner du point de chute. Il y a des épaves de partout, c'est un vrai cimetière à navires, ici. Nous avons jeté l'ancre au large d'une île de taille moyenne, couverte d'une épaisse jungle qui, de toi à moi, me fiche un peu la pétoche.

C'est pour ça que Bold et moi sommes si efficaces. Nous sommes sur la même longueur d'onde et nous avons appris à compartimenter : je pleurerai mes hommes plus tard. Pour le moment, il faut agir en fonction des priorités. Nous sommes désormais dans les Confins et les dangers nous entourent. Mon second me fait le point de la situation : *L'Avalon* n'a rien. Les mâts sont fragilisés, les voiles déchirées, mais vu la chute à laquelle nous venons de survivre, ça ressemble en effet à un miracle. Sauf que, bien sûr, ce n'en est pas un.

— Si Callie n'avait pas été là, reprend Bold, si elle n'avait eu la magie des ombres en elle…

— Je sais. Je commence à comprendre pourquoi personne n'est jamais revenu d'ici…

La chute a dû être fatale pour beaucoup d'équipages. Je ressens une pointe d'amertume en pensant à la Carte. Celle-ci ne nous a été d'aucune utilité. Quand je pense à tous les efforts et les sacrifices que j'ai faits pour l'obtenir… Quand je pense à ce que ça a coûté à Callie… Elle a plutôt intérêt à se révéler vitale pour nous aider à trouver notre chemin dans la suite du voyage, sinon je la déchire en morceaux avant d'en faire un feu de joie.

— Aucun moyen de retourner dans notre monde, j'imagine.

— À moins que tu ne puisses toi aussi faire voler *L'Avalon* jusqu'au sommet, non.

Nous n'avons donc pas d'autre choix que de continuer. C'était le plan, de toute manière.

— Il faut quand même qu'on fasse escale sur l'île. Ça ne te surprendra pas, nos tonneaux de réserve, nos poules et nos chèvres n'ont pas très bien vécu la chute.

Je grimace. Je n'avais pas pensé à ça. Nous n'avons pas eu le temps de sécuriser toute la cargaison de *L'Avalon* et je n'ose pas imaginer l'état des soutes.

— J'ai réparti l'équipage en deux équipes, continue Bold. L'une restera à bord pour remettre *L'Avalon* d'aplomb, l'autre descendra à terre pour nous réapprovisionner. Ils sont prêts à partir quand tu en donneras l'ordre.

— En gros, tu as fait tout le travail du capitaine. Bold, que ferais-je, sans toi ?

— Des bêtises, probablement.

Je sursaute en entendant la voix de Callie. Elle m'adresse un petit sourire tandis que je me jette sur elle.

— Callie ! Comment tu te sens ?

Elle repousse une mèche de cheveux de son front, mais interrompt son geste en cours, son visage tordu par un rictus. Son bras retombe le long de son corps et j'achève le geste pour elle, replaçant délicatement la mèche derrière son oreille.

— Je me sens bien… Si ce n'est que j'ai mal partout et que mon corps me tire. Je suppose que nos spécialistes vont me conseiller…

— … du repos, je dis en même temps que Bold.

Callie feint un air exaspéré et je ne peux m'empêcher de sourire.

— Tu sais que tu n'aurais pas dû intervenir, Callie… dis-je en lui caressant la joue.

— Je n'avais pas vraiment le choix.

Je n'ai rien à répondre à ça. Sans elle, nous serions probablement tous morts. *L'Avalon* se serait fracassé sur les récifs et les survivants auraient été coincés ici. Mes yeux plongent dans ceux de Callie et l'intensité du regard que nous échangeons arrache un petit rire à Bold.

— Bien, si je lis entre les lignes, c'est le moment où je vous laisse. Blake, n'oublie pas qu'on t'attend pour descendre à terre, ajoute-t-il en fermant la porte derrière lui.

— Qu'est-ce que vous allez… ?

Callie s'interrompt brusquement et je la sens se tendre.

— Que se passe-t-il ?

Ses yeux se ferment et elle tend la main devant elle, en grimaçant.

— Les ombres… la potion…

Je pousse un juron et me précipite vers la table où je sais qu'elle garde sa réserve. Callie a toujours le bras tendu devant elle et, au moment où je m'en empare, la fiole se met à trembler. Elle m'échappe des mains pour voler directement jusque dans celle de Callie qui s'empresse de la boire. Puis elle se laisse tomber en arrière avec un soupir. Au bout de quelques secondes, elle dit d'une voix tremblante :

— Tout va bien. C'est bon, maintenant.

On sait tous les deux que c'est faux.

Sans surprise, Callie ne le prend pas très bien quand je lui demande de rester à bord.

— Tu n'es pas en état de partir te balader dans la jungle ! J'ai des provisions à aller chercher et toi, tu dois reprendre des forces.

Ses yeux lancent des éclairs mais je dépose un baiser sur son front et tourne les talons avant qu'elle n'ait le temps de répliquer. Bold, Glenn, une dizaine d'hommes et moi mettons les chaloupes à la mer.

***

Sur nos gardes, nous avançons vers l'île la plus proche. Bold me l'a parfaitement décrite : elle n'est très impressionnante, mais la quasi-totalité de sa surface semble être recouverte par une jungle épaisse. Et, effectivement, toute cette verdure ne m'inspire pas confiance. Une armée entière pourrait se cacher là sans qu'on le sache.

Nous posons les pieds sur le sable et tirons nos barques en dehors de l'eau sans qu'aucune créature étrange nous saute dessus. Toujours sur mes gardes, la main sur la poignée de mon épée, je donne des ordres et répartis les hommes.

— Essayez de rester à la lisière de la jungle. Prenez tout ce qui est comestible et, si vous avez un doute, laissez-le. Ce n'est pas le moment de faire des expériences et d'empoisonner tout le monde. Allez, les gars, je dis pour les motiver. Pensez que vous êtes peut-être les premiers pirates à faire des provisions sur cette île. Ce n'est pas rien, n'est-ce pas ?

Ils commencent à s'éloigner quand un cri nous fait tous sursauter.

— Vous êtes là !

En un clin d'œil, mes hommes se sont regroupés autour de moi, armes dégainées. Bold, Glenn et moi sommes aux premières loges et nos trois épées pointent vers l'homme qui sort maintenant de la végétation.

Il ne me faut pas longtemps pour me rendre compte que celui-ci est seul et qu'il n'est pas armé. Avançant d'un pas chancelant, il a l'air d'avoir au moins cent ans. Lorsqu'il s'arrête devant nous, il est si essoufflé qu'il se plie en deux et prend appui sur ses genoux pour reprendre haleine. Même s'il n'a pas l'air dangereux, sa présence est incongrue et je suis trop aguerri pour baisser ma garde aussi rapidement.

L'homme se redresse enfin, pas du tout perturbé par nos armes pointées vers lui et nos visages fermés. De près, nous pouvons mieux l'observer : son visage, buriné par le soleil et le sel, évoque celui d'un marin qui aurait passé sa vie sur un bateau. Ses cheveux sont d'un blanc immaculé et lui tombent dans le dos dans un fouillis incroyable, il est si maigre que je pourrais le mettre à terre juste en lui soufflant dessus. Mais ses yeux sont vifs et il nous observe avec attention et peut-être émotion. Est-ce du soulagement ? C'est difficile à dire.

— Vous êtes là, répète-t-il d'un ton plus calme.

— On se connaît ? je demande.

— Non, nous n'avons jamais eu le plaisir de nous rencontrer auparavant !

Et, sur ces mots, le vieil homme éclate de rire et lève les bras vers le ciel. Je hausse un sourcil et jette un regard en coin vers mes compagnons. Bold a les yeux plissés et un soupçon de pitié dans le regard. Glenn, lui, se retient de rire. Peu importe, l'homme ne nous prête plus la moindre attention.

— Ils sont là ! hurle-t-il en direction du ciel, et je dois me retenir pour ne pas regarder dans la même direction que lui.

— De nouveaux aspirants sont arrivés, comme vous l'aviez prévu ! Vous allez être satisfaits !

— Hop, hop, hop, je dis en pointant ma lame vers l'homme. Qui avait prévu que nous viendrions ? Et comment le savaient-ils ?

Si nous étions attendus, cela signifie qu'on nous a précédés. Je ne vois pas bien comment c'est possible, mais je m'inquiète surtout des conséquences. Serions-nous tombés dans un piège ? Est-ce qu'on nous a préparé un traquenard plus loin ?

— Oh, ils savent tout ! Ils sont omniscients, ils suivent votre parcours : c'est le destin qui vous mène à eux !

L'homme parle toujours d'une voix forte et exaltée, avec une ferveur quasi religieuse. J'échange un nouveau regard avec mes amis et baisse mon épée. Mon instinct me dit que nous n'avons rien à craindre de cet homme. Il a l'air si faible qu'on pourrait le neutraliser en un clin d'œil, et ses paroles n'ont aucun sens, à tel point que je me demande s'il n'a pas perdu la raison.

— D'accord, je dis prudemment. Donc vos… amis savaient qu'on allait venir.

— Oui, oui, ils m'ont dit de vous attendre ! De vous aider !

— Alors là, je dis oui, intervient Glenn. On prend toute l'aide possible !

Le vieil homme paraît ravi de lire enfin un peu d'enthousiasme chez l'un de nous.

— Je ne suis jamais allé plus loin que cette île. Quand mon équipage et moi avons échoué ici, tous mes hommes sont morts. Je suis le seul survivant et je suis resté bloqué ici sans possibilité de retour… et sans moyen de continuer. J'aurais pu mourir.

Il s'interrompt pour ménager son effet.

— Mais ils m'ont choisi.

— Qui donc ? le presse Bold.

Mais le vieil homme l'ignore.

— Depuis que je suis là, j'attends que des navires chutent et que des gens survivent. J'ai une mission. Je suis la première étape. Je suis celui qui vous aidera à affronter les épreuves.

— Quelles épreuves ? je demande.

— Entrer dans les Confins, ce n'est que la première partie. Pour espérer atteindre votre but, il vous faudra triompher des épreuves. Montrer que vous êtes dignes.

J'ai tellement de questions que je ne sais pas par où commencer. Comment peut-il savoir tout ça ? Qui le lui a révélé ? Qui l'a sauvé et investi de cette mission qui semble tant lui tenir à cœur ? Depuis combien de temps est-il ici ? Comment peut-il survivre ? Et comment diable sait-il ce qu'on peut chercher dans les Confins ? Je n'ai pas le temps de poser une seule question car l'homme sort un parchemin d'une poche de son pagne crasseux.

— Prenez-le, dit l'homme en me le tendant. Il vous guidera.

Il me fourre le papier dans les mains puis se recule et me regarde, dans l'expectative. Le document est très vieux et je doute qu'il ait jamais été ouvert car j'ai du mal à le maintenir déplié. L'écriture est nette, d'une encre noire qui tranche sur la teinte jaunie du papier. Je tends les bras devant moi pour que Bold puisse lire les mots en même temps.

Dans les Confins tu es entré.
Et, pour toi qui t'estimes digne de les arpenter,
Voici quelques clés pour t'aider.
À travers vents et marées,
les Confins tu devras explorer.
Six épreuves tu auras à surmonter,
Si la récompense tu espères réclamer.
La première est derrière, les autres restent à affronter.
Et pour prouver ta valeur,
tu ne devras pas avoir peur.
Suis les dieux retirés à leur heure,
Fais preuve de bravoure pour obtenir ton bonheur.
Faiblis et tu rencontreras tes créateurs,
Sans en obtenir la moindre faveur.

— D'accooord…

Glenn lit le message par-dessus mon épaule et, pour qui le connaît, son « d'accord » signifie en réalité « vous êtes complètement fou ? ». Le vieil homme ne se formalise pas et nous adresse un sourire.

— Cela doit vous sembler bien nébuleux, commence-t-il avant que Glenn ne l'interrompe avec un marmonnement parfaitement audible.

— Nébuleux, c'est pas tout à fait le mot que j'aurais choisi, j'aurais opté pour carrément ding…

Je lui donne un coup de coude dans les côtes, ce qui a pour effet de le faire taire immédiatement. Notre hôte est peut-être dément et ce qu'il nous dit n'est peut-être pas vrai, mais je préfère éviter de me le mettre à dos. On ne sait jamais…

— Qu'est-ce que cela signifie ? je demande posément.

— Je n'en ai pas la moindre idée ! Je suis juste chargé de vous transmettre ceci… et de vous dire que ce que vous trouverez au bout des Confins, la récompense que vous pourrez obtenir si vous triomphez des épreuves… elle résoudra tous vos problèmes.

— Comment pouvez-vous le savoir ? Que savez-vous de nos problèmes ? ajoute Bold d'une voix grave.

L'homme hoche la tête.

— Moi, je n'en sais rien. Mais eux, ils savent. Ils vous surveillent. Votre venue n'est pas un hasard. C'est le destin.

C'est de pire en pire : plus nous lui parlons, moins ses propos ont de sens. J'ouvre la bouche pour continuer de le questionner, même si je doute pouvoir tirer quoi que ce soit de cohérent de lui, mais il me prend de vitesse :

— Je n'en sais pas plus ! Ma mission est accomplie !

Il part d'un rire un peu fou avant d'agiter la main dans notre direction.

— Il ne me reste plus qu'à vous souhaiter bonne chance, les amis !

— Nous ne sommes pas…

Je m'interromps en le voyant tourner les talons et s'enfoncer dans la jungle. Je suis si surpris que je ne réagis pas avant qu'il ne disparaisse entièrement entre les lianes épaisses. Un moment de silence fait suite à son départ pour le moins brutal.

— Qu'est-ce qu'on fait ? demande Bold. On le rattrape ?

— Je ne mets pas les pieds là-dedans, dit Glenn, catégorique.

— Tu feras ce que ton capitaine te dira de faire, mauviette, rétorque mon second avec malice.

— Ça ne servirait à rien de le poursuivre, je réponds, ignorant leur petit échange. Je pense qu'il n'avait pas toute sa tête et qu'on en a tiré tout ce qu'on pouvait. Je lui aurais bien proposé de nous rejoindre à bord pour le sortir de cet enfer, mais…

— Heureusement que tu n'as pas eu le temps de lui demander, alors. Il aurait sans doute accepté et je ne partage pas mon hamac avec ce vieux toqué, me fait Glenn.

Je déroule de nouveau le parchemin.

— Bon, qu'est-ce que vous en pensez ?

Nous lisons les mots une nouvelle fois, tâchant de décoder tout ça.

— L'idée générale me paraît plutôt claire, dit Bold de sa voix posée. Et ça colle avec ce qu'Al a trouvé dans le grimoire du Sorcier Noir. On a toujours cru que la récompense, c'était d'obtenir la Carte qui permettait de naviguer à travers les Confins. En réalité, les Confins ne sont qu'une étape supplémentaire. La récompense se trouve au bout.

Glenn fronce les sourcils.

— Désolé de relancer le sujet, mais quand tu dis « récompense », tu veux dire « trésor » ? Parce que je ne dis jamais non à l'or, mais on cherche plutôt un remède pour Callie…

— « Obtenir ton bonheur », je souligne en montrant le passage du bout du doigt. Ça peut vouloir dire n'importe quoi.

Nous restons silencieux un moment, tous plongés dans nos pensées.

— Ce qu'il faut surtout retenir, reprend Bold, c'est cette histoire d'épreuves. Les chutes étaient la première d'une série de six… cela veut dire qu'on en aura d'autres à affronter.

— J'espère que la Carte nous les indiquera aussi… J'espère surtout qu'elles seront d'une nature un peu différente, j'ajoute. Callie ne pourra pas faire voler *L'Avalon* chaque fois.

Mon cerveau tourne à toute vitesse et j'ai l'impression de rater quelque chose d'important. Ce parchemin ne nous apporte pas de réponses mais beaucoup plus de questions. Nous avons toujours su que naviguer dans les Confins était dangereux. Qu'il y ait des épreuves ne me surprend pas tant que ça. En revanche, que cela soit consigné sur un papier, qu'on ait pris la peine de charger quelqu'un de transmettre ces informations… ça, ça m'intrigue. Qui a bien pu le faire ? Pourquoi ? Comment peuvent-ils savoir tout ça ?

J'ai peur de perdre la raison, à trop cogiter. Je secoue donc la tête et observe mes amis.

— Si cet homme et ce parchemin disent vrai, alors nous savons un peu mieux vers quoi nous voguons. Eh bien, de toute façon, nous devons continuer. Et je persiste à croire que nous trouverons une solution au bout.

CHAPITRE 40
CALLIE

Je pensais que j'allais guetter le retour de Blake en me rongeant les sangs, mais la vérité, c'est que je suis si fatiguée que je m'endors comme une masse dès qu'il quitte la cabine. Il a eu raison de ne pas me laisser venir avec eux… je n'aurais été qu'un poids mort.

Je me réveille en m'étirant : des cris m'indiquent qu'ils sont de retour et le soleil est bien plus bas qu'il ne l'était quand j'ai fermé les yeux. J'ai dû dormir pendant des heures… Je me lève en râlant : mon corps me fait un mal de chien, mais je fais malgré tout quelques pas dans la cabine.

S'il me faut deux fois plus de temps que d'habitude pour rejoindre le pont principal, je mets un point d'honneur à cacher ma souffrance lorsque je débouche à l'air libre. J'aperçois tout de suite Blake : nos regards se croisent et il finit sa conversation avant de se diriger vers moi. Quand nous sommes face à face, je pose les mains sur son torse tandis qu'il me caresse le visage d'un geste tendre. Sa paume calleuse enveloppe parfaitement ma joue et je souris.

— Hop, hop, hop, plus tard les roucoulades, dit Glenn en surgissant à nos côtés.

— Oui, vous avez une cabine pour ça, ajoute Al.

Je les ignore royalement :

— Comment ça s'est passé à terre ?

C'est Bold qui me répond après avoir déboulé à mes côtés :

— On a trouvé de quoi refaire nos stocks. Doug et une partie des hommes vont s'occuper de saler les viandes fraîches et de ranger le reste. Et… il y a autre chose.

Le silence tombe sur le pont tandis que Bold raconte à l'équipage leur rencontre avec le vieil homme sur l'île et qu'ils nous lisent les mystérieuses phrases rédigées sur le parchemin. Je me prends à froncer les sourcils.

C'est l'histoire la plus étrange que j'aie jamais entendue. Ça soulève beaucoup de questions et, au regard de Blake, je vois qu'il pense comme moi.

— Ça ne nous éclaire pas beaucoup, je vous l'accorde, finit-il par dire à l'équipage. Mais ça concorde avec certaines informations dont nous disposions déjà et, surtout, cela ne doit pas nous arrêter. Les Confins nous tendent les bras, ce n'est pas le moment de douter.

Des cris sonores lui répondent tandis que les hommes marquent leur assentiment et leur enthousiasme. Blake, Al et Glenn s'éloignent pour superviser les différentes tâches et je reste un instant immobile, l'esprit traversé par toutes sortes d'interrogations. Je suis rapidement tirée de mes pensées par une conversation toute proche. Un des hommes marmonne des propos qui ne me plaisent pas vraiment.

— C'est complètement stupide : ce fou qui vit seul depuis on ne sait pas combien de temps, il nous balance une comptine absurde, et le capitaine…

— Oui ? je l'interromps d'une voix forte.

Je n'ai pas pu m'empêcher d'intervenir. Les deux hommes qui l'écoutaient avec attention relèvent la tête et me dévisagent. Les mains sur les hanches, je toise Darren, le troisième homme, celui qui s'apprêtait à critiquer ouvertement Blake. Il semble perdre un peu de sa superbe.

— Euh, ben…

Je m'impatiente… Je ne sais pas s'il a peur de la magie que je peux invoquer à tout instant, s'il se souvient de la raclée que j'ai collée à certains hommes quand je suis arrivée à bord ou encore s'il craint que Blake ne le punisse pour m'avoir manqué de respect… Quoi qu'il en soit, le pauvre homme cherche ses mots avec difficulté.

— Je disais juste que l'avenir semble très incertain, qu'on n'a pas beaucoup d'informations et que ces histoires d'épreuves ne sont pas très rassu…

Je le coupe sèchement :

— Désolée que tu aies cru que naviguer dans les Confins serait un voyage de plaisance. On aurait dû te prévenir qu'il y aurait des dangers à affronter.

— Je ne…

— Aurais-tu perdu foi en ton capitaine ?

À ces mots, le pirate écarquille les yeux et secoue la tête avec ardeur. Outre le fait que je le pense malgré tout loyal envers Blake, l'idée qu'on puisse l'accuser d'une mutinerie paraît le terrifier. Blake doit avoir une manière bien à lui de réprimer les tentatives de rébellion…

— Doutes-tu de sa capacité à nous guider à travers les Confins ? Doutes-tu que tes compagnons puissent affronter tous les dangers qui se dresseront sur notre chemin ? Doutes-tu de ta famille, Darren ?

Il secoue de nouveau la tête, et je vois une goutte de sueur couler le long de sa tempe. Pour un peu, j'aurais presque pitié de lui. Presque. Les semaines qui arrivent s'annoncent comme les plus difficiles que nous ayons jamais vécues et on ne peut pas se permettre d'avoir des personnes qui tiennent des propos séditieux à bord. Les hommes doivent croire en leur capitaine, sinon tout va partir à vau-l'eau. Je reprends la parole d'un ton ferme.

— C'est bien ce que je pensais. Maintenant, si tu estimes avoir une meilleure idée, une meilleure piste ou, mieux encore, un moyen de remonter cette immense cascade qui, je te le rappelle, a failli nous coûter la vie… je suis tout ouïe.

Seul le silence me répond. Aurais-je définitivement rendu cet homme muet ? Je décide d'en finir avec cette scène.

— Dans ce cas, boucle-la et remets-toi au travail. À la prochaine incartade, on te passe par-dessus bord. Si tu as de la chance, tu échoueras ici : je suis sûre que le vieux fou ne serait pas contre un peu de compagnie.

Ma voix a claqué, plus moqueuse que je ne le voulais, mais j'ai à peine terminé que Darren a tourné les talons pour rejoindre son poste. Ses compagnons me jettent un regard en coin avant de l'imiter. Je pousse un soupir et secoue la tête.

— Eh bien, dit quelqu'un derrière moi.

Je pivote pour faire face à Bold qui, si j'en crois son regard amusé et le léger sourire sur ses lèvres, a assisté à toute la scène.

— Ils ont filé droit. Belle démonstration d'autorité.

Un peu gênée, je me recoiffe pour me donner une contenance.

— Désolée, je n'aurais peut-être pas dû le remettre à sa place. Je sais que c'est ton rôle.

— Je ne l'aurais pas fait mieux que toi. Et c'est bien, que tu te familiarises avec le poste. Je ne vivrai pas éternellement.

— Ne dis jamais ça devant Blake. Il éclaterait en sanglots.

— Ne t'en fais pas, je n'ai pas l'intention de mourir avant d'avoir eu une foule de petits-enfants.

Je me sens rougir jusqu'à la racine des cheveux.

— J'espère que tu es en pleine forme, car ça n'est pas pour tout de suite.

Il hausse les épaules sans faire de remarque sur mes joues écarlates. À la place, il désigne les hommes que je viens d'envoyer au travail.

— Je suis sérieux, Callie. Tu as bien fait d'intervenir. Il est important que tu prennes tes marques avec le travail de second.

— Tu comptes prendre ta retraite ?

À ma grande surprise, il me répond sérieusement :

— Ce sont des questions qu'il faut se poser. Surtout vu ce qui nous attend.

Blake surgit derrière moi, interrompant notre échange.

— Je ne sais pas de quoi vous parlez, mais écoute Bold, Callie. Il a toujours raison.

Sans trop savoir pourquoi, je continue sur le sujet :

— Ah, bah, tu tombes bien, Blake. S'il devait t'arriver quelque chose, qui prendrait la tête de *L'Avalon* ? Certainement pas moi, n'est-ce pas ?

— Pourquoi est-ce qu'il m'arriverait quelque chose ? s'inquiète Blake en ouvrant de grands yeux. Et pourquoi est-ce que vous parlez de ça ?

Je souris devant sa réaction et ne résiste pas à l'envie de le chahuter un peu.

— J'essaie de calculer combien de personnes je devrais éliminer pour être enfin à la tête de ce maudit rafiot.

— On planifie une mutinerie ? persifle-t-il en s'approchant tout près de moi. C'est bon à savoir.

Dans un même geste, il se penche et c'est désormais sa bouche qui effleure ma tempe.

— Coucher avec le capitaine ne te suffit plus ? murmure Blake à mon oreille, même si je suis sûre que Bold peut l'entendre malgré tout.

Ce qui est affreusement gênant.

— Mais qu'est-ce que vous avez tous, aujourd'hui ? je m'exclame, en levant les yeux et les bras au ciel, malheureusement consciente que je suis plus rouge qu'une tomate.

Bold part d'un rire profond tandis que Blake a l'air un peu surpris.

— Comment ça ? Qui a parlé de coucher avant moi ?

— Quoi ? Qui couche avec qui ? dit Glenn en arrivant, un cordage sur l'épaule. Dites-moi tout, j'adore les potins.

— Ce n'est pas vos affaires et, tant qu'on y est, personne ne fera de petits-enfants à personne ! C'est clair ?

Sans attendre la réaction des trois hommes, je fais volte-face et, marmonnant des insultes envers ces agaçants pirates, mes joues en feu et moi-même trouvons refuge au pont inférieur.

***

La suite se déroule en un clin d'œil, si vite que je ne comprends même pas comment ça arrive.

Lorsque je rejoins le pont inférieur pour aider à ranger avant notre départ, je suis d'excellente humeur. J'ai de l'espoir quant à ce qui nous attend, les douleurs dans mon corps s'atténuent enfin et je parviens même à repenser à la scène qui s'est déroulée plus tôt sans trop rougir. Je plaisante avec les hommes et travaille avec eux. Je suis bien.

Et puis, brusquement…

Mon humeur change.

Je me sens mal, comme si un voile était tombé sur mon esprit, comme si quelqu'un avait éteint une chandelle et que toutes mes pensées se paraient de noir. Brusquement, je n'ai plus envie de rire avec les hommes. Je n'ai plus envie de travailler, je n'ai même plus envie de garder espoir pour la suite. J'ai envie de me rouler en boule dans un coin et d'attendre que tout ça passe. J'ai envie de dormir pendant cent ans, de ne plus rien ressentir du tout.

Affolée par mes sombres pensées, je quitte le pont inférieur sans que personne me remarque ou essaie de me retenir. Je débouche à l'air libre, mais cela ne m'aide pas. J'étouffe, j'ai l'impression que tout le monde me regarde, me juge, me hait. Je tourne sur moi-même, cherchant désespérément un endroit où trouver refuge. Je finis par me souvenir du poste de la vigie, tout en haut du grand mât. Sans plus réfléchir, je grimpe dans les cordages, au moins satisfaite de voir que cela ne réveille pas la douleur dans mes membres. Il ne me faut que quelques minutes y arriver et je donne un ordre bref à l'homme qui était posté là.

— Je prends la relève. Reviens dans deux heures.

À mon grand soulagement, il ne proteste pas et me laisse seule avec mes pensées sombres, sans poser de questions.

On est vraiment haut, ici, tellement que j'ai l'impression de pouvoir toucher les nuages en tendant la main. La vue est dégagée sur une grande partie de l'océan qui s'étale devant nous et je distingue quelques îles ici et là. Plus loin encore, la ligne de l'horizon est trouble. Le soleil va bientôt se coucher. Je devrais redescendre. Sourire. Feindre d'aller bien, d'avoir le moral et un espoir auquel me raccrocher. Au moment où ces pensées traversent mon esprit, je m'en veux. J'ai de l'espoir. J'ai quelque chose à quoi me raccrocher. Alors pourquoi est-ce si pénible ?

Il me faut bien les deux heures avant le retour du pirate pour me calmer. Lorsqu'il reprend son poste, je me sens un peu mieux. Suffisamment pour faire illusion une partie du repas. Puis je prétexte un coup de fatigue pour me retirer, sous le regard inquiet de Blake. Je ne sais pas pourquoi je le repousse ainsi, mais lorsqu'il entre à son tour, je fais semblant de dormir. Il dépose un baiser sur mon front et soupire avant de s'allonger.

J'attends que sa respiration s'apaise pour rouvrir les yeux. Je l'observe dormir et, pendant un moment, j'envie son insouciance. Puis je me reprends. Blake n'est pas insouciant. Blake a des tonnes de problèmes à gérer, dont un équipage à protéger et ma propre vie à sauver. Ce n'est pas parce qu'il gère mieux que moi qu'il est insouciant ou insensible. Je le contemple longtemps, incapable de m'endormir. Ce n'est qu'au bout de longues heures que je réalise que je vais mieux. Je ne suis plus triste, je n'ai plus de pensées sombres. Mon mal-être est parti aussi mystérieusement qu'il est apparu.

Lentement, je lève les mains. Dans la pénombre de la pièce, j'agite mes doigts et la magie me répond instinctivement. La Carte s'échappe d'une poche du manteau de Blake pour voler jusqu'à moi. Je l'attrape d'un geste et me plonge dans sa contemplation.

Les légendes disent que les Confins sont un lieu magique, un lieu que les dieux ont créé à leur image. Le lieu de tous les possibles. Je dois croire qu'on y trouvera un moyen de me libérer des ombres. Sinon…

Eh bien, sinon, que ça soit par les ombres ou par la magie, je finirais dévorée.

CHAPITRE 41
BLAKE

J'ai vraiment du mal à le croire.

Tous les matins, en ouvrant les yeux, je suis tenté de me pincer pour être sûr de ne pas rêver. Mais non, je suis bien réveillé. C'est réel : *L'Avalon* est dans les Confins. Je serai le premier capitaine à les explorer et je suis bien décidé à en revenir avec, en prime, une solution pour sauver Callie. J'ai l'impression d'être sur le point de réaliser un rêve d'enfant et ça me rend joyeux.

Je me tourne précautionneusement vers Callie et m'aperçois qu'elle est déjà réveillée. Elle est même déjà debout et achève de lacer son corset. J'espère qu'elle a dormi. Je ne l'ai pas sentie remuer comme lorsqu'elle est en proie aux cauchemars, mais ça ne veut pas dire qu'elle a eu une bonne nuit de sommeil pour autant. Au moment où j'ouvre la bouche pour lui demander comment elle va, elle me prend de court.

— Tu devrais te dépêcher, ils doivent nous attendre.

— Euh, bonjour à toi aussi, je rétorque, railleur. C'est toujours un plaisir de me réveiller à tes côtés, petit rayon de soleil.

Elle interrompt son geste et, à ma grande surprise, baisse les yeux. Je lis en elle comme dans un livre ouvert. Elle est inquiète. La menace qui plane au-dessus de sa tête lui fait peur. Je le sais parce que la situation me terrifie moi aussi. Et hier… elle faisait illusion, mais j'ai bien vu que quelque chose n'allait pas. Elle était refermée, ailleurs… un peu sombre. J'aimerais qu'elle se confie à moi mais, si elle n'en a pas envie ou n'en a pas éprouvé le besoin, que faire ? Je ne veux pas la forcer. Avant que j'aie le temps de dire quoi que ce soit, elle relève la tête, un sourire aux lèvres.

— Désolée, dit-elle en s'asseyant au bord du lit avant de reprendre avec un ton plein d'emphase. Bonjour, ô grand capitaine Jackson ! J'ose espérer que votre nuit a été reposante. Désirez-vous un petit déjeuner au lit avant de prendre vos fonctions ?

— Non, mais je prendrais bien un baiser…

— Ah… fait mine de réfléchir Callie. Je ne sais pas si c'est une bonne idée… je ne voudrais pas qu'on m'accuse encore de déconcentrer le merveilleux capitaine de ce formidable navire !

— Oh, prenons le risque malgré tout…

Je l'attire à moi pour une longue étreinte. Je ne sais pas ce qui me rend le plus heureux. Voguer sur les Confins ou me réveiller avec Callie à mes côtés.

Pourtant, bien trop tôt à mon goût, celle-ci se recule. Elle sourit, les joues rougies par notre baiser. Je la trouve plus belle que jamais. Je m'apprête à l'attirer de nouveau à moi quand elle se redresse et me désigne une bassine d'eau près de la baignoire.

— Allez, la marmotte. Tu as eu ce que tu voulais, tu fais un brin de toilette et on s'y met. Les Confins nous attendent, tu te souviens ?

Je m'exécute, docile, la tête toujours un peu ailleurs. Je m'asperge le visage et m'ébroue lorsque j'aperçois quelque chose, posé sur le rebord de la baignoire.

— Qu'est-ce que c'est ?

Callie est en train de mettre ses bottes et ne jette qu'un coup d'œil rapide vers ce que je pointe du doigt.

— Du savon, Blake, me répond-elle, sur un ton légèrement exaspéré. Je suis sûre que tu en as déjà vu.

— Oui, merci, je vois que c'est du savon. Mais pourquoi il y en a deux ?

— Un pour le corps, un pour les cheveux. Je l'avais mis sur la liste du ravitaillement durant la dernière escale.

Je hausse un sourcil et elle me fixe en retour, sans rien dire.

— Je n'avais pas compris que ma cabine allait se transformer en bain de senteurs, je finis par dire, un brin moqueur.

— Avoir une hygiène suffisamment correcte pour éviter que mes cheveux ne tombent, je n'appelle pas ça « ouvrir un bain de senteurs », rétorque Callie.

— Soit dit en passant, tu devrais t'estimer heureuse que je sache ce qu'est un savon. On ne peut hélas pas en dire autant de tous les pirates…

J'ai toujours tenu à être propre et à ce que mon équipage le soit aussi. C'est une question de bon sens : pour être efficace, il faut être en forme et, pour être en forme, il faut parfois faire trempette. Je ne dis pas que mes hommes ont une hygiène irréprochable et je n'irais pas pousser le vice jusqu'à inviter tout l'équipage à passer dans ma baignoire, mais ils ont des baquets à disposition et de l'eau douce pour leurs ablutions.

— Oui, je suis une vraie chanceuse, marmonne Callie.

Je suis surpris par son ton. Je la regarde sortir de la cabine sans rien ajouter. Parfois, même moi, je ne trouve pas les mots pour éloigner ses sombres pensées. Et c'est dans ces moments-là que ma culpabilité est la plus lourde à porter.

Tout ça, c'est à cause de moi.

C'est à cause de moi que Callie doit vivre avec cette magie qui la dévore, qui la déprime, qui l'épuise. C'est à cause de moi qu'elle va traverser des périodes difficiles, d'angoisse, de peur et peut-être de souffrance. C'est à cause de moi qu'elle est dans cette situation, à cause de mon ambition et de ma quête insensée des Confins.

Tout est ma faute.

Presque par réflexe, ma main se glisse dans la poche de mon pantalon. Elle se referme sur le petit morceau de feuille que je garde précieusement là, en secret.

CHAPITRE 42
BLAKE

Nous naviguons dans les Confins depuis trois jours déjà et je crois que nous sommes tous surpris par le calme des lieux. Nous croisons des îles de tailles diverses mais nous ne nous arrêtons pas.

Callie a repris des forces après une nouvelle saute d'humeur durant laquelle elle m'a évité toute une journée. Son air sombre m'a convaincu de ne pas insister. Je l'ai laissée s'isoler en haut du nid-de-pie, persuadé qu'elle reviendrait quand elle en aurait envie ou besoin, et… je dois reconnaître qu'elle fait une très bonne vigie. Lorsqu'elle est enfin redescendue, elle m'a souri d'un air tout à fait normal, et j'ai poussé un soupir de soulagement.

Il faut que nous arrivions au bout des Confins le plus vite possible. Au début, je me suis demandé comment on pouvait aller « au bout » des Confins et comment aller dans la bonne direction. Puis je me suis rappelé qu'on était dans un endroit magique, hors du temps et de l'espace et que les règles habituelles ne s'appliquaient pas ici. Quant à savoir quelle direction prendre… Là encore, je me suis rappelé la première épreuve. Peu importait la direction qu'on prenait, peu importait à quel point *L'Avalon* virait de bord, les chutes étaient toujours devant nous. J'ai fait le pari que ce serait la même chose avec les épreuves et, logiquement, avec le bout des Confins.

Puisque les chutes étaient notre première épreuve, je compte sur la Carte pour m'annoncer la prochaine. Ce qu'elle fait très vite.

Je tiens la barre depuis le matin et, comme toujours, je jette de réguliers coups d'œil en direction du parchemin magique que je tiens à la main. Jusque-là, la Carte est toujours restée muette et je ne pouvais qu'estimer l'avancée de *L'Avalon* grâce au petit dessin du navire qui bougeait sur les flots stylisés. Mais, maintenant…

Je plisse les yeux pour mieux cerner le dessin qui est apparu. Les chutes étaient représentées par des tourbillons d'eau et une falaise. Désormais, une grosse pieuvre se dresse sur notre chemin. Je devine immédiatement ce que cela signifie. Car toutes les légendes, sans exception, parlent des monstres marins qui hantent les Confins.

Je crie aussitôt mes ordres et tout le monde rejoint son poste en courant. Après trois jours de calme, les hommes sont prêts. Ils sont même impatients, excités à l'idée d'affronter quelques dangers.

Je sens Callie se glisser derrière moi tandis que je fais un point avec Bold, Glenn et Al.

— Les hommes sont en place, me dit mon second. Les canons sont chargés, l'intérieur est sécurisé.

— Qu'est-ce que c'est que cette horreur ? demande Callie d'un air dégoûté.

— Je crois que c'est une pieuvre, répond Glenn sur le ton de la conversation.

— Ah, j'aurais dit un calamar, intervient Al qui a déjà les bras levés, prêt à utiliser la magie.

On ne peut peut-être pas éviter le monstre, mais on peut quand même essayer de passer devant lui le plus vite possible. Je soupire.

— Vous pensez que c'est important de savoir si c'est une pieuvre ou un calamar ? Glenn, retourne à ton poste au milieu du navire. Bold s'occupe de l'avant et j'ai besoin de toi là-bas pour guider les hommes.

— À vos ordres, capitaine !

Il m'adresse une parodie de salut militaire et, sur un dernier clin d'œil à l'intention de Callie, il tourne les talons.

— Al, tu restes là et tu fais ce que tu peux, sans t'épuiser. Callie… Quoi qu'il arrive, tu n'utilises pas la magie. Je veux que tu me le promettes.

Elle hésite et je reprends, de l'urgence dans la voix :

— Je reconnais que, la dernière fois, c'était nécessaire. Mais là, on va pouvoir s'en sortir.

Elle soupire et hoche la tête. Je la connais si bien…

— Promets-moi.

— Je te le promets sur l'Océan, ô grand capitaine Jackson. Je n'utiliserai pas la magie contre le calamar-pieuvre qui s'apprête à nous fondre dessus.

— Parfait. Alors tu peux rester ici.

D'un geste rapide, elle dégaine ses poignards et les fait tournoyer. Elle fait preuve d'une grande dextérité, mais je ne suis pas sûr que ses armes de prédilection soient très efficaces contre un monstre marin qui, si j'en crois le dessin, est aussi gros que *L'Avalon*.

Je laisse la barre à Colton et rejoins le milieu du pont où je me tiens prêt, comme le reste de l'équipage, tout en gardant un œil sur la Carte. *L'Avalon* avance à bonne allure et le calamar ne bouge pas. Nous sommes bientôt sur lui… Très bientôt…

Le dessin de *L'Avalon* se place à côté de celui du monstre.

Au début, il ne se passe rien.

Puis, brusquement, la surface de l'eau se plisse. Comme si quelque chose de très gros s'agitait en dessous. Un mugissement étouffé nous parvient puis… le silence. Un calme angoissant et trompeur, qui est rompu lorsqu'un tentacule énorme et hérissé de pics jaillit hors de l'eau pour embrocher un de mes hommes qui se tenait près du bastingage. Le malheureux hurle tandis que le tentacule se rétracte, l'entraînant sous les flots. Un moment de silence fait suite à cette scène, puis le cauchemar commence.

Des dizaines de gigantesques tentacules sortent de l'eau et s'abattent sur le navire. Cette fois, nous sommes prévenus et nous répliquons. La texture spongieuse et visqueuse des appendices est dégoûtante mais facile à trancher, et un coup d'épée suffit à les sectionner. Très vite, le pont en est recouvert, ainsi que de la substance poisseuse dont elles sont enduites. Ça rend le sol glissant et il faut redoubler de prudence pour s'y déplacer. Lorsque le dernier tentacule tombe avec un bruit mouillé, nous profitons d'un moment de répit. Aucun de mes hommes n'est vraiment blessé. Ça semble presque trop facile.

De nouveaux tentacules jaillissent de l'eau et, à présent, s'enroulent autour de *L'Avalon*. J'entends le bois craquer tandis qu'ils rampent sur le pont et le long de la coque. Les pics dont ils sont hérissés raclent le bois et creusent des sillons ou déchirent carrément les parties fragilisées. J'abats mon épée encore et encore au milieu des cris. Serpentant de manière plus sournoise, ces tentacules sont plus difficiles à éliminer. Plusieurs jurons me parviennent, ainsi que des exclamations de douleur qui ne trompent pas. Les plus gros pics qui pointent sur les tentacules font bien quinze centimètres de long et sont aussi acérés que des épines. Je parviens à éviter de me faire empaler, mais je suis griffé de tous les côtés et je m'inquiète à l'idée que la coque de *L'Avalon* puisse être broyée par le monstre comme si c'était un bout de parchemin.

Un nouveau mugissement résonne, beaucoup plus près et beaucoup moins étouffé. Puis la surface de l'océan semble exploser tandis qu'une créature en émerge. Mes hommes hurlent et, lentement, je me tourne pour faire face à la tête du monstre marin.

C'est tellement laid que je pourrais en faire des cauchemars pendant des mois. Ça ressemble plutôt à une pieuvre, si une pieuvre pouvait être plus haute que le plus haut mât de *L'Avalon.* Sa peau visqueuse est rougeâtre et ses deux yeux, d'un noir d'encre, sont aussi grands que moi. Je dois reconnaître que, un court instant, je suis pétrifié.

Comment lutter contre une telle créature ?

Pourtant, je n'en laisse rien paraître. Et tandis que la pieuvre soulève ses deux tentacules de devant pour révéler un trou noir qui doit être sa bouche, je pousse un cri qui fait réagir tout l'équipage. Ensemble, nous tranchons les tentacules qui sont à notre portée. Je me précipite vers le mât principal et, bloquant provisoirement mon épée dans ma ceinture, je grimpe aux cordages. En équilibre précaire, j'avance entre les voiles qui claquent au vent, jusqu'à arriver au bout, devant la pieuvre qui s'avance encore vers le pont, prête à nous dévorer.

Je sors mon pistolet, respire, vise et tire. Ma première balle transperce l'œil de la créature qui mugit et agite ses tentacules dans tous les sens. La bonne nouvelle, c'est que je l'ai blessé. La mauvaise, c'est que ses mouvements font violemment tanguer le navire et que je perds l'équilibre.

Je me rattrape de justesse à un cordage et attends que *L'Avalon* se stabilise avant de remonter sur ma poutrelle. J'avais dans l'idée de tirer une deuxième fois pour aveugler la créature, mais elle bouge trop et je rate mon coup. En revanche, le bruit de mon arme attire son attention et son œil valide se fixe sur moi. J'essaie de rester immobile, mais vu les circonstances, c'est perdu d'avance. Et lorsqu'un tentacule jaillit dans ma direction, j'agis instinctivement. Je tire mon épée et saute droit devant moi, la lame levée au-dessus de mon crâne.

J'atterris sur le haut de la tête de la pieuvre avec une violence telle que ça me coupe le souffle. Mon épée s'enfonce dans sa chair molle, lui tirant un nouveau mugissement. Je suis vite recouvert de cette matière gluante et retiens une envie pressante de vomir. Je ne sais pas bien comment je vais me sortir de cette situation, mais je n'ai de toute façon pas le temps d'y penser. La pieuvre s'agite, l'épée que je tiens de mes deux mains s'enfonce un peu plus profondément puis déchire la peau du monstre. Je me sens glisser le long de la tête oblongue tandis que mon arme la sectionne en deux. Les mugissements reviennent et un liquide jaunâtre semblable au mucus, mais en plus épais, me coule dessus.

Avant que j'aie eu le temps de faire quoi que ce soit, je dégringole jusqu'au pont. La tête de la pieuvre est fendue en deux. Le choc de mon atterrissage se répercute dans mes jambes, puis je dérape sur la substance visqueuse qui s'est échappée de la pieuvre. Je mets un genou à terre pour garder l'équilibre et baisse la tête pour éviter d'être trop aspergé par ce qui sort de la plaie ouverte du monstre. Je retire mon épée d'un geste sec tandis que la pieuvre s'enfonce lentement dans l'eau, la vie désertant son œil valide.

L'océan se soulève quand elle disparaît totalement et je pousse un soupir. Je me redresse lentement et me tourne, l'épée toujours à la main, et fais face à mon équipage, médusé.

Un bref instant, je ne comprends pas ce qui les fige ainsi, puis je me rejoue la scène de leur point de vue. Mon attaque contre la pieuvre et la blessure que je lui ai infligée. L'atterrissage sur le pont et sur mes pieds – un vrai hasard, je dois l'avouer – puis ma pose à genou, l'épée à la main m'a fait paraître bien plus assuré que je ne l'étais. C'est un petit miracle que je ne me sois pas écrasé sur le pont comme une barrique vide, mais je ne vais pas m'en plaindre.

Un moment de silence fait suite à cet épisode aussi improbable que répugnant, puis mes hommes poussent des cris de joie. Certains se pressent près de moi et je crois que, si je n'étais pas recouvert de mucus, ils me porteraient en triomphe. Tant pis, ça sera pour une prochaine fois.

L'heure n'est pas à la célébration : des tentacules sont toujours en train d'essayer d'empaler nos hommes ou de déchirer notre pont. Ils serpentent doucement, à croire qu'ils n'ont pas encore compris que leur propriétaire était mort. Il me semble avoir lu quelque part qu'un poulet continuait à courir après qu'on lui a coupé la tête. C'est peut-être la même chose pour les pieuvres.

Mes hommes cessent donc leurs exclamations pour traquer les derniers tentacules qui nous attaquent. Pour ma part, je passe une main sur mon manteau, écœuré d'y trouver tout ce mucus collant.

Un bruit de pas me fait relever les yeux. Callie se tient à quelques mètres de moi.

— Tu vas bien ? me demande-t-elle, inquiète.

— Excellemment ! J'irai encore mieux après un bon bain.

— Oui, à ce propos, j'ai très envie de me jeter dans tes bras pour parfaire cette scène digne d'une épopée, mais c'est trop immonde, je vais m'abstenir. Cependant le cœur y est, hein.

— Je viens de trancher en deux une pieuvre qui fait la taille de mon navire et tu ne peux même pas surmonter ta répulsion pour m'embrasser ?

— Non. Mais par l'Océan, Blake, c'était quelque chose ! C'était la chose la plus impressionnante, la plus stupide et la plus dégoûtante que j'aie jamais… Attention !

Bousculé, je tombe au sol. J'entends que Callie émet un petit hoquet en même temps que me parvient un chuintement que je reconnais comme celui de la peau humaine qui se fend. Puis c'est un cri.

— Callie !

Je me redresse et rouvre les yeux, débarrassé du mucus de la pieuvre, juste à temps pour voir Glenn abattre son épée sur un tentacule qui serpente devant Callie.

Elle est debout, les yeux écarquillés, la bouche ouverte en un cercle quasi parfait, les mains pressées autour du tentacule hérissé de pointes qui lui sort du ventre.

CHAPITRE 43
GLENN

Je ne peux pas retenir mon cri en voyant Callie tomber à genoux.

Ses mains sont pressées contre son ventre transpercé par un des pics aiguisés du calamar et son visage affiche un air un peu surpris, comme si elle ne réalisait pas bien ce qui se passe. Dans ses yeux, pourtant, la douleur remplace très vite la surprise. Un mince filet de sang coule de sa lèvre.

Je me précipite vers elle mais, comme toujours, Blake est plus rapide que moi. Il termine sa course sur les genoux tout en jetant son épée sur le pont. De ses mains couvertes d'égratignures, de sang et de mucus, il prend le visage de Callie et commence à lui parler tout doucement.

— Callie, tu m'entends ?

Ses yeux papillotent, mais elle ne répond pas, et je vois son corps se ramollir dans les bras de Blake. Celui-ci est fou d'inquiétude, à tel point que je peux sentir l'aura de peur qu'il dégage. Puis, d'un coup, le visage de mon capitaine s'éclaire. Il pose une main sur l'épaule de Callie, la redresse et, de l'autre, s'empare du bout du tentacule. Comprenant son intention, je fais un nouveau pas en avant.

— Blake, ne fais pas ça ! Le saignement s'aggravera…

Je m'apprête à appeler Doc, dans l'espoir qu'il puisse nous aider quand, m'ignorant royalement, Blake tire d'un coup sec. Callie hoquette et se tend avant de laisser sa tête retomber sur l'épaule du capitaine. Celui-ci jette le tentacule poisseux de sang derrière lui sans même lui accorder un regard et observe le flot écarlate qui s'écoule désormais de la plaie de la jeune fille.

— Tu es fou ! je crie en m'agenouillant à leurs côtés.

Je cherche quelque chose qui pourrait servir de garrot, quelque chose pour arrêter le saignement, n'importe quoi pour l'empêcher de mourir…

— Devant son château, j'ai enfoncé toute ma lame dans le ventre du Sorcier Noir, il n'a même pas tressailli. Et il a guéri en un clin d'œil. Callie peut en faire autant.

Une bouffée d'espoir me traverse et, un brin stressés, Blake et moi regardons la plaie. Elle ne se referme pas. Blake redresse de nouveau Callie pour plonger son regard dans le sien. N'importe qui d'autre aurait sans doute perdu connaissance depuis longtemps, mais Callie est consciente. Un peu ailleurs, vu son regard vide, mais consciente. Elle marmonne quelques mots que je ne comprends pas : je suis bien trop effaré par la quantité de sang qu'elle perd.

— Ça ne marche pas… Blake, ça ne marche pas ! Je finis par craquer.

— Je ne comprends pas…

Mon ami a l'air un peu fou, tenant la tête de Callie dans ses mains, couvert de mucus. Ses yeux s'agitent dans tous les sens. Soudain, il se fige :

— Elle bloque la magie !

Il n'en dit pas plus, mais j'ai compris. Callie sait qu'utiliser la magie l'affaiblit et cela fait des semaines qu'elle s'entraîne à la repousser, à l'utiliser le moins possible… un réflexe qui pourrait lui coûter cher aujourd'hui.

— Callie, dit Blake. Callie, ma chérie, écoute-moi.

Je crois que je n'ai jamais vu Blake aussi doux avec quelqu'un et encore moins avec une femme. Pendant une effrayante seconde, je crois que Callie ne va pas réagir, mais elle bat des paupières avant de fixer son regard sur Blake. Elle a encore l'air un peu ailleurs. Elle a surtout l'air de souffrir le martyre. Blake l'allonge délicatement sur le pont et elle pousse un gémissement. Puis, d'un geste très lent qui semble terriblement lui coûter, elle lève la main pour caresser la joue de Blake. Elle laisse une trace ensanglantée qui tranche avec le mucus jaunâtre qui macule son visage et son corps.

— Blake… lâche-t-elle dans un soupir.

— Callie, écoute-moi. Il faut que tu laisses la magie agir. Juste pour cette fois.

Sa main retombe et elle fronce les sourcils. Cette idée semble la ramener un peu sur terre, la rendre un peu plus consciente et sa voix s'affermit quand elle répond.

— Non. Dangereux… la magie… m'affaiblit.

— Elle te soignera !

— Je… Je ne veux pas…

— Callie, si tu continues à résister, tu vas mourir !

Je perçois nettement le déchirement dans la voix de Blake.

— Tu ne peux pas mourir maintenant, tu m'entends ? Tu dois rester avec moi…

Un silence fait suite à sa supplique et Callie ferme les yeux. J'ai peur qu'elle n'ait baissé les bras et perdu connaissance mais, après ce qui me paraît une éternité, elle reprend la parole.

— Pourquoi ? murmure-t-elle avec un sourire douloureux, les yeux entrouverts.

Contre toute attente, Blake éclate de rire, à moins que ce ne soient des sanglots.

— Tu sais pourquoi, petite voleuse.

Elle sourit faiblement et je comprends qu'il s'agit de quelque chose entre eux : je me sens mal d'assister à une scène aussi intime. Puis Callie referme les yeux et, une fois qu'elle a pris sa décision, il ne faut qu'un instant à la magie pour agir. La jeune fille se met à briller, et une vague de chaleur nous frappe. Blake et moi reculons, accroupis sur le pont, prêts à bondir s'il se passe quoi que ce soit. Mais ce n'est pas nécessaire. Les membres de Callie se tendent, ses cheveux volettent, comme agités par un vent que nous ne pouvons percevoir, puis elle pousse un cri. Sous nos yeux ébahis, sa plaie se referme et, bientôt, seuls le trou dans sa chemise et la quantité de sang qui l'imbibe peuvent encore prouver qu'elle a été blessée. La chaleur s'estompe, la lumière s'éteint et Callie ouvre les yeux en prenant une grande inspiration.

Blake se précipite sur elle pour l'aider à se redresser. Elle s'assoit, un peu groggy et visiblement épuisée. Elle passe une main sur son ventre puis regarde Blake.

— Ça va ? lui demande-t-il.

— Je… Je crois, oui.

— Les ombres ?

Callie secoue la tête. L'usage de la magie n'a pas réveillé les ombres : elle est affaiblie, mais sauve. Je pousse un soupir de soulagement tandis que Blake l'enlace en lui murmurant à l'oreille des mots que je ne saisis pas. Je les regarde un moment, incapable de détacher mon regard d'eux.

C'est dans ces moments-là qu'il m'est difficile de nier que je ressens quelque chose pour Callie. Quelque chose d'un peu plus fort que je ne le devrais. C'est un sentiment très étrange car je ne sais pas vraiment ce qu'il signifie. Je l'aime beaucoup, c'est sûr. Est-ce que je l'aime tout court ? Est-ce seulement une attirance physique ? Passagère ? Ce sont des questions qui me hantent depuis un moment mais j'ai décidé de les refouler très loin dans les méandres de mes pensées. De toute façon, j'ai bien compris qu'elle n'était pas faite pour moi. Depuis qu'elle a mis un pied sur *L'Avalon*, Callie est tellement obsédée par Blake qu'aucune autre personne n'aurait pu trouver grâce à ses yeux. Nos parties de cartes, nos jeux, nos blagues… C'est plaisant, mais ce n'est rien de plus pour elle.

Je me suis très vite fait une raison. Dans les histoires, la jolie fille ne termine jamais avec le personnage secondaire. Non, elle finit avec le héros. Le capitaine.

Et personne ne mérite d'être heureux autant que Blake. Sauf peut-être Callie.

Alors, les choses sont bien faites.

Blake est mon meilleur ami, j'adore Callie et, en toute honnêteté, les savoir heureux ensemble me comble de bonheur. Pourtant, quand je les vois ainsi, l'un contre l'autre, je ne peux pas m'empêcher de ressentir une pointe de jalousie. Comme un coup dans le ventre.

Blake enfouit sa tête dans le creux de l'épaule de Callie, inspire profondément, puis s'écarte et joue avec une mèche de ses cheveux.

Je me relève et tourne les talons, les laissant enlacés sur le pont.

CHAPITRE 44
BLAKE

J'insiste pour porter Callie jusque dans notre cabine, même si elle assure qu'elle peut marcher. Sa plaie est refermée, mais utiliser la magie semble l'avoir épuisée. Je lui dis de se reposer, et elle me désigne ses vêtements tachés de sang.

— D'accord, une petite toilette avant toute chose, alors.

Pour ma part, je me contente de me rincer les mains et le visage dans la bassine. J'ai encore des choses à faire sur le pont, je prendrais le temps de me reposer et de me laver plus tard… Je retire mon manteau et, après une hésitation, le laisse tomber sur le sol. Il est bon à jeter tellement il est sale. Bold nous rejoint au moment où je m'apprête à quitter la cabine et à laisser Callie seule à contrecœur.

— Tu es sûre que ça va aller ?

— Blake, ma blessure est refermée, tu l'as vu toi-même. J'ai juste besoin de repos.

Je réplique de manière un peu démesurée :

— Oh, excuse-moi, j'ai peut-être été légèrement perturbé par la vue de tout ce sang qui sortait de ton corps !

Elle fait la moue et m'indique de la laisser. Je dépose un baiser sur ses lèvres avant de sortir, en essayant de ne pas penser à l'horreur de cette scène… Une fois sur le pont, Bold et moi nous concentrons sur son rapport. Son calme agit toujours comme une formule magique sur moi. Je ne sais pas si c'est son ton ou la confiance que j'ai en lui, mais il pourrait me dire que le soleil se lève à l'ouest, je le croirais. Oui, parfois, croire en quelque chose, même l'improbable, c'est tout ce dont on a besoin pour continuer à avancer.

***

— Bon, on peut partir du principe que c'était notre deuxième épreuve alors ?

Al a l'air épuisé et, surtout, terrorisé. Il ne manque pas de courage, je le sais, mais je dois reconnaître que l'arrivée d'une pieuvre géante a de quoi déstabiliser le plus valeureux des pirates. Surtout quand on considère les dégâts qu'elle a causés : même si le plus gros du mucus a été nettoyé, le pont est encore couvert d'éclats de bois et de sang.

— On peut, je lui réponds en posant la main sur son épaule.

Mon sorcier pousse un soupir, apparemment soulagé à l'idée d'avoir un peu de répit avant la prochaine épreuve. Pendant que mes hommes s'affairent à ranger le pont, nettoyer et soigner les blessés, je sors la Carte. Si le calamar a disparu, de nouvelles taches d'encre nous annoncent de nouvelles aventures… Quand je vois les pictogrammes dessiner des flocons, des flammes et des nuages, je ne peux m'empêcher d'appréhender ce qui arrive…

CHAPITRE 45
BLAKE

Nous nous attendions tous à une offensive directe, à quelque chose qui mettrait nos vies en danger et notre courage à l'épreuve, comme les chutes et le calamar l'ont fait. Mais ce nouveau défi est bien plus vicieux.

Le changement est tout d'abord imperceptible. Puis la température chute d'un coup. Alors qu'il a toujours fait chaud durant la journée, nous nous mettons à frissonner. J'envoie les hommes chercher leurs manteaux ou de quoi se couvrir. Cela nous soulage un instant, mais ce n'est qu'un court répit car la température baisse encore. Bientôt nos souffles dessinent des volutes de vapeur devant nos visages et certains d'entre nous commencent à claquer des dents. C'est le moment que choisit Callie pour revenir sur le pont, les bras serrés autour d'elle, l'air un peu surpris.

— C'est quoi, ce bazar ? demande-t-elle d'une voix qui tremble à cause du froid.

Elle semble requinquée après quelques heures de repos. Sa blessure n'est déjà plus qu'un souvenir et elle m'assure qu'elle n'en a pas gardé de cicatrice. Je la crois et, même si ça n'efface pas le traumatisme d'avoir cru la perdre, je respire un peu mieux.

Bold nous rejoint pour faire un point sur la situation : selon les instruments dont nous disposons à bord, la température a baissé de vingt degrés en deux heures. Et ça continue. On passera bientôt en négatif. Outre le fait que nous n'avons pas l'habitude d'affronter de telles températures, je crains ce que cela signifie pour l'océan qui nous entoure. Pourrions-nous croiser des icebergs ? Comme si naviguer au milieu de ces eaux mystérieuses n'était pas assez difficile…

Le temps qu'il finisse de parler, la température a encore baissé. J'ordonne qu'on récupère tout ce qui pourra nous protéger : des couvertures, des morceaux de voile, des sacs en toile, peu importe. On lance aussi un feu dans un brasero au milieu du pont et, si je sais que celui-ci ne pourra pas nous aider longtemps, car nous n'avons pas assez de bois pour l'alimenter, ça soulage quand même les hommes qui se pressent sur le pont pour grappiller un peu de chaleur. Je les regarde un instant, tenté de les rejoindre quand une couverture se pose sur mes épaules. Je me tourne vers Callie qui m'adresse un sourire.

— Tu t'inquiètes pour les autres, mais j'étais sûre que tu oublierais de t'occuper de toi. Ça serait dommage que notre capitaine gèle sur place.

Je m'enroule dans la couverture avec gratitude avant de remarquer que Callie a les lèvres bleues. Elle est pourtant enveloppée dans un épais lainage et elle sautille sur place pour garder sa chaleur, mais cela ne semble pas suffire. Je sors mon doigt dans le froid glacial, juste pour lui faire signe d'approcher. Elle s'exécute de bonne grâce et je l'invite à venir se blottir contre moi. Elle cale son dos contre mon torse et je referme les couvertures sur nous deux. Ce n'est pas très pratique pour tenir la barre et ses cheveux me chatouillent le menton, mais la chaleur que nous dégageons nous fait du bien à tous les deux. Les claquements de dents de Callie s'espacent et je baisse la tête pour coller ma joue à la sienne.

— Ça va mieux ? je lui chuchote.

— Oui, lâche-t-elle dans un soupir.

— Tu as toujours les lèvres bleues.

J'esquisse un sourire qu'elle ne voit pas.

— J'ai bien une idée pour les réchauffer...

Un peu surprise, elle se tourne légèrement vers moi et je plonge vers ses lèvres. Notre baiser est d'abord maladroit car nos visages sont figés par le froid mais, très vite, nos souffles respectifs nous réchauffent. Embrasser Callie est toujours une bonne idée. Sous la couverture, mes mains commencent à parcourir ses hanches quand on nous interrompt :

— Oh, n'en profitez pas, hein ! nous lance Glenn, taquin.

— Au contraire, c'est une excellente idée : comme ça, vous accumulez la chaleur humaine, dit à son tour Bold qui a l'air encore plus massif enroulé dans plusieurs draps de laine.

— Merveilleux ! Donc Blake se frotte à Callie, et moi... quoi ? Je vais devoir me coller à Al ? reprend Glenn en avisant notre sorcier qui se dirige vers nous.

— Fais le malin ! Si ça continue à descendre, tu me supplieras de me coller à toi ! rétorque celui-ci. Par contre, je n'embrasse pas, moi.

— Dommage, c'est très efficace pour se réchauffer, dit Callie d'une petite voix, tellement enfouie dans les couvertures qu'on distingue à peine son visage.

Nos plaisanteries ne durent toutefois pas longtemps car la température continue de chuter. Comment est-ce possible ? Je suis prêt à parier que nous sommes descendus bien en dessous de zéro et ça ne semble pas s'arrêter. Malgré ma proximité et les couvertures, Callie se remet à trembler et je l'envoie se réfugier en bas. Elle ne proteste pas, signe qu'elle a vraiment froid. Cela m'inquiète un peu. Est-elle déjà plus faible à cause de la magie ? Ou peut-être qu'elle n'a simplement pas la même constitution que moi ? Elle n'est d'ailleurs pas la seule à souffrir plus que Bold et moi. Avec horreur, je vois certains de mes hommes plier leurs doigts ou respirer avec difficulté, comme si le froid les paralysait lentement. Je me souviens d'avoir lu quelque part que le froid provoquait des lésions graves et, parfois, la seule solution était l'amputation. J'ai peur que Doc n'ait beaucoup de travail lorsque les températures remonteront. Si elles remontent…

Lorsque le soleil se couche, la situation devient intenable. L'horizon se voile et un léger brouillard tombe sur le pont. Même nos lanternes ne parviennent pas à éclairer plus loin que quelques pas devant nous. Brusquement, il se met à neiger.

— Tout le monde à l'intérieur ! j'ordonne. On va tous mourir de froid si on reste là.

— On laisse quelques hommes monter la garde ?

— Inutile, on ne voit absolument rien. Non, ce soir, on se repose tous. En restant vigilants, bien sûr…

Les hommes qui étaient demeurés sur le pont se réfugient avec soulagement au pont inférieur où la température est un tout petit peu plus clémente. Au moins, nous ne sommes pas exposés aux vents glacés ni aux flocons qui tombent désormais dru. Nous nous retrouvons dans le réfectoire et nous nous serrons les uns contre les autres. Nous avons à peine la force de manger, pourtant Bold insiste pour que nous avalions une soupe essentiellement constituée d'eau chaude et de quelques légumes qui nous restent. Ça nous fait du bien, mais ça ne dure pas longtemps.

Certains des hommes s'étendent sur ou sous les tables et s'endorment ici, encore tremblants. Je laisse Callie un instant, blottie entre Al et Glenn, pour aller prendre des nouvelles du reste de l'équipage. Quand je reviens, Doug est serré contre elle et c'est quasiment impossible de distinguer le visage de mes amis au milieu de cet amas de couvertures. En me voyant arriver, Glenn se décale un peu pour que je puisse m'adosser au mur à mon tour. Je glisse un bras sous les couvertures pour le placer sur les épaules de Callie et l'attirer contre moi. Prenant garde de ne pas réveiller Doug, endormi sur ses genoux, elle se tourne lentement pour poser sa tête contre mon torse. Elle frissonne alors que ses paupières se ferment. Un instant, je me demande si c'est une bonne idée de nous endormir. Je ne crains pas une attaque mais un ennemi plus pernicieux : si le froid nous atteint dans notre sommeil, nous ne nous réveillerons jamais. Je n'ai pourtant pas le cœur à réveiller Callie, Doug ou n'importe quel autre de mes hommes qui est parvenu à trouver un peu de repos. Je me contente donc de somnoler, reprenant parfois brutalement connaissance alors que ma tête pique vers l'avant. Je regarde les petits nuages qui marquent la respiration de mes amis, échange quelques regards entendus avec Bold… et quand le soleil se lève enfin après l'une des nuits les plus longues de ma vie, je pousse un soupir de soulagement.

Or la journée est encore pire que la nuit. Le soleil avance rapidement dans le ciel mais, comme en plein hiver, la luminosité est quasi nulle et aucune chaleur ne se dégage de ses rayons. Je prends mon courage à deux mains pour me relever, ayant dans l'idée d'aller faire un tour sur le pont.

Je fais quelques pas tremblants au milieu de mes hommes et, quand je débouche dehors, le froid est tellement vif qu'il me coupe la respiration. J'ai l'impression que des pointes aiguisées s'enfoncent sous ma peau, jusque dans mes poumons. Je me force à respirer doucement, j'erre un peu sur *L'Avalon* totalement vide et recouvert de neige… Je dois me rendre à l'évidence : la température a cessé de baisser mais elle ne remonte pas non plus. Je lâche un soupir douloureux avant de me résoudre à redescendre.

C'est là que je les entends. Les craquements autour du navire, des bruits inquiétants qui, lorsque j'étais en bas, devaient être couverts par les discussions. À présent, ils me parviennent très distinctement et je me penche par-dessus le bastingage pour en avoir le cœur net.

L'eau autour de *L'Avalon* est très calme, sans doute trop… Le givre a commencé à recouvrir la coque du navire et, si j'en crois les grondements et craquements de plus en plus sonores, l'eau est en train de geler. Je ne vois pas comment c'est possible, mais le fait est que *L'Avalon* avance extrêmement lentement, et ce malgré les vents glaciaux qui le fouettent. L'océan peut-il vraiment geler ? Je croyais que le sel qu'il contenait rendait la transformation difficile… Mais après tout, nous sommes dans les Confins. Et ceci n'est pas un simple obstacle climatique. C'est une épreuve.

Je suis tenté de maudire les dieux, mais je n'ai même pas la force de trouver un juron à la hauteur de mon désarroi. Je suis resté trop longtemps dehors et je commence à trembler. Mes pensées se brouillent et je décide de retourner chercher un peu de chaleur auprès de mes amis. Je m'effondre à ma place et je revis en sentant Callie se lover sur mes genoux et rabattre la couverture sur nous. Il me faut une bonne heure pour me réchauffer et cesser de trembler. Quelqu'un suggère qu'on allume un feu au milieu du réfectoire, mais Bold l'interdit avant même que j'aie eu le temps d'intervenir.

— Vous voyez une évacuation dans cette pièce, bande de génies ? crache-t-il d'une voix hachée, mais néanmoins autoritaire. Vous mourriez étouffés par la fumée de votre feu en quelques minutes.

Bold est régulièrement secoué par des frissons, ce qui est assez impressionnant à voir. On dirait une montagne en plein tremblement de terre. Les hommes grognent en dépit du bon sens de mon second. En revanche, on allume le feu des cuisines et on s'y rend à tour de rôle, la pièce étant trop petite pour tous nous contenir. Lorsque Callie en revient, elle a repris un peu de forces et c'est un délice de sentir sa peau tiède quand elle se serre contre moi. Pourtant, nous ne pourrons pas alimenter le feu trop longtemps. C'est dangereux et, surtout, nous n'aurons bientôt plus assez de bois. À moins de tailler des parties de *L'Avalon*, il nous faudra très vite nous passer de cette source de chaleur. En attendant, je préfère que mes hommes en profitent. Al prend donc ma place près du feu tandis que Callie, assise à califourchon sur moi, enfouit son visage dans mon cou.

La journée passe ainsi. Puis une autre nuit. Les discussions se font plus rares au fur et à mesure que nos forces nous abandonnent. Toute notre énergie et celle de nos corps sont concentrées à faire battre nos cœurs. Je sombre dans un état de semi-conscience dont je m'arrache avec un peu plus de difficulté chaque fois.

Au sortir de la deuxième nuit, le corps de Callie, toujours blotti contre moi, me semble plus lourd que d'habitude. Je pense un instant que c'est parce que je m'affaiblis puis je réalise qu'elle respire très lentement. Trop lentement.

— Callie, je murmure à son oreille.

Comme elle ne réagit pas, un sursaut d'énergie déferle en moi. Je la secoue, lui tirant des grognements étouffés. Mon agitation réveille mon équipage et je pousse un cri.

— Ne vous endormez pas ! Et vérifiez que tout le monde respire !

Je continue à secouer Callie jusqu'à qu'elle daigne ouvrir un œil vitreux.

— Callie, réveille-toi, par l'Océan !

— Je suis réveillée, balbutie-t-elle faiblement. Il fait si… si froid…

Je continue de la harceler jusqu'à ce qu'elle accepte de se remuer un peu. De tous les côtés, mes hommes font de même avec leurs camarades. Deux d'entre eux ne se réveillent pas et je serre les poings, même si c'est douloureux. J'ordonne que tout le monde se lève et marche dans la pièce, pour faire circuler le sang dans les veines glacées et remonter un peu la température de la pièce. Comment ai-je pu être aussi bête ? Je savais que dormir était une mauvaise idée. La glace qui recouvre les hublots a sans doute aussi givré mon cerveau.

Tandis que tout le monde s'agite, secoue bras et mains pour faciliter la circulation sanguine, je vois Doc prendre le pouls des deux hommes qui n'ont pas ouvert les yeux. Son regard est explicite. Deux victimes du froid. D'autres se plaignent bientôt de douleurs affreuses dans les membres, surtout dans les pieds, les mains, ou aux oreilles. Doc fait passer une pommade contre les engelures et préconise de bien masser les parties atteintes, ce que tout le monde s'applique à faire. Ça pourrait être comique, de voir mes pirates s'adonner à cette activité, mais je suis trop énervé contre moi-même pour en rire. Aucun de nous n'a d'ailleurs la force de plaisanter, pas même Glenn qui agite les bras dans tous les sens en grimaçant. Callie contemple d'un air ébahi une mèche de ses cheveux couverte de gel et, lorsqu'elle surprend mon regard, esquisse un pauvre sourire.

— Je ne savais pas que c'était possible, me dit-elle en lâchant la boucle.

— Je crois qu'on a dépassé depuis longtemps le cap de ce qui est possible ou non…

Je m'approche de Callie et j'observe un moment les reflets cuivrés des cheveux qui encadrent son pâle visage. Le soleil accentue les nuances chaudes de ses mèches et…

Une minute.

Le soleil ?

Je me tourne vers les hublots et laisse échapper un cri en apercevant le soleil briller. Il chauffe tellement que le givre qui recouvrait la vitre a presque disparu. L'équipage suit mon regard et, bientôt, des cris de joie et de soulagement viennent emplir la pièce.

Lorsque je sors la Carte, je constate que les flocons y ont disparu.

Tout aussi progressivement qu'elle est tombée, la température augmente. Nous remontons sur le pont, savourant la sensation du soleil sur nos visages, de la chaleur qui réchauffe nos membres. La neige qui recouvre *L'Avalon* fond rapidement, mais il nous faut la journée complète pour arriver à retrouver toutes nos sensations. La température est repassée dans les positifs et, au milieu de la nuit, elle atteint son niveau habituel. Quel bonheur de nous débarrasser de nos lourdes couvertures, de pouvoir sortir au grand air, de ne plus claquer des dents, de ne plus craindre de perdre nos membres à cause du froid… Mais je comprends très vite que nous ne sommes pas au bout de nos peines. Deux dessins brillent toujours sur la Carte.

Le lendemain, le soleil frappe encore plus fort. Et le cauchemar recommence, à l'inverse, cette fois. L'air devient étouffant, comme si nos poumons brûlaient à chaque inspiration. La tête nous tourne si nous restons trop longtemps exposés et Doc doit déjà soigner plusieurs cas d'insolation et de déshydratation. De fait, nos gorges s'assèchent vite et je mets les pompes en marche.

C'est la seule chose qui me rassure : grâce à l'ingénieux système de désalage d'eau de mer dont est pourvu *L'Avalon*, nous ne manquerons pas d'eau potable. C'est lent, l'eau n'est pas toujours très fraîche ni particulièrement savoureuse, en tout cas nous ne mourrons pas de soif et c'est déjà ça. Comme je l'ai déjà fait à de nombreuses reprises, je remercie l'inventeur de génie qui a équipé notre navire d'innovations de ce type. Je suppose que je pourrais aussi remercier les dieux pour cela… mais depuis quelques jours, j'ai un peu de mal à faire preuve de respect et de gratitude à leur égard. S'ils ont bien créé les Confins, je me demande pourquoi ils ont éprouvé le besoin de rendre leur exploration si difficile.

La journée passe si lentement que je pourrais devenir fou. Bizarrement, alors même qu'ils y sont plus habitués, mes hommes supportent moins bien la chaleur que le froid. Ils deviennent irritables et, de nouveau, j'ordonne que tout le monde abandonne son poste pour se mettre à l'ombre. Certains descendent aux ponts inférieurs mais la plupart préfèrent rester à l'extérieur. S'il n'y a pas la moindre brise, et cela oblige le navire à faire du surplace, le bruit de l'océan nous donne au moins l'impression qu'il fait plus frais.

Je m'adosse à l'escalier qui mène au gaillard d'arrière, profitant de l'ombre qu'il m'apporte. Je ferme les yeux, maudissant cette chaleur qui me rend léthargique, quand un cri me fait sursauter. Titubant sous le poids de la chaleur, je rejoins Colton, qui me désigne les voiles. Des flammes dévorent le tissu blanc, entre les mâts. Un incendie. Il ne manquait plus que ça.

Le maîtriser n'est pas difficile. Après tout, nous sommes entourés d'eau. Néanmoins, nous sortons épuisés de cette lutte contre le feu, à tel point que Glenn, une fois son seau posé, s'appuie contre le bastingage, plié en deux.

— C'est totalement ridicule, dit Callie à côté de lui en attachant ses cheveux en un chignon haut. Il faut qu'on trouve un moyen de se rafraîchir.

Sa voix est rauque et son visage rouge. Nous évitons le soleil, mais la chaleur ambiante nous donne la sensation de cuire quoi qu'il arrive. Glenn, dans le même état, hoche la tête en désignant l'océan devant nous.

— C'est l'heure de piquer une tête.

Avant que j'aie le temps de le retenir, il pousse sur ses bras et bascule en avant. Il pénètre dans l'eau avec un grand bruit et je me penche pour l'apercevoir, des mètres plus bas. Lorsque sa tête refait surface, il nous fait un signe de la main.

— Elle est un peu chaude, mais ça fait du bien ! nous crie-t-il. Allez, venez me rejoindre !

Je secoue la tête en l'observant.

— Ça y est, le soleil lui a grillé le cerveau…

Je m'interromps en voyant Callie enlever ses bottes. D'un geste un peu maladroit, elle délace son corset et, malgré l'épuisement général, je vois quelques-uns de mes hommes lui lancer un regard.

— Qu'est-ce que tu fais ? je lui demande d'un air incrédule. On ne sait pas ce qu'il y a, dans ces eaux !

— Je suis désolée, je sais que ce n'est pas une bonne idée, mais j'ai trop chaud.

Sur ces mots, elle abandonne bottes et corset sur le pont et saute rejoindre Glenn. Bold arrive derrière moi à ce moment-là.

— Qu'est-ce qu'il leur prend, à ces deux-là ?

Je hausse les épaules, mais mon second me connaît mieux que personne. Il lève les yeux au ciel.

— Allez, va les rejoindre.

— Je ne peux pas…

— Je reste à bord. Ce n'est pas une si mauvaise idée, si ça permet de se rafraîchir. Et à moins qu'il y ait un autre calamar géant dans les parages, vous ne risquez pas grand-chose…

J'hésite un court instant avant de finalement ôter ma chemise et mes bottes.

Je percute l'eau avec une force telle que la tête me tourne. Pourtant, ça me fait un bien fou et m'apporte un regain d'énergie. L'eau est chaude, c'est vrai, plus chaude qu'elle ne devrait l'être, mais c'est toujours mieux que la fournaise de l'air ambiant. Je nage un moment dans l'immensité de l'océan, une sensation grisante, avant de rejoindre Callie et Glenn qui m'attendent non loin. Alors que je les atteins, Glenn éclate de rire et envoie une gerbe d'eau sur Callie. La situation dégénère très vite et nous nous retrouvons dans une situation improbable à faire une bataille d'eau au milieu de l'océan des Confins.

Aucun autre membre de l'équipage ne nous rejoint, ce qui ne me surprend pas. Contrairement à ce qu'on pourrait penser, beaucoup de pirates ne savent pas nager. Ils n'en ont pas besoin : si l'heure de se mettre à l'eau est venue, c'est qu'un ennemi a coulé votre navire et, généralement, vous êtes déjà mort. Je lance un coup d'œil vers le pont où Bold nous observe et il me semble le voir secouer la tête. Je suis sûr qu'il sourit de nous voir nous amuser comme des enfants.

Au bout de quelque temps, nous décidons de remonter à bord. Avec de grands gestes, nous attirons l'attention de Bold : celui-ci nous lance une corde et nous grimpons le long de la coque de *L'Avalon*, Glenn en tête, suivi de Callie, puis moi. Une fois en haut, nous nous allongeons sur le pont, trempés et souriants, sous les regards étonnés de l'équipage.

Très vite, nous nous rendons compte que ce n'était pas une bonne idée. Le sel colle à notre peau et démange affreusement. Nous sommes encore plus fatigués d'avoir nagé et si l'eau nous a rafraîchis, nos vêtements sèchent si rapidement que le bénéfice s'estompe tout de suite. Callie repousse ses bottes et son corset avec un air dégoûté, comme si l'idée même de couvrir de nouveau sa peau lui était insupportable.

Les heures passent ainsi, sans que nous bougions. La nuit tombe enfin, mais il fait toujours aussi chaud. Avant de rejoindre ma cabine, je conseille aux hommes de prendre du repos.

— Ah, maintenant, on peut dormir ? grimace Glenn. Faudrait savoir…

Je n'ai même pas la force de répondre à ce que je sais être la manifestation de son épuisement. Je hausse les épaules et rejoins ma cabine où Callie se trouve déjà. Elle a tendu des draps pour cacher la baie vitrée et tenter d'atténuer la chaleur de la pièce, mais c'est un succès en demi-teinte. Elle a d'ailleurs renoncé à tout effort et se trouve étendue sur le lit, les bras en croix, avec pour toute tenue une chemise retroussée sur le ventre et un caleçon court. En d'autres circonstances, une telle vision m'aurait fait perdre l'esprit, mais je constate avec inquiétude que je me sens trop las pour même y penser. Je me contente de me laisser tomber sur le lit à côté d'elle.

— Je m'attendais à une remarque, dit Callie d'une voix rauque, comme si sa gorge était asséchée.

— À quel propos ?

— La dernière fois que tu m'as trouvée à moitié nue dans ta cabine, j'ai cru que tu allais me sauter dessus.

— Pas la force. Désolé. Mais tu peux fermer les yeux et, comme moi, imaginer tout ce que je te ferais si nous n'étions pas dans cette fournaise infernale.

Elle laisse échapper un rire bref avant de m'attraper la main du bout des doigts. La chaleur qu'elle dégage ajoute au supplice, mais je m'agrippe à ses doigts comme si ma vie en dépendait. Les draps, même s'ils sont légers, me collent à la peau. Je me tourne pour essayer de trouver une position plus confortable et en profite pour regarder Callie. Impossible de nier qu'elle est plus affectée que nous. Son visage est creusé, on croirait que cela fait des jours qu'elle est exposée au soleil et non vingt-quatre heures. On dirait aussi qu'elle est déshydratée alors que j'ai veillé à ce qu'elle boive régulièrement et en quantité suffisante. La magie continue de l'affaiblir alors même qu'elle ne l'a pas utilisée récemment. Elle l'a pourtant proposé, d'abord pour nous réchauffer puis, tout à l'heure, pour nous apporter un peu de fraîcheur. Nous avons tous refusé et elle n'a pas insisté. Malgré ça, la magie la ronge.

***

Le matin, en ouvrant les yeux, je pousse un juron en constatant qu'il fait toujours aussi chaud. Mon premier geste consiste à vider la gourde que je garde à côté de moi jour et nuit. Cela me fait du bien, assez pour que je ressente un petit frisson de plaisir en voyant le corps dénudé de Callie allongé à mes côtés. Puis je remarque ses lèvres gercées, son visage rouge et sa respiration sifflante. Je me penche vers elle et la secoue pour la réveiller.

— Callie, bois un peu.

— Mmmmh…

Son grognement est faible et je m'empare de sa gourde pour la faire boire. Elle prend plusieurs gorgées avant de me repousser. Lentement, comme si ses paupières pesaient des tonnes, elle ouvre les yeux.

— Blake Jackson, heureusement que tu veilles sur moi.

Plus tard, à l'abri du soleil sous l'escalier qui mène au gaillard d'arrière, je sors la Carte. Un instant surpris par ce que je vois, je bats bêtement des cils. Non, ce n'est pas une illusion optique. Le pictogramme du soleil a disparu. Je pourrais en pleurer de soulagement si j'avais la moindre goutte d'eau à gaspiller. Je croasse un mot pour attirer l'attention de mes hommes, disséminés et abrités ici et là sur le pont.

Leur joie en apprenant que cette partie de l'épreuve est finie est à l'image de la mienne. Silencieuse et pourtant évidente. J'ai l'impression que tout le monde lâche un grand soupir, laissant la tension retomber d'un coup. Quelques heures plus tard, la température fait de même.

Très vite, elle retrouve une certaine normalité pour un milieu d'après-midi dans les Confins. En réalité, il fait toujours chaud, mais après ce que nous venons de vivre, c'est comme si on avait plongé la tête dans la neige. Lorsqu'une brise vient me caresser le visage, je ferme les yeux et savoure la sensation de ces frissons qui courent sur mes bras. Une main s'y pose justement et j'ouvre les yeux pour regarder Callie qui me sourit. Elle est encore faible, ça se voit dans sa manière de se tenir, mais l'espoir fait des miracles et l'idée de ne plus mourir de chaud à chaque instant lui donne des forces pour l'instant.

Tout le monde semble d'ailleurs retrouver de la vigueur. Les hommes s'activent sous les ordres de Bold qui envoie certains d'entre eux se reposer tandis que d'autres rejoignent leurs postes.

— Et moi, capitaine ? questionne Callie. Qu'est-ce que je fais ? Où as-tu besoin de moi ?

La première pensée qui me vient à l'esprit me rassure quant à mon état, mais elle est indécente et ce n'est pas un ordre que je peux prononcer à voix haute, encore moins sur le pont, devant mes hommes. Alors je me contente de désigner son corps du menton.

— Tu devrais commencer par aller t'habiller. Remettre un pantalon, un corset, tout ça.

— Pourquoi, je te déconcentre ? demande-t-elle, espiègle.

Elle a le culot de se mordiller les lèvres. Vu qu'elles sont gercées et abîmées par le soleil, ça pourrait être ridicule, mais rien de ce que fait Callie ne me laisse indifférent et je retiens un grognement.

— Oui, je dis du bout des lèvres. Callie, s'il te plaît, va t'habiller, sinon je ne réponds plus de rien.

Je plaisante, bien sûr, et un rire lui échappe mais, en voyant l'intensité de mon regard, elle lève les mains et se détourne pour rejoindre notre cabine. Ses mots m'atteignent alors qu'elle disparaît sous le pont :

— C'est valable pour toi aussi ! Cesse de te promener torse nu, saleté de pirate !

Je ris mais une nouvelle bourrasque me fouette le visage, plus forte que la précédente, emportant mon sourire. Je connais les signes. J'avais espéré un peu de répit après avoir traversé la glace et le feu, mais c'était trop demander.

Le dernier dessin qui brille sur la Carte ne me plaît pas du tout : ce petit tourbillon semble me narguer…

Une tempête approche.

CHAPITRE 46
CALLIE

En temps normal, les tempêtes n'effraient pas les pirates. Ils ont l'habitude. Même si ce n'est jamais une partie de plaisir d'en traverser une, je sais que Blake et son équipage en ont déjà affronté des particulièrement virulentes. Et ils sont toujours là. Mais tout est différent, aujourd'hui : nous sommes dans les Confins et la tempête qui s'annonce est la troisième partie de l'épreuve. Les derniers jours nous ont montré à quel point les éléments pouvaient être durs, ici. Par ailleurs, et justement à cause de ces derniers jours, nous sommes tous fatigués et affaiblis. Or une tempête nécessite beaucoup de force et de concentration : je ne suis pas sûre que l'équipage puisse y faire face…

Je m'habille en vitesse et prends quand même le temps de boire ma potion pour endormir les ombres, car j'ai négligé de le faire, ces temps-ci. Puis j'attrape une chemise pour Blake et je rejoins le pont au moment même où les premiers ordres sont lancés.

— Sécurisez les ponts inférieurs ! Les gabiers, rabattez-moi ces voiles, et plus vite que ça ! Et je veux tout le monde à son poste !

Les cris de Bold résonnent à travers *L'Avalon* et sont, comme toujours, d'une efficacité impressionnante. Je rejoins Blake et lui tends sa chemise qu'il enfile sans un mot.

Nos badinages de tout à l'heure me semblent bien loin. Le vent a déjà forci. Aussi vite que le froid était tombé et que la température était montée, la tempête est sur nous.

Les nuages s'amoncellent au-dessus du navire, les vagues se creusent et *L'Avalon* craque et grince en les affrontant. Les hommes courent dans tous les sens, Blake hurle des ordres et arbore cet air concentré qu'il a dans les situations pareilles. Je m'élance pour prêter main-forte à l'équipage, avant de m'arrêter net, au milieu du pont. Que pourrais-je faire ? Avec mes petits muscles et mes bras à peine plus épais ?

Non, ce n'est pas ainsi que je les aiderai au mieux. Je sais ce que je dois faire. Et ça ne va pas plaire à Blake, mais tant pis.

Pour être honnête, ça ne me plaît pas non plus. Je déteste toujours autant la magie et, maintenant que j'en ai pris conscience, je peux presque la sentir qui me prive de mon énergie, sabote mes forces et m'affaiblit. Mais l'heure est grave. Les hommes sont fatigués, la tempête s'annonce gigantesque et ils auront besoin de toute l'aide possible. Je peux me rendre utile.

Une nouvelle vague nous heurte et je glisse sur le pont, projetée contre le grand mât. Je m'y accroche comme je peux et regarde autour de moi. Al est près de Blake, sur le gaillard d'arrière, dans sa pose de sorcier en plein exercice de ses fonctions : les pieds ancrés au sol, parvenant à rester immobile malgré les secousses, les yeux fermés et les bras tendus vers le ciel. Je sens la magie qu'il utilise mais je sens aussi qu'elle est bien dérisoire par rapport à la force des éléments. Un frisson me parcourt le dos tandis qu'une nouvelle bourrasque me projette une gerbe d'eau à la figure. Gardant une main sur les cordages qui entourent le mât, au cas où, je serre les paupières et me concentre.

C'est presque un jeu d'enfant de voir avec quelle facilité la magie me répond. Elle est là, dans mon corps, dans mes veines. Elle veut être utilisée. Elle veut sortir, s'exprimer, faire des miracles. Et, aujourd'hui comme face aux chutes, je ne la retiens pas.

Instinctivement, ma tête se rejette en arrière et j'expose mon visage aux embruns. Je sens les vents autour de nous et je lève la main, comme pour m'en saisir. Ça pourrait sembler ridicule… sauf que ça fonctionne. Ils ne cessent pas mais s'apaisent instantanément, et un calme étrange s'abat sur *L'Avalon*.

Ma paume tient toujours les vents invisibles et leur force est telle que je lutte pour les retenir. La vérité, c'est que je ne sais absolument pas quoi faire avec. Les relâcher n'est pas une option, mais ils se démènent pour retrouver leur liberté. La magie coule en moi avec plus de puissance maintenant, comme si elle se réveillait pleinement. Elle exacerbe mes sens. Mes yeux fermés m'empêchent de voir ce qui se passe, mais mon ouïe compense largement : je peux entendre chaque pas, chaque souffle des hommes autour de moi et, grâce à cela, je sais où ils sont, ce qu'ils font. J'entends jusqu'au sifflement de surprise de Blake, à des mètres de moi, et ce malgré le grondement de l'océan et les vents qui tempêtent dans ma main.

— Eh ben, Al, là je dois dire que tu as fait fort, dit notre capitaine.

Un halètement lui répond d'abord et je devine qu'il s'agit d'Al.

— Ce… Ce n'est pas moi. Je n'aurais jamais… la force de faire… ça.

— Alors qu'est-ce que… ?

Blake s'interrompt brusquement et, au même moment, je sens que je faiblis. Mes jambes tremblent et je cesse d'écouter tout ce qui m'entoure pour me concentrer sur la tempête. Si je ne peux pas la contenir, je peux sans doute l'éloigner. L'envoyer au loin. Je lâche le mât pour lever mon autre main. Je ne sais pas si les gestes que je fais sont utiles, mais ils m'aident. De ma main libre, je fais le geste de repousser quelque chose et je sens les vents restants s'éloigner sous la force de ma magie. Ils reculent, sifflent et épargnent *L'Avalon*.

— Callie ! Arrête ça tout de suite !

Blake a compris ce que je faisais et, si j'en crois son ton, ça ne lui plaît pas du tout. Mais il ne peut pas lâcher la barre et j'ai un peu de répit avant qu'il ne me fonce dessus pour m'interrompre.

— Glenn, ne la laisse pas faire !

J'ouvre un œil, juste à temps pour voir Glenn se précipiter vers moi. Mais les vents que je tiens toujours dans ma main s'agitent de plus belle, comme si m'avoir vue renvoyer les autres d'un geste les avait énervés. Je referme les yeux pour mieux me concentrer.

— Callie, qu'est-ce que tu fais ?

La voix de Glenn est emplie d'inquiétude mais je ne réponds pas, les dents serrées pour mobiliser toutes mes forces. Malgré moi, mes doigts s'écartent un peu et des vents se libèrent, rugissants et encore plus violents qu'avant mon intervention. Mes jambes tremblent terriblement.

— Callie, arrête ça, je t'en supplie !

Cette fois, c'est la voix de Blake qui résonne près de moi et j'en suis si surprise que je relâche mon attention. J'ouvre les yeux et la main : les vents s'échappent de mon emprise et la tempête reprend, plus vigoureuse encore. Le pont s'incline et je n'ai pas le réflexe de me retenir. Blake m'attire contre lui et, comme il l'a fait il y a de cela bien des mois, lors de ma première tempête, m'empêche de valser par-dessus bord. Puis il plante son regard dans le mien, criant pour se faire entendre au milieu du vacarme des éléments déchaînés.

— Je peux savoir ce qui t'a pris ?

— Je ne peux pas rester sans rien faire ! La magie peut nous aider !

— La magie ne résout pas tous les problèmes et, en l'occurrence, à part t'affaiblir, ça n'a servi à rien !

L'Avalon plonge de nouveau mais quand le pont se stabilise, je m'écarte de Blake.

— Je vais recommencer ! Je peux y arriver.

— C'est hors de question ! Tu tiens à peine debout !

Je réalise qu'il a raison. J'ai déjà mal partout et je peine à me concentrer, comme si j'avais un début de migraine. Blake me plaque contre le mât et me tend une corde pour que je m'y accroche. De nouveau, il se colle contre moi, quand une vague nous submerge.

— C'est une tempête, Callie. Elle est forte, mais on y fera face. On n'a pas besoin de ta magie. Va te mettre à l'abri.

Je commence à secouer la tête mais Blake me prend le menton pour bloquer mon geste.

— Ce n'est pas une suggestion ! hurle-t-il. C'est un ordre de ton capitaine.

J'écarquille les yeux. Il n'avait jamais joué cette carte avec moi et je ne sais pas comment prendre le fait qu'il le fasse maintenant. Un cri retentit derrière nous et Glenn relaie les informations à Blake.

— Colton a besoin de toi pour la barre ! On dérive beaucoup trop !

Blake pousse un juron et m'adresse un dernier regard avant de tourner les talons.

— Je suis sérieux, Callie ! Ne reste pas là !

Je n'ai pas le temps de répondre, il est déjà loin. La mort dans l'âme, je fais quelques pas prudents vers la trappe qui mène aux ponts inférieurs. J'y suis presque quand un nouveau cri m'arrête net.

— Un homme à la mer !

Comme tous ceux qui m'entourent, je me précipite vers le bastingage pour tenter d'apercevoir le malheureux qui est passé par-dessus bord. Je sais qu'une chute dans ces conditions ne pardonne pas. Entre les vagues, le courant et la force de l'eau, une personne qui tombe a toutes les chances de mourir noyée avant que quiconque ne puisse lui venir en aide. Ce que nous n'avons de toute manière pas les moyens de faire. Car comment intervenir ?

— Là ! crie un homme à côté de moi.

Une tête apparaît à quelques mètres de la coque, avant de replonger immédiatement. Mon cœur se serre et je jette un rapide coup d'œil vers le gaillard d'arrière. Blake et Colton sont occupés à manœuvrer *L'Avalon*. Bold, non loin, est tout aussi affairé. Glenn, quant à lui, est juste à côté de moi et, quand nos regards se croisent, il écarquille les yeux.

— N'y pense même pas, c'est absolument hors de…

Une vague gigantesque frappe *L'Avalon* et nous déséquilibre tous. Je suis projetée contre le bastingage avec tellement de violence que mon souffle se coupe et que ma vision se voile. Lorsque je reprends mes esprits, je regarde l'endroit où se tenait Glenn, et l'angoisse monte en moi.

— Glenn ?

— Il est tombé ! me répond un des pirates, un air effrayé sur le visage.

Non, pas Glenn. Je ne peux pas l'accepter. Je ne réfléchis plus et grimpe sur la rambarde. Sans un regard en arrière et pour la deuxième fois en l'espace de quelques jours, je saute de *L'Avalon*.

Juste avant de pénétrer dans l'eau, je mobilise la magie. Au lieu de m'écraser avec violence contre la surface de l'océan, je m'y enfonce avec douceur. L'eau m'apparaît tiède et étonnamment claire. Si claire que je peux voir Glenn, bien plus bas, s'agiter vainement pour tenter de s'extraire des courants qui le tirent vers le bas. Je suis moi-même ballottée dans tous les sens, mais pas longtemps.

La magie jaillit de mes mains tandis que je fais le geste d'écarter quelque chose devant moi. Ma fatigue et ma faiblesse s'envolent en même temps que les courants s'apaisent. Un nouveau geste, et je suis propulsée jusqu'à Glenn qui ouvre de grands yeux en me voyant. Je l'agrippe par le devant de la chemise et fais mine de frapper du talon, nous projetant tous les deux vers la surface. Nos têtes crèvent la ligne de l'eau et nous prenons une grande bouffée d'air.

— Qu'est-ce que… ?

Une vague nous heurte et Glenn boit la tasse. Je ne le laisse pas reprendre ses esprits. Je joins mes deux mains devant moi puis les écarte brusquement. Dans un hurlement strident, Glenn est arraché à l'eau et, plus vite qu'un boulet de canon, il vole vers le pont de *L'Avalon*. J'entends des cris mais je ne vois pas comment il atterrit. J'espère juste que ça n'a pas été trop brutal. J'ai du mal à contrôler ma puissance.

Une nouvelle vague arrive devant moi et je plonge, espérant éviter ses remous. Ça ne fonctionne pas ; ma vision se brouille, tandis que je suis aspirée par les rouleaux des vagues. Mes forces s'amenuisent, mais j'ai encore un homme à sauver. Dans mon for intérieur, je maudis cette magie qui me fait me sentir toute-puissante et qui, quelques secondes plus tard, me rappelle les limites de mon corps.

Je me concentre avec difficulté et laisse la magie explorer les océans à la recherche du premier homme passé par-dessus bord. Lorsque je le trouve, je fais le geste de le tirer vers moi et, dans l'instant, il flotte sous mes yeux, inconscient. Je répète les mêmes gestes qu'avec Glenn et, une fois que l'homme est en sécurité sur le pont, je prends une grande inspiration. Il est temps de me hisser hors de l'eau à mon tour. Utiliser de nouveau la magie provoque des douleurs dans tout mon corps, surtout mes bras et mes jambes, comme si j'avais couru des kilomètres. Il devient urgent que je rejoigne *L'Avalon* ou c'est moi qui me noierai ici. Les ombres laisseraient-elles faire ça ? Apparemment oui, car elles sont plus endormies que jamais. Serait-ce un effet de la potion ?

Tout en battant des pieds pour rester à la surface, je place les deux bras le long de mon corps. Agissant totalement à l'instinct, j'agite les doigts et, avec soulagement, je sens la magie me porter hors de l'eau. Je flotte jusqu'au pont, où j'atterris avec grâce, ce qui n'était pas gagné vu la fatigue intense qui me gagne. Je pose un genou à terre et relève la tête.

Glenn et l'homme que j'ai sauvés sont là, entourés par d'autres membres de l'équipage. Ils ont tous les yeux fixés sur moi. Il y a peu de chances que cette histoire ne parvienne pas aux oreilles de Blake. Je le cherche du regard et, au milieu de la tempête, nos yeux se croisent. Il n'a pas pu voir tout ce qui s'est passé, mais il en voit désormais assez pour comprendre que j'ai désobéi à ses ordres. Mon visage dessine une moue contrite, alors qu'il détourne le sien vers le gouvernail. La tempête n'est pas finie, il y a encore du travail. Mais quelque chose me dit que, lorsqu'elle sera passée, je vais me faire taper sur les doigts.

CHAPITRE 47
CALLIE

Fort heureusement, la tempête ne dure pas aussi longtemps que le froid glacial et la chaleur extrême : au bout de quelques heures, les vents s'apaisent et les nuages s'écartent. On est loin des journées d'angoisse, mais c'est largement suffisant pour avoir achevé d'épuiser tout l'équipage. Dès que la situation se calme, je me laisse glisser contre le bastingage, replie les genoux contre ma poitrine et pose ma tête dessus. Je n'ai pourtant pas droit à un moment de répit.

— Je t'avais dit de rentrer !

Blake est là, le soleil dans le dos, et je dois me cacher les yeux pour ne pas être éblouie. Lui aussi est épuisé, cela se lit sur son visage, mais, pour le moment, il a surtout l'air en colère. J'esquisse un geste maladroit pour me relever et, voyant cela, il me tire par le bras et me redresse si vite que j'en ai la tête qui tourne.

— Vous aviez besoin de moi, je réponds.

Pourquoi ma voix est-elle aussi pâteuse ?

— Callie, regarde dans quel état tu es !

Je le trouve un peu dur. Je suis fatiguée, je ne peux pas le nier. Et je sais qu'une grande partie de cette fatigue est due à la magie. Pourtant, je n'ai pas fait de crise, cette fois.

Et entre cet épuisement que je ressens jusque dans mes os et laisser périr mes amis… je sais que j'ai fait le bon choix.

— Ça va aller, je dis à Blake. Et tu n'es pas beaucoup plus frais, je lui fais remarquer.

Il ouvre la bouche, sans doute pour continuer à laisser s'exprimer sa colère et son inquiétude, quand Bold le prend de vitesse :

— Blake, tu es exténué, toi aussi. Va te reposer, je m'occupe de tout.

Je vois bien que Blake n'a pas envie d'abandonner si vite, mais il est bien trop fatigué pour protester.

— Bold a raison, je dis d'une voix douce. Et si on se disputait plus tard ? Quand on aura repris des forces ?

— Tu es insupportable, me dit-il. C'est d'accord. Mais ne crois pas y échapper.

— Personne n'échappera à personne, dit Bold en levant les yeux au ciel. Mais en attendant de vous chamailler comme vous le faites si bien, allez vous reposer. Oui, tous les deux. Callie, tu tiens à peine debout. Allez, ouste !

S'il est difficile d'argumenter avec le second en temps normal, là il est inutile d'essayer. Je ne sais pas bien comment nous arrivons jusqu'à notre cabine. Je crois que je titube un peu parce que Blake me prend dans ses bras pour franchir les derniers mètres et m'allonge sur le lit avant de prendre place à mes côtés. J'ai à peine le temps de soupirer qu'il dort déjà. Ce n'est pas étonnant. Cela fait des jours que nous subissons cette maudite épreuve et que nous affrontons la colère des éléments. Blake ne s'est pas ménagé… Je cherche une position qui ne me fasse pas trop souffrir, mais renonce vite devant l'impossibilité de la tâche. Je ferme les yeux et le sommeil me cueille instantanément.

***

Lorsque je me réveille, le soleil rentre à flots dans la cabine. Cela fait des semaines que Blake essaie de m'apprendre à me repérer en fonction de la position du soleil et des étoiles et, même si je ne suis pas une élève très douée ou très assidue, je devine qu'il est plus de midi. Nous avons dormi comme des souches et personne n'est venu nous réveiller, ce qui est soit très bon signe, soit très mauvais.

Je sens mon moral flancher. Physiquement, ça ne va pas beaucoup mieux : je suis courbaturée de partout. De plus, de sombres pensées occupent mon esprit : j'ai envie de hurler de colère ou bien de déverser des larmes de lamentation. Et je ne sais pas bien ce que je préférerais. Je me lève d'un bond, m'empare d'une fiole de potion contre les ombres et l'avale d'un trait.

Je me passe un peu d'eau sur le visage. J'ai envie d'être seule. J'ai envie qu'on me fiche la paix et qu'on me laisse ruminer dans mon coin. Mais je sais que ce n'est pas possible. Ces maudits pirates sont toujours à me demander comment je vais, ils s'inquiètent sans cesse pour moi… Leur attitude, bien qu'adorable, m'agace. Maudits pirates. Et le pire de tous, c'est celui qui dort derrière moi.

Je fais volte-face, prête à fusiller du regard un Blake pourtant endormi et innocent. Mes yeux se posent sur son visage apaisé. Je sais très bien ce qui va se passer quand il va se réveiller. Il va me parler de la scène d'hier, me faire la leçon, me dire comment je dois agir… Cela m'insupporte au plus haut point, d'autant plus que je sais qu'il a raison. Avec un soupir, je me laisse tomber sur le lit et fais face à Blake qui dort toujours. Je me force à le contempler, à respirer profondément et à utiliser toutes les techniques de méditation et de pensées positives qu'Al m'a apprises. Progressivement, je me sens mieux.

Blake, mon ancre, mon port d'attache, mon rayon de soleil dans la tempête de ma vie.

Bien sûr, je ne lui dirai jamais ça. Il se moquerait de moi puis s'en vanterait. Il n'empêche que c'est vrai.

Je sais qu'il a besoin de se reposer mais je ne peux pas m'en empêcher. Je passe mes jambes autour de sa taille et m'allonge presque sur lui. Le poids de mon corps et mes mains sur son visage lui font ouvrir un œil.

— Mmmh… Bonjour ?

Pour toute réponse, je l'embrasse. Il me répond d'abord lentement, encore un peu endormi. Puis ses lèvres dévorent les miennes et ses mains s'emparent de mes hanches. Je le sens totalement réveillé.

— Blake Jackson, tu es extraordinaire.

— Je sais, répond-il d'une voix rauque. Mais pourquoi est-ce que ça te frappe particulièrement aujourd'hui ?

— Je pensais à ces derniers jours. Tu as pris soin de moi, même quand tu étais à bout de forces.

— Il faut bien que l'un d'entre nous prenne soin de toi…

Ah. Nous y sommes déjà.

— Tu viens à peine de te réveiller, je proteste. S'il te plaît, ne partons pas encore sur ce terrain…

— N'essaie pas de me déconcentrer avec tes baisers ensorceleurs ! Apparemment, c'est nécessaire qu'on ait cette conversation. Callie, je croyais que tu avais compris. La magie ne fait pas que t'affaiblir provisoirement ! Elle te prend ton énergie, elle te… elle… elle te tue à petit feu !

Les mots ont eu du mal à sortir et je sais que c'est parce que l'idée l'horrifie. Elle me fait peur aussi, mais…

— Dans les moments comme hier, le choix est vite fait pour moi. Entre sauver mes amis et me sauver moi…

— Je sais. Et c'est bien ce qui m'inquiète.

Je tente une plaisanterie :

— Tu savais que j'étais une tête de mule, quand tu es tombé amoureux de moi ! je plaisante. Alors, qu'est-ce que tu peux faire ? M'enfermer dans la cale ?

— Ne me tente pas.

J'éclate de rire mais m'interromps bien vite quand je vois qu'il ne me suit pas. Pire, il a l'air de considérer l'idée.

— Je pourrais, ajoute-t-il. Tu as désobéi à un ordre direct de ton capitaine. Et ce n'est pas la première fois que tu le fais, que tu ne restes pas à ta place à bord de ce navire.

Je lève les yeux au ciel.

— Je t'en prie, pas de ça entre nous…

— Callie, il y a une hiérarchie. Quand je te parle en tant que capitaine, tu dois respecter ça.

Je vois bien qu'il n'est plus en colère mais, même s'il en discute de manière légère, c'est un sujet important. J'utilise la provocation comme parade :

— Oh, et qu'est-ce que tu vas faire ? Me condamner à la planche, me faire passer par-dessus bord pour insubordination ?

— Si tu étais n'importe quel autre de mes hommes, je te mettrais aux fers.

— Mais je ne suis pas n'importe lequel de tes hommes.

Je lui adresse un sourire explicite qui, cette fois-ci, le déride. Lentement, pour vérifier qu'il n'est plus fâché, je me penche pour l'embrasser. Mes cheveux tombent autour de nous, comme un rideau nous coupant du reste du monde. Si seulement ça pouvait être vrai. Si seulement ça pouvait être aussi simple.

— Tu as raison, je lui dis finalement. Je n'ignorerai plus tes ordres, à moins qu'ils ne soient totalement stupides…

— Non, mais je rêve, marmonne-t-il.

— … Et concernant l'autre sujet…

Il cesse immédiatement de grogner.

— S'il y a de nouveau une situation d'urgence dont seule la magie peut nous tirer… je ne peux pas te promettre de ne pas y faire appel. Mais je ferai attention. Je n'ai pas envie de… m'affaiblir. Pas avant qu'on ait trouvé une solution pour me libérer des ombres.

Blake reste un moment silencieux, une main dans le creux de mes reins, l'autre jouant avec une mèche de mes cheveux. Finalement, il pousse un soupir.

— J'imagine que c'est déjà ça. Comme tu l'as dit, je savais très bien que tu étais une vraie tête de mule quand je suis tombé sous ton charme alors je ne peux m'en prendre qu'à moi-même…

CHAPITRE 48
CALLIE

La question d'une nouvelle escale ne se pose pas vraiment : malgré les efforts de Blake pour garder un cap, la tempête nous a jetés si près des côtes d'une île qu'on a l'impression d'entendre les brisants racler le fond de *L'Avalon* à chaque vague. C'est à peine si nous avons à sortir les barques pour toucher terre.

En toute objectivité, aucun de nous ne sait vraiment pourquoi nous faisons escale. Blake dit qu'il nous faut vérifier l'état de *L'Avalon*. Glenn sous-entend que quitter un peu le navire ferait du bien aux hommes après ce que nous venons d'y vivre. Je ne trouve pas ça très rationnel, mais je ne proteste pas : une part de moi a elle aussi très envie d'aller faire un tour sur l'île proche. Pourquoi ? Je n'en ai pas la moindre idée.

Notre périple dans les Confins et l'épreuve que nous venons de subir nous ont tous épuisés et, en toute objectivité, nous sommes beaucoup moins prudents lorsque nous mettons pied à terre. Pourtant, je ressens tout de suite un malaise. Il y a une odeur dans l'air, un parfum capiteux qui n'a rien à faire là, une atmosphère pesante et oppressante… Peu rassurée, je me méfie immédiatement de cet endroit. Un regard vers les membres de l'équipage m'indique que je suis bien la seule. Les autres sont soulagés d'avoir triomphé d'une épreuve de plus, ils sont impatients de se dégourdir les jambes et s'organisent pour aller chercher des réserves dont nous n'avons pas réellement besoin. Leur instinct ne leur hurle pas de déguerpir, comme le mien le fait actuellement. Je me tourne vers Blake qui donne des ordres.

— Blake, que dit la Carte sur cette île ?

Il a la décence d'avoir l'air gêné.

— Je n'ai pas regardé, dit-il en se passant une main dans le cou.

— Pardon ?

— On vient tout juste d'affronter une épreuve et, de toute façon, faire une pause est nécessaire. Cette île a l'air sûre.

— J'ai un mauvais pressentiment, je marmonne.

— On n'en a pas pour longtemps. Toi, tu restes là, et tu te reposes.

— Bien sûr, et quand tu reviendras, je t'aurais préparé à manger, j'ironise.

Je me redresse et fais un pas en avant.

— Tu rêves, mon cher. Je viens avec toi.

Glenn, debout près de nous, explose de rire avant de transformer cet éclat en toux devant le regard de Blake.

— Tu peux essayer de faire croire à tout le monde que tu vas bien mais je ne suis pas dupe, me répond Blake entre ses dents serrées. Tu es épuisée et ça se voit.

— Je n'ai jamais prétendu le contraire, je rétorque sur le même ton. Mais, du coup, tu préfères quoi ? Que je crapahute sur cette île en étant avec toi et, donc, sous ta protection, ou que je reste ici seule ici, exposée au moindre danger alors que je ne suis sans doute pas en état de me défendre ?

— Tu as raison, finit-il par dire. Tu n'aurais jamais dû quitter *L'Avalon*.

— Ça, il fallait y penser avant de me laisser monter dans la barque avec toi.

— Je peux encore te forcer à retourner à bord avec le reste de l'équipage.

— J'aimerais bien voir ça, je dis en plantant mes poings sur mes hanches.

— Moi aussi, intervient Glenn.

Blake pousse un long soupir.

— Au temps pour le respect de la hiérarchie dont on a parlé ce matin… Tu aimes me compliquer la vie, pas vrai ?

— J'adore ça.

— Moi aussi, dit de nouveau Glenn.

— Blake, je t'assure que j'ai un mauvais pressentiment sur cet endroit, alors laisse-moi venir. Je serai plus rassurée si je suis avec toi.

Après un silence, Blake finit par lever les bras au ciel comme pour implorer les dieux de lui donner la foi et la patience de me supporter.

— Très bien, allons-y.

— Ah oui, du coup, tu n'as jamais le dernier mot avec elle, en fait ?

Blake ignore Glenn et, d'un seul mouvement, hisse un sac de toile sur son épaule avant de se mettre en route. Je lui emboîte le pas, non sans glisser un petit sourire à Glenn.

— Jamais, je murmure.

Ce qui lui tire un rire.

***

Peut-être que je me suis trompée, après tout. Cela fait deux heures que nous sommes sur l'île et nous n'avons croisé aucun danger. En réalité, on dirait même que c'est l'île la plus accueillante que j'aie jamais vue, presque paradisiaque. La végétation dense est d'une couleur verte si vive qu'on dirait que quelqu'un s'est amusé à peindre toutes les feuilles et tous les brins d'herbe pour donner une impression d'opulence à cet endroit. Les arbres regorgent de fruits, les ruisseaux débordent d'une eau claire et délicieusement rafraîchissante, et nous avons déjà rempli tous les sacs prévus pour le réapprovisionnement. Le soleil tape fort mais une brise légèrement parfumée vient nous caresser et, même si je commence à fatiguer, je dois avouer que notre petite balade me plaît beaucoup.

Je plaisante avec Blake et Glenn et, lorsque nous prenons la direction de la plage, je me rends compte que je vais bien. Certes, je ne suis pas tout à fait remise de mes excès de magie lors de la tempête, mais je ne ressasse pas mes problèmes et je suis d'assez bonne humeur pour être optimiste. Après tout, si mon instinct s'est trompé sur cette île, il se trompe peut-être quant à la fin qui m'attend…

Quand nous débouchons enfin sur la plage, je déchante immédiatement.

Sous nos yeux ébahis, nos barques et la plupart de nos hommes descendus à terre sont entourés par des dizaines de personnes. Blake et Glenn laissent tomber leurs sacs et, comme un seul homme, dégainent leurs épées. Pour ma part, je sors mes poignards, en priant pour avoir la force de les utiliser. Nous avançons prudemment vers l'attroupement quand des bribes de conversations nous parviennent.

— Vous devez être fatigués… dit une voix de femme. Venez donc vous reposer dans notre village.

J'ai envie d'éclater de rire mais m'abstiens quand je vois le visage de celui à qui elle s'adresse. Le pirate sourit d'un air détendu et hoche même la tête. Puis il aperçoit Blake, et son visage s'illumine un peu plus.

— Capitaine !

En quelques secondes, nous sommes la cible de tous les regards. Je ne me gêne pas pour dévisager les nouveaux arrivants en retour. Ou, plutôt, les nouvelles arrivantes, car je remarque à présent qu'il s'agit uniquement de femmes.

Il n'y en a pas une qui ressemble à l'autre. Des brunes, des blondes, des rousses. Des peaux aussi pâles que la nacre, d'autres aussi foncées que l'ébène. Des yeux de toutes les couleurs, de quoi reconstituer l'arc-en-ciel. La seule chose qu'elles ont en commun, ce sont leurs vêtements, de grandes et larges robes d'un blanc immaculé. Ça et le fait qu'elles sont toutes incroyablement belles. Cela me fait froncer les sourcils, pas par jalousie mais plutôt parce que quelque chose me dérange dans cette scène. Que viennent faire dix femmes incroyablement belles au milieu des Confins ? Comment sont-elles arrivées là ? Comment survivent-elles ? Je ne leur vois aucune arme, mais ça ne signifie pas qu'elles sont inoffensives. Quelque chose cloche, mais je n'arrive pas à mettre le doigt dessus car les femmes reprennent la parole.

Leurs voix sont douces et caressantes et provoquent en moi des sentiments contradictoires. D'un côté, j'ai envie de m'asseoir et de les écouter toute la nuit, de l'autre, ce son m'horripile et je résiste à l'envie de leur trancher la gorge pour les faire taire. Je secoue la tête à cette pensée. Est-ce les ombres qui me poussent à avoir des envies aussi morbides ?

Elles sont pourtant bien endormies : je n'entends pas leur voix ou si peu que je sais désormais les ignorer.

L'une des femmes s'avance vers nous et nous adresse son plus beau sourire. Tour à tour, elle nous regarde, Glenn, Blake et moi. Il me semble que son enthousiasme flanche un peu lorsqu'elle s'attarde sur moi, mais ça doit être l'effet de mon imagination.

— Bienvenue sur notre île, valeureux pirates !

Il n'y a qu'à voir l'air ravi de Glenn pour savoir qu'elle a touché juste.

— Vos hommes nous ont raconté votre périple, et cela nous a touchées. Notre village est de l'autre côté de cette colline : accepteriez-vous de venir partager notre repas et prendre un repos bien mérité ?

La main de Bold se pose sur mon épaule, me faisant sursauter : je ne l'avais pas vu se glisser près de nous. Je remarque qu'il fronce les sourcils, lui aussi. Blake hésite et échange un regard avec son second.

— Allez, capitaine, dit un homme. Juste quelques heures avant de reprendre la route ! *L'Avalon* ne risque rien, il y a le reste de l'équipage pour le garder.

Les hommes approuvent bruyamment et je devine que Blake n'a guère le choix. Il finit par hocher la tête et esquisser un minuscule sourire à la femme que cela ne paraît pas déranger.

— Je m'appelle Théodora, dit la femme d'un air gracieux, le visage plus qu'avenant.

— Blake, marmonne l'intéressé, comme s'il n'avait pas vraiment envie de parler mais qu'il ne pouvait s'en empêcher.

— Eh bien, capitaine Blake, nous espérons que votre équipage et vous apprécierez notre village et l'accueil que nous vous réservons.

En moins de temps qu'il n'en faut pour le dire, nous nous trouvons sur la place principale d'un village constitué de huttes en bois flotté et en paille, devant un feu de camp et des assiettes remplies à ras bord. Théodora nous a menés au reste de son village et, là encore, ce sont toutes des femmes. Il faudrait être aveugle pour ne pas remarquer que l'équipage est aux anges, mais comment leur en vouloir ? Du moment qu'ils gardent l'esprit alerte, je doute que Blake leur reproche un petit écart… Pourtant, la situation continue à me titiller.

Le parfum, plus lourd ici encore que sur la plage, me donne mal à la tête. Les rires sont trop forts pour paraître naturels et j'ai l'impression que les hommes sont tombés sous le charme de nos hôtes bien trop vite. Certes, ce sont des pirates en manque de compagnie et, certes, ce sont de très belles femmes… mais je trouve cela étrange. Fort heureusement, je ne suis pas la seule, même si je peux compter sur les doigts d'une main ceux qui n'ont pas l'air envoûtés par nos hôtes : Blake continue à froncer les sourcils alors qu'il regarde Glenn flirter avec une femme à la chevelure de feu et au sourire éclatant ; Doc, qui était descendu pour refaire son stock de plantes médicinales, regarde autour de lui comme s'il cherchait une issue de secours, et Bold a une attitude distante et pensive qui détonne par rapport aux regards subjugués qu'arborent les autres pirates.

Théodora est assise à côté de nous et ne cesse de poser des questions à Blake. La moindre de ses réponses lui tire un rire cristallin qui est totalement disproportionné. Bold finit par intervenir :

— Vous vivez seules ici ? demande-t-il d'un ton poli.

Un éclat passe dans le regard de la cheffe, mais elle répond au second avec le même air avenant qu'elle prend avec Blake.

— C'est-à-dire ?

— Eh bien, je n'ai pas pu m'empêcher de remarquer qu'il n'y avait pas d'hommes parmi vous...

La femme laisse échapper un petit gloussement accompagné d'un gracieux mouvement du poignet, comme pour dire que ce n'était qu'un détail. Je suis agacée de voir que Blake la dévisage avec une mine moins méfiante que tout à l'heure.

— Nos hommes sont occupés, vous savez, domestiquer cette île n'est pas une mince affaire...

— Oui, à ce propos, que faites-vous dans les Con...

Je n'ai pas le temps de finir ma phrase qu'elle me tourne le dos et se penche de nouveau vers Blake, ce qui m'agace prodigieusement. Je ne suis pas du genre jalouse, mais mieux vaut ne pas me chercher quand même.

— Mais dites-moi encore, ô capitaine, les terribles épreuves que vous avez dû accomplir pour arriver jusqu'à nous...

Blake la regarde un instant avant d'ouvrir la bouche. Je lui coupe l'herbe sous le pied et me racle bruyamment la gorge pour les interrompre :

— Blake, je veux dire *capitaine*, je peux te dire un mot ?

Il cligne bêtement des yeux pendant quelques secondes avant de hocher la tête et de se lever avec précipitation. Sous le regard aimable mais perçant de Théodora, je m'éloigne du feu de camp, bientôt suivie par Blake, Bold et Doc. Lorsque nous atteignons la lisière de la forêt, à quelques pas de là, je m'arrête et me tourne pour observer la scène. De loin, c'est encore pire. Des couples se sont formés et certains sont à moitié allongés, alanguis et vulnérables. Maintenant que nous nous sommes écartés, les rires des femmes me paraissent encore plus faux et forcés que jamais. Je surprends le regard de Théodora sur nous et je lui tourne le dos.

Je m'apprête à prendre la parole et à exposer mes inquiétudes au petit groupe, mais Blake est plus rapide.

— Bon, les gars, on a un problème.

— Je suis soulagée de te l'entendre dire ! je rétorque avec un soupir. Pendant un instant, là-bas, j'ai cru que tu avais sombré, toi aussi.

— J'ai failli, me dit-il avec une grimace. À un moment, je n'arrivais plus à me concentrer sur autre chose que les mots qui sortaient de sa bouche. Je ne sais pas comment elles se débrouillent, mais ce n'est pas normal.

À mon grand soulagement, ils hochent tous la tête.

— Leur situation est trop étrange pour que je me sente en confiance, ajoute Bold. Que font-elles seules au milieu des Confins ?

— Elles me filent la chair de poule, murmure Doc.

— Pourquoi les autres ne se rendent compte de rien ? je demande.

— On est plus intelligents qu'eux ? hasarde Blake.

Je lève les yeux au ciel.

— Je te rappelle que, si je n'étais pas intervenue, tu serais probablement en train de les regarder avec un filet de bave au coin des lèvres.

— La moitié de l'équipage est autour de ce feu de camp et ils sont si subjugués par ces femmes qu'ils n'ont pas l'air d'être décidés à bouger, dit Bold d'un ton pressant. Il faut trouver ce qu'elles font pour les captiver et comment y résister…

— Il faut surtout qu'on fiche le camp d'ici, rétorque Blake.

— Euh, vous devriez venir voir ça…

La voix de Doc nous a fait sursauter. Il s'est éloigné pendant qu'on discutait et nous fait signe de le rejoindre, derrière une maison toute proche. Un rapide coup d'œil vers le centre du village nous rassure : personne ne nous observe. Lorsque nous contournons la maison, Bold, Blake et moi découvrons ce que Doc nous montre et j'esquisse une grimace.

— Ah oui. Charmant.

De grandes cages en fer ont été construites à l'ombre de la forêt. Il y en a trois et je compte une bonne dizaine de personnes enchaînées dans chacune d'elles, qui nous observent d'un regard vide.

— Bon, eh bien, nous avons trouvé les hommes, je dis, sarcastique.

— Ne vous inquiétez pas, leur lance Blake. On va vous sortir de là !

D'un geste rapide, il dégaine son épée et l'abat sur le premier verrou. Celui-ci cède sans difficulté et ce n'est que lorsqu'il commence à s'attaquer aux chaînes qui retiennent les prisonniers entre eux qu'il remarque leur absence de réaction.

— Est-ce que… Est-ce que vous comprenez ce que je dis ? hésite-t-il.

Les hommes restent immobiles et silencieux. En fait, c'est comme s'ils n'avaient pas remarqué la présence de Blake. Ils ne sont pourtant ni sourds ni aveugles car, quand un éclat de rire retentit du côté du feu de camp, ils se tournent comme un seul homme vers la lumière et le bruit, un sourire hébété sur le visage. Le même sourire conquis et idiot qui s'étalait sur les lèvres des hommes de l'équipage quand nous sommes partis.

Un horrible soupçon s'immisce dans mon esprit. Avons-nous été assez bêtes pour… Non. Et pourtant… les éléments s'assemblent dans mon esprit. Les odeurs, le décor paradisiaque de l'île, les femmes toutes plus belles les unes que les autres…

— Blake…

J'ai à peine chuchoté son nom que tous les hommes enchaînés se tournent vers moi et me fixent avec attention. Leur sourire a disparu, leur regard est un peu moins énamouré, mais ils ont réagi à ma voix et seulement à la mienne. Cela confirme ce que je pensais, cela explique l'étrange fascination qu'exercent les femmes sur nos amis et cela explique pourquoi j'avais un mauvais pressentiment sur cet endroit.

Nous sommes en plein repaire de sirènes.

***

— Même cette île est faite pour endormir la méfiance !

Je poursuis mon explication :

— Déjà, on s'y arrête alors que nous n'avons aucune raison valable de le faire, comme si on avait été attirés par l'endroit. Tout est beau et calme, ici, tout donne envie de se poser dans l'herbe pour faire un petit somme. Et ces femmes… Avouez, elles sont parmi les plus belles que vous ayez jamais vues.

Blake ouvre la bouche mais je le prends de vitesse :

— Blake, je ne le dis pas pour te piéger, c'est un fait. Elles sont magnifiques. Et dès qu'elles ont commencé à parler, toute notre méfiance s'est évanouie. On a accepté de les suivre jusqu'à leur village alors qu'on n'aurait jamais fait ça sur un territoire inconnu en temps normal. D'ailleurs, rien que l'existence de ce village, au milieu des Confins, c'est suspect, sauf si…

— Sauf si elles sont une épreuve de plus.

— Exactement.

Mes amis restent silencieux un instant puis Bold reprend :

— C'est plausible. J'ai beaucoup lu sur le sujet. Les sirènes sont des créatures enchanteresses, peu importe la forme qu'elles prennent. On dit d'ailleurs qu'elles ont la capacité de changer leur visage pour refléter le plus grand désir de la personne en face d'eux, la perfection aux yeux de leur cible. Ça les rend très dangereuses. Et, bien sûr, ça expliquerait la présence de ces hommes enchaînés.

Du doigt, il désigne les captifs derrière nous. Ils ont toujours les yeux fixés sur moi et ça me met particulièrement mal à l'aise.

— Les sirènes se nourrissent de leurs victimes.

— Par l'Océan, marmonne Blake. Des femmes mangeuses d'hommes, voilà ce qui nous manquait. Vous êtes sûrs que… Enfin, je vous crois, bien évidemment, mais les sirènes c'est… ça n'est pas comme ça.

— Quoi, ça doit avoir une queue de poisson, des coquillages sur la poitrine et chanter de jolis chants ? On est dans les Confins, pas dans un conte pour enfants, je rétorque en haussant les épaules.

Nos sirènes à nous n'ont rien de tout ça, mais elles ensorcellent très bien malgré tout. Je me tourne vers Doc, Glenn, Bold et Blake, les poings sur les hanches.

— Et si on partait d'ici avant de finir dans les assiettes de ces belles jeunes femmes, qu'en dites-vous ?

— Tu crois qu'elles te mangeraient aussi ? s'interroge Doc.

Notre médecin est tellement dans son monde que sa question ne me surprend même pas.

— Je pense qu'elles ne se soucient pas particulièrement du genre de leur victime. La viande reste la même, après tout, je marmonne.

Je me souviens du regard que j'ai cru déceler chez Théodora. Le fait que je résiste mieux à leur charme pourrait même me désigner comme première victime.

— Et eux ? demande Bold. On en fait quoi ?

Blake regarde les hommes statufiés. Certains sont en piteux état, sales, visiblement fatigués et mal nourris. Pourtant, on ne peut pas les laisser là.

— On les embarque. On verra après si on peut les réveiller.

— Allez, je dis aux prisonniers, on y va !

Ils ne réagissent pas.

— On se remue ! j'insiste en m'approchant de l'un d'eux pour le secouer.

J'ai à peine posé la main sur lui qu'il recule précipitamment et me montre les dents.

— Seule ma maîtresse a le droit de me toucher. Tu n'es pas ma maîtresse.

Sa voix, rauque et faible, n'a plus grand-chose d'humain. Ses paroles provoquent des frissons de dégoût en moi et je recule d'un pas. Ces individus sont imprévisibles.

— Et qui est ta maîtresse, alors ? je demande prudemment, bien consciente que Blake derrière moi est prêt à étriper le premier qui tentera de s'en prendre à moi.

Un air rêveur se dessine sur le visage de l'homme alors qu'il prononce un nom. Il me paraît évident qu'ils ne nous suivront pas : ils sont bien trop ensorcelés par les sirènes.

— Tu devrais venir avec nous, je dis malgré tout, dans une dernière tentative. Sinon, vos maîtresses vont vous manger. Je ne pensais pas dire ça un jour, j'ajoute pour moi-même.

— Nous restons avec nos maîtresses. Elles sont plus importantes que tout à nos yeux.

— Ils ne bougeront pas, dit Blake avec un haussement d'épaules.

Il me tire en arrière et referme la porte de la cage. Les prisonniers n'ont pas la moindre réaction.

— On ne peut plus rien pour eux, mais on peut encore ramener nos hommes sur *L'Avalon* ! dit Bold.

— Ça oui, et par la peau des fesses s'il le faut, marmonne Blake.

Lorsque nous revenons près du feu de camp, je suis soulagée de compter tous les membres de notre équipage : aucun ne s'est encore éclipsé avec une sirène dans un coin sombre. Bold et Doc font le tour du feu pour prévenir que nous partons. Aux grognements qui s'élèvent, je devine que la décision n'est pas très appréciée.

— Que se passe-t-il, ô grand capitaine ? demande Théodora en s'approchant de Blake.

Je reste plantée à ses côtés, comme un garde du corps : une situation qui pourrait paraître ridicule si je devais défendre Blake d'un danger physique, mais je n'hésiterai pas à lui donner un bon coup où je pense si je vois qu'il est sur le point de céder à leur charme.

— Nous avons assez abusé de votre hospitalité, dit Blake, aimable. Il est temps de regagner notre navire.

Les protestations se font plus virulentes. Blake reste ferme et, bientôt, tous nos compagnons sont rassemblés derrière nous. Les sirènes nous laissent faire, leurs sourires trop grands pour être sincères toujours accrochés à leurs lèvres. Pourtant, elles aussi se rassemblent, groupées derrière leur cheffe, et elles continuent à adresser des signes aux pirates. L'une d'entre elles m'adresse un clin d'œil et je me prends à la regarder. Elle est vraiment belle… Ma vision se trouble un peu et, brusquement, les ombres s'agitent en moi, me réveillant aussitôt.

Choquée, je réalise que les ombres viennent probablement de me sauver la vie. Sans elles, j'étais prête à me laisser charmer. *Callie, ma grande, on se reprend.* Ce n'est pas le moment de flancher : je vais avoir besoin de toute ma tête pour ramener ces grands benêts à la maison.

Nous esquissons quelques pas pour rejoindre la plage quand Théodora se dresse devant nous. Elle semble rayonner et elle se penche en avant pour susurrer à l'oreille de Blake quelques mots que je ne parviens pas à entendre. Je le vois serrer les dents et secouer la tête. Lorsque Théodora s'écarte, elle passe une main dans ses cheveux et j'ai presque l'impression de voir l'air scintiller devant elle. Blake la fixe désormais avec de grands yeux, la bouche légèrement entrouverte. Son regard s'égare un instant dans ma direction avant de revenir sur la sirène qui lui fait face. Je devine qu'elle prend l'ascendant sur lui. Elle aussi, car elle sourit plus largement encore, ce que je n'aurais pas cru possible, puis pose une main sur son torse. Blake bat des paupières à toute allure et je sens la colère monter en moi.

Dans le chaos que représente ma vie actuelle, Blake est mon ancre, ma seule source d'espoir et d'amour, et si cette fichue sirène pense qu'elle peut pervertir ça et m'en priver, elle se trompe lourdement. Je m'interpose et la repousse d'un geste rapide.

— Bas les pattes ! C'est mon pirate, sale monstre écaillé, alors va voir ailleurs si on y est, d'accord ?

Je plisse les yeux et la dévisage d'un air féroce, pour lui faire comprendre que je ne plaisante pas. Elle paraît surprise par mon éclat et recule d'un pas. Tout en gardant un œil sur les sirènes qui semblent désormais mécontentes, je me tourne légèrement vers Blake et claque des doigts devant ses yeux. À mon grand soulagement, il se reprend et fait un signe à ses hommes.

— Allez, on y va !

Ceux-ci hésitent un instant avant de, lentement, se remettre en marche. Un court moment, je pense que les sirènes ont baissé les bras et qu'elles vont nous laisser partir. Puis un cri inhumain résonne derrière nous et me provoque des frissons dans le dos.

— Vous n'irez nulle part, satanés pirates !

Je ne peux m'empêcher de regarder Théodora qui vient de parler et ce que je vois provoque un nouveau frisson, dans tout mon corps cette fois.

Les sirènes ont perdu leur sang-froid et révèlent leurs vrais visages. Disparus, les traits fins, délicats et séduisants. Leur peau au grain si doux a fait place à un épiderme irrégulier, couvert d'écailles qui luisent doucement. Leurs cheveux sont devenus filandreux et pendent autour de leurs visages décharnés, accentuant l'éclat de folie dans leurs yeux rouges. Le pire, c'est sans doute les dents pointues que j'aperçois à travers leurs lèvres gercées, des dents qui s'apprêtent de toute évidence à s'enfoncer dans ma chair.

Cette vision d'horreur est pile ce qu'il manquait pour rompre l'enchantement dans lequel étaient plongés les hommes. Ils semblent se réveiller et se mettent à courir vers la plage. Blake les imite et s'empare de ma main, m'entraînant à sa suite. Je me retiens pour ne pas me retourner, même quand j'entends des cris et des bruits de pas m'indiquant que les sirènes se sont lancées à notre poursuite. Puis, très vite, les cris sont remplacés par des rires, des appels langoureux et, à ma grande horreur, certains des hommes ralentissent. Certains hésitent, avant de se boucher les oreilles pour continuer à avancer, d'autres finissent par s'arrêter, voire par faire demi-tour pour rejoindre les sirènes qui les appellent à elles.

Je jette un coup d'œil à Blake pour voir comment il réagit, mais il semble concentré sur les dunes que nous escaladons à présent et me serre la main un peu plus fort, comme pour m'assurer qu'il restera avec moi.

— Bouchez-vous les oreilles ! hurle Bold en assommant un des hommes qui tentait de rejoindre les créatures.

D'un geste rapide et comme si ce n'était rien, il le hisse sur son épaule et se remet en route. À plusieurs reprises, nous devons retenir un des pirates qui s'est laissé atteindre par l'appel des sirènes. Je n'y vais pas par quatre chemins et distribue des gifles à tout-va pour leur faire reprendre leurs esprits. Malheureusement, nous ne pouvons pas être partout à la fois et beaucoup de nos hommes font demi-tour pour se jeter dans les bras de leurs futurs bourreaux. Cela me brise le cœur et je vois au regard de Blake que ça ne lui plaît pas non plus, mais nous ne pouvons rien faire. Entre sauver ceux qui peuvent encore l'être ou aller récupérer ceux qui ont déjà sombré, le choix est rapide quoique douloureux. Je repense aux hommes dans les cages et espère au moins qu'ils sont trop sous l'emprise des sirènes pour se rendre compte de ce qui leur arrive vraiment… C'est tout ce que je leur souhaite.

Nous arrivons enfin sur la plage lorsque, devant moi, c'est Glenn que je vois ralentir puis s'immobiliser. Je lâche Blake qui hoche la tête dans ma direction, me signifiant qu'il me fait confiance pour ramener son meilleur ami sur le droit chemin, puis il s'empresse d'aller aider ses hommes à mettre les barques à la mer. Je m'arrête à côté de Glenn et, tâchant de reprendre mon souffle, je lui assène une pichenette sur l'oreille qui le fait sursauter.

— Oh, concentre-toi, Glenn ! Ne m'oblige pas à te gifler, toi aussi… je risquerais d'y prendre goût !

Il bat des paupières comme j'ai vu Blake le faire tout à l'heure, sans doute pour reprendre pied avec la réalité. Ses joues prennent une jolie teinte écarlate et j'esquisse un sourire mais, au moment où je m'apprête à parler, de nouveaux cris nous parviennent. Les sirènes se rapprochent. Sans plus hésiter, Glenn et moi tournons les talons et courons vers les barques dont certaines quittent déjà la plage pour rejoindre *L'Avalon*. Enfin… Glenn court. Pour ma part, mes forces m'abandonnent de plus en plus vite et les barques sont encore si loin… je ne suis pas sûre d'avoir le temps d'y arriver. Il y a seulement quelques semaines de ça, j'aurais parcouru une telle distance en quelques secondes. Là, je sens mes jambes trembler et je finis par trébucher et m'étaler dans le sable.

— Callie !

Je vois Blake retenir la dernière chaloupe qui nous mènera en sécurité. À son regard affolé et à l'épée qu'il dégaine, je devine que les sirènes sont plus proches encore que je ne le craignais.

— Glenn ! hurle-t-il alors en commençant à courir vers nous.

Glenn s'arrête net et semble remarquer que je ne suis plus à ses côtés. Il lâche un juron et se précipite vers moi. Je me redresse tant bien que mal, le souffle court et les membres douloureux, esquissant un sourire désolé qu'il ne semble pas remarquer. Sans plus perdre de temps, il passe son bras sous le mien, me soulève comme si je ne pesais rien et se remet à courir. Chacune de mes inspirations provoque des ondes de choc dans ma poitrine. Bien plus vite que je ne le pensais, Blake nous rejoint. Glenn me tend à notre capitaine comme si j'étais un enfant et je m'agrippe à lui. Ses bras sont un endroit si familier que je m'y sens aussitôt en sécurité, alors même qu'il s'en faut d'un cheveu pour que les sirènes ne nous rattrapent.

Notre barque s'éloigne de la plage et, contrairement à ce que l'on craignait, les sirènes ne se jettent pas dans l'eau. Elles s'immobilisent sur le sable et se contentent d'agiter les bras dans notre direction. Je crois entendre des menaces, des promesses que tout ça n'est pas fini, mais bientôt le bruit de l'océan couvre leurs paroles. Je ferme les yeux un bref instant, toujours accrochée à Blake comme si ma vie en dépendait.

CHAPITRE 49
CALLIE

Notre arrivée sur le pont provoque des cris de soulagement.

— On a bien cru qu'elles vous avaient eus, capitaine !

Al se fraie un passage à travers la foule pour parvenir jusqu'à nous et pousse un long soupir en nous voyant enfin. Il jauge Blake d'un rapide coup d'œil tandis que celui-ci me pose au sol, avant de placer ses mains sur mes épaules.

— Est-ce que ça va ? me demande-t-il. Les ombres, la magie… ?

— Endormies et, non, je ne l'ai pas utilisée. Par contre, cette petite course-poursuite ne m'a pas fait beaucoup de bien, j'ajoute en grimaçant, les mains serrées contre mon ventre contracté.

Mon corps devient si faible que le moindre effort provoque des douleurs multiples. Et c'est de pire en pire chaque jour. Je ne veux pas y penser pour l'instant, aussi je rassure Al et Blake d'un geste.

— Ça va aller.

Si j'avais une pièce d'or chaque fois que je disais ça… Le silence retombe progressivement sur le pont : les hommes ont fini de raconter à leurs camarades ce qui s'était passé.

Je me tourne vers Glenn qui, débout à côté de moi, a toujours l'air un peu déstabilisé.

— Glenn, merci…

Un petit sourire caractéristique se dessine sur ses lèvres et il me fait son légendaire clin d'œil.

— Oh, ne t'en fais pas, tu n'auras qu'à me vénérer jusqu'à la fin de ta vie, et on sera quittes.

Je me retiens de lui dire que la fin de ma vie pourrait arriver bien plus vite que prévu, une remarque que peu de personnes apprécieraient sur ce pont. À la place, je le toise d'un air sceptique.

— Tu veux qu'on soit quittes ? Alors tu devrais peut-être remonter un peu plus loin dans tes souvenirs, je lui dis, par exemple jusqu'au moment où je t'ai empêché de te jeter dans les bras d'une créature mangeuse d'hommes ?

Il prend un air contrit, comme tous les autres membres de l'équipage.

— Oui, c'est bien ce que je pensais, je ricane. J'espère que vous avez passé une bonne soirée, les gars, parce que vous n'avez pas fini d'en entendre parler !

— Oh, ça va…

— Tu rigoles ? Je ne vais pas me lasser de vous rappeler la fois où vous avez failli tous y rester parce que la chair est faible. Franchement, les hommes…

Je pars dans un éclat de rire qui semble amuser l'équipage autant qu'il les gêne. Je plaisante, bien sûr, mais je devine qu'ils sont réellement embarrassés de s'être fait avoir avec autant de facilité. Peu à peu, toutefois, leurs langues se délient et je les écoute, sans moquerie, mais avec beaucoup d'attention et de curiosité.

Certains disent que la sirène qui les a séduits ressemblait étrangement à leur bonne amie de l'époque, à cette femme qu'ils avaient voulu épouser à un moment de leur vie, ou à celle qu'ils n'avaient fait que croiser mais qui les avait marqués de manière indélébile. D'autres expliquent qu'elles représentaient exactement ce qu'ils cherchaient chez une femme, qu'elles étaient la perfection incarnée. Je me retiens de jeter un coup d'œil vers Blake en entendant ces mots. Notre capitaine est d'ailleurs très silencieux depuis notre retour.

N'y tenant plus, je me tourne vers lui avec un air candide qui ne le trompe pas. Il me connaît trop bien pour ça. Laissant les hommes discuter entre eux, je m'approche de lui et fais mine de me pendre à son bras, comme pour le supplier.

— Alleeeez, quoi… dis-moi ce que tu as vu, toi…

Blake remue la tête devant mon cirque, mais esquisse un sourire.

— Tu ne crois pas qu'il y a plus urgent que d'assouvir ta curiosité ? me dit-il.

Je soupire, pas du tout satisfaite par sa réponse, alors qu'il se tourne vers Glenn qui lève les mains au ciel, comme pour prendre les dieux à témoin.

— Moi qui croyais que j'avais une touche avec cette femme ! En fait, elle voulait me dévorer ! gémit-il, tirant des sourires à ses amis, ce qui était sans aucun doute le but recherché.

Je ne peux retenir un rire devant son air faussement malheureux.

— Une sirène pour Glenn ! C'est bien ce qu'il te faut !

Celui-ci m'adresse une grimace et un geste obscène mais s'empresse de se détourner, échappant du même coup au regard que lui lance Blake, un regard que je ne parviens pas à identifier. Notre capitaine donne des ordres pour que

L'Avalon s'écarte le plus vite possible de cette île maudite. Une de plus dans les Confins.

***

À peine une heure plus tard, je me tiens près du gouvernail, tandis que Blake manœuvre pour diriger le navire. J'ai refusé d'aller m'allonger : maintenant que la course-poursuite n'est plus qu'un souvenir, je me sens mieux et je n'ai aucune envie d'aller dormir. À la place, j'ai suivi Blake sur le gaillard d'arrière et j'observe la Carte avec attention. Nous avons beau nous éloigner de leur île, le petit pictogramme figurant les sirènes reste bien visible, ce qui me fait froncer les sourcils. Jusqu'ici quand l'épreuve était passée, la Carte les effaçait.

— Le pictogramme va disparaître, me rassure Blake, comme s'il lisait dans mes pensées. Et, à l'avenir, je promets de regarder la Carte avant de prendre la moindre décision. C'est sans doute plus sûr, ajoute-t-il avec une grimace.

Je le connais assez pour savoir qu'il s'en veut. Beaucoup de ses hommes sont morts ce soir. Je pose une main sur son bras.

— Vois le côté positif des choses : nous avons passé une épreuve de plus.

— Oui, concède-t-il. On se rapproche de la récompense.

— Quelle qu'elle puisse être, j'ajoute.

Aujourd'hui, je veux croire en cette récompense miraculeuse qui serait la solution à mes problèmes. Nous gardons le silence un petit moment avant que je ne reprenne, bien décidée à avoir une réponse :

— Alooors… je dis en laissant traîner le mot.

— Alors quoi ?

Blake me jette un coup d'œil et comprend immédiatement où je veux en venir, ce qui le fait marmonner dans sa barbe.

— Non, mais c'est pas vrai, tu ne vas donc jamais renoncer, hein !

— Tu ne peux pas m'en vouloir d'être curieuse !

— Et toi, qu'est-ce que tu as vu ? contre-t-il.

— Des femmes. Magnifiques, c'est vrai, et l'une d'entre elles m'a assez charmée pour que j'aie un soupçon de tentation, mais c'est tout. Rien d'exceptionnel.

— Eh bien, pareil. J'ai vu de superbes femmes, mais je te rappelle que je suis l'un des rares à avoir gardé la tête froide.

— C'est vrai, je reconnais de bonne grâce. Mais n'essaie pas me faire croire que tu n'as rien vu de spécial. Au début, ça ne te faisait rien, mais quand on a cherché à partir et que leur cheffe s'est concentrée sur toi, je t'ai vu hésiter. Que s'est-il passé ?

Blake se passe une main sur le visage. J'insiste, sans trop savoir pourquoi j'y accorde autant d'importance. Et si Blake a vu une grande blonde avec des yeux bleus ? Qu'est-ce que ça changerait, que je sois menue et rousse ?

— Par les dieux, marmonne Blake, presque pour lui, elle va être insupportable.

Puis, il se tourne vers moi.

— Toi.

— Quoi ? je dis bêtement.

— Tu me demandes ce que j'ai vu en regardant la sirène. Eh bien, je t'ai vue toi.

Il me dit ça d'un air si naturel, comme si ça allait de soi que je me fige et, un court instant, je ne sais pas quoi répondre.

— Mais… Les sirènes sont censées représenter… je ne sais pas… comment l'ont appelé les autres ? le rêve ? l'idéal féminin.

— Qu'est-ce que tu veux que je te dise ? Apparemment, je suis un sacré chanceux.

C'est plus fort que moi, je sens mes joues rougir. Je suis prise d'une subite envie de l'embrasser à en perdre le souffle, là devant le gouvernail, et mon regard me trahit car un sourire se dessine sur ses lèvres. Je fais un pas vers lui, les yeux dans les siens, et suis interrompue dans mon élan par la voix d'Al.

— Euh, pourquoi vous vous regardez comme ça ? Oh non, vous allez… Bon, je repasserai plus tard, dit-il d'une voix hésitante, brisant la tension qui s'était installée entre Blake et moi.

Je me tourne pour faire face au sorcier qui reprend vite contenance et désigne les voiles.

— Je venais pour savoir si tu avais besoin de moi pour accélérer la cadence, dit-il simplement.

— Oh, dit Blake, en clignant des paupières pour revenir sur terre. Oui, pourquoi pas ? Je suis assez pressé de mettre de la distance entre cette île et nous…

Al hoche la tête et effectue immédiatement de grands gestes des bras pour lever les vents. Adossée au bastingage, je le regarde faire. Maintenant que j'ai quelques notions de magie, je ne peux qu'admirer la maîtrise dont il fait preuve. Il surprend mon regard et m'adresse un sourire complice qui me réchauffe le cœur.

— Tu admires le maître ? demande-t-il avec une arrogance feinte.

J'éclate de rire.

— Crois-le ou non, mais c'est tout à fait ça ! Nos entraînements me manqueraient presque…

Son sourire s'agrandit et j'y lis beaucoup d'affection. Quand je pense que je me méfiais de lui au début. J'étais aveugle, enfermée dans mes peurs et mes croyances. Al est un vrai ami et je suis heureuse de l'avoir à mes côtés.

— Tu n'étais pas une élève facile, mais ça me manque aus…

Trois choses se passent simultanément.

Al s'interrompt brusquement.

Des cris retentissent de tous les côtés sur *L'Avalon*.

Et je pousse un hurlement en voyant la gerbe de sang qui jaillit de la bouche de mon ami.

CHAPITRE 50
BLAKE

Tout était calme mais un battement de paupières suffit à transformer ça en cauchemar.

J'écoutais distraitement mes amis discuter, puis tout a basculé. Al s'est effondré au sol, un poignard enfoncé jusqu'à la garde dans le dos, Callie s'est mise à hurler et *L'Avalon* a été attaqué.

Je vois les sirènes jaillir de nulle part et envahir le pont, armées d'étranges lames recouvertes de coquillages, au demeurant dangereuses. Elles ont dû nous suivre pour exercer la vengeance qu'elles avaient promise si on tentait de leur échapper. Je n'ai pas besoin de donner des ordres pour que mes hommes dégainent leurs armes et passent à l'attaque. Mon cerveau enregistre toutes ces informations, mais je ne sais comment réagir. Un court instant, je reste figé, puis mes yeux se posent de nouveau sur le corps d'Al, et une vague d'inquiétude déferle sur moi, renversant tout le reste.

Je me jette à genoux près du sorcier et Callie fait de même de son côté. Je n'ai pas besoin de chercher son pouls pour savoir qu'il est mort, et visiblement Callie est parvenue à la même conclusion. Ses deux mains se posent sur sa bouche sans réussir à totalement étouffer son sanglot. Le sang de mon ami continue de couler sur le pont, tachant aussi mes jambes et mes bottes. Au milieu des affrontements, des cris et des chocs, Callie et moi restons immobiles un moment, percutés de plein fouet par la douleur et la tristesse, comme si tout le reste n'avait pas d'importance. Mais ce n'est pas le cas. Al est mort et, déjà, la douleur s'estompe pour faire place à la colère. J'aurai le temps de pleurer mon ami. Pour l'heure, je vais le venger.

Un hurlement de rage résonne dans la nuit qui tombe et il me semble que c'est moi qui le pousse. Dans le même temps, je me relève, dégaine mon épée et charge les créatures. Ma vision se trouble et s'affine à la fois, dans cet état paradoxal qui accompagne toujours la venue de cette étrange brume noire qui emplit mon esprit. Ça faisait longtemps, tiens... Ma colère et ma rage prennent le dessus et je cesse de réfléchir.

Très vite, ça tourne au massacre. Ma lame est rouge du sang de ces créatures que je tue l'une après l'autre. À plusieurs reprises elles tentent de me charmer et, un bref instant, leurs traits ressemblent de très près à ceux de Callie ou à ceux d'autres femmes que j'ai croisées le temps d'une nuit. Mais je ne me laisse pas avoir, pas cette fois, pas alors qu'Al est mort ni que tant de mes hommes continuent de le rejoindre. Car la magie des sirènes fait des ravages : mes hommes se figent parfois en plein geste et se laissent tuer avec un sourire rêveur, ce qui attise ma soif de violence.

Les ennemies se font moins nombreuses sous ma lame, les bruits s'éteignent mais je n'ai pas l'impression que ça soit fini. Je n'ai pas envie que ça soit fini. Cela voudrait dire que je dois lâcher mon épée et faire face à la perte et à la douleur. Je ne suis pas doué pour ça. En revanche, je suis doué pour tuer. Entendant un bruit de pas derrière moi, je me tourne brusquement et fais face à une nouvelle sirène.

Ses traits sont flous mais elle ressemble à Callie, elle aussi. Par réflexe, je lève mon épée et elle pousse un cri en levant les mains devant elle.

— Blake, c'est moi !

Je me fige et baisse un peu ma lame, sans pour autant relâcher ma garde. Je plisse les yeux, mais la sueur qui me suinte sur le visage m'empêche de voir clairement. Callie – mais est-ce bien elle ? – s'approche un peu plus de moi, les mains toujours en avant, comme si elle essayait de m'amadouer. Je relève mon épée dont la pointe vient s'appuyer sur la gorge de Callie. Mais ce n'est pas elle. Je le sais. Pourtant… elle a son visage. Mon geste et mon hésitation arrachent un rire à la sirène.

— Voyons, Blake. C'est moi ! Viens, je vais m'occuper de toi, dit-elle d'une voix très calme, en me tendant la main.

— Ne le touche pas, sale garce !

D'un coup, mon épée est repoussée et la fausse Callie tentatrice vacille, portant la main à sa gorge d'où s'écoule un torrent de sang. Elle titube et je fais un pas sur le côté pour éviter qu'elle ne s'effondre sur moi. Lorsqu'elle tombe au sol avec un bruit sourd, la vraie Callie se tient devant moi, la lame de son poignard écarlate après avoir tranché la gorge de la dernière sirène à bord.

— Tu vas bien ? me demande-t-elle. Pourquoi tu as hésité ?

— Elle avait ton apparence…

J'essuie ma lame sur ma manche et observe le visage de Callie. Quelques égratignures, des cernes qui me paraissent plus creusés encore que tout à l'heure, mais pas de blessure flagrante. Je remarque surtout les traces qu'ont laissées les larmes en roulant sur ses joues.

— Tu vas bien ? je lui demande à mon tour.

Elle commence par hocher la tête puis suspend son mouvement.

— Non, murmure-t-elle. Non, ça ne va pas du tout…

Un sanglot lui échappe et je l'attire contre moi. Sans se soucier du fait que je suis couvert de sang, elle m'enlace à son tour, libérant les sanglots qu'elle retenait probablement depuis le début de la bataille. Je laisse mon regard dériver vers le gaillard d'arrière où certains de mes hommes sont déjà rassemblés autour d'une silhouette à terre. Je ferme les yeux et serre Callie plus fort.

***

Le corps d'Al est recouvert d'un drap et transporté à l'infirmerie pour que Doc s'occupe de lui avant qu'on ne le rende à l'Océan, comme c'est la tradition chez les marins et les pirates. Une tradition qu'on observe souvent, ces derniers temps.

Comme si la mort de mon ami ne me causait pas suffisamment de douleur, six autres de mes hommes ont perdu la vie lors de l'attaque. Si on ajoute la dizaine qui n'a pas réussi à rejoindre *L'Avalon* tout à l'heure, j'ai perdu presque une vingtaine d'hommes en moins de vingt-quatre heures. Outre ce que cela révèle de mes compétences de capitaine, mon cœur saigne d'avoir ainsi perdu ces hommes qui étaient mes amis. Ma famille.

Au début, j'aide l'équipage à m'occuper des corps et à nettoyer le pont. Mais, très vite, la main de Callie vient se poser sur mon poignet, interrompant mon geste.

— Tu es blessé, Blake, dit-elle d'une voix douce.

Elle a cessé de pleurer il y a une bonne demi-heure, mais la tristesse dans son regard n'est pas près de s'estomper. Du menton elle désigne mon flanc et, surpris, je passe mes mains sur une plaie sanguinolente. Ça n'a pas l'air très profond, mais j'imagine qu'il faut tout de même soigner ça.

— Doc est… occupé, mais je vais m'en charger, dit Callie. J'ai fini de soigner les autres.

J'acquiesce et, ensemble, nous nous dirigeons vers ma cabine. Elle me fait asseoir au bout du lit puis j'enlève mon manteau et ma chemise, tandis qu'elle s'empare de ses onguents et pansements. J'ai l'impression qu'on agit tous les deux comme des automates, bien trop choqués pour être naturels.

Ses mains, douces et fraîches, se posent sur mon ventre, me tirant un soupir. Se méprenant, Callie grimace.

— Désolée, dit-elle.

— Je n'ai pas mal, je la rassure. Je ne sens rien. Je n'avais même pas remarqué que j'étais blessé.

Un silence concentré s'installe tandis qu'elle nettoie ma plaie puis l'enduit d'une pâte épaisse concoctée par Doc. Pour l'avoir testée de nombreuses fois, je sais qu'elle fait des miracles et que ma blessure ne sera bientôt plus qu'un souvenir. Lorsqu'elle a terminé, Callie repousse ses ustensiles et s'assoit à côté de moi, sa paume sur ma cuisse. J'ai envie de parler d'Al. J'ai envie qu'on reste ici, au calme, en silence. J'ai envie de pleurer. J'ai envie de crier.

Je ne fais rien de tout ça et choisis un autre sujet, non moins difficile.

— Je n'avais même pas remarqué que j'étais blessé, je répète, comme si je poursuivais la conversation. C'est…

Je me passe une main sur le visage tandis que Callie attend docilement que je poursuive.

— Quand je ressens une colère aussi intense, j'ai l'impression de perdre pied. Je ne contrôle plus rien et je deviens un monstre assoiffé de sang et de violence. Tu le sais. Ça m'était déjà arrivé.

— La première bataille à laquelle j'ai assisté, confirme Callie dans un souffle. Et… avec Peter.

Je hoche la tête.

— Je déteste ça, ma vision qui se brouille et le monde qui s'efface. Je déteste cette sensation mais, en même temps, ça me rend tellement plus efficace. Et c'est tellement plus simple. Je ne ressens plus rien, plus de douleur, de peur, d'empathie ou quoi que ce soit. C'est presque… reposant.

— Mais ce n'est pas la solution pour autant, me dit Callie en s'emparant de ma main. Même si c'est douloureux, ressentir les choses, c'est ce qui nous rend humains. Et c'est tellement mieux que d'être indifférent.

Je pense à ce qu'elle a dû ressentir quand elle était dominée par les ombres et forcée de commettre ces atrocités qui lui provoquent encore des cauchemars. Je sais que sa culpabilité ne s'effacera jamais totalement mais je ne peux aussi m'empêcher de l'admirer. N'importe qui d'autre aurait perdu l'esprit et jurerait qu'il vaut mieux ne rien ressentir plutôt que souffrir. Mais Callie sait que dénigrer la douleur, c'est se priver de son pendant. Si on ne pleure pas, on ne savoure pas autant le plaisir de rire. Si on ne souffre pas, on ne savoure pas autant les moments de joie. Étouffer la peine, c'est étouffer aussi tout ce qu'elle peut faire ressortir.

Callie reprend après un court moment de silence :

— Al mérite qu'on soit triste pour lui.

Je n'ai rien à redire à cela.

Al, mon ami, ce garçon que j'ai recruté dans une taverne un soir et que j'ai entraîné au bout du monde sans qu'il se plaigne jamais. Al que j'ai sans doute fait souffrir sans le vouloir. Al qui nous a sauvé la vie de nombreuses fois avec sa magie.

Penser à sa magie m'amène à reprendre la parole.

— Quand je suis comme ça, quand j'ai ces crises de violence, j'ai presque l'impression que la magie des ombres me possède, moi aussi. Je deviens un démon, sans scrupules, sans morale.

— Non, me dit Callie. Ça n'a rien à voir.

Ce n'est pas la première fois que l'idée m'effleure mais, ce soir, j'ai besoin d'en parler. J'ai besoin qu'elle me rassure.

— Je t'ai raconté que mon père a tenté de me faire absorber le pouvoir d'ombres quand j'étais plus jeune. Et si ça avait fonctionné sans que je m'en sois aperçu ? Et si des ombres étaient bel et bien tapies en moi, prenant le contrôle dans mes moments de colère pour me faire faire des horreurs ?

Callie soupire.

— Blake… ça serait possible, mais ce n'est pas le cas. Je le sentirais ou, du moins, les ombres le sentiraient. Ça serait trop facile de croire que la magie est responsable de toutes les mauvaises choses qui nous arrivent, répond Callie. Même moi je m'en rends compte et je te rappelle que je déteste la magie. Tu as parfois des accès de violence parce que tu es comme ça, parce qu'on a tous une part d'ombre. Ça ne veut pas dire que tu es une personne horrible, simplement que tu n'es pas parfait. Que tu es humain. Et je préfère ça.

C'est à mon tour de lui serrer la main, même si je préférerais l'embrasser et me fondre en elle pour tout oublier l'espace d'un instant. Et tant pis si c'est mal. Mais Callie n'a pas fini.

— Le simple fait que tu aies conscience de cette noirceur en toi, et qu'elle t'inquiète, prouve que tu n'es pas un démon, Blake. Le plus important, c'est de tenir bon et de continuer à toujours essayer de t'améliorer.

— Je croyais que tu me préférais avec mes défauts ? je marmonne.

— Et moi je croyais que tu n'en avais pas, rétorque-t-elle. C'est ce que tu m'as assuré à de nombreuses reprises. La vie est faite de déceptions, accepte-le, mon vieux.

— Mon vieux ?

— Ah, tu vois, ça ne passe pas, hein ? Il faut qu'on se trouve d'autres surnoms.

— Je peux t'appeler mon amour ?

— Trop solennel.

— Mon cœur ?

— Trop niais.

— Callie chérie ?

— Adjugé.

Je ne peux m'empêcher de sourire, imité par Callie. Cette parenthèse nous a fait du bien. J'ai tellement de chance de l'avoir. Elle me permet de respirer même quand on se noie tous les deux. Elle apporte du soleil malgré elle, même dans la nuit la plus sombre. Je la vois lever une main tremblante pour repousser une mèche de son visage. Oui, j'ai beaucoup de chance de l'avoir, mais chaque jour qui passe l'affaiblit et je pourrais bientôt la perdre comme j'ai perdu Al. La disparation de mon sorcier me fait souffrir le martyre mais celle de Callie m'anéantirait. Je le sais.

De nouveau, Callie me serre la main, sentant probablement ma tension, même si elle n'en devine sans doute pas la cause. Je pousse un soupir.

— Tu es très sage, Callie chérie, je dis avec un sourire las.

— Je sais, se contente-t-elle de répondre en posant sa tête contre mon épaule. Mais ça n'aide pas à accepter plus facilement les choses…

CHAPITRE 51
BLAKE

Plus le temps passe, moins je suis sûr de moi. Les questions se bousculent dans ma tête.

Qu'aurais-je pu faire pour sauver Al ? Que dois-je faire pour sauver Callie ? Comment puis-je m'assurer que nous n'allons pas tous y rester ? Qu'est-ce qui m'a pris, de nous lancer dans cette quête aussi impossible que dangereuse ? Allons-nous vraiment trouver quelque chose, au bout des Confins ? Y a-t-il seulement un bout à cet enfer ?

Je sais que je peux pas me permettre de penser ainsi, je sais que baisser les bras ne sert à rien mais… le temps passe et l'état de Callie empire. Elle essaie de le cacher mais je le sais. Son humeur peut changer d'une heure à l'autre et je vois bien qu'elle s'affaiblit physiquement. Je vois bien qu'elle perd espoir. Et je ne sais pas quoi faire pour l'aider. Pire, je ne peux rien faire.

Je lui jette un coup d'œil. Elle est assise sur un tonneau, dans un coin du pont, et ne fait rien. Depuis quelques jours, elle ne proteste plus quand je ne lui donne pas de tâches à accomplir ou quand je lui demande de se reposer. Preuve, s'il m'en fallait, que son état ne s'améliore pas. Cela fait longtemps qu'elle n'a pas utilisé la magie et, pourtant, elle ne va pas mieux. Je crois qu'on a dépassé le stade où l'abstinence pouvait l'aider. Je crois aussi que la mort d'Al l'a touchée plus qu'elle ne l'avait imaginé.

Je me détourne pour chasser mes pensées noires, pour échapper au souvenir du corps d'Al rendu à l'Océan, à la cérémonie que j'ai présidée et à la soirée de commémoration qui a suivi.

L'Avalon a gardé le cap vers l'est et nous avançons rapidement car mes hommes s'activent autant voire plus qu'avant. Si eux aussi ont des doutes et des questions sans réponse qui les torturent, ils ne le montrent pas. Je garde toujours un œil sur la Carte, mais cela fait plusieurs jours qu'elle n'indique absolument rien. Les îles que nous croisions se font plus rares, les nuages nous dépassent avec indolence… C'est calme, presque reposant après tout ce qui s'est passé, pourtant mon instinct me crie que tout est justement trop calme. Au moment même où cette pensée me traverse l'esprit, mon regard se porte devant nous, au-delà de la proue de *L'Avalon*. Je plisse les yeux mais ma vision n'est pas en cause : à bonne distance de nous mais droit sur notre chemin, il y a comme un brouillard. Comme si un nuage s'était posé sur l'océan et attendait sagement de nous voir nous y noyer.

Le phénomène n'est pas inédit, mais c'est assez rare pour attirer mon attention. Surtout que nous sommes dans les Confins : j'ai déjà appris à la dure qu'il fallait toujours être sur ses gardes. Le brouillard forme comme un mur devant nous et, aussi loin que porte mon regard, il est là, dans toutes les directions. Nous ne pouvons pas l'éviter et il se rapproche bien plus vite que je ne l'aurais imaginé. Des murmures inquiets commencent à s'élever sur le pont et je vois Callie se lever et se diriger vers moi. Lorsqu'elle me rejoint, le brouillard arrive sur nous et se jette à l'assaut de *L'Avalon*.

CHAPITRE 52
BLAKE

En un clin d'œil, le brouillard avale littéralement le navire et son équipage. La main de Callie se referme sur mon bras et, même si elle se tient à quelques centimètres de moi, je ne la distingue absolument plus.

— Ne bougez pas et restez calmes, j'ordonne à mes hommes d'une voix forte. C'est sans doute une nouvelle épreuve…

Je ne les vois pas, mais j'entends quelques marmonnements, des réponses qui me parviennent comme étouffées, et j'espère qu'ils suivent mes directives. J'ouvre la bouche, presque instinctivement pour demander à Al d'intervenir et… mon cœur se serre douloureusement quand je me souviens qu'il n'est plus là. Il aurait invoqué les vents, repoussé cette mélasse et nous aurait gratifiés d'un sourire signifiant « Que feriez-vous sans moi ? on se le demande ». Mais il n'est plus là. Il est mort. Mon sorcier, mon ami, mon frère est mort.

Je ne sais si elle a senti ma tension ou si elle me connaît assez pour suivre le cheminement de mon raisonnement, mais Callie s'empare de ma main avec tendresse.

— Je pourrais… commence-t-elle.

— Non.

Je la coupe immédiatement et reprends mes esprits dans le même temps. Le brouillard qui nous entoure n'a rien de naturel, j'en mettrais ma main au feu. Il est si épais que le simple fait de le respirer paraît difficile et, lorsque j'agite ma main devant moi, je ne parviens même pas à distinguer mes doigts.

— C'est un phénomène magique, je dis en chuchotant. Je ne suis pas sûr qu'utiliser la magie soit très utile. D'autant plus que tu ne peux pas te permettre de t'affaiblir pour rien.

Callie n'insiste pas et le silence retombe.

L'angoisse monte tandis que le temps s'étire et que le brouillard perdure. Je ne saurais pas dire combien de temps on reste là, immobiles mais, aussi vite qu'il est arrivé, le brouillard se lève. Le temps de quelques battements de cœur, l'horizon est dégagé, comme si de rien n'était. Je suis un peu perplexe car, si c'était une épreuve, elle n'était pas à la hauteur de mes craintes. Je devrais être soulagé que ce soit passé.

L'Avalon avance encore quelques instants dans un silence quasi religieux puis un de mes hommes pousse un cri d'avertissement en désignant la coque. Je me penche et j'aperçois des assaillants, vêtus de noir, arme au poing, qui grimpent avec agilité le long du navire. Il ne leur faut qu'une poignée de secondes pour poser le pied sur le pont. Mon cerveau tourne à plein régime pour essayer de comprendre ce qui se passe. Comment… Où est leur navire ? Pourquoi ne l'avons-nous pas repéré ? Même s'ils ont pu s'approcher quand nous étions dans le brouillard, ils devaient nous suivre depuis un moment. Ce n'est pas possible, quelque chose cloche, mon instinct continue de lancer l'alerte et fait battre mon cœur plus vite.

Je n'ai pas le temps de réfléchir davantage : les hommes attaquent et se révèlent tout de suite de redoutables adversaires. Je pare, je feinte, je plonge, je bondis, je brandis ma lame et l'enfonce sans merci dans les corps de mes ennemis. Beaucoup tombent, mais ils semblent toujours plus nombreux et, pour la première fois de ma vie, j'assiste à une véritable débâcle à bord de *L'Avalon*.

Mes hommes sont désarmés les uns après les autres, assommés, traînés sur le pont, les cris résonnent, le sang coule… Les bruits d'affrontements se raréfient et, très vite, trop vite, je suis le seul à me battre. J'affronte cinq hommes à la fois et, malgré toute ma volonté et mon talent, je ne vais pas tenir comme ça longtemps. Je ne comprends pas comment ces adversaires peuvent être aussi nombreux, aussi forts, je ne vois pas pourquoi nous perdrions, mais lorsqu'un des leurs fait voler mon épée, je dois admettre l'inadmissible.

Nous avons perdu.

L'Avalon est aux mains des ennemis.

Pris d'une irrépressible envie de vomir, je lève lentement les mains pour signifier que je me rends.

Un des hommes en noir s'approche de moi : il fend la foule qui est amassée sur le pont, comme un roi avance au milieu du peuple, et j'en déduis que c'est leur chef. J'ai le temps de voir mes hommes et Callie près du grand mât, apparemment tous en vie. Blessés pour certains, ébahis pour d'autres, mais en vie.

— Callie, ne fais rien ! je lui hurle.

Mon cri brise le silence surnaturel qui s'était abattu sur nous. Je réalise alors que je n'ai pas entendu un seul son sortir de la bouche de nos assaillants. Pas un cri, un soupir ou un grognement. Rien. Comme si mon cri les avait réveillés, les hommes en noir commencent à bouger. Une dizaine, dont leur chef, restent plantés devant moi tandis que les autres poussent mon équipage vers l'escalier qui mène aux cales, sans doute pour les enfermer.

— Blake !

Au milieu des cris de mes hommes, la voix de Callie renferme tellement de peur que mon sang ne fait qu'un tour. Je plonge en avant et tente de forcer le barrage des hommes qui m'empêchent d'avancer, mais ils me repoussent sans douceur et sans difficulté.

— Callie !

— Blake, ne…

Sa voix s'éteint soudainement, en même temps que celles des membres de mon équipage. La trappe se referme sur eux et je me trouve seul face à dix hommes armés à l'attitude franchement hostile.

— Épargnez l'équipage, je leur dis d'une voix hachée. Gardez *L'Avalon*, tuez-moi si vous le souhaitez, mais ne leur faites pas de mal.

Je n'obtiens aucune réponse, mais ils avancent vers moi comme un seul homme et je me retrouve acculé dos au grand mât. L'un d'entre eux récupère un cordage qui traîne au sol et entreprend de m'attacher. La corde s'enfonce dans ma poitrine, entravant ma respiration, quand l'homme derrière moi serre avec bien plus de force que nécessaire et que le crin de la corde me cisaille la peau. Ils n'ont toujours pas prononcé un mot et l'atmosphère pesante couplée avec les derniers événements manquent de me faire perdre la tête.

— Par l'Océan, que voulez-vous ? je demande dans un murmure.

Seul le silence me répond.

***

Le soleil poursuit sa course au-dessus de *L'Avalon* et je reste attaché au mât, respirant laborieusement. Les hommes sont immobiles, comme des statues, et ne prononcent pas un mot. Une heure passe. Puis une autre. Et encore une autre. Brusquement, leur chef lève une main. Aussitôt, des bruits se font entendre sur le pont inférieur et, très vite, la trappe s'ouvre, révélant deux hommes en noir qui tirent Colton par les bras. Lorsqu'ils arrivent devant le mât, Colton est jeté au sol tandis que le chef vient se planter devant moi. Il est si près que je pourrais voir son visage si le capuchon qu'il portait ne jetait pas une ombre sur son visage. Plus qu'une ombre, on dirait un gouffre insondable, et j'en viens à me demander s'il y a bien un être humain là-dessous… J'ouvre la bouche pour une insulte, une question, une supplique… mais, dans un geste si rapide qui m'apparaît flou, deux hommes dégainent leurs épées.

L'une s'enfonce dans le corps de Colton dans un bruit de mouillé.

L'autre vole au-dessus de ma main et sectionne mon pouce qui tombe au sol.

J'ai l'impression de voir la scène au ralenti.

Ça ne devrait pas être possible, mais je vois autant Colton qui s'effondre que mon pouce qui rebondit sur le pont, autant le sang qui s'écoule de la poitrine de mon ami que celui qui goutte de ma main mutilée. Je suis dans une telle confusion que la douleur physique met du temps à me parvenir. Lorsque l'onde de choc me percute, je me mets à hurler. Pas pour mon doigt, mais pour Colton. Encore un ami perdu, sacrifié, mort.

— POURQUOI ? je rugis.

Je me tends et bande mes muscles comme si je pouvais me libérer des cordes qui m'entravent. Je vois trouble et je me dis que ça doit être la colère avant de réaliser que je pleure. Une voix résonne sur le pont, me stoppant net dans mon élan. C'est la première fois que l'un de mes assaillants prend la parole, et le son qui s'échappe du capuchon du chef est d'une banalité effrayante, vu les circonstances.

— Chaque soir, nous tuerons un membre de ton équipage, capitaine, dit-il calmement. Chaque soir, nous t'amputerons d'une partie de toi. Jusqu'à ce que ton pire cauchemar se réalise et que tu ne sois plus rien, Blake Jackson. Un capitaine sans équipage, incapable de le protéger.

Puis ils s'emparent du corps de Colton et le jettent dans un coin du navire avant de se retirer sur le pont inférieur, me laissant seul.

***

Le deuxième soir, la trappe s'ouvre et mon cœur s'arrête en les voyant tirer un autre de mes hommes devant moi. Parmi toutes les pensées qui m'agitent, une se détache.

Ce n'est pas Callie. Je m'en veux aussitôt de ressentir du soulagement, mais je ne peux m'empêcher de songer au moment où cela arrivera. Comment ferai-je, quand ce sera Bold, Glenn, Doug, Doc ? Un frisson me secoue, réveillant la douleur dans ma main qui continue à saigner. Peut-être que je n'aurai pas à voir les autres membres de ma famille mourir, après tout. Peut-être que je vais me vider de mon sang ici, sur ce pont qui a été ma maison pendant des années.

— Non, capitaine.

La voix du chef me fait sursauter.

— Tu ne mourras pas tout de suite, dit-il comme s'il avait lu dans mes pensées. Te toucher au cœur directement n'aurait pas d'intérêt. Il faut que tu souffres avant d'être achevé.

Et, de nouveau, les épées s'abattent.

Un nouveau cadavre.

Une nouvelle blessure.

Le reste se déroule dans une incertitude opaque et douloureuse. Le temps s'écoule étrangement. Je peux passer des heures à scruter l'océan autour de moi sans que le soleil bouge d'un centimètre. D'autres fois, je cligne des paupières, et c'est déjà le soir. Les hommes en noir tiennent leur sinistre parole. Ils amènent un autre de mes hommes et le tuent devant moi, ignorant mes ruades, mes cris et mes supplications. Ils continuent aussi à me mutiler. Un autre doigt, une oreille, une entaille dans la jambe, sur le flanc… La douleur est déjà devenue une sorte de vieille amie mais je peine à garder les pieds sur terre. Entre la souffrance et le désespoir, je suis comme plongé dans un rêve, ou plutôt dans le plus affreux des cauchemars. Les couleurs me parviennent comme atténuées : l'océan est moins bleu, le ciel plus gris, le sang qui s'écoule du corps de mes hommes moins rouge. Je ne sais pas bien ce qui m'arrive. Je n'ai jamais baissé les bras de ma vie et je devrais être en mesure de monter un plan, de prévoir une action, de trouver une échappatoire, de sauver mon équipage… Pourtant je ne fais rien. Je ne pense à rien sinon à l'angoisse qui monte en moi, à cette peur primitive qui me paralyse de la tête aux pieds, rendant la corde qui me retient au mât presque inutile.

Et puis, un soir, c'est Glenn qu'on traîne devant moi.

Nos regards se croisent et j'ai la sensation de recevoir une gifle.

Glenn est mon frère, bien plus encore que les autres membres de *L'Avalon*. Nous avons grandi ensemble, il m'a toujours soutenu et nous avons triomphé tous les deux de tous les dangers que nous avons été assez stupides pour affronter. L'idée même de sa mort m'est insupportable. Pour la première fois depuis des jours, je me débats de nouveau, je hurle et j'ai presque l'impression que la corde est sur le point de lâcher et que je pourrais me ruer sur Glenn, faire rempart de mon corps, le protéger…

La lame se fiche dans son cœur et il émet un drôle de hoquet.

Un hurlement inhumain résonne et je ne pensais pas être capable d'émettre un tel son, pourtant si, c'est bien moi qui crie et qui crie encore, jusqu'à ne plus avoir de souffle, jusqu'à m'effondrer contre mon mât, jusqu'à haleter dans le silence qui est retombé. Jusqu'à ce que j'entende les derniers mots prononcés par Glenn.

— J'espère que ça en valait la peine, cap…

Je ne sens même pas qu'on m'inflige une nouvelle blessure. La présence du corps sans vie de Glenn devant moi est bien plus douloureuse que tout ce qu'on pourrait m'infliger. C'est ma faute. Rien de tout cela ne serait arrivé si je ne les avais pas conduits dans les Confins. Si ma soif de gloire et de richesses ne m'avait pas mené si loin de notre monde… si loin dans l'inconnu. Je ne peux détacher mes yeux du cadavre de Glenn, jeté en tas avec les autres, dans un coin de *L'Avalon*. Ils sont tous là, leurs corps ensanglantés, me fixant de leur regard si vide. Déçus, accusateurs, morts.

Je perds connaissance un moment et, quand je me réveille, ils sont déjà devant moi. Cette fois-ci, ils sont plusieurs. Doc, Doug. Et Bold.

Je ne peux pas fermer les yeux, même si j'en meurs d'envie. Lorsque l'immense corps de Bold s'effondre, j'ai l'impression que c'est *L'Avalon* tout entier qui hurle, qui tremble, qui pleure. Ou peut-être que ce n'est que moi.

— Finissons-en, dit le chef.

Il n'y a aucun bruit, aucun mouvement après sa déclaration et pourtant, soudain, Callie est devant moi. Je secoue la tête et un son rauque s'échappe de ma gorge.

— Non…

Callie n'est pas attachée, elle n'est pas entourée par les hommes en noir, elle se dresse devant moi, amaigrie et visiblement fatiguée. Puis je vois deux hommes s'approcher. Deux hommes tenant chacun une épée.

Non, non, non…

Callie ne se retourne pas, même quand la pointe de l'épée se pose dans son dos. Elle ne cligne pas des paupières, même quand la deuxième lame vise mon cœur. Elle ne bouge pas, ne tente pas de se défendre.

— C'est ta faute, Blake.

Les mots s'écoulent de sa bouche, doux et si tranchants à la fois.

— C'était ton idée, d'explorer les Confins. Tu as mené ton équipage et ta famille vers sa fin, tout comme tu m'as menée à ma perte. Tout est ta faute. Les ombres, la magie, ma mort, la leur… Tout.

— Non, non, non…

L'indifférence fait place à la haine dans son regard, puis elle émet un hoquet et je hurle de nouveau en voyant la lame ressortir de sa poitrine. Callie crache un jet rougeâtre et s'effondre au sol où son sang vient se confondre avec la masse flamboyante de ses cheveux.

Je flotte au-dessus de la scène, je ne ressens plus rien, une seule pensée m'habite. Ce n'est pas possible.

Ce

n'est

pas

possible.

Le chef s'approche et regarde la lame toujours pointée sur moi.

— Un dernier coup au cœur… murmure-t-il.

Mon regard est irrésistiblement attiré par Callie.

La lame s'enfonce un peu plus dans ma poitrine, vers mon cœur, mais quel intérêt ? Le cœur est déjà atteint. Callie est morte. Ils sont tous morts.

C'est un affreux cauchemar.

Un cauchemar ?

Un cauchemar.

J'ai l'impression d'être projeté en arrière et je ferme brièvement les yeux pour en chasser les larmes. Lorsque ma vision se stabilise, je ne comprends pas. Je suis debout, sur le pont de *L'Avalon*, je n'ai plus mal, j'ai tous mes doigts, mes deux oreilles et aucune blessure. J'ai le souvenir de la douleur et la sensation d'un poids sur mes épaules mais je n'ai rien. Lentement je me tourne, et mon souffle se bloque quand je me précipite vers Callie. Elle est là. Elle est vivante. Immobile, comme statufiée, le regard dans le vague, mais elle respire calmement.

Je remercie les dieux et prends son visage dans mes mains.

— Callie !

Elle reste immobile et ne semble même pas remarquer ma présence. Le soulagement fait place à l'inquiétude. Je rechigne à m'éloigner, mais je dois en avoir le cœur net.

Quelques minutes me suffisent à faire le point. Ils sont tous là. Tous mes hommes. Tous immobiles comme Callie, mais tous aussi vivants qu'elle. Je ne peux m'empêcher de serrer Glenn et Bold dans mes bras, même s'ils ne s'en rendent pas compte et ne réagissent pas.

Tout le monde est vivant.

Ce n'était donc bel et bien qu'un cauchemar.

C'est à ce moment que je remarque que nous sommes toujours dans cette étrange brume.

Les choses se mettent en place dans mon esprit et je tire la Carte de ma poche intérieure. *L'Avalon* s'y trouve en plein milieu de vaguelettes qui représentent le brouillard.

Une nouvelle épreuve. Particulièrement perverse, mais juste une épreuve de plus. Si je ne me trompe pas, les autres sont aussi plongés dans ce qui doit se rapprocher de leur pire cauchemar et doivent endurer des peurs et des souffrances atroces. Il faut que je les sorte de là. Je reviens près de Callie et la secoue, crie son nom, essaie même de l'embrasser, sans résultat. En désespoir de cause, je lève la main pour utiliser la technique fétiche de Bold quand Callie bat brusquement des paupières avant de s'effondrer au sol.

— Callie !

Je me jette à genoux près d'elle et repousse le rideau de ses cheveux pour plonger mon regard dans le sien. Elle murmure mon prénom, sa voix provoque des frissons en moi et, l'Océan soit béni, je sais que c'est elle. Pas un sortilège, pas une épreuve tordue des Confins mais *Callie*. Elle redit mon prénom avant de se jeter sur moi avec tellement de force que je tombe en arrière. Nous sommes allongés sur le pont de *L'Avalon*, elle enfouit sa tête dans le creux de mon épaule et je sens ses larmes rouler, j'entends la litanie qu'elle répète sans fin, comme une incantation.

— Je suis désolée, je suis désolée, je suis désolée, je suis désolée, je suis désolée…

Je ne suis pas sûr de vouloir savoir pourquoi elle s'excuse ou ce qu'elle a pu voir dans son cauchemar. Pour le moment, je me contente de lui caresser les cheveux en parlant d'une voix douce et apaisante.

— Ça va aller, Callie. Je suis là. Ça va aller, mon amour…

Du coin de l'œil, je vois certains de mes hommes se réveiller à leur tour, parfois en hurlant, parfois en s'écroulant au sol, d'autres fois en tremblant. Je referme les yeux, continuant à murmurer à l'oreille de Callie.

CHAPITRE 53
CALLIE

Je regarde le brouillard avancer et, rapidement, nous submerger. Je m'accroche à Blake, comme si ma vie en dépendait car mon instinct me hurle que ce phénomène n'a rien de naturel. Pourtant, bien plus vite que je ne l'aurais cru, la brume s'éclaircit et nous retrouvons le soleil. J'observe autour de moi en clignant des paupières, éblouie par la luminosité qui a succédé à tout ce blanc ouateux. Tous semblent un peu surpris, mais plutôt soulagés. *L'Avalon* continue d'avancer et j'échange un regard avec Blake.

Ce n'était finalement qu'un banal brouillard. Après tout, qui sait quelles anomalies météorologiques nous réservent encore les Confins ? Blake m'adresse un large sourire.

— Je me préparais au pire, mais cette fois la chance et l'Océan ont été de notre côté !

Je lui souris en retour et vais m'asseoir dans un coin où je ne gênerai personne. Ces derniers temps, c'est bien tout ce que je puisse faire. Je n'ai plus la force de soulever les cordages, de me plier en deux pour nettoyer le pont et à peine celle de soulever les grandes marmites qu'utilise Doug pour préparer les repas. Je ne peux plus faire grand-chose. Je me sens profondément inutile.

La nuit tombe plus vite que d'habitude : d'un coup il fait sombre et je peux voir les étoiles briller au-dessus de ma tête. Blake se tient à mes côtés et me tend la main.

— Tu viens ?

J'ai la tête lourde, comme si je tombais de fatigue ou si j'avais trop bu. Je prends sa main, me lève en titubant et le suis vers le pont inférieur. Les hommes sont déjà tous dans le réfectoire, mangeant, braillant et buvant sans doute plus que de raison. Je trouve cela étrange. Il y a des tours de garde à respecter et, surtout, ce n'est pas le moment de se soûler. Je m'apprête à faire une remarque à Blake or, en me tournant vers lui, je me rends compte qu'il a disparu. Je le cherche du regard mais il fait très sombre dans la pièce et l'air est si oppressant que j'ai du mal à respirer.

— Ah, la voilà !

Glenn et d'autres hommes me dévisagent en ricanant : je devine tout de suite qu'ils ont en effet trop bu.

— Voilà la plus belle, la merveilleuse Callie... ajoute Glenn avec un clin d'œil à mon intention.

Ce n'est pas la première fois, pourtant aucune de ses œillades ne m'avait encore fait froid dans le dos ainsi.

— Notre petit monstre à nous !

Je me fige, blessée par ses paroles que l'alcool n'excuse pas entièrement.

— Ne dis pas ça, le reprend un autre homme. Ce n'est pas notre monstre. C'est une bombe à retardement.

Je connais son nom mais son visage est flou et sa voix me parvient étouffée, comme s'il était très loin, ce qui n'a pas de sens car il se tient devant moi. En fait, ils se tiennent tous devant moi. Ils me font face et je suis seule, cible facile pour leurs regards hostiles. Inconsciemment, je recule d'un pas. Le silence s'est fait dans la pièce et les hommes prennent la parole un par un.

— Un danger, oui !

— Elle va tous nous mener à notre perte !

— Non ! je m'insurge. Je ne vous ferai jamais de mal ! Vous… Vous êtes ma famille.

Les rires qui me répondent sont autant de coups portés à mon cœur.

— Ta famille ? Tu rêves, sale peste !

— Tu crois qu'on t'apprécie ? Eh, les gars, on est meilleurs acteurs qu'on ne le pensait !

— Tu ne peux pas nous promettre que tu ne nous feras rien. Tu ne contrôles pas les ombres en toi. Tu n'as jamais rien contrôlé dans ta vie, pauvre idiote. Elle est aussi bête qu'elle est inutile, celle-là…

Les mots me parviennent, s'inscrivent dans mon cerveau, mais je ne comprends pas. Les hommes en face de moi se rapprochent, l'air plus menaçants que jamais, et je recule encore.

— On devrait se débarrasser d'elle, dit de nouveau Glenn. Comme ça, au moins, on limite les risques.

Je tourne les talons et m'enfuis dans la coursive, pas assez vite cependant pour échapper aux cris d'assentiment et de joie que provoque la proposition de mon ami. Mon cœur bat à tout rompre et, lorsque je débouche sur le pont supérieur, je prends une grande inspiration pour essayer de me calmer. J'ai dû rêver, ce n'est pas possible autrement. Ou alors il se passe quelque chose d'étrange. Je me frotte le visage et me fige en voyant Blake, debout devant son gouvernail. Je le rejoins en quelques pas, toujours affolée.

— Pourquoi fais-tu cette tête ?

— Je… Ils ont…

— Quoi ? Qu'est-ce qu'il y a, Callie ?

Le ton de Blake est pressant mais je prends le temps de réfléchir. J'ai dû avoir une hallucination, une perte de conscience ou quelque chose de cet ordre. L'équipage m'a acceptée depuis longtemps. Ils ne m'auraient jamais dit des choses aussi horribles. Je suis tellement fatiguée et inquiète que cela ne m'étonnerait pas d'avoir imaginé cette scène. Je pousse un long soupir.

— Rien, rien du tout, je réponds à Blake. J'ai juste… Je ne te trouvais pas, alors j'ai eu peur.

Le sourire est de retour sur les lèvres de Blake. Celles-ci se rapprochent lentement des miennes.

— Comme c'est mignon, susurre-t-il. Tu ne peux pas te passer de moi, pas vrai ?

Sa bouche s'arrête à quelques millimètres de mon visage. Je sens son souffle et je frissonne.

— Pauvre idiote ! lance-t-il lui aussi.

Je me fige, les yeux écarquillés, tandis qu'il éclate d'un rire moqueur.

— Ça a été si facile, de te faire croire que je tenais à toi ! Je ne pensais pas m'amuser autant. Comme si tu méritais mon attention ! Comme si tu méritais l'amour de qui que ce soit !

Je lui tourne le dos, échappant à son regard narquois et méprisant. Je ne comprends pas. Il continue à parler. Ses paroles dures font ressortir tous mes doutes, toutes mes peurs. Je plaque mes mains contre mes oreilles mais ses mots s'insinuent dans ma tête, ils résonnent en moi quand soudain de nouvelles voix s'ajoutent au chaos de mon esprit.

On t'avait manqué ?

Non, pas ça !

Oh, allez, petite Callie. Avoue que le moment est bien choisi pour faire notre grand retour !

Je repousse les ombres, grimace sous la douleur qu'elles me causent et tente d'ignorer Blake qui continue à dire les pires horreurs.

— Tu n'es même pas intéressante, pas étonnant que tu n'aies pas suffi à faire le bonheur de ton père. Il a probablement accueilli les ombres avec joie si ça lui permettait de t'échapper.

Il n'a pas tort sur ce point.

— LA FERME !

— Et voilà que tu parles toute seule, maintenant, reprend Blake. Ça ne s'arrange pas. Tu vas finir folle et dévorée par la magie... C'est tout ce que tu mérites, remarque.

— Les... ombres... Il me faut... potion...

La lutte recommence dans mon esprit mais, cette fois, le mur que j'ai érigé vacille, les ombres se dressent et m'envahissent. De nouveau, comme ce soir maudit, je me sens reléguée à l'arrière-plan. Je sens que mes muscles refusent de m'obéir, je sens le rire froid qui sort de ma gorge sans que je puisse le contrôler. J'entends les voix rugir de bonheur dans ma tête.

— AAAH ! Enfin !

Les mots jaillissent de ma bouche, ils sont prononcés avec ma voix mais ce ne sont pas les miens. Blake se tait subitement et tente de dégainer son épée mais mes bras font un geste qui la fait disparaître. Des cordes glissent jusqu'à lui et l'emprisonnent avant qu'il ait eu le temps de faire un autre mouvement. Incapable de me contrôler, je me mets sur la pointe des pieds pour passer une main sur la joue de Blake qui tente de se dérober sans succès. Les cordes le tiennent tellement fort que j'ai peur qu'elles ne l'étouffent.

— Ton tour viendra, capitaine. Avant... regarde un peu.

Je me détourne de lui, et une boule de feu apparaît dans ma main. Je hurle de toutes mes forces mais pas un son ne franchit mes lèvres. Ma tête me fait si mal, mon cœur se serre si fort. La première boule de feu s'abat sur le gouvernail, la deuxième sur un mât, la troisième sur la trappe qui mène au pont inférieur. Celle-ci se rabat et, même si je ne le vois pas, je sais que le feu poursuit son œuvre destructrice dans les ponts inférieurs. Très vite, des cris et des bruits de coups nous parviennent. Les autres essaient de sortir mais ils sont bloqués par la magie, par ma magie.

Ils sont en train de brûler vifs.

— Oh, quelle soirée ! je dis d'une voix réjouie qui me donne envie de vomir. À ton avis, capitaine, qu'est-ce qui les tuera d'abord ? L'asphyxie ? La douleur ? La peur ? Le feu en lui-même ? Comme c'est excitant !

L'Avalon brûle autour de moi tandis que je m'approche de Blake. Des larmes roulent sur mes joues mais cela ne ralentit pas les ombres. L'épée de Blake apparaît dans mes mains et, d'un geste alerte, je la plante dans son flanc, lui tirant un cri de douleur. Il tombe à genoux et je prends son menton sans douceur.

— Ce soir, capitaine, tu vas tout perdre : ton navire, ton équipage, ta bien-aimée… et tout cela de sa propre main ! Ce soir, c'est la fin. La fin du voyage, la fin de l'histoire, la fin de votre pathétique amourette.

Je hurle, je me démène, je rue et me jette à l'assaut du mur. Je l'ai déjà fait, je peux le refaire. Je me suis entraînée à garder le contrôle, je sais comment y arriver. Al m'a appris. Mais Al est mort. Et je suis si fatiguée… Les ombres rient de plus belle dans mon esprit tandis que Blake me foudroie du regard.

— J'en étais sûr. Tu disais que tu ne voulais pas me faire de mal mais c'étaient des mensonges, comme tout ce qui sort de ta bouche !

J'ai envie de lui hurler que c'est faux, mais à quoi bon ? Il a raison, tout est ma faute, je suis trop faible, je les ai mis en danger et ils vont tous mourir à cause de moi.

— Tout ce temps passé à t'aider, pour quoi ? Pour que tu me tues en un clin d'œil ! Je n'aurais jamais dû te faire monter à bord, je n'aurais jamais dû te faire confiance ni t'accorder la moindre affection. J'aurais dû savoir que tu n'étais bonne qu'à nous apporter des ennuis et à nous faire souffrir… Et ça n'en valait pas la peine !

La haine qui s'inscrit sur le visage de Blake me fend le cœur, et c'est comme si je me recroquevillais encore plus à l'intérieur de moi-même. Je n'en reviens pas qu'il dise ça. C'est comme un cauchemar qui se réalise, mon pire cauchemar qui prend forme sous mes yeux. D'abord les hommes qui me rejettent, puis les ombres qui prennent le contrôle, enfin Blake qui m'abandonne… Je ne peux pas le supporter.

Ma main ne tremble pas et la lame brille à la lueur de la lune quand elle s'enfonce dans la poitrine de Blake. Celui-ci pousse un hoquet effrayant mais reste immobile, ses yeux toujours fixés sur moi. Je vois la vie le quitter et mon cœur s'arrête en même temps que le sien. Il rate un battement, repart douloureusement, en rate un nouveau… À quoi bon, de toute manière ? Mes pires craintes se sont réalisées. Je ne veux plus vivre dans un monde pareil. Je veux juste fermer les yeux et disparaître, je veux juste que ce cauchemar cesse, par pitié, que les dieux aient pitié de moi, que ce cauchemar cesse…

Soudain, j'ai l'impression d'être tirée en arrière et mes yeux s'ouvrent brusquement.

— Callie !

Blake est là. Je suis allongée sur le pont de *L'Avalon*, il n'y a pas de feu, le soleil est levé, le brouillard nous entoure encore et les ombres sont toujours endormies en moi. Blake me caresse le visage et je réalise que tout cela n'était qu'un affreux cauchemar, la mise en scène de mes plus grandes peurs. Des larmes perlent au coin de mes yeux lorsque je me remémore tout. Je scrute Blake mais il n'a rien. Pas de blessure, pas de sang, et ce que je lis dans son regard ne pourrait être plus éloigné de la haine.

Pourtant, je ne suis pas tout à fait sûre que le cauchemar soit terminé tellement l'angoisse est ancrée en moi, tellement la peur et la culpabilité m'entourent encore. Je n'essaie plus de réfléchir. Je me jette sur Blake, j'enfouis mon visage dans son cou et lui dis ce qui me paraît le plus important.

— Je suis désolée, je suis désolée, je suis désolée, je suis désolée…

CHAPITRE 54
CALLIE

Tout le monde ne sort pas du brouillard.

Certains cessent tout simplement de vivre, trop plongés dans leur pire cauchemar pour s'apercevoir qu'il ne s'agit pas de la réalité. Certains meurent devant nos yeux impuissants, car rien de ce que nous faisons ne parvient à les réveiller.

J'ai encore du mal à croire que tout cela n'était qu'un mauvais rêve, une épreuve de plus dans la course au trésor des Confins. Une épreuve perverse et horrible qui me hantera longtemps, j'en suis persuadée. Et d'après le regard hagard des hommes, je ne suis pas la seule. Quelques-uns d'entre eux éprouvent le besoin de parler de ce qu'ils ont vu, de ce qu'ils ont cru vivre. Beaucoup préfèrent rester silencieux et je les comprends.

Cette épreuve a révélé certaines de mes plus grandes peurs : les ombres, l'abandon, le fait de ne pas être à la hauteur… Toutes ces faiblesses que j'avais réussi à étouffer reviennent me frapper de plein fouet. Je commence à me demander ce qui nous attend vraiment au bout des Confins, et si le but des épreuves n'est pas de nous mettre à nu avant d'y parvenir. Qu'on ne soit plus capables de se bercer d'illusions sur quoi que ce soit nous concernant, qu'on soit dépouillés de toute armure, qu'on sache enfin si oui ou non nous méritons d'obtenir cette mystérieuse récompense. Je commence aussi à me demander si ça en vaut la peine. Si j'en vaux la peine.

Je ne suis pas assez égoïste pour penser que tous les hommes à bord se sont lancés dans cette expédition pour me sauver. La plupart m'estiment et m'apprécient, mais ils voulaient avant tout découvrir les Confins. Je n'ai pas à prendre l'entière responsabilité de tous les malheurs rencontrés, mais je ne peux pas m'empêcher de me demander si ces hommes seraient morts si je n'avais jamais croisé leur route.

Nous nous occupons de nos amis dans un ballet douloureusement familier. Lorsque leurs corps basculent par-dessus le bastingage, je fais un rapide calcul. Nous ne sommes plus que vingt, désormais. Vingt personnes silencieuses qui rendent hommage à leurs derniers défunts, tout en sachant que d'autres suivront, et bien trop tôt. C'est tout ce que semblent offrir les Confins.

Personne n'a envie d'affronter la nuit et beaucoup de membres de l'équipage insistent pour prendre la première garde. Pour ma part, je me traîne jusqu'à la cabine de Blake et me roule en boule sur le lit. Lorsqu'il me rejoint, je me colle à lui, tentant d'oublier les paroles qu'il a prononcées dans mon cauchemar. Aucune épreuve ne devrait me faire douter de son amour ni de son soutien.

— Tu veux en parler ? me chuchote Blake à l'oreille.

— Pas vraiment, je réponds sur le même ton.

— Tu n'arrêtais pas de t'excuser quand tu t'es réveillée, alors je pense que j'ai saisi le principal.

— J'ai tellement peur de vous faire du mal. Tout le temps.

— Moi je t'ai déjà fait du mal.

La plupart du temps, Blake est très doué pour enfouir ses sentiments, comme cette culpabilité qui, je le sais, lui pèse depuis le début de notre aventure. Aujourd'hui, pourtant, elle apparaît aussi clairement qu'un feu en pleine nuit.

— On en a déjà parlé, Blake. Je ne regrette rien. Absolument rien.

— Et il n'y a pas que toi, soupire-t-il, guère convaincu. Explorer les Confins était mon idée, mon obsession. Je l'ai transmise à mon équipage, et regarde où cela les a menés.

— Personne ici n'a été contraint et forcé. Ils savaient tous dans quoi ils s'engageaient.

J'entends Blake ouvrir la bouche, puis la refermer. Je sais que ses doutes et sa culpabilité ne se sont pas apaisés. Je sais que sa peine ne s'est pas envolée. Nous savons l'un comme l'autre que tous les discours du monde ne changeront rien à ce qui s'est passé. Il est trop tard pour regretter. Tout ce qu'on peut faire, c'est essayer de continuer à avancer.

Je me tortille pour me dégager un peu de son étreinte et le regarder dans les yeux.

— Redis-moi qu'on va y arriver, je lui demande.

Ces jours-ci, son optimiste sans faille a pris un coup. Ses discours d'encouragement se font plus rares. Je sais que, comme moi, il doute. Et je ne peux pas lui en vouloir alors que je baisse un peu plus les bras à chaque seconde qui passe. Mais ce soir, égoïstement, j'ai envie qu'il me dise que tout ira bien, qu'il est le capitaine Jackson, qu'il trouvera une solution.

Son regard devient si intense que j'en oublie de respirer quelques secondes. Blake pose les mains de part et d'autre de mon visage et approche son front du mien.

— On va y arriver, dit-il avec force. Callie, même si c'est la dernière chose que je doive faire, je te sauverai.

— Non.

Je veux secouer la tête, mais il me tient trop fermement pour ça.

— Non, ce ne sera pas la dernière chose tu feras ! On va y arriver, tu as dit. *On*. Ensemble. Ou pas du tout.

L'inquiétude perce dans ma voix et, d'un coup, je suis submergée par des émotions contradictoires que je ne maîtrise pas. Blake le voit et embrasse mon front, puis mes paupières qui se ferment pour retenir des larmes.

— Ensemble ou pas du tout, répète-t-il.

CHAPITRE 55
BLAKE

Une épreuve. Si la maudite comptine inscrite sur le parchemin que nous a donné le vieux fou est vraie, il ne nous reste plus qu'une seule épreuve à surmonter avant d'arriver enfin à la récompense. Une part de moi appréhende cette ultime épreuve, tandis qu'une autre peine à imaginer comment elle pourrait être pire que tout ce qu'on a déjà affronté.

Il faut dire que ces derniers jours ont été particulièrement difficiles. D'abord la tempête, puis les sirènes, Al, et finalement ce brouillard et ces affreux cauchemars éveillés. Mon moral et celui de tout l'équipage en ont pris un coup. Je fais bonne figure devant eux, mais la culpabilité me ronge et m'écrase un peu plus chaque jour. D'autant plus que je sais très bien que, si nous parvenons à guérir Callie, je ne regretterai pas d'avoir entrepris ce voyage. Est-ce que ça fait de moi quelqu'un d'horrible ? Je ne sais pas. En tout cas, ça me motive. Pour Callie, mais aussi pour Al et tous les autres qu'on a déjà perdus. Ils n'auraient pas voulu nous voir abandonner.

Je regarde Callie tandis qu'elle prend une gorgée de la potion qui endort les ombres. Elle est soudainement prise d'une quinte de toux et j'écarquille les yeux en voyant les gouttes de sang qui maculent ses lèvres après ça. Elle fait mine de ne rien remarquer et s'essuie du revers de la main, mais cela m'effraie. Certes, elle a l'air fatiguée, même si elle dort de plus en plus. Certes, elle a maigri et je vois bien qu'elle mange moins et sans appétit. Mais je pensais qu'on avait encore du temps. Pourtant, ces signaux que lui envoie son corps me paraissent très graves. Extérieurement, elle semble affaiblie. Intérieurement, elle meurt. Son organisme abandonne le combat. Je m'approche encore d'elle et elle lève les bras comme pour m'empêcher de la toucher.

— Continuons juste à avancer, d'accord ?

— Callie…

— S'il te plaît, Blake.

Sa voix tremble un peu et je comprends qu'elle n'a pas la force de se lancer dans une conversation stérile sur son état. Alors je n'insiste pas et, reconnaissante, elle baisse les bras et comble la distance qui nous sépare. Presque par automatisme, mes mains se posent sur ses épaules, ses frêles épaules, près du cou. Un bref instant, je savoure le fait de sentir battre son pouls en un rythme rassurant, puis je touche du pouce ses taches de rousseur qui me fascinent tant. Toujours guidées par un instinct qui me dépasse, mes mains caressent doucement ses cheveux. Un sourire se dessine sur les lèvres de Callie quand elle me voit enrouler une mèche rousse autour de mon poignet, comme j'adore le faire. Un sourire qui disparaît quand la mèche en question me reste entre les doigts.

Je contemple bêtement la boucle de cheveux dans ma main. Callie n'a pas bougé et je lis dans son regard une immense tristesse ainsi qu'une résignation qui me serrent le cœur. Sans un mot, elle se recule, me contourne et sort de la cabine, sans doute pour aller rejoindre l'équipage et s'activer à faire avancer *L'Avalon*, comme si de rien n'était.

J'écoute le bruit de ses pas s'éloigner dans la coursive et je serre la mèche un peu plus fort.

Non, je ne renoncerai pas.

Callie si.

Lentement, si lentement qu'elle ne s'en rend peut-être même pas compte elle-même, elle perd espoir. Et ça m'inquiète. Ça m'inquiète d'autant plus que je crois comprendre son point de vue. Baisser les bras, abandonner le combat, c'est tellement simple. Plus de problèmes, plus de lutte, plus de pression ni de souffrance. Juste la paix.

Le parchemin que je sors de ma poche est abîmé, froissé, presque rendu illisible par mes nombreuses manipulations. Et chaque jour qui passe, chaque souffle difficile que lâche Callie renforce ma décision.

Le moment venu, je ferai ce qu'il faut.

CHAPITRE 56
BLAKE

Les trois jours qui suivent sont parmi les pires que j'aie jamais vécus.

Callie reste distante, renfermée et discrète. Cela ne m'empêche pas de remarquer que son état ne s'améliore en rien. Ses sourires se font plus rares et sont réservés à quelques chanceux. Doug, bien sûr, qui ne semble pas réaliser à quel point la situation est désespérée. Glenn, dont la présence est égale, et qui, quelles que soient les circonstances, enchaîne les blagues lourdes et les parties de cartes truquées avec elle. Bold, qui semble l'apaiser. Et moi.

Le soir, lorsque nous nous retrouvons dans la cabine, les masques tombent. J'essaie de la faire rire, nous reprenons nos disputes factices, nous usons de ce sarcasme qui nous fait du bien à tous les deux et parfois, pendant un bref instant, on oublie ce qui se passe. Dans le lit, elle se serre contre moi et nous parlons de tout et de rien, mais surtout pas de ce qui est important, jusqu'à ce qu'un de nous sombre dans le sommeil. C'est souvent Callie d'ailleurs, qui dort beaucoup, sans pour autant reprendre des forces.

Heureusement que nous avons ces moments de répit, sans quoi je perdrais la tête. Callie s'affaiblit, l'espoir s'amincit et la Carte n'indique toujours rien. Pendant trois jours, nous voguons sur un océan tellement calme et plat que je me demande s'il n'y a pas une épreuve derrière. Nous ne croisons aucune île, aucun îlot, et le vent est si constant que ça en devient étrange.

Enfin, au troisième jour, nous arrivons en vue d'une île. D'une superficie moyenne, on y distingue un pic rocheux, un peu de végétation, et c'est tout. Nous la dépassons sans lui accorder la moindre attention. Pourtant, deux heures plus tard, nous sommes de nouveau en vue de l'île. Je crois rêver mais une inspection un peu plus poussée me le confirme, c'est bien la même, ce qui est totalement impossible vu que j'ai fait garder le même cap à *L'Avalon*.

Je sors la Carte et m'aperçois que l'îlot y figure bien, dans cette teinte plus foncée qui m'indique que nous n'allons pas pouvoir y couper, comme nous n'avons pas pu échapper aux épreuves précédentes.

— Bon. Eh bien, j'imagine qu'on va se payer le luxe d'une petite promenade en montagne…

CHAPITRE 57
BLAKE

— Tu es sûr que c'est une bonne idée de n'y aller qu'à trois ?

C'est la quatrième fois que Glenn me pose la question et, si son insistance n'était pas entièrement motivée par l'inquiétude, je l'aurais déjà envoyé balader. À la place, je me contente de pousser un soupir en lui adressant un regard explicite.

— Désolé, mais je ne trouve pas que ça soit judicieux, marmonne mon ami. Callie arrive à peine à mettre un pied devant l'autre. Elle ne vous sera d'aucune utilité si jamais vous rencontrez des dangers, reprend Glenn. Au contraire, elle sera un fardeau. Bold est plutôt en forme, je te l'accorde, mais toi…

— Quoi, moi ?

— Physiquement, ça passe encore…

— Merci, trop aimable, je bougonne avec une grimace.

— … mais psychologiquement, tu es dans un état pire que Callie. Angoissé, sous pression… il ne faudrait pas grand-chose pour que tu exploses, je le sais ! Je m'inquiète pour toi, Blake, c'est tout. Laisse-moi t'accompagner. Prends quelques hommes de plus.

Fichu meilleur ami qui me connaît trop bien ! Pourtant, je ne fléchis pas.

— Je sais que c'est imprudent, mais on n'en a pas pour longtemps, juste quelques heures afin d'examiner les lieux et chercher un indice pour la suite.

— Il nous reste une épreuve et la Carte ne cesse de nous renvoyer ici. Pas besoin d'être un génie pour savoir qu'on touche au but et que tout va certainement se passer sur cette maudite île !

Un bref instant, nous attendons tous les deux une réplique moqueuse qui ne vient pas. Al aurait sauté sur l'occasion. Mais Al n'est plus là. Les yeux de Glenn sont remplis de souffrance, celle que l'on trouve sans doute dans les miens.

— Justement, je reprends. Si c'est bien ici que tout se termine, hors de question que je mette les autres en danger. Bold m'aidera, si ça dégénère. Quant à Callie… je t'accorde qu'elle n'est pas en grande forme, mais si la solution à son problème doit être trouvée, ce ne sera qu'en sa présence. Il faut qu'elle vienne. Et j'ai besoin de toi à bord, je poursuis en le voyant ouvrir la bouche. J'ai besoin que tu surveilles les hommes, que tu fasses le guet et que tu te tiennes prêt à mettre les voiles s'il arrive quoi que ce soit. Je ne peux compter que sur toi. Et je…

Les mots se bloquent dans ma gorge mais j'insiste. Il fut un temps où je gardais tout pour moi et refusais de dévoiler le moindre sentiment. J'ai changé depuis.

— Je… Je ne supporte pas l'idée qu'il puisse t'arriver malheur.

Glenn reste un instant silencieux, la bouche légèrement entrouverte, surpris par ma tirade. J'espère qu'il a toujours su à quel point il comptait pour moi, mais si ces épreuves m'ont appris une chose, c'est bien qu'il faut profiter de chaque instant pour dire à nos proches combien on les aime. Car ces instants pourraient bien être les derniers.

Je vois défiler des émotions contradictoires dans ses yeux avant qu'il ne reprenne la parole, en colère.

— Et alors ? Tu crois que ta petite déclaration va me rendre plus docile ? Tu crois que je vais fondre en larmes, t'enlacer et agiter un mouchoir blanc pendant que tu quittes le navire ?

— Je ne dis pas non à un câlin.

— La ferme, Blake, la ferme ! C'est sérieux, là. Mon instinct me hurle que quelque chose se prépare, et tu ne veux pas que je t'accompagne !

Mon instinct me dit la même chose, et c'est justement pour ça que je ne veux pas qu'il vienne. J'ai le pressentiment que tout va se régler sur cette île, d'une manière ou d'une autre. Callie est aussi impliquée que moi, elle doit donc venir. S'il y avait eu la moindre possibilité de la laisser en sécurité à bord, je l'aurais fait, mais, au fond de moi, je sais qu'elle doit venir. Quant à Bold... Outre le fait que je serais bien incapable de l'obliger à rester à bord, j'ai besoin de lui. Plus que jamais, j'ai besoin de son calme, de sa sagesse et de son esprit aiguisé.

— Tu dis que tu ne supporterais pas qu'il m'arrive quelque chose, mais tu crois que je le vivrais comment, moi, si vous ne reveniez pas ? continue Glenn.

— On reviendra. Mais si jamais aucun de nous ne donne de nouvelles, tu mettras les voiles, tu sortiras l'équipage de cet endroit cauchemardesque et tu reprendras le commandement de *L'Avalon*. C'est clair ?

Apparemment non, parce que Glenn me regarde avec des yeux ronds, comme si j'avais proféré le plus gros blasphème qui soit.

— Tu...

— Je te confie *L'Avalon*. Si nous ne revenons pas, tu deviendras le nouveau capitaine.

Ça le laisse sans voix. Je peux voir qu'il a compris les implications, qu'il a deviné que j'avais mûrement réfléchi à ma décision. Il sait ce que cela signifie pour moi. Malgré tout, je le vois ouvrir la bouche pour insister. Je lève la main pour l'interrompre.

— En attendant, je suis toujours capitaine. Et, Glenn, ceci un ordre de ton capitaine.

Il se fige avant de pousser un juron et de me tourner le dos, apparemment furieux que je lui coupe l'herbe sous le pied avec cet argument. Le seul qu'il ne puisse réfuter car, s'il y a bien une chose que Glenn, qui se moque de tout et ne respecte rien, prend à cœur, c'est ça. Je lui laisse un instant pour se calmer, ce qu'il fait avant de me faire de nouveau face. Il agite un doigt dans ma direction tout en reprenant la parole.

— Blake, si vous avez la moindre égratignure alors que je suis coincé ici, je te jure que je te botte les fesses.

— Et si je meurs ?

— Je te jure que je descendrai aux Enfers chercher ton fantôme pour lui botter les fesses.

Un sourire se dessine sur mes lèvres et Glenn s'obstine un instant avant de m'imiter. Il pousse un soupir et nous nous donnons une accolade qui dure un peu plus longtemps que d'habitude.

— C'est malin, maintenant, j'espère presque que tu vas y rester pour que je puisse récupérer ton navire.

— C'est bien que tu le prennes comme ça.

Il rompt notre étreinte et me regarde dans les yeux, sans que j'y distingue plus la moindre trace de plaisanterie.

— Blake, ne meurs pas là-bas.

— Je vais voir ce que je peux faire.

C'est le mieux que je puisse lui donner et il le sait. Alors il hoche la tête avant de me quitter. Je le regarde s'éloigner, au moins soulagé de savoir que, quoi qu'il arrive, *L'Avalon* sera entre de bonnes mains. Je tourne les talons et m'engage dans la coursive qui mène à ma cabine. En entrant dans la pièce, je trouve Callie assise au bord du lit. Lorsqu'elle me voit, elle esquisse un sourire.

— Je suis prête, capitaine. Prête pour l'aventure.

Puis, d'un geste mal assuré, elle se relève. Ses jambes tremblent, un soupir lui échappe et, brusquement, elle retombe en arrière.

Je ne sais pas ce qui me prend, si c'est ma discussion avec Glenn qui a fendillé ma carapace, si c'est l'incertitude qui me ronge depuis quelques jours, si c'est ce pressentiment qui me hante, ou la somme de tout ça, mais cette scène est la goutte d'eau qui fait déborder le vase. Brusquement, les yeux me piquent et je crois que je suis à deux doigts de me mettre à pleurer. Je me jette à genoux devant elle pour me placer à sa hauteur et pose mes mains sur ses cuisses.

— Tu n'es pas prête du tout, Callie, pas prête pour l'aventure et certainement pas prête pour escalader cette fichue montagne… Tu… Tu es en train de… Callie, tu vas y rester.

Je crois sentir une première larme rouler sur ma joue et je plaque mon visage contre ses jambes pour réprimer les autres. Elle commence à me caresser les cheveux, dans un geste si tendre et apaisant que je me ressaisis tout de suite. Pendant un moment, nous restons silencieux et immobiles, elle, assise sur le lit, les mains dans mes cheveux, moi à genoux devant elle, le visage pressé contre ses cuisses. Puis, d'une impulsion, elle me force à relever les yeux vers elle.

— Ça va aller, Blake.

Est-ce qu'elle veut dire que son état va s'arranger ? Ou est-ce qu'elle veut dire que je vais m'en sortir quand elle ne sera plus là ? Dans les deux cas, c'est un mensonge éhonté.

— Je ne peux pas te perdre, je murmure, autant pour elle que pour moi. Peut-être que tu as baissé les bras, Callie mais moi je ne pourrai jamais. Je ne pourrai jamais me résigner. Et je sais ce que je dois faire.

Je sors le morceau de parchemin de ma poche. Un espoir naïf me laissait penser qu'on pourrait peut-être trouver une autre solution, mais je sais ce qu'il faut faire. J'ai trop fait traîner les choses et, désormais, l'espoir est plus fin que jamais.

Le parchemin est plié, froissé, mais la formule est toujours visible, encore noire comme la teinte de l'avenir de la personne qui récitera ces quelques mots. Je mentirais si je disais ne pas avoir peur. Peur que ça ne fonctionne pas, peur des conséquences si ça fonctionne bel et bien, peur de souffrir, de ne pas résister, peur de me perdre, peur de mourir… Mais l'idée de la mort de Callie m'effraie bien plus. Et, après tout, mourir pour quelqu'un qu'on aime, c'est plutôt noble, non ? S'il doit y avoir un héros dans cette histoire, j'espère au moins que c'est moi, et j'ai toujours su que, à la fin, c'est le héros qui paie le prix.

Callie regarde la feuille posée sur ma paume. Lorsqu'elle comprend de quoi il s'agit, lorsqu'elle comprend mon plan, elle secoue la tête avec force, faisant voleter ses cheveux cuivrés.

— Non, Blake. Je t'interdis de faire ça, tu m'entends ?

— C'est le seul moyen.

— Ce n'est pas une solution !

— Peut-être pas, mais tu seras libre, libérée de la magie, tu reprendras des forces. Tu vivras. C'est tout ce qui compte pour moi.

Le regard un peu fou, elle me repousse et je tombe en arrière. Je ne m'attendais pas à ce qu'elle accepte mon idée avec joie, mais sa réaction me fait un peu peur. Je crains qu'elle ne s'épuise inutilement.

— Tu dis n'importe quoi, crache Callie. Il me semble que ça ne s'est pas très bien passé la dernière fois que tu as essayé d'assimiler des ombres et leur magie, je me trompe ? Je croyais que ça avait failli te tuer ! Qui te dit que tu survivras cette fois alors que ce sont les ombres les plus puissantes qui soient ? Hein, tu y as pensé à ça, capitaine ? J'ai libéré mon père des ombres, je te rappelle. Tu le vois avec nous, ce soir ? Non, parce qu'il est mort ! Parti en poussière, anéanti par le choc.

— Il était possédé depuis bien plus longtemps et…

— JE N'AI PAS FINI ! me coupe Callie en un éclat sonore. Outre le fait que c'est le plan le plus nul et le plus risqué que j'aie entendu depuis que j'ai posé un pied sur ce rafiot, ce qui, entre nous, n'est pas peu dire… tu oses dire que je serai libre ? LIBRE ? Libre de quoi ? De te voir perdre l'esprit ? Lutter contre les ombres ? Être dévoré par la magie à ton tour ? Et après ? Quand ce sera toi qui t'affaibliras, qu'est-ce qu'on fera ? Je réciterai la formule à mon tour ? C'est ça, ton plan ? Qu'on prenne les ombres chacun son tour jusqu'à ce qu'un de nous cède, perde l'esprit ou meure ? NON.

Son dernier mot résonne dans le silence qui me paraît immense.

— Tu crois que je n'ai pas pensé à tout ça ? je reprends finalement d'un ton qui se veut calme. C'est tout ce à quoi je pense depuis des mois déjà, parce que c'est ce que je vis, Callie. L'horreur que tu décris, ce que tu dis ne pas pouvoir supporter, c'est ce qui m'arrive.

Je fais un pas vers elle et je pose mes mains sur ses joues pour essuyer les larmes qui y coulent.

— Je ne peux plus te voir comme ça, aussi faible... je lâche dans un murmure. Ça me tue aussi sûrement que si c'étaient mes forces que la magie aspirait.

— Blake, tu ne peux pas faire ça. Tu ne peux pas m'abandonner.

— Ce n'est pas un miracle, juste un répit. Oui, c'est incertain, un peu fou... Mais ça nous donnera du temps.

Elle reste un instant silencieuse, les yeux fixés sur le papier, et je pense avoir obtenu gain de cause. Mais c'est mal connaître Callie de penser qu'elle capitule aussi vite... Elle esquisse un geste de la main si rapide qu'il me paraît flou. Le parchemin s'élève alors de quelques centimètres au-dessus de ma paume avant de prendre feu. Pris de court, je pousse un cri : les flammes dévorent le minuscule morceau de papier en un clin d'œil et il se volatilise en même temps que mes derniers espoirs. Nous regardons tous les deux les cendres retomber au sol, glissant entre les doigts de ma main toujours tendue.

— Tu n'aurais pas dû faire ça, je soupire.

— On était d'accord. Ensemble ou pas du tout.

Je la regarde tandis qu'elle fait quelques pas vers moi.

— Par pitié, ne parle plus de te sacrifier pour moi, d'accord ? M'en sortir n'a de sens que si tu es là pour passer le reste de ta vie à mes côtés.

La solennité de ce moment et l'angoisse que l'avenir fait peser sur nous m'étouffent. J'arrive à peine à articuler quelques mots.

— Pourquoi tu voudrais passer le reste de ta vie avec moi ?

Callie ne bouge pas d'un cil mais, dans son regard, je vois le sourire qu'elle n'a pas la force de m'adresser aussi clairement que je lis l'amour que cache sa réponse.

— Tu sais pourquoi.

CHAPITRE 58
BOLD

Mon mauvais pressentiment sur cette île se renforce à l'instant même où nous y posons un pied. Malgré la végétation, tout est sec, poussiéreux, comme si nous évoluions sur les pentes d'un volcan. L'air est lourd, rendant chaque inspiration difficile, et le silence oppressant accentue chacun des bruits que nous faisons. Il devrait y avoir des bruits d'animaux, le bruit du vent dans les feuilles, le glouglou calme de l'eau des ruisseaux qui doivent couler quelque part… Ça ne m'inspire guère confiance.

Très prudemment, nous progressons sur l'île, nous enfonçant entre les dunes grisâtres avant d'atteindre les premiers arbres rachitiques. Comme il n'y a pas d'autre direction possible, nous commençons à gravir ce qui ressemble plus à un pic rocheux qu'à une vraie montagne. Il ne nous faut pas longtemps pour trouver la première entrée : à partir d'une certaine altitude, la paroi est criblée de trous plus ou moins gros qui forment comme des arches naturelles et permettent de pénétrer au cœur de la roche. Je ne suis pas très serein à l'idée d'aller nous aventurer là-dedans, pourtant cela semble la piste la plus plausible à explorer. Alors, après un dernier regard vers l'océan, Blake, Callie et moi passons l'arche la plus proche.

Il apparaît très vite que le cœur de la roche a été creusé et aménagé. Par qui, pourquoi, quand ? Comment le savoir ? L'intérieur est sombre mais, profitant de la lumière du soleil qui parvient encore à s'infiltrer, je distingue des couloirs qui serpentent devant moi et des grottes aux parois luisantes. J'ai été suffisamment prévoyant pour prendre des torches que je distribue à mes amis. Celles-ci nous éclairent assez pour que nous nous apercevions que nous avons déjà le choix entre trois couloirs de pierre. Est-ce cela, l'épreuve ? Un labyrinthe cauchemardesque duquel nous mettrons peut-être des années à sortir ? Ça ne peut pas être si simple… Y a-t-il des pièges qui le jalonnent ? Des ennemis en embuscade ?

Je sais d'expérience que l'incertitude et l'hésitation rendent Blake fou, alors je ne suis pas surpris quand il applique sa technique habituelle, à savoir foncer tête baissée. Il s'engage dans un couloir au hasard et nous le suivons sans rien dire.

Nous marchons pendant des heures. Parfois les couloirs sont assez larges pour qu'on puisse y cheminer en étant côte à côte. Parfois, ils se resserrent au point que je dois avancer à genoux. Ayant passé ma vie au grand air, et à cause de mon gabarit, je ne suis pas très à l'aise avec les espaces aussi réduits. Pourtant, je ne dis rien : l'heure semble grave.

J'ai l'impression que l'état de Callie s'est détérioré encore plus vite, ces derniers jours. Elle qui avait pris des couleurs depuis son arrivée sur *L'Avalon* est désormais pâle, ses cheveux de feu me paraissent ternes et même ses yeux ne brillent plus avec la même lueur. En plus de ça, elle respire avec difficulté depuis que nous avons entrepris notre exploration, ce qui ne lui ressemble pas. La Callie que je connais pouvait courir des heures sans être essoufflée et grimpait aux cordages avec une facilité déconcertante. Blake s'est déjà arrêté trois fois durant la dernière heure : il a prétexté le besoin d'analyser le terrain pour éviter qu'on ne se perde dans le dédale de ces tunnels, mais je sais que c'est pour accorder un répit à Callie. La jeune fille en est aussi consciente que moi mais elle n'a pas protesté, signe supplémentaire qu'elle va mal. Les trois fois, elle s'est contentée de s'asseoir en grimaçant et de respirer profondément avant de repartir sans protester.

Magie ou ombres, peu importe… Elle est en train de dépérir.

Elle souffre et Blake souffre avec elle, je le sais. Il ne supporte pas de la voir diminuée comme ça. Il ne supporte pas l'idée qu'elle pourrait ne pas s'en sortir, que chaque seconde qui passe l'affaiblit alors que nous n'avons pas trouvé de solution pour la sauver. Personnellement, j'ai peur que l'un d'entre eux ne fasse une bêtise. Je les connais assez pour imaginer le genre d'acte de bravoure stupide qu'ils pourraient envisager.

Callie prend une inspiration particulièrement laborieuse et je fais mine de ne pas voir que Blake serre les poings. J'aimerais aider la jeune femme, mais je me sens si impuissant… Même les heures passées à consulter le grimoire rempli de formules magiques n'ont servi à rien : je n'ai tiré aucune information utile sur ce qui nous attend, seulement de nouvelles hypothèses quant à l'issue de cette quête. Une idée un peu folle se précise dans mon esprit, mais ce n'est pas le moment d'y penser. Avant de rêver à la récompense, il faut savoir comment y accéder.

C'est aussi pour cela que j'ai tenu à participer à cette expédition. La présence de Blake et de Callie était évidente, la mienne un peu moins. Mais j'ai eu le sentiment que je devais être là. Que j'allais enfin comprendre. Pourquoi je suis là, quel est mon destin, ce que je dois faire. Je n'ai rien dit de ce pressentiment que j'ai eu en quittant *L'Avalon*.

Après des heures de marche, nous débouchons sur une grotte ronde aux parois lisses. Plusieurs autres couloirs mènent ici mais ce n'est pas ce qui retient mon attention. J'observe les parois : on dirait qu'elles ont été polies, pour être aussi régulières. Ensuite, je remarque que des fresques ont été peintes sur les murs. Les couleurs sont passées, les traits un peu effacés à certains endroits, mais il ne me faut pas plus de quelques secondes pour savoir de quoi il s'agit.

Là, les sirènes se dressent devant moi, un peu plus petites sur la pierre qu'elles ne l'étaient en vrai. Plus loin, ce sont les chutes d'eau, je vois aussi des tempêtes, des navires qui vont naufrage et des créatures marines… Ces peintures représentent les épreuves que nous avons déjà affrontées, et nous sommes donc au bon endroit pour la dernière. Il ne me faut d'ailleurs pas longtemps pour trouver la sixième fresque. Je l'observe en espérant y trouver des indications sur ce qui nous attend. Autant dire que je suis déçu. Au lieu d'un indice, je ne vois qu'une foule de personnes aux silhouettes floues qui se tiennent devant un rond noir. L'une d'entre elles a un halo plus clair autour de la tête. Et c'est tout. Cela ne me dit absolument pas ce qu'il faut faire. Je me tourne vers la dernière chose qui a attiré mon regard.

Au centre de la grotte, dans un cercle aussi parfait que la pierre autour, il y a un trou. Un trou béant et sombre qui semble s'enfoncer au plus profond de la montagne, voire plus bas encore. Je devine qu'il s'agit du rond tracé sur la fresque… Qu'est-ce que cela signifie ? Je m'approche pour essayer de sonder sa profondeur et l'obscurité me semble tout sauf naturelle.

— Oh, doucement, Bold, me dit Blake en me voyant me pencher davantage. Il ne manquerait plus que tu tombes là-dedans…

Pendant une dizaine de minutes, nous regardons autour de nous, nous palpons toutes les parois de la grotte, nous bougeons tous les cailloux dans l'espoir de dénicher quelque chose de nouveau, en vain. Le gouffre m'obsède et, à plusieurs reprises, j'ai l'impression qu'on murmure mon nom. Pour ne pas y penser, je passe beaucoup de temps à observer les dessins sur les parois. J'essaie de déchiffrer ce que cela peut vouloir dire. Peut-être qu'il faut une personne spéciale pour débloquer la situation ? Peut-être que n'importe qui ne peut pas accéder à la suite ? Mais alors, même si nous trouvons cette personne et que nous l'amenons ici, que doit-elle faire ?

Bold… tu sais ce qu'il faut faire…

Je sursaute en entendant un nouveau chuchotis.

— C'est toi qui as parlé ? je demande à Blake.

— Non, Bold. Pitié, ne me dis pas que tu entends des voix, on a assez de problèmes comme ça !

Je m'apprête à répondre quand Callie pousse un cri de rage et se plante devant nous. Autrefois, son air boudeur et ses poings serrés sur ses hanches auraient pu être intimidants. Aujourd'hui, elle semble n'être que l'ombre d'elle-même.

— On ne trouve rien ! dit-elle avec dépit. Faisons demi-tour et retournons chez nous, dans notre monde. J'en ai ma claque, de ces épreuves toutes plus stupides les unes que les autres qui nous mènent vers… quoi, au juste ? On ne sait même pas !

— On ne peut pas faire demi-tour, rétorque Blake. Et tu sais très bien ce qu'on espère découvrir : une solution pour te sauver !

— Blake, je sais que tu n'as pas envie d'entendre ça et, crois-moi, je n'ai pas envie de le dire non plus, mais… il n'y a pas de…

— Tais-toi ! On va trouver un moyen de te sauver.

— Et comment ? Nous voilà bloqués au cœur d'une montagne devant ce trou stupide. Ça suffit.

Blake lui répond d'un ton virulent, mais ce n'est pas vraiment une dispute. Aucun des deux n'a l'énergie pour ça. Personnellement, je me sens très calme. C'est surprenant, d'ailleurs, vu la situation. Mais depuis qu'on y a mis les pieds, j'ai l'impression qu'il y a une force bien supérieure à nous à l'œuvre dans cette grotte, et, étonnamment, cela m'apaise. Comme souvent, je n'interviens donc pas dans les échanges entre Blake et Callie et me contente de les regarder, attendri. Un peu attristé aussi.

Ils sont trop jeunes et bien trop amoureux pour souffrir comme ils souffrent. Pour avoir traversé les épreuves qu'ils ont dû traverser. Ce n'est pas juste. Je refuse l'idée qu'ils puissent avoir fait tout ça pour rester bloqués ici, tout comme je refuse l'idée que l'un d'entre eux puisse mourir.

Leur chemin n'a pas à s'arrêter ici…

Je sursaute de nouveau et regarde autour de moi, tâchant d'identifier la provenance de cette voix. Je dois pourtant me rendre à l'évidence : nous sommes seuls ici, et Blake et Callie sont bien trop occupés à se chamailler pour avoir dit quoi que ce soit de ce genre. Est-ce que je deviendrais fou ?

Tu n'es pas fou. Et, nous le répétons : ton protégé n'a pas à mourir ici et maintenant.

— Mais moi, si ? je marmonne entre mes dents.

Je ne sais même pas pourquoi je réponds. Je ne sais même pas à qui je parle.

Tu le sais très bien, Bold. Tu sais qui nous sommes et c'est pour cela que tu te sens aussi calme. C'est aussi pour cela que tu nous écoutes malgré toi.

Je laisse échappe un souffle rauque. Ces derniers jours dans les Confins m'ont appris à ne jamais me fier aux apparences, à ne pas accorder ma confiance facilement, et pourtant… oui, au fond, je le sais. Ce n'est qu'une épreuve, une de plus. Je comprends la fresque, à présent. Je comprends ce qu'il faut faire. Et je sais qui a créé les épreuves. Je sais qui me parle. C'est invraisemblable, mais je sais.

Je tourne le dos à Blake et Callie pour qu'ils ne remarquent pas mes marmonnements.

— Vous ne m'avez pas répondu. Est-ce mon destin de mourir ici ? J'ai encore tellement de choses à faire… Il y a tellement de dangers dont j'aurais encore aimé les protéger…

Tu peux les aider à poursuivre leur route.

Ma vision se trouble mais, encore une fois, je reste étrangement calme. Tout cela me dépasse, et m'agiter ne servirait à rien. Je me contente donc de cligner brièvement des paupières pour me remettre d'aplomb.

Et, brusquement, je suis debout, sur *L'Avalon*, pourtant, quand je baisse les yeux vers l'endroit où devraient se trouver mes jambes, je ne vois rien. Que le bois du pont. Suis-je un fantôme ? *L'Avalon* m'a l'air d'être en bien meilleur état qu'il ne l'était quand je l'ai quitté, est-ce que je vois un souvenir ? Ou le futur ? Est-ce un rêve ? Cette situation est pour le moins déstabilisante et je commence à avoir un début de migraine. Et ça ne s'arrange pas quand les images se mettent à défiler devant moi.

Je vois d'abord Blake, les mains posées sur le gouvernail. Il a ce petit sourire aux lèvres qui en agace plus d'un et cette étincelle dans le regard, celle qui indique qu'il est sur un gros coup. Sa silhouette devient floue avant d'être remplacée par une autre. Près du grand mât se tient désormais Callie, vêtue d'une robe blanche toute simple mais qui la met magnifiquement en valeur. Elle a une couronne de fleurs sauvages dans les cheveux et un sourire si radieux que j'ai l'impression que c'est elle qui éclaire *L'Avalon* et l'océan qui l'entoure.

La vision s'efface de nouveau, pour me montrer *L'Avalon* fendant les flots, les voiles gonflées par un vent propice et un coffre renversé sur le pont, y déversant des monceaux d'or, des bijoux et des pierres précieuses toutes plus brillantes les unes que les autres... Des cris de joie me parviennent, assourdis, comme si j'écoutais la scène derrière une porte fermée. De toute façon, la vision s'estompe derechef.

Blake et Callie en sont encore au centre, mais cette fois ils se font face et semblent se disputer, ce qui me tire un sourire. Certaines choses ne changeront donc jamais... Callie lève les bras au ciel, tandis que Blake s'agite dans tous les sens. Là encore, les sons me parviennent étouffés mais je n'en ai pas besoin pour comprendre de quoi il s'agit. Callie dit quelques mots, qui stoppent Blake net. Les yeux embués, je le vois rester figé un bref instant avant qu'il ne se précipite vers elle pour la prendre dans ses bras et la faire tournoyer dans les airs. Callie rit aux éclats, ajoute quelque chose et, lorsqu'il la repose au sol, il s'agenouille devant elle en posant les mains sur son ventre, tout plat encore...

L'image s'efface en un quart de seconde et je secoue la tête. Ces visions m'ont bouleversé et je dois essuyer les larmes qui remplissent mes yeux et manquent de rouler sur mes joues. Les répliques et les grognements m'indiquent que Blake et Callie ne se sont rendu compte de rien. Je ne sais même pas combien de temps a duré cette absence. Je me tourne vers eux et les observe, plus ému que je ne l'ai été depuis des années.

Je pense à la vie que j'ai eue, aux aventures que j'ai vécues.

Je pense à l'amour que je porte à ces deux-là, à ce que je suis prêt à faire pour qu'ils aient la fin heureuse qu'ils méritent.

— C'est ce qui arrivera ? je dis dans un murmure.

C'est ce qui peut arriver. S'ils continuent. Et tu sais comment leur permettre de continuer.

Oui, je sais. Une dernière épreuve.

— Pas vrai, Bold ? Bold ?

Blake me fixe et semble attendre une réponse de ma part, probablement mon assentiment pour quelque chose qu'il vient de dire. Après tout, j'ai toujours été de son côté. Mais son visage change du tout au tout lorsque nos regards se croisent.

— Bold, qu'est-ce que tu fais ?

Je réalise en même temps que lui que je me suis avancé jusqu'au gouffre. Il me suffirait d'un pas pour y chuter. Je tourne le dos au trou sombre et sans fond pour regarder les deux jeunes gens. Il y a de la peur dans la voix de Blake, alors je souris d'un air que je veux calme et rassurant.

— Bold… dit à son tour Callie. Éloigne-toi…

— Ne vous inquiétez pas, je dis en levant les mains, comme pour les maintenir à distance. Je sais ce que je fais.

— Si c'est une blague, elle est de mauvais goût, et le moment est très mal choisi, lâche Blake, les dents si serrées que certains mots ne sont que des grognements à peine compréhensibles.

— C'est une épreuve de plus, je réponds. Vous allez continuer et guérir Callie, je le sais.

— Bold, arrête tes bêtises ! On va trouver un autre moyen ! On trouve toujours !

Blake est au bord des larmes maintenant, et le voir ainsi me brise le cœur. Mais je ne mentais pas : je sais ce que je fais.

— Non, Bold, Bold… hoquette Blake.

— S'il te plaît, Bold, ne fais pas ça… sanglote Callie.

Leurs voix sont suppliantes, alors qu'ils restent statufiés par la peur et l'angoisse. Le temps se fige. Je regarde Callie et je vois tout ce que j'aime en elle, tout ce qui fait d'elle une personne magnifique. Puis mes yeux se posent sur Blake, et mon cœur se remplit d'amour. Blake. Mon plus grand défi, ma plus grande réussite. Mon fils.

— Je vous aime tous les deux, je dis simplement en un murmure.

Puis je fais un pas en arrière et tombe dans le vide.

CHAPITRE 59
BLAKE

Un cri déchirant me perce les tympans et il me faut un long moment avant de réaliser que c'est moi qui le pousse. Même lorsque j'en prends conscience, je continue à crier jusqu'à ce que le souffle me manque. Je ne sais pas bien quand, mais je me suis jeté à genoux au bord du gouffre et je me penche en avant, comme si je pouvais encore rattraper Bold. Callie, à mes côtés, hurle le nom de mon ami de toujours, un torrent de larmes sur les joues.

— Je peux…

Sa première tentative pour prendre la parole se finit dans un sanglot incontrôlé. Je suis tellement sonné que je me contente de la regarder, incapable de dire quoi que ce soit.

— Je peux utiliser la magie, si j'agis vite, je peux encore… Peut-être que je peux encore le… Il faut que j'essaie, il faut que…

Elle parle si vite que les mots s'entremêlent, se bousculent et en deviennent incompréhensibles. La voir dans cet état me sort un peu de ma léthargie.

— Je suis désolée, murmure-t-elle au milieu de ses sanglots. Je suis si désolée…

Je ne peux rien dire. Je n'ai pas l'impression de vraiment réaliser ce qu'il se passe. Ce qu'il s'est passé. Bold… Bold ne peut pas être mort. Je ne peux pas l'imaginer, le concevoir, le penser.

Pourtant...

Je n'ai pas le temps de formuler une nouvelle pensée embrumée qu'un tremblement secoue la grotte. Callie et moi nous relevons avant de nous éloigner du gouffre avec précipitation. Un vent d'une force incroyable nous frappe, des éclairs s'abattent autour de nous, accompagnés d'une pluie battante, tandis que les premiers rochers dégringolent du plafond. Un vague instinct de survie me pousse à agripper Callie et à nous coller tous les deux contre la paroi mais, au fond, quelle importance ? Les pierres glissent, les rochers s'effondrent dans un bruit de fin du monde et Callie et moi restons immobiles, figés contre la paroi glaciale. Tout cela n'a aucun sens. Tout ce que nous avons fait ne mènerait donc qu'à ça ? Un sacrifice déchirant et une fin idiote au sommet d'une montagne qui s'effrite ? Des blocs de pierre gros comme des canons tombent autour de nous. C'est comme si les murs s'effondraient sur eux-mêmes, se repliant pour nous laisser sortir à l'air libre. Très vite, nous n'avons plus de paroi contre laquelle nous appuyer et un ciel sombre apparaît au-dessus de nos têtes.

Le vent souffle toujours aussi fort et j'ai la sensation d'être au cœur d'un cyclone. Lorsque je baisse les yeux, je réalise que le sol se désagrège à son tour. Au milieu des rochers qui volent dans les tous les sens, des éclairs et des gouttes de pluie qui nous frappent sans relâche, j'attire Callie contre moi. Je n'ai pas la force ou le courage d'analyser ce qui se passe, mais une chose est sûre, je ne la lâcherai pas. Si nous devons mourir à notre tour, je veux être près d'elle. Un éclair s'abat si près que tous les poils de mon corps se hérissent. Le second éclair frappe Callie en pleine poitrine et elle se tend, la tête rejetée en arrière, une expression de pure souffrance sur le visage. Ses cheveux se dressent sur sa tête, formant une auréole. Un bref instant, qui me semble pourtant durer une éternité, je la regarde, stupéfié, puis, avec horreur, je la sens me glisser entre les mains.

— CALLIE !

En un clin d'œil, une bourrasque l'a emportée loin de moi, comme si elle n'était qu'une poupée de chiffon. Que dois-je faire ? Avancer vers elle ? Sortir mon épée ? Pour affronter qui ? Pour quoi ?

Un nouvel éclair s'abat et, cette fois-ci, c'est moi qu'il touche. La douleur me fait trembler de tous mes membres et ma conscience s'échappe peu à peu.

Ça ne peut pas finir comme ça… Je dois retrouver Callie. On doit… trouver comment la sauver et… vivre… heureux. Pour Bold. Je dois retrouver Callie et… vivre… Bold…

CHAPITRE 60
BLAKE

Lorsque je reprends connaissance, je constate que je n'ai mal nulle part.

Suis-je mort ? Est-ce que je me poserais la question si j'étais mort ?

Et si je suis mort, est-ce que Bold m'attend ?

Pour en avoir le cœur net, j'ouvre les yeux et je suis presque surpris quand j'y parviens. Lentement et sans faire d'autres mouvements, au cas où je serais surveillé, je laisse mes yeux se promener autour de moi. Je ne vois que le plafond de ce qui ressemble fort à une nouvelle grotte, un plafond sombre et parsemé d'immenses stalactites menaçantes. Je suis allongé sur un sol en terre battue et, tout autour de moi, des rochers de tailles inégales forment des monticules. J'ai le temps de remarquer qu'au centre de la caverne se dresse une petite colline sur laquelle semble trôner quelque chose, quand un grognement juste à côté de moi attire mon attention.

Callie est là, allongée elle aussi. J'oublie toute prudence et me redresse pour me précipiter vers elle. Je prends son visage entre mes mains et l'observe avec minutie. Elle ne semble pas blessée.

— Est-ce que ça va ?

Elle hoche la tête, presque surprise, avant de me répondre :

— Je… Je crois que oui. Blake, qu'est-ce qu'il s'est passé ? Où sommes-nous ? dit-elle en se relevant.

— Je n'en ai pas la moindre idée, mais on doit mettre les voiles. Retournons sur *L'Avalon* et…

Je m'interromps brusquement en sentant un frisson courir le long de mon dos. Je sais ce qu'il signifie : il y a quelqu'un derrière moi. Les yeux de Callie s'écarquillent et fixent sur un point au-dessus de mon épaule. D'un mouvement rapide je me retourne, me place devant elle et dégaine mon épée. Prêt à tout affronter, je me mets en garde.

Mon regard parcourt l'immensité de l'espace, notant tous les dangers potentiellement cachés derrière les rochers, ou de l'autre côté de la grotte, derrière la colline, là où le terrain s'incline. Je remarque seulement que la paroi n'est pas lisse en hauteur : on dirait presque que quelqu'un y a creusé un balcon qui permettrait de faire le tour de la caverne. Comme pour mieux voir ce qui se passe en bas… J'ai peur de comprendre, quand, enfin, je distingue les nouveaux arrivants.

Ils sont justement sur le balcon, en surplomb, et nous dévisagent sans vergogne. Au nombre de cinq, ils me paraissent immenses, malgré la distance qui nous sépare. Je ne suis pas facilement impressionnable mais, quand nos regards se croisent, je baisse les yeux, comme par automatisme. Mon instinct me hurle que ce que je fais est mal, que je n'ai pas le droit de les regarder. Il se dégage quelque chose de ces êtres, quelque chose de puissant, de froid… d'éthéré.

Et, d'un coup, je comprends.

Ça sort de nulle part, ça n'a aucun fondement, et pourtant tout prend sens, depuis les indices récoltés à notre arrivée jusqu'au sentiment d'infériorité que je ressens lorsqu'ils me regardent. Voilà donc la récompense, le but se trouvant au bout des Confins.

Les dieux.

Nous sommes devant les dieux.

***

Les cinq divinités sont facilement reconnaissables. Je serais incapable de déterminer leur sexe mais leurs caractéristiques me permettent de les identifier rapidement.

La Terre a la peau d'un marron profond, des yeux et des cheveux aussi verts que les plus belles forêts. L'Air a un visage fin, des cheveux d'un blanc nacré, et ses yeux gris semblent ailleurs, comme si son esprit ne restait pas vraiment là, avec nous. Le Feu a une peau mordorée qui serait étrange et effrayante sur n'importe qui d'autre. Sur lui, c'est impressionnant et magnifique. Ses cheveux sont encore plus rouges que ceux de Callie et se dressent sur sa tête, comme s'ils formaient la pointe d'une flamme, ce qui est peut-être le cas. Ses yeux d'un rouge sombre me toisent sans que je puisse savoir si c'est avec animosité ou curiosité. L'Esprit me semble plus petit que les autres et, à première vue, d'une banalité trop troublante pour un être divin. Une peau pâle, des yeux très clairs qui oscillent entre le bleu et le gris, des cheveux châtains qui tombent en boucles jusqu'à ses pieds. Pourtant, il se dégage quelque chose de ce dieu, quelque chose que je ne parviens pas à déterminer, mais qui me fait froid dans le dos. Je passe vite au suivant, presque surpris de pouvoir les dévisager tous ainsi.

L'Océan est le seul à me sourire quand nos regards se croisent. Sa peau dorée pourrait laisser penser qu'il a passé du temps sur le pont d'un navire ou au grand air. Ses cheveux sont noirs comme les eaux les plus profondes. Ses yeux sont d'une couleur changeante, tantôt vert intense, tantôt bleu turquoise, et je ne peux détourner le regard pendant un moment.

Ils sont tous magnifiques et dégagent quelque chose d'incroyable, une puissance à peine contenue qui manque de me couper le souffle. Mon regard vient se poser de nouveau sur l'Océan. Je n'en reviens pas de le contempler. Moi, Blake Jackson, à qui mon père a répété tant de fois que je n'étais qu'un minable, je me tiens devant les dieux. Si seulement Bold pouvait voir ça ! Lui a toujours cru en moi, il m'a toujours dit que j'étais destiné à de grandes choses.

Bold.

Penser à lui me serre le cœur. La fascination et la stupeur s'effacent pour laisser place à la douleur et à la colère. Je prends une grande inspiration pour contenir mon envie de hurler. Je pourrais insulter les dieux, ce qui ne serait pas très approprié. J'ai besoin de retrouver mon calme.

Les dieux n'ont toujours pas bougé ni parlé. Ils se contentent de nous regarder et, malgré le sourire de l'Océan, je ne ressens aucune chaleur dans leur inspection. Enfin, ils prennent la parole, dans un ensemble parfait :

— Bienvenue, misérables humains.

Plus surpris encore, je marmonne quelques mots pour Callie :

— Cette formule d'accueil n'augure rien de bon…

Elle ne me répond pas, ses yeux sont fixés sur les dieux. Sa bouche légèrement entrouverte m'indique qu'elle a aussi compris qui ils étaient.

— Contre toute attente, vous avez réussi à parvenir jusqu'à nous, reprennent-ils, de cette voix unique et profonde qui me fait frissonner. Vous voilà devant votre dernière épreuve.

— Pardon ?

Je n'ai pas pu m'en empêcher. Je sens Callie se tendre à côté de moi, mais je continue :

— Je croyais qu'il n'y avait que six épreuves. C'est ce qui était indiqué, c'est ce que nous a transmis votre larbin à l'entrée des Confins. Car c'est bien de vous qu'il parlait, pas vrai ?

— Nous avions en effet besoin de quelqu'un qui puisse nous introduire.

— Eh bien, il a parlé de six épreuves et nous venons de passer la dernière, alors…

— Oui, le sacrifice volontaire. Une bien belle épreuve.

La rage monte en moi avec tellement de force qu'elle réchauffe mon visage.

— Voyez cela comme un accomplissement. L'ultime preuve de votre mérite. Et, bien sûr, un moyen de vous départager.

Callie et moi échangeons un regard.

— Nous départager ? demande-t-elle d'une voix faible.

— La récompense ne peut être réclamée que par une seule personne. Il est bien assez que nous tolérions les humains faibles et blasphématoires dans notre sanctuaire. Un seul d'entre vous pourra espérer en ressortir.

CHAPITRE 61
CALLIE

La tête me tourne mais je ne sais pas bien si c'est le contrecoup de la révélation, de tout ce qui s'est passé jusque-là ou mon état de faiblesse générale. Ça ne m'aide pas de sentir Blake aussi tendu à côté de moi : j'ai peur qu'il ne laisse son tempérament prendre le dessus et ne fasse une bêtise. Or, aussi improbable et incroyable que cela puisse être, les adversaires devant nous ne sont pas de ceux qu'on peut provoquer impunément.

Ce sont des dieux. Ceux qui ont créé notre monde, comme dans l'histoire que Bold aimait à nous raconter. Ceux qui ont créé la magie, ceux qui ont assisté à l'évolution des hommes, qui se sont amusés avec eux jusqu'à la purge des sorciers et les conséquences qu'on lui connaît. C'est presque logique maintenant qu'ils sont devant nous : toutes les légendes parlaient d'un lieu où les dieux s'étaient retirés pour ne pas avoir à supporter la traîtrise de leurs créatures. Or les Confins sont un lieu de mystère et de magie… un lieu inaccessible qui fascine et attire les hommes depuis le commencement. L'appel des dieux est trop fort pour résister, et cela malgré les dangers notoires que recèlent ces lieux. Et les dieux sont là, nous proposant une dernière épreuve.

Cette pensée me fait revenir sur terre.

— Comment ça, un seul d'entre nous ? je répète finalement d'une voix tremblante.

— C'est pourtant clair. Les épreuves ont pour but de vous faire souffrir, de vous affaiblir mais aussi de déterminer si vous êtes assez dignes pour vous présenter devant nous et réclamer quelque chose.

— Nous avons affronté les épreuves ensemble ! Nous le méritons tous les deux !

— Ça n'est pas à vous d'en décider.

Je crois distinguer un sourire torve sur leurs lèvres et j'écarquille les yeux. Ils nous haïssent vraiment.

— Celui d'entre vous qui triomphera de cette épreuve pourra exiger une faveur. L'autre ne reverra jamais la lumière du jour.

— Mais… pourquoi ?

Il y a de la naïveté dans ma question et je le sais. Leur attitude depuis le début de cette rencontre inconcevable devrait suffire à me répondre. Mais ce sont les dieux ! Nous prions pour eux, nous les vénérons et, en échange, quoi ? Ils nous méprisent et conspirent pour nous faire souffrir ? Je ne comprends pas.

— Parce que vous n'êtes pas différents de ces humains misérables et pervertis qui ont bouleversé l'ordre établi il y a de cela bien longtemps. Parce que, le jour où nous vous avons façonnés, nous avons répandu un mal terrible sur la terre que nous avons créée, parce que vous avez fait souffrir nos proches durant la purge, que vous êtes faibles, pathétiques, retors et vicieux. Que vous ne méritez plus de profiter de notre création. Parce que rien ne nous fait plus plaisir que de vous voir souffrir et mourir.

— Les humains vous vénèrent !

Je ne sais pas pourquoi je m'obstine, pourquoi j'essaie de nous justifier, de ramener les dieux à la raison.

— Ils élèvent des autels pour vous, ils chantent vos noms et…

— Une bien jolie façade érigée pour camoufler les pires horreurs. Des choses terribles sont commises en nos noms. Demande donc à ton capitaine.

Leur regard dérive vers Blake qui est étrangement silencieux.

— Combien de fois as-tu invoqué nos noms avant de mentir, tuer, piller, voler ? Combien de fois as-tu pris l'Océan à partie avant de commettre tes méfaits ?

Son mutisme est assourdissant.

— Nous en avons assez. Nous avons créé ce nouvel espace pour nous y retirer et ne plus avoir à interagir avec vous. Mais, comme tout ce que nous faisons, les Confins vous ont attirés. Des milliers d'entre vous ont tenté de parvenir jusqu'au bout, sans savoir ce qui les attendait, portés par l'espoir qu'une récompense s'y trouvait.

— Et c'est faux ?

— Non. Si nous le voulons, nous pouvons accorder une faveur. Mais elle n'est pas gratuite.

— N'avons-nous pas assez payé ? rugit Blake. Nous avons voyagé pendant des semaines, affronté vos épreuves insensées et triomphé de chacune d'elles. Nous avons perdu des proches. Nous méritons cette faveur.

Les dieux éclatent de rire. Ça ne dure que quelques secondes mais ça suffit pour me donner un sentiment de malaise et faire monter la peur en moi.

— Vous croyez vraiment que cela nous attendrira ? Que pensiez-vous ? Qu'une intervention divine résoudrait tous vos problèmes ? Que des dieux magnanimes vous viendraient en aide ? Que vous en étiez dignes ?

Blake étouffe un marmonnement. Oui, naïvement, nous en étions venus à penser que cela résoudrait tout. Que nous méritions d'être sauvés. Nous ne sommes pas de mauvaises personnes. Nous avons fait des erreurs, commis des délits, c'est vrai. Mais nous ne méritons certainement pas que le destin s'acharne sur nous. Une courte vie de solitude avant de nous trouver et, maintenant, la certitude d'une séparation à jamais. C'est trop injuste.

Je réfléchis à toute vitesse, tournant et retournant la situation dans ma tête pour essayer de trouver une faille, une échappatoire, quelque chose... mais rien ne me vient. Rien sinon des larmes que je refoule à grand-peine. Nous avons fait tout ce chemin pour rien. Je ne serais peut-être même pas sauvée mais, en plus, Blake et moi nous sommes jetés dans la gueule du loup. Et seul l'un d'entre nous s'en sortira. Quoi qu'il se passe désormais, que je vive ou que je meure, nous serons séparés.

Blake reprend tout à coup la parole :

— Et vous nous laisseriez partir, vous, grands manipulateurs ?

J'écarquille les yeux devant une telle audace, mais ils restent de marbre.

— Vous avez une minute.

— Une minute avant quoi ? En quoi consiste votre stupide épreuve ?

La colère et la douleur de Blake suintent dans chacun de ses mots. Je lui agrippe le bras pour le détourner des dieux, effrayée à l'idée qu'ils ne le désintègrent dans l'instant s'il continue à les provoquer.

— Et comment pouvons-nous être sûrs que c'est bien la dernière épreuve ? Comment savoir que vous tiendrez parole ?

— Il faut nous faire confiance.

Le rire de Blake dégouline de mépris quand il ricoche sur les murs de pierre. En comparaison, ma voix est faible mais déterminée.

— Jurez-le.

— Que dis-tu, pauvre créature ?

— Jurez-nous que c'est bien la dernière épreuve, jurez-nous que vous allez exaucer le souhait du vainqueur et que ce n'est pas une nouvelle entourloupe.

Pendant un court moment, je crois qu'ils vont me rire au nez, mais ils répondent :

— Nous jurons…

— Sur vous, je les interromps, faisant preuve à mon tour d'un irrespect que je n'aurais cru possible. Jurez-le sur vous, sur les dieux.

— Tu doutes à ce point de nous ?

Il y a de la colère dans leur voix.

Un nouveau silence s'installe, plus long et plus pesant cette fois. Les dieux n'ont aucune raison de s'exécuter. Mais je mise sur leur ego. Et j'ai vu juste.

L'un après l'autre, ils font un pas en avant et jurent de tenir leur promesse. Ils jurent sur eux, le Feu sur le Feu, la Terre sur la Terre, l'Océan sur l'Océan, et ainsi de suite. Lorsqu'ils ont fini, le silence retombe, plus pesant que jamais. Ce serment ne change rien à notre situation, si ce n'est que nous sommes désormais sûrs qu'au moins l'un d'entre nous sortira d'ici vivant. Satisfaite de cette maigre consolation, je me tourne vers Blake. Le plus dur reste à faire : négocier et le raisonner pour qu'il se sauve lui-même.

Blake, la tête baissée, refuse de croiser mon regard. Je m'approche, me colle contre lui, cherche ses yeux… Mais il se détourne.

— Je… Je ne peux pas te regarder. C'est trop dur de le faire en sachant que c'est sans doute la dernière fois.

— Je t'en supplie…

Notre histoire ne peut pas se terminer comme ça.

— Renonce à me sauver. Sauve-toi toi ! Utilise leur faveur pour sortir d'ici ! Rejoins *L'Avalon* et mets les voiles… s'il te plaît… ils ont besoin de toi là-bas…

— Toi, tu as besoin de moi.

— Si tu refuses d'utiliser leur faveur pour te sauver, je ne te laisserai pas gagner.

— Callie… On sait tous les deux que tu n'es pas en état de gagner quoi que ce soit.

J'ai l'impression que mon cœur rétrécit de seconde en seconde. Bientôt, il n'en restera que quelques grains d'une poussière infime et inutile.

— Regarde-moi, Blake, je t'en prie.

Enfin, il lève la tête. Je me plonge dans le bleu de ses yeux et j'aimerais m'y perdre. J'aimerais fixer cet instant.

— On avait dit ensemble ou pas du tout…

Je lis la douleur dans son regard. N'y tenant plus, il ouvre les bras et je m'y jette avec force, le faisant reculer de quelques pas. Je me blottis contre lui, il enfouit son visage dans le creux de mon cou, respire mon odeur, murmure mon nom… Et je pense que c'est bon. Que son étreinte est un renoncement, qu'il accepte de survivre à ma place.

— Je t'aime, je lui glisse à l'oreille.

— Moi aussi, me répond-il de la même façon. Et c'est exactement pour ça que je vais gagner cette faveur.

Puis il se dégage et fait un pas en arrière.

Exactement au même moment, derrière Blake, les dieux font un large geste, toujours dans une coordination parfaite. Un éclair s'écrase entre Blake et moi, m'obligeant à me couvrir le visage des deux bras. Lorsque je les abaisse, nous sommes séparés par plusieurs centaines de mètres. Entre nous, il n'y a que l'étendue rocailleuse et, devant, au centre de l'espace rond, le monticule vers lequel les dieux semblent avoir reporté leur attention.

Une vive lumière apparaît soudainement et, en plissant les yeux, je finis par apercevoir une petite sphère, grosse comme mon poing. Elle brille d'un éclat doré et flotte dans les airs.

— Voilà votre ultime épreuve, piètres humains. Celui d'entre vous qui s'empare du globe pourra nous demander une faveur. Une seule. L'autre restera ici pour nous distraire jusqu'à la fin des temps.

Ça me paraît presque trop simple. Je ne suis pas au meilleur de ma forme, mais même moi je pourrais y arriver, peut-être même avant Blake… J'ai l'impression d'être plus proche du centre que lui. Est-ce qu'il y a un temps imparti pour atteindre le milieu de la grotte ? Est-ce qu'il y a des pièges cachés entre les cailloux ?

Je crois lire la même surprise chez Blake.

— S'emparer de l'orbe ? C'est tout ? dit-il justement d'une voix forte.

Je distingue désormais quelque chose sur le visage des dieux… De l'amusement. Et une pointe de haine, toujours. Ils esquissent un nouveau geste de la main et, brusquement, des cris résonnent autour de nous. Je ne sais plus où regarder tant les nouveaux arrivants me semblent nombreux : une armée est apparue. Comme nous, les individus sont postés à intervalles réguliers, tout autour de la cavité rocheuse. Comme nous, ils vont sans doute chercher à s'emparer du globe. Ou à nous tuer. En tout cas, le voilà, l'obstacle que j'attendais. Je tâche de garder mon calme et de jauger la situation.

Blake se trouve à ma gauche, à quelques centaines de mètres. À ma droite, à peu près à la même distance, se tient un homme immense à la chemise couverte de sang et aux yeux fous. Les cris inhumains qu'il pousse me font froid dans le dos. Un bref regard me permet de voir que les autres ne valent pas mieux. On dirait que ces hommes ont perdu l'esprit.

— Et maintenant, *capitaine*, qu'en pensez-vous ? reprennent les dieux, parfaitement audibles malgré les hurlements qui ne cessent pas. Vous voilà face à ceux qui ont tenté leur chance avant vous. Vous voilà face à ceux qui ont échoué et qui sont restés prisonniers ici. Nul doute qu'ils sont avides d'une seconde chance pour obtenir l'orbe et nous quitter… Alors, est-ce que l'épreuve est à votre hauteur ?

CHAPITRE 62
BLAKE

J'aurais mieux fait de me taire.

Si Bold avait été là, c'est exactement ce qu'il m'aurait dit et, malgré la distance, je lis les mêmes mots dans le regard de Callie.

Elle n'a aucune chance d'attraper l'orbe. Elle n'est pas si loin, mais une petite armée de guerriers fous se dresse devant elle. Non seulement elle n'atteindra pas l'orbe, mais elle risque fort de se faire tuer avant que je ne puisse l'obtenir moi-même. Ce qui m'oblige à revoir mes plans. Je refrène mon instinct qui me hurlait de courir et, au lieu de ça, je fixe Callie.

— Alliés ? je dis.

Et même si elle ne m'entend pas, je sais qu'elle lit sur mes lèvres. On sait tous les deux que je n'ai pas besoin d'un allié, pourtant, elle me répond de la même façon.

— Alliés.

Je respire à fond, laisse la peur derrière moi et me concentre sur ma tâche. C'est simple. Je peux le faire. Ces guerriers sont nombreux, mais je suis le capitaine Blake Jackson. Et je ne reculerai devant rien.

***

Il ne s'est écoulé qu'une poignée de secondes depuis l'apparition de nos adversaires, et les dieux n'ont pas bougé. Je ne suis toutefois pas vraiment surpris lorsque, du coin de l'œil, je les vois s'approcher du bord, comme pour mieux nous scruter. Je grince des dents : ils ne veulent rien rater du spectacle.

La tension est à son comble dans la grotte et tout le monde sent que le début des combats est imminent. Je m'attendais à un lancement grandiloquent, mais les dieux se contentent de hocher la tête. Aussitôt, le chaos s'empare de l'espace. Les guerriers courent dans tous les sens. L'un d'entre eux se jette sur moi et je l'embroche par réflexe. Je relève mon épée à temps pour stopper un nouvel adversaire et constate qu'ils ne sont pas aussi dangereux que je le pensais. Ils sont rapides mais très maladroits et leur regard fou donne l'impression qu'ils ne sont pas tout à fait concentrés sur ce qu'ils font. Si les dieux ont dit vrai, ils sont peut-être coincés là depuis une éternité et il n'y a rien d'étonnant à ce qu'ils aient perdu l'esprit. En l'occurrence, malgré la pitié que je ressens pour eux, ça m'arrange bien.

La masse de guerriers est si compacte autour de moi que j'ai perdu Callie de vue pendant un bref instant. Je crie son nom et cours dans la direction où elle se trouvait, pourfends un nouvel adversaire, reprends mon souffle, cours toujours plus vite… et j'arrive devant Callie pile au moment où elle glisse au sol, lâchant ses poignards. Un guerrier aux vêtements ensanglantés se dresse devant elle, une hache à la main. Callie ferme les yeux face à la menace et ne me voit pas enfoncer mon épée dans le dos de l'attaquant. Il crache une gerbe de sang et s'écroule au sol.

— Callie !

Elle ouvre les paupières, surprise. Je ne pensais pas que c'était possible mais elle a l'air encore plus épuisée que tout à l'heure. Je n'imagine même pas à quel point le chaos de la situation doit l'angoisser. Profitant d'une accalmie, je lui tends la main et la remets sur ses pieds. Elle récupère ses poignards et me scrute de ses yeux cernés. Du menton, elle désigne l'orbe.

— Blake, je vais te ralentir, cours prendre cet orbe et sauve-toi de ce…

Je la foudroie du regard et elle s'interrompt, consciente que je ne changerai pas d'avis. En grimaçant, elle se précipite vers le monticule. Quelques guerriers sont devant nous mais, en accélérant, je les rattrape vite et les mets hors d'état de nous nuire. Dans notre malheur, nous avons de la chance : ils sont si désorientés et si emplis de folie qu'ils s'arrêtent régulièrement pour se jeter les uns contre les autres. Sans ça, l'un d'entre eux nous aurait déjà devancés.

L'orbe brille de plus en plus fort au fur et à mesure que nous nous en rapprochons. Callie trotte toujours derrière moi, profitant du passage que je lui dégage, mais je peux entendre son halètement et ses grognements de douleur. Nous sommes si proches, pourtant… nous devons y arriver…

Alors que nous ne sommes plus qu'à une centaine de mètres de notre but, de nouveaux guerriers apparaissent à nos côtés, courant eux aussi vers l'orbe. Ils hurlent comme des déments et lorsqu'ils s'aperçoivent de notre présence, ils bifurquent pour se ruer sur nous. Il me faut quelques minutes pour faire le vide autour de nous, pendant que Callie, un poignard dressé devant elle, tente tant bien que mal de surveiller nos arrières. Je suis à bout de souffle lorsque le dernier guerrier tombe. Je prends la main de Callie et me remets à courir.

Enfin, nous attaquons la montée vers l'orbe. La pente a beau être douce, je sens Callie ralentir. Je me retourne pour jauger notre situation, regarder si d'autres adversaires nous talonnent… et pousse alors un cri d'avertissement.

Callie brandit son poignard et tranche la gorge du guerrier qui s'était approché d'elle. Celui-ci s'effondre au sol mais attrape la jambe de ma bien-aimée. Je vois l'effroi dans son regard sans avoir le temps d'intervenir : la magie agit déjà.

Une onde de choc part de Callie et rayonne dans toute la grotte, renversant les guerriers encore debout. Miraculeusement épargné, je ne peux que regarder l'espace devenir silencieux et la voie devant nous se libérer. Ce coup d'éclat nous a permis d'obtenir une longueur d'avance. Je me retourne vers l'orbe : il est si proche. Presque à portée de main.

— Blake…

Je fais volte-face juste à temps pour voir Callie glisser par terre, ses dernières forces ayant été aspirées par l'utilisation de la magie. Couverte de sang et de poussière, ses yeux papillotent et sa main se tend vers moi. Je reste immobile. Le temps se fige.

Mon regard oscille entre l'orbe et Callie.

Je lis l'inquiétude sur son visage.

Je la vois agiter les doigts comme pour me presser de prendre sa main.

Et, pour ce qui est sans doute la première fois depuis qu'elle est entrée dans ma vie, je me détourne d'elle.

J'ignore sa main tendue, j'ignore son appel à l'aide.

Je lui tourne le dos, fais quelques pas et m'empare de l'orbe.

Aussitôt, tous les guerriers disparaissent et le calme retombe dans la grotte.

Je devrais regarder les dieux, jauger leur réaction, mais mon regard est irrésistiblement attiré par Callie. Elle a la bouche grande ouverte et j'imagine sans peine le cri qu'elle aimerait pousser. Les larmes coulent sur ses joues, traçant des sillons plus clairs là où la saleté s'efface. Son regard me transperce, il recèle tant de douleur que j'en ai le souffle coupé. Je sais ce qu'elle voudrait. Plus qu'un appel, sa main tendue est une tentative désespérée pour me faire changer d'avis. Une supplique pour que j'utilise l'orbe pour moi, pour me sauver.

Mais je ne peux pas faire ça, car me sauver signifie la condamner elle.

Je brandis l'orbe au-dessus de ma tête et, sans quitter Callie des yeux, conscient de sceller mon destin, je murmure ma faveur aux dieux :

— Sauvez-la.

CHAPITRE 63
CALLIE

Un éclair.

Une bourrasque.

Le souffle me revient au moment même où je me découvre allongée sur la plage.

Et je hurle.

Je hurle à m'en casser la voix. Je hurle jusqu'à ce que mes poumons soient aussi vides que mon cœur. Je hurle ma peine et mon désespoir, ma colère et ma souffrance. Tout est flou autour de moi, tout sauf la terrible vérité.

Blake est resté là-bas. Blake s'est sacrifié pour me sauver. Comme il a toujours dit qu'il le ferait. Blake ne reviendra jamais.

Péniblement, je me mets à genoux, la gorge sèche et irritée, avec l'impression qu'un marteau s'acharne à l'intérieur de mon crâne. Il me faut un temps fou pour parvenir à penser à autre chose qu'à l'absence de Blake. Mais, très lentement, une réalité s'impose à moi.

Les ombres. Je n'entends plus leurs murmures endormis, je ne sens plus leur présence contre nature. Je n'ai plus conscience de ce mur dans ma tête, de cette séparation ni de ce combat permanent que je menais. Je n'ai plus mal nulle part. Je n'ai plus la sensation que chacun de mes membres pèse une tonne, je n'ai plus mal à chacune des inspirations que je prends et j'ai l'esprit clair. Elles… Elles ne sont plus là.

J'ai souvent pensé à ce que ça me ferait d'être libérée, à la manière dont je réagirais quand les ombres me quitteraient. Et, dans ces scénarios que je me repassais encore et encore, je m'imaginais éclater de rire, sauter dans les bras de Blake, crier mon soulagement. Au lieu de ça, quand je réalise que je suis sauvée, mes sanglots explosent. Ça n'aurait pas dû se passer comme ça.

Certes, les dieux ont tenu parole. Ils m'ont sauvée des ombres. Ça ne devrait pas m'étonner, étant donné qu'ils ont prêté serment. Toutefois, je sais qu'un serment peut être détourné, surtout par des entités aussi malveillantes et vicieuses que les dieux. La preuve : je suis sauvée des ombres, certes. Mais je suis désormais coincée à vie dans les Confins, car je n'ai pas la moindre idée de la manière d'en sortir. La formulation de Blake était si vague… Je ne peux m'empêcher de me poser la question : et s'il avait dit « sauvez-nous » ? Les dieux l'auraient-ils épargné, lui aussi ?

Je n'ai jamais été dans une aussi bonne forme physique, comme si tous les dommages causés par les ombres ces dernières semaines avaient disparu en même temps qu'elles. Comme si tout cela n'avait été qu'un mauvais rêve. J'ai même l'impression d'avoir enfin repris du poids et, en passant une main dans mes cheveux, je les retrouve aussi forts et brillants que si je venais de les brosser. Tout a été effacé. Je suis bel et bien sauvée, enfin libérée des ombres.

Sauvée mais seule.

***

Il me faut maintenant retourner à bord de *L'Avalon.* Reprendre la barque, la remettre à l'eau, ramer jusqu'à la coque, grimper sur l'échelle de corde, me laisser glisser sur le pont… tout est d'une facilité déconcertante après des mois à m'essouffler au moindre effort. Mais le faire seule, sans Bold, sans Blake, en sachant ce que je vais devoir dire au reste de l'équipage… c'est la chose la plus dure que j'aie jamais eu à faire.

— Callie !

Glenn est le premier à m'atteindre et il me serre avant tant de force que je crains qu'il ne me brise les os. Puis il me libère et, l'air tendu, regarde par-dessus mon épaule, comme s'il attendait que quelqu'un monte à bord après moi.

— On surveillait l'île, alors on t'a vue arriver, dit-il pourtant. Toute seule dans ta petite barque, ajoute-t-il.

Son ton se veut blagueur, mais il ne dupe personne. Il a très bien compris. Il ne veut juste pas l'admettre. Par l'Oc…, c'est encore plus difficile que je ne le pensais.

— Blake et Bold sont restés à terre ? reprend Glenn, et cette fois il ne parvient pas à cacher la fêlure dans sa voix.

De mon côté, je ne parviens qu'à secouer la tête et ne retiens mes larmes qu'à grand-peine. Ma vision se trouble mais je vois malgré tout disparaître le pauvre sourire que Glenn s'était efforcé d'afficher de son visage.

— Comment ça ? dit-il.

Je continue à secouer la tête tandis que le reste de l'équipage nous entoure, dans un silence de plomb.

— Callie ? réponds-moi. Ils sont restés à terre.

Ce n'est pas une question. Je déglutis avec difficulté et bredouille :

— Ils… La grotte… Ils ont… Ils sont…

— Non.

Je suis presque soulagée que Glenn me coupe. Lui qui voulait absolument une réponse, le voilà qui fait un pas en arrière, portant les mains à ses tempes, et répète inlassablement le même mot.

— Non, non, non, non. Ce n'est pas possible.

— Glenn, je murmure en avançant vers lui.

— NON ! Je lui avais dit ! Je… J'aurais dû être là, je vous aurais aidés, je… je les aurais sauv…

Il se détourne brusquement et s'appuie contre le bastingage, la tête entre les mains. Je pose une main sur son dos, consciente que mon geste de soutien sera bien dérisoire. Puis, voyant qu'il ne bouge pas, je me tourne pour faire face à l'équipage. Et je leur raconte tout. Le sacrifice de Bold, les dieux, l'épreuve supplémentaire, le marché passé, les combats, l'orbe, la victoire de Blake et son vœu. Mon réveil sur la plage, la disparition des ombres, ce que ça signifie pour Blake.

— Les dieux ont dit… ils ont dit qu'un seul pourrait partir. Blake a choisi de me sauver alors il est bloqué là-bas. Condamné à passer l'éternité à se battre pour divertir les dieux… Mais on va… Il faut… Il faut qu'on trouve une solution.

Ils sont tous restés silencieux durant mon récit. Je sens Glenn s'agiter derrière moi.

— Je ne sais pas comment on peut faire, mais on va aller chercher Blake. Je…

— Non.

Un bref instant, je pense que Glenn est dans le déni quant à ce qui est arrivé à Blake et Bold. Pourtant, lorsque nos regards se croisent, je lis une douleur infinie et… une pointe de honte.

— Pardon ?

— On ne va pas aller sauver Blake. On va trouver une solution, mais pour sortir des Confins.

— Pas sans Blake !

— Tu l'as dit toi-même. Ce sont les dieux qui l'ont décidé ainsi. On ne peut rien faire pour le sauver.

Le fait que sa voix se brise n'adoucit pas la brutalité de ses paroles. Il est visiblement écœuré par ses propres mots.

— J'ai des ordres, Callie, dit-il malgré tout.

— Si tu savais ce que j'en ai à faire, de tes ordres !

— J'ai promis.

— Moi non.

— Il savait ce qu'il faisait.

— Tais-toi !

Mon cri claque dans le silence qui nous entoure. Tous les yeux sont fixés sur Glenn et moi alors qu'il tente de m'enlacer autant pour m'apaiser que pour m'apporter du réconfort. Je le repousse avec force et, voyant qu'il tient bon, je martèle sa poitrine de coups de poing.

— Tu ne peux pas dire ça, tu ne peux pas l'abandonner là !

— Ce n'est pas ce que je veux, mais…

— Alors aide-moi à trouver une solution ! Et lâche-moi !

Il s'exécute et je fais quelques pas pour retrouver un semblant de calme. Mon souffle est court et je repousse d'un geste furieux mes cheveux derrière mon épaule. L'équipage murmure et je sais que je dois avoir l'air d'une folle avec mes yeux écarquillés débordants de larmes, le sang dont je suis maculée, mes cris et mes gestes brusques. Je respire à fond et m'arrête devant Glenn.

— J'ai juste besoin d'être seule pour réfléchir.

— Il n'y a pas à réfléchir, Callie… Je me hais de le dire, mais il n'y a rien à faire, on le sait tous les deux. Blake n'aurait pas voulu…

Je sais où il veut en venir et je lève la main pour le couper. À ma grande surprise, il s'interrompt. Maintenant que je suis un peu plus calme, je vois ses larmes rouler. Et, brusquement, je m'en veux. Je sais que Glenn partage ma peine, sans doute plus encore que les autres membres de l'équipage. Bold était comme un père pour lui. Blake, un frère. Et je sais qu'il n'est pas plus heureux que moi à l'idée de faire ce que Blake lui a demandé. Mais, comme Blake, il respectera sa parole. Même si ça doit le hanter pour le reste de sa vie. Nos regards se croisent et il reprend dans un murmure :

— Tu peux me crier dessus, si ça te fait du bien. Tu peux même continuer à me frapper. Mais Blake a fait son choix, pour toi, et il ne voudrait pas que tu te mettes en danger pour le sauver.

Moi qui croyais avoir pleuré toutes les larmes de mon corps, voilà que je remets ça. Je sanglote, les mains pressées sur mon visage, comme si cela pouvait m'aider. J'aimerais tant, par ce simple geste, pouvoir repousser les larmes, la douleur, la tristesse tout au fond de moi… Maladroitement, Glenn passe ses bras autour de moi et je me laisse aller contre lui un court instant. Puis je me dégage en reniflant.

— Désolée. Et merci, Glenn. Je… Laisse-moi juste un peu de temps.

— Bien sûr. On est là, si tu as besoin de quoi que ce soit. La nuit porte conseil.

Je me force à lui adresser un sourire, accepte quelques tapes dans le dos de Colton et des autres puis tourne les talons. Une fois dans la cabine, je marque un temps d'hésitation. Je ne sais pas quoi faire. Je suis épuisée par toutes les émotions qui bouillonnent en moi, mais comment trouver le sommeil ? Comment réfléchir à la manière dont on peut sauver Blake alors que des milliers de pensées incohérentes défilent dans mon esprit ? Je voudrais pleurer jusqu'à la fin des temps mais je crains de ne jamais me relever. Je m'asperge le visage d'eau. Je dois me concentrer.

Glenn a beau dire ce qu'il veut, je sais que la nuit ne le fera pas changer d'avis. Blake et lui sont pareils sur ce point : têtus comme des mules. J'aurai beau sortir les meilleurs arguments, pleurer, supplier, frapper, menacer, il ne cédera pas. Je dois agir seule. Et il me faut un plan. Retourner à terre pour commencer. Des heures durant, j'échafaude des dizaines de stratégies, des centaines de ruses et, les unes après les autres, je les repousse car aucune d'elles ne tient la route. Je fais les cent pas dans la cabine tandis que le soleil tombe derrière l'océan et que l'obscurité s'installe. Il me faut du temps pour remarquer que la nuit est là, car il me semble apercevoir des scintillements dorés autour de moi. Mais quand j'essaie de focaliser mon attention dessus, ils ont disparu. Voilà que la colère et la tristesse me jouent des tours, maintenant ! Il ne manquait plus que ça.

Je n'ai pas d'idée pour sauver Blake. Et j'ai toute confiance dans les capacités de Glenn : il prendra la tête de *L'Avalon*, mais que pourrait-il faire ? Nous sommes toujours coincés dans les Confins, sans aucun moyen d'en sortir. Nous allons passer notre vie à errer sur ces eaux maudites. À quoi bon m'avoir délivrée des ombres si c'est pour que ma vie se termine d'une manière aussi triste et pitoyable ? Je ne peux même pas profiter de cette liberté recouvrée.

La fatigue et la rage s'affrontent un instant, mais c'est cette dernière qui finit par l'emporter. D'un geste de la main, je renverse une chaise, balaie les cartes qui se trouvent sur la table et suis tentée de m'en prendre à la baignoire avant de me rappeler qu'elle est bien trop lourde. Le matelas du lit y passe, en revanche, ainsi que les oreillers qui répandent leurs plumes dans la pièce. Autour de moi, tout n'est que blanc, noir, et toujours ces scintillements dorés qui m'agacent. Les voir me rappelle trop la magie, et la magie me fait penser aux ombres, à ce qu'on a dû faire pour s'en débarrasser, aux dieux et à leurs pièges cruels.

Tout est leur faute, en réalité. Je pourrais en vouloir aux ombres de nous avoir poussés à de telles extrémités. Je pourrais m'en vouloir de ne pas avoir été assez forte pour empêcher Blake de se sacrifier pour moi. Je pourrais lui en vouloir d'avoir voulu jouer les héros. Je pourrais en vouloir au monde entier, mais les coupables sont tout trouvés. Ce sont eux qui sont derrière tout ça. Derrière la magie, les humains, leur violence, les ombres, les épreuves, les choix, les sacrifices, les folies, les guerres, les massacres… Depuis le début, tout est leur faute. Sous couvert de créer un monde, ils ont révélé tous les maux de cette terre et ils ont continué de les alimenter même après s'être retirés dans les Confins. Tout serait plus simple et plus sûr s'ils disparaissaient pour de bon. S'ils cessaient d'exister, purement et simplem…

Je me fige brusquement au milieu de la cabine en désordre, frappée par une idée aussi lumineuse que suicidaire. Je réfléchis encore et encore, tourne et retourne l'idée dans ma tête. C'est soit du génie, soit de la folie. Mais je crois que… je crois que ça peut marcher. En tout cas, c'est la seule qui tienne la route. Elle a plus de chances de me tuer que de me voir réussir, mais je peux presque entendre Blake murmurer à mon oreille : « Si ce n'est pas dangereux, ce n'est pas drôle. »

***

Je pars comme la voleuse que je suis. Ou celle que j'étais, je ne sais plus bien désormais. Je me glisse hors de la cabine au cœur de la nuit, silencieuse comme un chat, et reprends la barque. Je n'ai pas le courage de m'expliquer auprès de Glenn et des autres, pas le courage de leur exposer mon projet fou qu'ils ne manqueraient pas de désapprouver. Pas le courage de leur dire au revoir au cas fort probable où ça ne fonctionnerait pas. Je me contente de regarder *L'Avalon* s'éloigner un peu plus à chaque nouveau coup de rame.

J'avais peur de ne pas retrouver le chemin qui mène à la première grotte car je n'avais pas prêté attention à notre trajet la veille, trop épuisée, mais ça n'est pas un problème. Peu importent les choix que je fais, j'ai l'impression que tous les tunnels mènent à cette maudite salle. Je tâche de ne pas trop regarder le trou béant devant moi. Je tâche de ne pas penser à Bold et me concentre sur mon plan. Celui-ci n'est pas brillant et je me trouve déjà devant le premier obstacle.

Je sais désormais que cette épreuve nécessite un sacrifice. En désespoir de cause et à court d'idées, je me mets à hurler :

— HOHO ! JE SAIS QUE VOUS M'ENTENDEZ !

J'ai l'air totalement stupide, je le sais, mais je mise sur l'ego et la curiosité des dieux. Ils n'ont pas résisté à l'envie de prouver qu'ils étaient meilleurs que nous, allant jusqu'à prêter serment pour prouver qu'ils n'avaient peur de rien et certainement pas de misérables humains. Quant à leur curiosité… je ne sais pas si on peut appeler ça comme ça ou si c'est simplement une preuve de leur ennui, mais je ne peux m'empêcher de penser à la manière dont ils regardaient les combats et notre avancée vers l'orbe : avec attention et avidité, comme si c'était tout ce qui comptait pour eux en cet instant… Oui, ils doivent s'ennuyer. Ils ont besoin de divertissement et je suis prête à leur en fournir.

— Allez, ne me dites pas que vous allez me laisser là ! Les dieux tout-puissants auraient peur d'accorder une audience à une pauvre petite humaine, alors ça, c'est…

Un éclair me frappe et je me retrouve dans la seconde grotte, devant les dieux.

— … du jamais vu.

— Si tu voulais tant nous revoir, fillette, tu aurais dû passer l'épreuve du sacrifice.

— Et pourtant, je suis là. Et je suis sûre que vous brûlez de savoir ce qui m'amène.

Les cheveux du Feu s'agitent et je regrette aussitôt mes mots. Je remarque aussi un halo doré autour des divinités, ce que je n'avais pas vu la première fois.

— Nous avons exaucé le souhait, nous avons chassé les ombres qui te tuaient. Alors que veux-tu ?

Ils bougent et prennent la parole simultanément et cela me perturbe. Mais je dois garder mon sang-froid.

— Je viens jouer une deuxième fois.

Un bruit étrange sort des gorges des dieux et je réalise avec un temps de latence qu'il s'agit d'un ricanement.

— Tu veux sauver l'humain.

Ce n'est pas une question et je ne leur fais pas le plaisir de répondre. Je tâche de garder le rôle que je me suis composé, de ne pas montrer à quel point j'ai peur, de rester droite et fière, de leur faire croire qu'ils ont tout intérêt à m'accorder ce que je désire.

— Tu as du courage, misérable humaine, pour venir nous défier deux fois de suite, nous te l'accordons. C'est pour cette raison que nous te laissons une dernière porte de sortie. Es-tu sûre de ton choix ? Veux-tu vraiment recommencer cette épreuve ?

Le halo doré autour des dieux m'aveugle mais je ne détourne pas les yeux.

— Oui.

— Très bien. Souhaites-tu que nous jurions de nouveau d'honorer notre parole ?

Leur ton est moqueur, mais je hoche la tête avec un peu trop d'empressement. Il faut qu'ils prêtent serment. C'est même l'un des points essentiels de mon plan. Lentement, les dieux s'exécutent. Leur ton est toujours léger et, pourtant, sans qu'ils le sachent, chacun des mots qu'ils prononcent les précipite un peu plus vers leur fin. Car si mon plan réussit… Les dernières paroles résonnent dans l'immensité de la grotte et il me semble que l'aura dorée qui les entoure rayonne un bref instant avant de retrouver son intensité normale. Comment ai-je pu ne pas la remarquer la veille ?

— Voilà, petite folle, reprennent les dieux, me tirant de mes pensées. Nous avons prêté serment. Empare-toi de l'orbe et tu pourras nous demander un souhait. Mais n'oublie pas : si ton vœu est de libérer ton capitaine, tu devras prendre sa place. Il ne peut y avoir qu'un vainqueur à la fin.

Je ne leur fais pas le plaisir de réagir, retenant de justesse un marmonnement. Me voilà revenue à mon premier plan, le plus fou et le plus inconscient que j'aie jamais élaboré.

D'un geste les dieux font apparaître l'orbe, exactement au même endroit.

Un autre geste, et ce sont les guerriers qui apparaissent.

Je prends le temps de les observer, saisie par une curiosité morbide, mais aussi et surtout parce que je cherche Blake.

Il y a des centaines d'hommes autour de nous, quelques femmes et même des enfants. Des centaines d'adversaires et, pourtant, il ne me faut que quelques secondes pour repérer Blake. Il est exactement à la même place qu'hier, avant que les combats ne débutent, à quelques centaines de mètres de moi. Lorsque nos regards se croisent, son visage passe par une myriade d'émotions. Ce qui ressemble à de la joie, puis de la surprise, comme s'il réalisait seulement que je ne devrais pas être là. Puis l'inquiétude prend le dessus, brièvement chassée par la colère. Sans le quitter des yeux, je sors mes poignards et, quand les dieux donnent le signal, je m'élance.

Si la situation n'était pas aussi désespérée, je serais sans doute exaltée par la force dont je fais preuve. Je cours, je bondis, j'esquive et frappe comme je le faisais avant d'être affaiblie par les ombres, réduite à l'état d'une pauvre et fragile créature qui avait besoin d'aide pour la moindre chose. J'ai l'impression que nul ne pourra m'arrêter. Un guerrier se dresse sur mon chemin mais je glisse, pare, feinte et enfonce ma lame dans sa poitrine avec une facilité déconcertante. Il s'effondre et, à peine essoufflée, je fais volte-face pour affronter le nouvel adversaire que j'ai entendu arriver dans mon dos. Je brandis un poignard vers sa gorge et…

La main de Blake s'abat sur mon coude, bloquant mon geste alors que ma lame n'est qu'à quelques centimètres de sa veine.

Le temps se fige un millième de seconde puis j'abaisse ma garde et me jette dans ses bras. Il me repousse aussitôt avec force et me foudroie du regard.

— Qu'est-ce que tu fais là ?

— À ton avis ? Je viens te sauver !

Du menton et consciente que mon geste fait écho à celui qu'il a fait moins de vingt-quatre heures plus tôt, je lui désigne l'orbe. Toujours furieux, il hoche néanmoins la tête et nous nous frayons un chemin à travers les combats pour nous en approcher. Comme la veille, les guerriers semblent plus enclins à se battre qu'à se saisir de l'objet qui pourrait les libérer. La véritable épreuve consiste davantage à survivre face à cette armée qu'à être le plus rapide pour parvenir jusqu'au monticule. Cela peut sembler simple, mais je n'oublie pas dans quel état j'étais hier ni l'impact que des semaines de navigation dans les Confins peuvent avoir sur les forces d'un homme. Notre chance, c'est que je suis désormais fraîche et reposée et que Blake a toujours été plus endurant que la moyenne. Tout en avançant, il me jette des coups d'œil réguliers.

— Les ombres ? demande-t-il en repoussant un guerrier déjà manchot qui se traîne tant bien que mal devant nous.

— Disparues.

— Alors pourquoi es-tu revenue ?

— Pour toi, imbécile ! De toute façon, qu'est-ce que tu voulais que je fasse ? *L'Avalon* est toujours coincé dans les Confins.

— Essayer de survivre avec *L'Avalon* dans les Confins, c'est toujours mieux que d'être prisonnier dans cet enfer ! J'ai tout fait pour te sauver, allant jusqu'à…

Il s'interrompt alors que nous sommes un instant séparés par les combats et reprend quelques minutes plus tard lorsque nous nous retrouvons au pied du monticule :

— … me sacrifier pour que tu vives !

— Oui, encore une fois, tu as joué les héros.

— C'est toujours lui qui paie le prix à la fin.

— Je préférerais qu'on le paie ensemble. Tu te souviens ? Ensemble ou pas du tout.

Il pousse un soupir et, du dos de la main, essuie la sueur qui lui coule dans les yeux.

— Ça me paraît difficile à réaliser ici, lâche-t-il dans un souffle.

Je jette un regard vers les dieux qui se sont penchés pour mieux admirer le spectacle.

— J'ai un plan.

— Un bon, j'espère.

— Eh, qu'est-ce que tu crois ? je dis en m'autorisant un sourire. J'ai appris auprès du meilleur.

— Par l'Océan… commence à marmonner Blake avant de s'interrompre.

Si nous nous en sortons, il lui faudra du temps pour perdre le réflexe de faire appel aux dieux.

— Ça ne me rassure pas, se corrige-t-il. C'est quoi, ce plan ?

— Du genre risqué. Mais tu me fais confiance ?

Son regard se porte derrière moi et, par réflexe, je me baisse alors qu'il abat son épée, neutralisant l'homme qui était sur le point de m'attaquer. Dans le même temps, il me crie sa réponse :

— Tu sais bien que oui !

— Alors il faut que je m'empare de cet orbe.

L'ascension est rapide et, cette fois, je suis assez en forme pour ne pas avoir besoin de ralentir au milieu. Pourtant, Blake et ses longues jambes arrivent avant moi. Je le vois tendre la main vers la sphère brillante, presque par réflexe, puis interrompre son geste avant de me regarder. Je lis son hésitation, son inquiétude, je devine à quel point il est tenté de reprendre la sphère, de gagner une nouvelle faveur qui me mettrait définitivement hors de danger. Il pourrait demander à ce que je sois renvoyée dans notre monde, là où je n'aurais plus la possibilité de tenter de le sauver… Contre toute attente, il baisse le bras.

— Tu as raison. J'ai voulu être le héros qui te sauverait et c'est stupide. J'avais oublié que tu n'avais jamais eu besoin d'un héros. C'est toi, l'héroïne.

— C'est très beau, ce que tu dis, mais ce n'est pas vraiment le moment.

— Très bien, alors sauve-nous, dit-il simplement en me tendant la main.

La veille, il se détournait de ma main tendue. Aujourd'hui, je m'empare de la sienne, franchis les derniers mètres qui me séparent de l'orbe et, avec assurance, m'en empare.

Tout cesse aussitôt. Les guerriers disparaissent mais, comme je l'espérais en lui prenant la main, Blake reste à mes côtés. Les dieux se reculent et concentrent leur attention sur nous. Le silence est si épais que je pourrais le couper avec mon poignard.

— Je vais peut-être juste nous tuer, je murmure à l'intention de Blake.

— Tu sais ce que j'en pense, me répond-il sur le même ton. Si ce n'est pas dangereux…

— Très bien, entend-on alors. Cette fois, la faveur te revient, fillette. Que désires-tu ?

La voix des dieux est plate et lasse : ils se désintéressent déjà de notre sort. Des souffrances qu'ils nous ont causées. Le réaliser fait monter une rage froide en moi. Pourtant, un bref instant, j'hésite. Je peux encore changer d'avis. Je peux sauver Blake… Et puis ? Il viendra me sauver à son tour, je reviendrai, et ainsi de suite jusqu'à ce que l'un de nous se fasse tuer ou que les dieux soient fatigués de cette pantomime. Tout ça pour passer quelques minutes ensemble, dans un chaos total ? Non, cela doit cesser. C'est un choix risqué, mais il est nécessaire. Les dieux causent trop de peine depuis trop longtemps. Il est temps que leur petit jeu cruel cesse.

Alors je serre plus fort la main de Blake et je prononce les mots qui, quoi qu'il arrive, vont sceller notre destin.

— Je veux que vous disparaissiez.

CHAPITRE 64
CALLIE

Le silence qui fait suite à ma déclaration est brutalement rompu par les dieux qui, d'un seul coup, perdent leur bel unisson.

— Quoi ?

— Nous ne pouvons pas faire ça.

— C'est impossible !

— Comment oses-tu demander une telle chose !

C'est une satisfaction sans nom de voir la confusion briser leur unité. Leurs voix s'entremêlent, dissonantes et désaccordées.

— Vous avez juré ! Et vous avez juré sur vous-mêmes. Soit vous exaucez mon souhait, soit votre serment se rappellera à vous.

Dans les deux cas, ils disparaîtront.

— Tu nous as piégés !

— Oui, c'est désagréable, pas vrai ? je ne peux m'empêcher de susurrer.

Le cri qu'ils poussent par la suite est… eh bien, inhumain. Je ne peux pas les quitter des yeux alors qu'ils luttent contre le serment qui les lie. Blake serre ma main plus fort encore et je me colle contre lui, un peu effrayée par ce que je viens de faire. Brusquement, un rayon d'or pur et scintillant se détache des dieux et frappe le haut de la caverne.

Un énorme bloc de roche s'en détache et s'écrase non loin de nous. Bientôt, ce sont des dizaines d'éclairs qui jaillissent des divinités et autant de rochers qui s'abattent autour de nous. Nous assistons à la destruction des dieux, et elle ne se fait pas en douceur.

Je sursaute lorsqu'un grondement apocalyptique résonne. Les éléments semblent se déchaîner et la caverne commence à s'effondrer. Un affreux doute me saisit. Mon plan était simple : si les dieux disparaissent, nous sommes libres. Libérés de leurs machinations, libérés de leurs pièges. Libres de partir tous les deux. Mais en les voyant hurler, je commence à penser que je n'ai peut-être pas eu une vision assez large des choses.

Et si… Et si la disparition des dieux entraînait la destruction de tout ce qu'ils avaient construit ? Est-ce que je viens de condamner le monde entier ? L'angoisse m'étreint alors que la grotte continue de s'effondrer. Un cri plus puissant que les autres me tire de mes sombres pensées.

— Misérable humaine, tu ne sais pas ce que tu viens de faire !

Les dieux hurlent leur rage, mais ils n'en continuent pas moins de se tordre dans tous les sens, comme s'ils tentaient encore de résister à leur serment. Ils ont l'air de souffrir le martyre, ce qui n'est pas pour me déplaire.

— Si nous disparaissons, les Confins disparaissent aussi ! Vous allez mourir ici avec nous !

Je suis saisie par une bouffée de soulagement totalement incongrue vu la situation. Les Confins. Seulement les Confins. Certes, ça veut dire que je nous ai condamnés, Blake et moi, ainsi que tout l'équipage. Mais le reste du monde n'aura pas à subir les conséquences de ma décision.

— Il faut qu'on rejoigne *L'Avalon* ! me hurle alors Blake.

On sait tous les deux que ça ne servira à rien si les Confins disparaissent vraiment, mais je hoche la tête malgré tout. Blake me tire et, détournant enfin le regard des dieux qui continuent de déverser une pluie d'or autour d'eux, nous nous mettons à courir. Je serais bien incapable de dire où nous allons et comment nous faisons pour ne pas nous faire écraser par les rochers qui tombent sans cesse, mais après ce qui me semble une éternité, nous débouchons à l'air libre, sur un promontoire qui surplombe la plage. Blake s'arrête dans un dérapage qui le mène au bord du vide et observe les environs d'un regard fou. Nous n'avons plus d'échappatoire et tout continue de s'effondrer. Très vite, le sol se met à trembler sous nos pieds et la pierre s'effrite, nous précipitant dans le vide. Je refuse de lâcher la main de Blake et tombe lourdement sur lui quand nous nous écrasons sur le sable. Étonnés d'être indemnes, nous restons un moment immobiles. Puis un rocher qui fait la moitié de la taille de *L'Avalon* tombe à quelques centimètres de nos têtes et Blake se relève avec un grognement de douleur.

Et la course reprend. Seul notre instinct de survie nous fait avancer et je ne le pensais pas aussi fort. Le sable vole autour de nous, agité par un vent qui gagne en violence. L'eau se retire de plus en plus loin pour revenir lécher la plage toujours plus haut, des vagues commencent à se former, des nuages s'amoncellent au-dessus de *L'Avalon*…

Il faut toute la puissance de Blake pour manier les rames et lorsque, enfin, nous touchons la coque, je grimpe à l'échelle en un temps record, Blake sur les talons. L'équipage n'a pas le temps de montrer sa surprise en le voyant, car déjà une tempête s'abat sur nous.

Des vagues nous frappent, des bourrasques s'acharnent sur les voiles, les arrachant en une série de claquements secs. Au milieu des éclairs qui pleuvent sur nous, illuminant brièvement la nuit, je distingue l'île que nous venons de quitter. Elle finit de disparaître sous les flots, créant un maelstrom qui n'augure rien de bon. Qu'est-ce que j'ai fait ? Quel fléau ai-je lancé sur nous ?

Il n'y a rien à faire : le maelstrom aspire tout et *L'Avalon* commence à dériver. Incapable de dire quoi que ce soit, je me contente de serrer la main de Blake et, bien trop vite, nous sommes prêts à plonger au cœur du siphon. *L'Avalon* craque et grince et, lentement, bascule. Je me retiens au bastingage, les bras de Blake enroulés autour de moi et, épouvantée, je ne peux m'empêcher de fermer les yeux…

CHAPITRE 65
DOUG

Je ne comprends pas ce qu'il se passe.

Nous étions dans les Confins, blessés, fatigués, désespérés. Bold nous avait quittés, le capitaine avait disparu pour toujours et Callie s'était envolée pendant la nuit. Glenn ne savait plus quoi faire et je devais me retenir de toutes mes forces pour ne pas fondre en larmes. Et puis la tempête est arrivée. On aurait dit que tous les éléments se déchaînaient et nous n'avons pas eu le temps de réagir. Entre la surprise de voir arriver le capitaine et Callie et la force du maelstrom qui a emporté *L'Avalon*… je n'ai pu que me raccrocher aux cordages près de moi et fermer les yeux…

Je les ferme et les ouvre de nouveau, comme pour être sûr de bien voir. Mais je ne me trompe pas. Nous sommes de retour dans notre monde. Je reconnais les îlots de la barrière de corail et le ponton d'ancrage qui nous retient à l'île du capitaine. C'est… incroyable.

Je regarde autour de moi. Si *L'Avalon* n'était pas en si mauvais état, je jurerais que tout cela n'était qu'un rêve et que nous ne sommes jamais allés dans les Confins. Mais les voiles pendent misérablement, le pont est noir de crasse et recouvert d'entailles, les mâts craquent et paraissent sur le point de rompre… et, bien sûr, l'équipage n'est pas au complet.

Nous sommes au milieu du pont et, quand je vois Blake et Callie, je ressens un immense soulagement. Ils semblent aussi perdus que nous et regardent l'équipage d'un air hagard. Comment Callie a-t-elle réussi à aller chercher le capitaine ? À le libérer ? Et pourquoi cette tempête ? Comment sommes-nous arrivés ici ? Je ne suis pas le seul à me poser des questions, mais notre surprise s'estompe et la parole se libère.

— Nous avons réussi ! crie soudain quelqu'un. Nous sommes allés dans les Confins et nous en sommes revenus !

D'un coup, c'est comme si quelqu'un avait appuyé sur la détente. Tout le monde se met à crier, à parler, à sauter de joie, à s'enlacer et à se donner de grandes tapes dans le dos. Blake et Callie se réjouissent aussi. Je vois Blake prendre Callie par les hanches, la soulever et la faire tourner, ce qui la fait rire aux éclats. Puis il la pose, l'attire contre lui et…

Et brusquement, devant tous ses hommes, le capitaine éclate en sanglots.

CHAPITRE 66
BLAKE

Pour la première fois de ma vie, je me fiche de passer pour un faible. Je me fiche que mes hommes me voient, je me fiche de ce qu'ils vont penser. Pour la première fois, je n'ai pas envie de faire semblant, d'être optimiste ou de retenir mes larmes.

Je pleure pour toutes les épreuves que nous avons surmontées, pour toutes les cicatrices, visibles ou non, qu'elles ont laissées. Je pleure pour les aventures que nous avons vécues, pour la pression que nous avons subie. Je pleure pour mes amis disparus. Je pleure pour Al qui méritait tellement plus que le peu que j'ai eu à lui offrir. Je pleure pour Bold que j'ai perdu. Mon second, mon mentor, mon père. Je pleure sans pouvoir m'arrêter, je pleure pour que les larmes m'empêchent de voir le monde qui m'entoure, un monde où, désormais, je dois avancer sans Bold.

Callie n'essaie pas de me calmer. Elle ne me dit pas de me reprendre, elle ne me dit pas que ça va aller. Elle se contente de me serrer plus fort contre elle. Elle passe sa main dans mes cheveux, encore et encore, dans une caresse apaisante, et sa voix me parvient par vagues, à travers la brume de tristesse qui s'est emparée de moi.

— Je sais, murmure-t-elle doucement dans le creux de mon cou. Je sais.

Et, à sa voix, je devine qu'elle pleure aussi.

CHAPITRE 67
CALLIE

Je suis à deux doigts de m'effondrer à mon tour. Pourtant, contre toute attente, je tiens bon. Je ne cherche pas à consoler Blake, car rien ne pourrait y parvenir. Nous avons réussi au-delà de nos espérances, mais il a perdu ses amis, sa famille et son père dans l'aventure. Aucune parole, aucun geste ne pourrait le consoler de cela. J'attends que ses sanglots s'espacent tout en essuyant les larmes qui coulent également sur mes joues. Lorsque je le sens un peu plus calme, je l'aide à se redresser et me tourne vers l'équipage.

Il me faut leur expliquer. Comment j'ai retrouvé Blake, comment j'ai mis nos vies en jeu sur un pari un peu fou. Ma déclaration est suivie d'un long silence. Lentement, tous les hommes placent une main sur leur cœur et portent leur regard sur l'océan autour de nous. Ils rendent hommage à Bold, mais aussi à tous ceux que nous avons perdus en cours de route. Blake n'est désormais plus le seul à pleurer : Doc renifle dans son coin, et les larmes envahissent le visage de Glenn qui, pas plus que son capitaine, ne cherche à les cacher. Nous restons ainsi un long moment et je sais que, si Bold pouvait nous voir, il serait touché. Puis il nous dirait d'arrêter les mièvreries et de continuer à avancer.

Alors c'est ce que nous faisons.

***

Blake est désormais à la poupe du navire, les yeux rivés sur l'océan. Le cœur serré, je prends conscience que Bold n'est plus là pour prendre la relève. C'est lui qui s'occupait de faire avancer le navire et de gérer l'équipage chaque fois que Blake était occupé, fatigué, blessé, endormi ou en train de passer du temps avec moi. Mais Bold n'est plus là. Et Blake n'est clairement pas en état. Je dois prendre les choses en main.

Un bref instant, je repousse tout pour me poser les questions importantes. Sommes-nous vraiment en sécurité ? Je pense que oui. Nous sommes de retour sur l'île de Blake, derrière la barrière de corail. Nous sommes à l'abri des continentaux et de leur haine des pirates. Nous sommes à l'abri des autres pirates qui ont juré sur l'Océan de protéger ces territoires. Et nos éventuels adversaires ignorent que l'Océan n'est plus en mesure de leur faire respecter leur promesse. Je pense donc qu'on peut rester ici, le temps de se remettre. Pour en être sûre, je fais un signe à Glenn qui monte me rejoindre sur le gaillard d'arrière. Avant même que j'aie ouvert la bouche, il me prend dans ses bras et me garde ainsi de longues minutes. Je lui rends son étreinte et le repousse juste avant que mes larmes ne recommencent à couler. Il me regarde de haut en bas, comme pour me jauger, ce qu'il n'a pas pris le temps de faire lorsque je suis revenue de l'île la première fois.

— Tu vas mieux, me dit-il.

Ce n'est pas une question, mais je hoche la tête. Je ne me suis pas sentie aussi bien depuis des mois. Plus aucune douleur. Plus de pression sur les épaules, plus de peur qui me tord le ventre et me broie le cœur. Lorsque le chagrin causé par la mort d'Al et de Bold se sera estompé, je serais au meilleur de ma forme. Et pourtant... je souhaite qu'il demeure en moi, car souffrir de leur mort, c'est les garder encore un peu auprès de moi.

Glenn me prend la main, me ramenant sur terre. Nous échangeons un sourire, un peu triste, mais un sourire quand même. Puis Glenn lance un coup d'œil en direction de Blake, qui nous tourne toujours le dos.

— Est-ce que... ?

— Ça ira, je le coupe, anticipant sa question. Je vais m'occuper de lui. Mais je vais avoir besoin de ton aide. Je n'ai pas la moindre idée de ce qu'il faut faire maintenant, avec les hommes, le navire... Est-ce qu'on peut rester là ? Est-ce qu'on doit leur dire d'aller se reposer ou est-ce qu'il y a des choses urgentes à faire, est-ce que... ?

— Callie, me dit Glenn en posant les mains sur mes épaules, pour me calmer. Tu sais très bien ce qu'il faut faire. Tu as vu Bold et Blake aux commandes des milliers de fois.

— Ce n'est pas à moi de reprendre le flambeau, je dis d'une voix basse.

— On sait tous les deux que si.

Il me sourit doucement et me presse le bras.

— Et si tu as besoin de quoi que ce soit, je suis là. Je serai le second du second ! ajoute-t-il avec cet air que je lui connais bien.

Je le vois froncer les sourcils avant de reprendre, faussement pensif :

— Attends... Le second du second... Est-ce que ça fait de moi le troisième ?

C'est plus fort que moi, je ne peux me retenir de rire. Et ça me fait du bien. Glenn m'adresse un clin d'œil, pas peu fier d'être parvenu à ses fins. Je me tourne ensuite vers l'équipage et je donne mes ordres. J'ai l'impression de me glisser dans un vêtement bien trop grand pour moi et de ne pas savoir ce que je fais, mais je le fais. Et, à ma grande surprise, l'équipage s'exécute sans rechigner. Glenn s'occupe des tâches les plus pressées tandis que je me dirige vers Blake. Il tourne toujours le dos au pont, à son équipage. Tendrement, je lui prends la main. Il la serre avec force avant de me regarder.

— Dis-moi que tu vas bien, me chuchote-t-il.

— Je vais bien, Blake, je réponds sur le même ton. Les ombres sont parties.

Je sais ce qu'il attend : que je le rassure, que je lui montre que tous les sacrifices faits n'ont pas été vains, que ses amis et son père spirituel ne sont pas morts pour rien. Alors je me blottis contre lui et je le lui dis, encore et encore :

— Je vais bien, je vais bien, je vais bien, je vais bien, je vais bien…

Ma voix n'est plus qu'un murmure et Blake me serre si fort qu'il me fait mal, mais je le serre encore plus fort, comme si je voulais fusionner avec lui.

— Je vais bien, je dis une dernière fois.

Plus tard, quand le choc sera retombé et quand la peine se fera moins prégnante, je pourrai répéter ces mots et m'en émerveiller. Je vais bien. Et Blake aussi. Ou, du moins, il ira bien. Avec le temps. Beaucoup de temps.

— Je ne sais pas comment je vais faire sans lui, me dit justement Blake, et son souffle fait voleter mes cheveux.

— Je ne sais pas non plus. On trouvera ensemble.

— Ensemble ou pas du tout. Et tu sais pourquoi ?

Là, je ne peux m'empêcher de rire et je me recule pour plonger mes yeux dans ceux de Blake. Il me regarde avec tellement d'amour que mon cœur rate plusieurs battements.

— Oui, je dis d'une voix basse. Je sais pourquoi.

— Non, dit alors Blake avec un geste de la main. Pas de « tu sais pourquoi » et plus de phrases cryptées et mystérieuses, plus de non-dits ni de secrets. Alors, je vais te dire les choses comme je les pense. Je suis… Je suis effondré par la mort de Bold. Et celle d'Al et celle de beaucoup de mes hommes. Je n'ai pas la moindre idée de la façon dont je vais continuer à avancer après ça mais, d'un autre côté, tu es là, avec moi et, pour la première fois depuis des mois, il n'y a absolument aucun obstacle devant nous. Juste toi, moi, *L'Avalon*. Et… Et je pense que c'est sur ça qu'Al et Bold auraient voulu qu'on se concentre. Alors c'est ce qu'on va faire. Toi et moi, Callie. Parce que je te connais. Je sais que, quand les choses se seront calmées, tu vas ressasser, tu vas culpabiliser, imaginer que tout est ta faute. C'est faux.

Je dois me retenir pour ne pas fondre en larmes. J'étais partie pour le réconforter, et voilà que c'est lui qui me soutient.

— Ce n'est pas ta faute. Ce n'est pas la mienne. C'est le destin, ce sont les dieux, que sais-je, mais il ne faut pas que le poids de tout ça nous écrase. On s'en est sortis grâce aux sacrifices de nos amis et ce ne serait pas leur rendre hommage que de se ronger. Alors voilà ce qu'on va faire.

Il me caresse la joue et un petit sourire se dessine sur ses lèvres.

— On va pleurer tout notre soûl pendant quelques jours, on va rendre hommage à nos frères et prendre du temps pour nous reposer. Et puis on ira de l'avant. Chaque jour, on sera ensemble, on sera heureux et on va vivre une belle vie, très longue, pleine de rires, des larmes, de disputes, de câlins de réconciliation, de danger, d'aventures et de richesses qu'on aura volées à d'autres. Ça te convient ?

J'ai la gorge si serrée par l'émotion que je ne peux que hocher la tête.

Oui, ça me convient.

Ça me convient parfaitement.

CHAPITRE 68
CALLIE

L'*Avalon* lèvera l'ancre au matin.

Il est temps pour lui de repartir vers de nouvelles aventures.

Après de longues semaines de repos, son équipage est prêt. Tous sont même excités et impatients. Avant de repartir, nous avons décidé de célébrer notre réussite. Nous sommes entrés dans la légende : ça mérite bien une petite fête ! Alors nous avons été nombreux à aider Doug en cuisine, assez pour concocter un festin. Blake a autorisé qu'on ouvre les plus anciens fûts d'alcool et celui-ci coule à flots depuis des heures. Mais les pirates ont une très grande résistance à l'alcool, si bien que, au lieu de bagarres et de conversations sans queue ni tête, il n'y a que des rires, des jeux, des chansons et des danses. Ah, les pirates…

Son capitaine aussi est prêt. Il a pleuré, il a rendu hommage aux morts, il a symboliquement jeté des armes à la mer pour accompagner le voyage des défunts vers l'au-delà. Et il a fait ce qu'il avait promis de faire. Il va de l'avant.

L'Avalon lui-même est prêt. Il est tout beau, briqué comme jamais, ses cales sont pleines et ses voiles semblent s'agiter d'impatience au gré du léger vent qui souffle au large de l'île.

Le nouveau second de *L'Avalon* se sent prêt aussi, même s'il a encore beaucoup de choses à apprendre. Je souris en sentant les bras de Blake se poser sur mes hanches.

— Est-ce que mon second est d'attaque ? me dit-il justement.

— Plus que jamais, capitaine !

Je ne me détourne pas de l'horizon qui se dessine devant nous. Au loin, là où notre vision plonge dans ce qui était les Confins auparavant, il nous semble apercevoir quelques îlots, et c'est vers eux que nous allons mettre les voiles. Nous avons parlé et reparlé des événements récents de nombreuses fois, et malgré tout certaines questions continuent de me hanter. Je m'en ouvre à Blake alors que tout l'équipage s'active autour de nous.

— Pourquoi la disparition des dieux a entraîné la destruction des Confins et pas de ce monde ? C'est pourtant eux qui l'ont créé aussi.

— Je ne sais pas. Peut-être que ce monde leur a échappé ? Peut-être que, après tout ce temps, il est plus l'œuvre des humains que celle des dieux.

— Mmmh, ça veut dire que nous sommes maîtres de nos destins, désormais ?

— C'est très joliment tourné. Bold aurait apprécié cette phrase.

— Je pense aussi.

Il est trop tôt pour que nous puissions en sourire, mais l'évoquer sans fondre en larmes est un grand pas pour nous deux.

— Maintenant que les Confins ont disparu, que crois-tu qu'il y ait à la place ? je demande.

La Carte est redevenue vierge. Un comble quand on pense au mal qu'on s'est donné pour l'obtenir. Mais elle prouve bien que les Confins ont bel et bien sombré. Quant à l'horizon… il s'agit d'un mystère que nous sommes tous impatients de résoudre. Je sens Blake hausser les épaules dans mon dos.

— J'imagine que c'est à nous d'aller le découvrir.

Il me fait pivoter vers lui et je souris. L'océan murmure autour de nous, le vent joue dans mes cheveux, le soleil me réchauffe presque autant que le regard de Blake. Je n'ai pas été aussi bien depuis… une éternité.

— Je suis prête à partir explorer les océans, capitaine.

— Alors, à ton poste, moussaillon !

Je me dégage de son étreinte tout en riant. Blake donne déjà des ordres et je m'apprête à le suivre lorsque mon attention est attirée par quelque chose. Des filaments dorés serpentent paresseusement sur le pont et, pour la première fois, je réalise ce que ça signifie. Je suis sidérée. Ce n'est pas possible, les ombres sont parties… La voix d'Al surgit dans mon esprit : *La magie est partout. Une fois qu'on est éveillé à sa présence… eh bien, on peut la voir.*

Je devrais être effrayée, après tout ce que la magie m'a pris. Pourtant… je ne peux m'empêcher de sourire.

— Callie ? Les voiles ne vont pas se hisser toutes seules…

Non, en effet. À moins que…

Je décide de me fier à mon instinct. D'un geste presque naturel, je tends les bras, fais un mouvement souple du poignet, ramène le tout vers moi…

Un léger vent fait gonfler les voiles, juste assez pour lancer *L'Avalon* qui quitte la berge avec douceur. Les hommes poussent des cris de surprise, Blake me regarde avec intensité, s'efforçant de comprendre ce qui vient de se passer. Je me contente de fermer les yeux, d'apprécier le soleil sur ma peau, un sourire toujours accroché aux lèvres.

Non, je n'ai plus peur.

Je repense alors à la jeune fille effrayée qui s'est réveillée à bord de *L'Avalon*, il y a de cela des mois. Éternellement seule, elle fuyait son passé et la magie. Aujourd'hui, après toutes ces épreuves, cette jeune femme se tient comme chez elle sur le pont, au milieu de la famille qu'elle s'est choisie, accueillant la magie comme une vieille amie. Tout a changé. J'ai changé. Ou peut-être simplement suis-je devenue celle que j'ai toujours été destinée à être.

Je monte sur le gaillard d'arrière et me place aux côtés de Blake. Il hausse un sourcil, mais je le rassure d'un mouvement de la tête. Nous aurons le temps d'en parler. Nous avons toute une vie devant nous. Et tandis que *L'Avalon* fend les flots vers l'inconnu, je fixe mon regard sur l'horizon, prête à affronter tout ce qui se dressera devant nous.

REMERCIEMENTS

Et voilà : c'est la fin de l'histoire de Blake et Callie. C'est très émouvant pour moi de leur dire au revoir après tant d'années à leurs côtés. Heureusement, je suis extrêmement bien entourée, et je peux compter sur un ensemble de personnes incroyables pour me remettre de mes émotions, tout comme j'ai pu compter sur elles pour m'aider dans l'aventure que représente l'écriture. J'ai donc encore une grande liste de personnes à remercier.

Tout d'abord, merci à mes lecteurs. Merci à tous ceux qui ont choisi *La Carte des Confins* parmi la multitude de romans tentants en librairie. Savoir que Blake et Callie ont trouvé leur public me réchauffe le cœur et je vous serai éternellement reconnaissante pour l'accueil que vous avez réservé à mon premier roman. Merci aussi aux libraires, bibliothécaires, blogueurs, influenceurs, bookstagrameurs, tiktokeurs… bref à tout ceux qui ont aidé à faire connaître mon roman. Je sais ce que je vous dois et je ne vous remercierai jamais assez.

Merci à ma communauté Instagram qui n'a cessé de me soutenir, de m'encourager et de m'envoyer des vagues d'amour qui m'ont permis de surfer sur les mauvais jours. Votre soutien n'a pas de prix à mes yeux et quand tout cumuler devient trop dur, quand la tentation de tout plaquer pour partir élever des kiwis en Nouvelle-Zélande devient forte, c'est vous qui me faites tenir.

Merci à ceux qui ont réussi à se remettre de l'épreuve que constituait la fin du tome 1. J'ai reçu pas mal d'insultes et de menaces mais, au fond, je sais que vous avez aimé cette fin autant que moi. J'ai été plus sympa pour la fin de celui-ci, j'espère que vous appréciez. Petit coucou aux lecteurs de Wattpad : les autres subissent le cliffhanger depuis un peu moins d'un an, mais vous ça fait DES ANNÉES que vous attendez la suite de l'histoire. Merci, et bravo pour votre patience !

Un immense merci à toute l'équipe de PKJ : publier un roman était un rêve d'enfant, mais même dans mes rêves les plus fous, je n'aurais pas pu imaginer être accompagnée par des personnes aussi professionnelles et bienveillantes.

Merci à toute ma famille qui a accueilli mon premier livre avec fierté : je crois que mes nièces se la pètent dans la cour de récré, alors même qu'elles sont trop jeunes pour lire le roman.

Merci à tous mes super collègues qui m'ont toujours encouragée, soutenue et même supportée quand j'arrivais ronchon (avec ou sans raison). Un merci tout particulier à la best équipe de libraires qui existe : vous voir en arrivant le matin est plus gratifiant que de recevoir un SP de la part d'un repré (meilleure déclaration ou bien ?). Merci à ma Cathou qui sait toujours comment illuminer mes journées (je ne dis pas non aux petites douceurs glissées dans mon casier, mais ta présence suffit largement) et à Léa, sans qui j'aurais perdu la tête depuis longtemps, et qui m'a soutenue avant même de savoir si ce que j'écrivais était potable ou non.

Merci aux meilleures amies qui existent : Caro, Lou, Nono, M-H, Barbouille, Lina… Si j'avais su en entrant en prépa que je rencontrerais des personnes aussi belles et attachantes, qui seraient encore là des années après pour me soutenir, j'y serais allée en dansant la macarena plutôt qu'en stressant.

Merci à mes Queens : Nana, Maë (Kek), Alex, Cam. Vous avez tout suivi depuis le début et vous avez cru en moi avant même que je ne réalise ce qui se passait. Merci d'être ces personnes déjantées avec qui je peux parler de tout, sans filtre et sans honte. Vous êtes mes plus belles rencontres Internet et la preuve que la distance n'impacte pas une vraie amitié.

Merci à ma Paps, Caro : tu rentres toujours dans tous mes délires et tu les rends mille fois meilleurs. Je ne détaillerai pas pour préserver un peu de notre dignité, mais on se comprend.

Merci à Soraya, mon rayon de soleil au quotidien, je ne sais clairement pas ce que je ferais sans toi, nos discussions, nos danses, nos vocaux, nos TikTok et nos passions communes… Tu m'inspires autant que tu m'encourages. « I love you 3000 », toi-même tu sais.

Merci à Marion, ma Blorp : tu vois toujours quand je sors les rames, mais, au final, tu es toujours là pour m'aider à ramer. Et ça, ça n'a pas de prix.

Et, comme toujours, merci à mes parents qui sont définitivement mes plus grands fans. Je ne suis pas la pro du ménage, je n'ai toujours pas mon code et je vous appelle à l'aide au moindre souci d'adulte… mais aujourd'hui je vis pleinement mes rêves et ça, c'est grâce à votre amour et à votre soutien. Merci. Je vous aime.

Ouvrage composé par
PCA – 44400 REZÉ

Imprimé en France par
CPI Brodard & Taupin
en mars 2022
N° d'impression : 3046977
S32460/01

PKJ • www.pocketjeunesse.fr
POCKET JEUNESSE

92, avenue de France - 75013 PARIS